Midi

Von Jeffrey Archer erschienen bei BASTEI-LÜBBE:

JEFFREY ARCHER
FALSCHE SPUREN

**Aus dem Englischen
von Lore Straßl**

BASTEI
LÜBBE

BASTEI-LÜBBE-TASCHENBUCH
Band 12428

1. Auflage 1995
2. Auflage 1996

Deutsche Erstveröffentlichung
Titel der englischen Originalausgabe:
Twelve Red Herrings
Copyright © 1994 Jeffrey Archer
Copyright © 1995 für die deutsche Übersetzung
by Gustav Lübbe Verlag GmbH, Bergisch Gladbach
Printed in Great Britain
Einbandgestaltung: K. K. K.
Titelfoto: IFA-Bilderdienst
Satz: hanseatenSatz-bremen, Bremen
Druck und Bindung: Cox & Wyman Ltd.
ISBN 3-404-12428-6

INHALT

Die mit einem * markierten Geschichten basieren auf bekannten Ereignissen (die ich zum Teil mit beträchtlicher dichterischer Freiheit ausgeschmückt habe). Die übrigen habe ich frei erfunden.

J. A.
Juli 1994

EINE FRAGE DER ERFAHRUNG

Ich weiß nicht so recht, wie ich anfangen soll. Aber vielleicht sollte ich als erstes erklären, weshalb ich im Gefängnis bin.

Der Prozeß hatte achtzehn Tage gedauert, und vom ersten Augenblick an war der Gerichtssaal bis zum letzten Sitz voll gewesen. Die Geschworenen vom Leeds Crown Court waren nahezu zwei volle Tage in Klausur und — wie sich herumgesprochen hatte — hoffnungslos unterschiedlicher Meinung gewesen. Unter den Anwälten und Richtern sprach man schon von einem möglichen Austausch sämtlicher Geschworenen und einem neuen Verfahren, denn immerhin waren bereits acht Stunden vergangen, seit Seine Ehren, Richter Cartwright, dem Sprecher der Geschworenen erklärt hatte, daß ihr Urteilsspruch nicht mehr einstimmig sein müsse. Eine Mehrheit von zehn zu zwei würde in diesem Fall genügen.

Plötzlich wurde es laut auf den Korridoren. Presse und Publikum eilten in den Gerichtssaal zurück, denn die Geschworenen hatten wieder auf ihren Sitzen Platz genommen. Aller Augen richteten sich aufgeregt auf ihren Sprecher, einen dicken kleinen Mann mit verschmitzten, freundlichen Augen, in Doppelreiher, gestreiftem Hemd und bunter Fliege, der sich sehr bemühte, ein ernstes Gesicht zu machen. Er sah wie die Art von Kumpel aus, mit der ich unter normalen Umständen gern ein Glas Bier in einem Pub getrunken hätte. Aber leider waren die Umstände nicht normal.

Als ich wieder die Stufen zur Anklagebank hinunterging, richtete sich mein Blick unwillkürlich auf die hübsche Blondine, die seit Beginn der Verhandlung jeden Tag in der vordersten Zuschauerreihe saß. Ich fragte mich, ob sie zu allen sensationellen Mordprozessen kam oder nur von diesem besonders fasziniert war. Sie zeigte absolut kein Interesse an mir, und richtete, wie alle anderen jetzt auch, ihre Aufmerksamkeit auf den Sprecher der Geschworenen.

Ein Gerichtsbeamter in weißer Perücke und langer schwarzer Robe erhob sich und las von einer Karte die Worte, die er bestimmt auswendig kannte.

»Würde der Sprecher der Geschworenen bitte aufstehen.«

Der kleine dicke Mann mit den verschmitzten Augen richtete sich bedächtig auf.

»Bitte beantworten Sie meine nächste Frage mit ja oder nein. Sind die Geschworenen zu einem Urteil gekommen, für das wenigstens zehn von Ihnen gestimmt haben?«

»Jawohl.«

»Geschworene, befinden Sie den Angeklagten im Sinne der Anklage für schuldig oder nicht schuldig?«

Im Gerichtssaal hätte man nun eine Feder fallen hören.

Meine Augen hafteten an dem Sprecher mit der bunten Fliege. Er räusperte sich und antwortete . . .

Ich lernte Jeremy Alexander 1978 bei einem Ausbildungsseminar des britischen Industrieverbands, kurz CBI, in Bristol kennen. Sechsundfünfzig britische Firmen, die Möglichkeiten für eine Expansion ins übrige Europa suchten, waren zusammengekommen, um sich in die komplizierten Regeln des EG-Gemeinschaftsrechts zu vertiefen. Als ich mich für das Seminar meldete, betrieb Cooper's, die Firma, deren Chef ich war, einhundertsiebenundzwanzig Fahrzeugarten verschiedenster Gewichts- und Größenklassen, und befand sich

8

auf bestem Weg, eines der größten privaten Transportunternehmen zu werden.

Mein Vater hatte die Firma 1931 gegründet und mit drei Fahrzeugen angefangen — zwei davon Pferdefuhrwerke —, und einem Kontokorrentkredit von zehn Pfund bei der örtlichen Filiale der Martinsbank. Als wir 1967 »Cooper & Son« wurden, verfügte unsere Firma über siebzehn Fahrzeuge mit vier oder mehr Rädern, und transportierte Güter im gesamten Norden Englands. Aber mein alter Herr weigerte sich immer noch, seine 10-Pfund-Kreditlinie zu überschreiten.

Einmal, während eines Konjunkturrückgangs, schlug ich vor, uns auch außerhalb unseres bisherigen Bereichs nach Aufträgen umzusehen, vielleicht sogar auf dem Kontinent. Doch davon wollte mein Vater nichts hören. »Ist das Risiko nicht wert«, wehrte er ab. Er mißtraute jedem, der südlich des Humbers geboren war, und erst recht allen, die auf der anderen Seite des Kanals wohnten. »Wenn Gott einen Streifen Wasser zwischen uns gelegt hat, muß er einen guten Grund dafür gehabt haben«, beendete er dieses Thema ein für allemal. Ich hätte über diese Worte bestimmt gelacht, wäre mir nicht klargewesen, daß er das wirklich glaubte.

Als er 1977 mit siebzig Jahren — widerstrebend — in den Ruhestand ging, übernahm ich die Firmenleitung. Ich machte mich daran, einige der Ideen in die Tat umzusetzen, die ich mir während der vergangenen zehn Jahre hatte durch den Kopf gehen lassen, obwohl mir klar war, daß mein Vater sie nicht billigte. Europa war nur der Anfang für die Expansion der Firma; innerhalb der nächsten fünf Jahre beabsichtigte ich, sie in eine Aktiengesellschaft umzuwandeln. Mir wurde bewußt, daß wir dann ein Kreditlimit von mindestens einer Million Pfund bräuchten, was bedeutete, daß wir mit einer anderen Bank arbeiten mußten, einer, für die die Welt weiter reichte als nur bis zur Grafschaftsgrenze von Yorkshire.

Etwa zu jener Zeit hörte ich von dem CBI-Seminar in Bristol und meldete mich dafür an.

Es begann am Freitag. Der Leiter des europäischen Direktoriums des CBI hielt die Eröffnungsansprache. Danach wurden die Teilnehmer in acht kleine Arbeitsgruppen unter der Führung eines Experten im EG-Gemeinschaftsrecht aufgeteilt. Der Leiter meiner Gruppe war Jeremy Alexander. Ich bewunderte ihn von dem Augenblick an, da er zu reden begann — ja, bewundern ist vielleicht noch zuwenig, er beeindruckte mich zutiefst! Er war absolut selbstsicher, und wie sich bald herausstellte, konnte er überzeugend argumentieren, egal, ob es nun um die Überlegenheit des Code Napoléon ging oder um die Schwächen gewisser Schlagmänner bestimmter Kricketmannschaften.

Er hielt uns einen einstündigen Vortrag über die grundlegenden Unterschiede in der Praxis und im Verfahren zwischen den einzelnen Mitgliedsstaaten der Europäischen Gemeinschaft; dann beantwortete er unsere sämtlichen Fragen über Wirtschafts- und Gesellschaftsrecht, ja fand sogar noch die Zeit, uns die Bedeutsamkeit der Uruguay-Runde zu erklären. Genau wie ich hörten die anderen Teilnehmer unserer Gruppe nie auf, sich Notizen zu machen.

Kurz vor dreizehn Uhr machten wir Mittagspause, und es gelang mir, einen Platz an Jeremys Tisch zu bekommen. Mir ging der Gedanke nicht aus dem Kopf, daß er genau der Richtige sei, der mich beraten könnte, wie sich meine Europa-Ambitionen konkret umwandeln ließen.

Während ich ihm über einer Fleischpastete mit rotem Paprika zuhörte, dachte ich, daß wir zwar in etwa gleich alt waren, aber aus gar nicht unterschiedlicheren Kreisen kommen könnten. Jeremys Vater, einem Bankier, war es gerade noch, nur Tage vor dem Ausbruch des Zweiten Weltkriegs, gelungen, aus Osteuropa zu fliehen. Er hatte in England ein neues Zuhause gefunden, seinen Namen anglisiert, und seinen Sohn nach Westminster gesandt. Von dort war Jeremy zum King's College in London gegangen, wo er Jura studierte und summa cum laude promovierte.

Mein Vater war ein Selfmademan aus den Yorkshire Dales. Er war dagegen gewesen, daß ich studierte, und hatte darauf bestanden, daß ich gleich nach der mittleren Reife in seiner Firma anfinge, um mich von ganz unten nach oben zu arbeiten. »Ich werde dir in einem Monat mehr über die wirkliche Welt beibringen, als es die Universitätsfritzen in Jahren könnten«, pflegte er zu sagen. Ich stellte diese Philosophie nicht in Frage. Drei Wochen nach meinem sechzehnten Geburtstag schloß ich die Realschule ab, und schon am nächsten Morgen fing ich bei Cooper's als Lehrling an. Die ersten drei Jahre arbeitete ich im Fahrzeugpark unter den wachsamen Augen von Buster Jackson, dem Depotleiter, der mich lehrte, die Firmenwagen auseinanderzunehmen und, was wichtiger war, sie wieder zusammenzubauen.

Nach Beendigung meiner Lehre in der Werkstatt durfte ich meine Ausbildung zwei Jahre lang in der Buchhaltung fortsetzen, wo ich die Rechnungslegung lernte und die Anmahnung säumiger Schuldner. Ein paar Wochen vor meinem einundzwanzigsten Geburtstag bestand ich meine Prüfung für den Schwerlasttransport und erhielt den Führerschein ausgehändigt.

Die nächsten drei Jahre fuhr ich kreuz und quer durch den Norden Englands und lieferte für unsere weitverstreuten Kunden von Geflügel bis Ananas alles nur Erdenkliche aus. Jeremy studierte zur selben Zeit an der Sorbonne und machte seinen Magister im schwierigen, fünf Gesetzbücher umfassenden Code Napoléon.

Als Buster Jackson in den Ruhestand ging, übertrug Vater mir die Leitung des Fahrzeugparks. Zu dem Zeitpunkt schrieb Jeremy in Hamburg seine Dissertation über Vor- und Nachteile internationaler Handelsembargos. Bis er schließlich sein Studium beendet und seine erste richtige Stellung — als Partner einer auf Wirtschafts- und Handelsrecht spezialisierten großen Anwaltsfirma in der City annahm, arbeitete ich bereits seit acht Jahren und bekam Lohn dafür.

Ich war im Seminar zwar ehrlich beeindruckt von Jeremy, aber ich spürte, daß unter seiner zur Schau gestellten Leutseligkeit eine kräftige Mischung aus Ambition und Snobismus steckte, der mein Vater mißtraut hätte. Ich hatte das Gefühl, er gab sich nur auf die vage Möglichkeit hin mit uns ab, daß wir irgendwann in Zukunft für Butter auf seine Brötchen sorgen würden. Jetzt erst ist mir bewußt, daß er sich in meinem Fall bereits bei unserer ersten Begegnung Honig erhoffte.

Es änderte nichts an meiner Meinung über diesen Mann, daß er gut fünf Zentimeter größer war als ich und seine Taille um etwa ebensoviel schmäler. Ganz zu schweigen von der Tatsache, daß die attraktivste Frau unseres Kurses Samstag nacht sein Bett mit ihm teilte.

Für Sonntagvormittag hatten wir uns zum Squashspielen verabredet. Er machte mich fertig, offensichtlich ohne selbst ins Schwitzen zu kommen. »Wir sollten das mal wieder tun«, meinte er, als wir unter die Duschen gingen. »Wenn Sie tatsächlich vorhaben, aufs europäische Festland zu expandieren, könnte ich Ihnen vielleicht behilflich sein.«

Vater hatte mich gelehrt, nie den Fehler zu begehen und anzunehmen, daß Kollegen und Freunde dasselbe sind (als Beispiel nahm er da gern das Kabinett, also die Regierungsmannschaft). So kam es, daß ich, auch wenn ich Jeremy nicht sonderlich mochte, seine zahlreichen Telefon- und Faxnummern hatte, als ich nach Beendigung des Seminars Bristol verließ.

Am Sonntagabend fuhr ich nach Leeds zurück, und kaum zu Hause angekommen, rannte ich die Treppe hoch zum Schlafzimmer, setzte mich auf die Bettkante und erzählte meiner schläfrigen Frau ausführlich, weshalb sich das Wochenende als so überaus lohnend erwiesen hatte.

Rosemary war meine zweite Frau. Helen, meine erste, ging zur selben Zeit, als ich die in der Nähe liegende Realschule besuchte, auf die Leeds High-School für Mädchen. Die zwei Schulen teilten sich eine Sporthalle. Ich verliebte mich mit dreizehn in Helen, während ich zuschaute, wie sie Korbball spielte. Von da ab fand ich immer irgendeine Ausrede, mich in der Sporthalle aufzuhalten, in der Hoffnung, sie in ihrer blauen Turnhose zu sehen, wie sie sprang und den Ball zielsicher in den Korb warf. Unsere beiden Schulen hatten einige gemeinsame Projekte. Das nutzte ich und meldete mich zur Teilnahme an einer Aufführung, obwohl ich kein Talent zum Schauspielern hatte. Ich nahm an gemeinsamen Diskussionen teil, allerdings ohne auch nur ein einziges Mal den Mund aufzumachen. Ich wurde sogar Mitglied des von beiden Schulen betriebenen Orchesters und übte mich im Triangelschlagen. Selbst nachdem ich die Realschule abgeschlossen hatte und anfing, im Fahrzeugpark zu arbeiten, trieb es mich zu Helen, die weiter zur Schule ging, um ihre mittlere Reife zu machen. Trotz meiner Gefühle für sie kam es nicht zum Sex, ehe wir beide achtzehn waren, und selbst dann war ich mir nicht sicher, ob wir alles richtig gemacht hatten. Sechs Wochen später gestand sie mir, aufgelöst vor Tränen, daß sie in anderen Umständen sei. Obwohl ihre Eltern nicht sehr erfreut darüber waren — sie hatten gehofft,

Helen würde ihr Abitur machen und dann auf die Uni gehen —, heirateten wir in aller Eile. Ich war insgeheim hocherfreut über die Folgen unseres jugendlichen Leichtsinns, denn ich wollte mein ganzes Leben lang nur Helen lieben.

Aber Helen starb in der Nacht zum 14. September 1964 bei der Geburt unseres Sohnes Tom, der nur eine Woche alt wurde. Nach ihrem Tod interessierte ich mich jahrelang für keine andere Frau und steckte meine ganze Energie in die Firma.

Nach der Beerdigung meiner Frau und meines Sohnes lernte ich an meinem Vater, der weder ein weicher noch sentimentaler Mann war — von der Art findet man in Yorkshire nicht viele —, eine völlig neue Seite kennen. Er rief mich abends häufig an, um festzustellen, wie es mir ging, und bestand darauf, daß ich ihn samstagnachmittags regelmäßig zum Fußballspiel begleitete. Jetzt erst verstand ich, weshalb meine Mutter ihn nach über zwanzigjähriger Ehe immer noch so liebte.

Rosemary lernte ich etwa vier Jahre später bei einem Ball zur Eröffnung des Leeds' Musikfestival kennen. Üblicherweise nahm ich an solchen Veranstaltungen nicht teil, aber da Cooper's eine ganzseitige Werbung im Programmheft bezahlt hatte, lud Brigadier Kershaw, der High Sheriff der Grafschaft und Vorsitzender des Ballkomitees uns ein. Ich hatte keine andere Wahl, als in meinen selten benutzten Smoking zu schlüpfen und meine Eltern zu diesem Ball zu begleiten.

Mein Platz war an Tisch 17, neben einer Miss Kershaw, die, wie ich im Lauf des Abends erfuhr, die Tochter des High Sheriff war. Sie war sehr elegant in einem schulterfreien blauen Abendkleid, das ihre gute Figur betonte, hatte einen roten Wuschelkopf und ein Lächeln, das mir das Gefühl gab, wir wären alte Freunde. Bei etwas, das die Karte als »Avokado mit Dill« beschrieb, erzählte sie mir, daß sie eben ihr Englischstudium auf der Durham-Universität beendet hatte und nicht so recht wußte, was sie mit ihrem weiteren Leben anfangen sollte.

»Lehrerin möchte ich nicht werden«, gestand sie mir, »und bestimmt bin ich nicht als Sekretärin geeignet.« Wir plauderten auch den zweiten und dritten Gang hindurch, ohne unsere anderen Tischnachbarn zu beachten.

Ich fühlte mich geschmeichelt, daß die Tochter des High Sheriff sich überhaupt für mich interessierte, und ich muß ehrlich sein, ich nahm es nicht ernst. Ich war ziemlich überrascht, als sie mir am Ende des Abends zuflüsterte: »Wir sollten in Verbindung bleiben.«

Schon zwei Tage später rief sie mich an und lud mich zum Mittagessen mit ihren Eltern in ihrem Landhaus ein. »Danach könnten wir ein bißchen Tennis spielen. Sie spielen doch Tennis?«

So fuhr ich am Sonntag nach Church Fenton. Das Landhaus der Kershaws sah genauso aus, wie ich es mir vorgestellt hatte — groß und ein wenig verfallen, was, wenn ich es recht bedenke, auch auf ihren Vater zutraf. Aber er schien sehr nett zu sein. Ihre Mutter dagegen war nicht so leicht zufriedenzustellen. Sie stammte von irgendwoher aus Hampshire, und es gelang ihr nicht, zu verbergen, daß sie mich zwar vielleicht für gut genug hielt, hin und wieder etwas für wohltätige Zwecke zu spenden, doch nicht für jemanden, den sie unbedingt bei ihrem Sonntagsmahl dabeihaben wollte. Rosemary ignorierte ihre vereinzelten spitzen Bemerkungen und plauderte angeregt über meine Arbeit mit mir.

Da es den ganzen Nachmittag regnete, fiel das Tennisspiel aus. So nutzte Rosemary die Zeit, mich in dem kleinen Pavillon hinter dem Tennisplatz zu verführen. Anfangs war ich etwas nervös, mit der Tochter des High Sheriff Liebe zu machen, aber schon bald dachte ich mir nichts mehr dabei. Im Lauf der nächsten Wochen begann ich mich jedoch zu fragen, ob ich ihr mehr bedeutete, als eine vorübergehende romantische Abwechslung mit einem Mann der Arbeiterklasse. Das heißt, bis sie anfing über eine Heirat zu reden. Mrs. Kershaw konnte ihre Geringschätzung schon bei dem Gedanken nicht verbergen, daß jemand wie ich ihr Schwiegersohn werden könnte. Doch ihre Meinung sollte bedeutungslos bleiben, da Rosemary es sich nicht ausreden ließ, meine Frau zu werden. Achtzehn Monate später heirateten wir.

Über zweihundert Gäste waren zu dieser etwas protzigen Hochzeit in der Pfarrkirche St. Mary geladen. Aber ich muß gestehen, als ich mich umdrehte, um Rosemary entgegenzublicken, wie sie am Arm ihres Vaters den Mittelgang auf mich zukam, konnte ich nur an meine erste Hochzeitszeremonie denken.

Etwa zwei Jahre lang tat Rosemary ihr Bestes, mir eine gute Frau zu sein. Sie befaßte sich mit unserer Firma, merkte sich die Namen aller Angestellten, ja freundete sich sogar oberflächlich mit den Frauen der oberen Führungskräfte an. Aber ich fürchte, da ich manchmal zu fast allen Tag- und Nachtstunden arbeitete, widmete ich ihr nicht immer die nötige Aufmerksamkeit, derer sie bedurfte. Rosemary sehnte sich nach einem Leben, zu dem die regelmäßigen Besuche des Grand Theatre for Opera North gehörten, nach bis zum frühen Morgen dauernden Dinnerpartys mit ihren alten Freunden und Bekannten; während ich vorzog, auch an Wochenenden zu arbeiten und üblicherweise vor Mitternacht im Bett zu liegen. Für Rosemary erwies ich mich nicht als »ein idealer Gatte«, wie das Stück von Oscar Wilde hieß, in das sie mich kürzlich geschleppt hatte — und es trug auch nicht zur Verbesserung unserer Beziehung bei, daß ich während des zweiten Akts einschlief.

16

Nach vier Jahren ohne Kindersegen — nicht, daß Rosemary im Bett nicht alles dafür getan hätte —, begannen wir, getrennte Wege zu gehen. Falls sie irgendwelche Affären hatte (so wie ich, wenn ich die Zeit dafür erübrigen konnte), ging sie sehr diskret vor. Und dann lernte sie Jeremy Alexander kennen.

Es dürfte sechs Wochen nach dem Seminar in Bristol gewesen sein, als ich Jeremy anrief und ihn um Rat bat. Ich wollte einen Vertrag mit einer großen französischen Käserei abschließen, der mir das Exklusivrecht einräumen sollte, ihre Produkte an britische Supermärkte zu liefern. Ein Jahr zuvor hatte ich bei einem ähnlichen Geschäft mit einer deutschen Brauerei ziemlich draufbezahlt, und ich konnte es mir nicht leisten, den gleichen Fehler noch einmal zu machen.

»Geben Sie mir alles schriftlich mit sämtlichen Einzelheiten«, hatte Jeremy gesagt. »Ich werde mir den ganzen Papierkram übers Wochenende ansehen und Sie Montag morgen anrufen.«

Er hielt sein Versprechen, und als er anrief, erwähnte er, daß er am folgenden Donnerstag einen Klienten in York besuchen würde, und schlug vor, uns am Tag darauf zu treffen, um den Vertrag gemeinsam durchzugehen. Das war mir recht, und wir verbrachten fast den ganzen Freitag im Cooperschen Versammlungsraum und überprüften jeden Punkt und jedes Komma des Vertrags. Es war ein Vergnügen, einem solchen Profi bei der Arbeit zuzusehen, auch wenn Jeremy die ärgerliche Angewohnheit hatte, mit den Fingerknöcheln auf die Tischplatte zu trommeln, wenn ich nicht sofort verstand, worauf er aus war.

Jeremy hatte sich sogar schon mit dem Anwalt der Käserei in Toulouse über den Vorgang unterhalten. Monsieur Sisley sprach zwar kein Englisch, trotzdem war es Jeremy gelungen, wie er mir versicherte, ihm unsere Probleme klarzumachen. Mir fiel auf, daß er das Wort »unsere« benutzte.

Nachdem wir auch mit der letzten Seite des Vertrags fertig waren, wurde mir bewußt, daß alle anderen in der Firma bereits fürs Wochenende heimgegangen waren, deshalb fragte ich Jeremy, ob er Lust hätte, mit Rosemary und mir zu Abend zu essen. Er blickte auf die Uhr und überlegte kurz, ehe er antwortete: »Gern. Das ist sehr freundlich von Ihnen.« Auf dem Heimweg setzte ich ihn in seinem Hotel ab, damit er sich umziehen konnte.

Rosemary war alles andere als erfreut, als ich ihr in letzter Minute gestand, daß ich einen ihr völlig Fremden zum Abendessen eingeladen hatte, ohne vorher Bescheid zu geben, obwohl ich ihr versicherte, sie würde sich bestimmt gut mit ihm verstehen.

Ein paar Minuten vor acht klopfte Jeremy an der Haustür. Als ich ihn mit Rosemary bekannt machte, verbeugte er sich knapp und küßte ihr die Hand. Danach nahmen sie den ganzen Abend kaum noch den Blick voneinander. Nur ein Blinder hätte übersehen können, was als nächstes geschehen würde. Meine Bewunderung für Jeremy hatte mich vielleicht nicht gerade blind gemacht, mir aber doch Scheuklappen aufgesetzt.

Jeremy fand bald eine Ausrede nach der anderen, immer mehr Zeit in Leeds zu verbringen, und ich muß gestehen, daß seine plötzliche Begeisterung für den Norden Englands meine Ambitionen für Cooper's viel mehr förderte, als ich mir ursprünglich auch nur hätte träumen lassen. Schon geraume Zeit hatte ich mit dem Gedanken gespielt, für Cooper's einen Hausjuristen zu engagieren, und innerhalb eines Jahres nach unserer ersten Begegnung bot ich Jeremy einen Sitz im Vorstand an, mit dem Auftrag, die Firma auf eine Umwandlung in eine Aktiengesellschaft vorzubereiten.

Während dieser Zeit war ich viel unterwegs, um in Madrid, Amsterdam und Brüssel neue Verträge zu schließen, und Rosemary versuchte gar nicht, mich zu Haus zu halten. Inzwischen dirigierte Jeremy die Firma geschickt durch ein wahres Dickicht rechtlicher und finanzieller Probleme. Dank seines Fleißes und Sachverstands konnten wir am 12. Februar 1980 bekanntgeben, daß Cooper's zu einem etwas späteren Zeitpunkt in diesem Jahr eine Börsenzulassung beantragen würde. Zu diesem Zeitpunkt beging ich meinen ersten großen Fehler: ich schlug Jeremy vor, stellvertretender Vorsitzender der Gesellschaft zu werden.

Bei der Finanzierung wurde vereinbart, daß Rosemary und ich einundfünfzig Prozent der Anteile hielten. Jeremy erklärte mir, daß sie aus steuerlichen Gründen in gleicher Höhe zwischen uns aufgeteilt werden sollten. Meine Buchhalter pflichteten ihm bei, und zu der Zeit dachte ich nicht weiter darüber nach. Die übrigen vier Millionen neunhunderttausend Einpfundanteilscheine wurden rasch von Firmen und Privatleuten erstanden, und bereits wenige Tage nach der Börsenzulassung stieg ihr Wert auf zwei Pfund achtzig.

Mein Vater, der im vergangenen Jahr gestorben war, hätte diese geschäftlichen Transaktionen niemals gebilligt, da er noch im Sterbebett davon überzeugt war, daß ein Kontokorrent von zehn Pfund durchaus genüge, ein gutgehendes Geschäft zu führen.

Während der achtziger Jahre florierte die britische Wirtschaft. Im März 1984 überschritten die Cooper's-Aktien, nach Pressespekulationen über eine mögliche Übernahme, den Fünfpfundpegel. Jerry hatte mir geraten, eines der Angebote anzunehmen, aber ich sagte ihm, ich würde nie zulassen, daß jemand außerhalb der Familie die Kontrolle über Cooper's übernähme. Danach mußten wir dreimal einen Aktiensplit vornehmen. 1989 schätzte die *Sunday Times* Rosemarys und mein gemeinsames Kapital auf rund dreißig Millionen Pfund.

Ich selbst hatte mich nie für reich gehalten — schließlich, soweit es mich betraf, waren die Anteile nichts weiter als Blätter aus Papier, die unser Hausjurist verwaltete. Ich wohnte nach wie vor im Haus meines Vaters, fuhr einen fünf Jahre alten Jaguar und arbeitete vierzehn Stunden am Tag. Aus Urlauben hatte ich mir nie etwas gemacht, und ich war von Natur aus sparsam. Irgendwie war Reichtum für mich irrelevant. Ich hätte auch gern so weitergelebt wie bisher, wäre ich nicht eines Nachts unerwartet nach Hause gekommen.

Nach besonders langen und aufreibenden Verhandlungen in Köln hatte ich gerade noch den letzten Flieger nach Heathrow bekommen und ursprünglich beabsichtigt, in London zu übernachten. Doch inzwischen hatte ich genug von Hotels und wollte ganz einfach nichts als nach Hause, trotz der langen Fahrt. Als ich kurz nach ein Uhr in Leeds ankam, sah ich Jeremys weißen BMW in unserer Einfahrt abgestellt.

Hätte ich Rosemary am Nachmittag angerufen, wäre mir die so nahe Bekanntschaft mit dem Gefängnis vielleicht erspart geblieben.

Ich parkte meinen Wagen ebenfalls in der Einfahrt und ging zur Haustür. Da erst wurde mir bewußt, daß nur ein Licht im Haus brannte — im Schlafzimmer im ersten Stock. Ich brauchte keinen Sherlock Holmes, der mir sagen konnte, was dort vorging.

Ich blieb abrupt stehen und starrte eine Zeitlang auf die zugezogenen Vorhänge. Nichts rührte sich. Sie hatten offenbar den Wagen nicht gehört und keine Ahnung, daß ich hier war. Ich kehrte zum Wagen zurück, versuchte so leise wie möglich zu starten und fuhr ins Stadtzentrum. Im Queen's Hotel fragte ich den Nachtportier, ob Mr. Jeremy Alexander ein Zimmer für diese Nacht gebucht habe. Er schaute nach und bestätigte es.

»Dann werde ich es nehmen«, erklärte ich ihm. »Mr. Alexander übernachtet heute woanders.« Mein Vater wäre stolz gewesen, wie sparsam ich mit Firmengeldern umging.

Ich lag auf dem Hotelbett, konnte jedoch einfach nicht einschlafen. Mein Zorn wuchs mit jeder Stunde. Obwohl ich nicht mehr viel für Rosemary übrig hatte, ja mir sogar eingestand, daß das nie wirklich der Fall gewesen war, verachtete ich Jeremy jetzt. Aber erst am nächsten Tag erkannte ich, wie sehr!

Am folgenden Morgen rief ich meine Sekretärin an und sagte ihr, ich würde von London aus direkt ins Büro kommen. Sie erinnerte mich, daß für vierzehn Uhr eine Vorstandssitzung angesetzt war. Den Vorsitz sollte Mr. Jeremy Alexander übernehmen. Ich war froh, daß sie mein schadenfrohes Lächeln nicht sehen konnte. Ein rascher Blick beim Frühstück auf die Agenda machte unmißverständlich klar, weshalb Jeremy den Vorsitz hatte übernehmen wollen. Doch seine Pläne spielten keine Rolle mehr. Ich hatte bereits beschlossen, die Vorstandsmitglieder darüber aufzuklären, was genau Jeremy beabsichtigt hatte, und dafür zu sorgen, daß er so schnell wie möglich aus dem Vorstand abberufen wurde.

Kurz nach dreizehn Uhr dreißig kam ich in der Firma an und parkte auf dem für den Vorsitzenden reservierten Platz. Vor Beginn der Sitzung war mir gerade noch genug Zeit geblieben, meine Unterlagen durchzusehen, und mir war schmerzhaft bewußt geworden, wie viele der Gesellschaftsanteile von Jeremy kontrolliert wurden und was er und Rosemary zweifellos bereits seit geraumer Zeit geplant hatten.

Jeremy überließ mir wortlos den Platz des Vorsitzenden und bewies kein sonderliches Interesse an den Einzelheiten der Agenda, bis wir zu einem Punkt kamen, der sich mit ei-

21

ner künftigen Aktienemission befaßte. Da versuchte er, einen scheinbar unbedeutenden Antrag durchzusetzen, der schließlich dazu geführt hätte, daß Rosemary und ich die Gesamtkontrolle über die Gesellschaft verloren und nichts gegen ein künftiges Übernahmeangebot hätten unternehmen können. Ich wäre vielleicht darauf hereingefallen, hätte ich nicht in der vergangenen Nacht seinen Wagen in meiner Einfahrt und das gedämpfte Licht hinter dem Schlafzimmerfenster gesehen. Gerade als er glaubte, es wäre ihm gelungen, den Antrag durchzukriegen, bat ich die Gesellschaftsbuchhalter, einen vollständigen Bericht für die nächste Vorstandssitzung anzufertigen, ehe wir eine Entscheidung trafen. Jeremy ließ sich nichts anmerken, außer daß er mit den Fingerknöcheln auf den Sitzungstisch trommelte. Ich war entschlossen, mit dem Bericht seine Absicht zu beweisen und dafür zu sorgen, daß er hier nichts mehr mitzureden haben würde. Wäre nicht meine Ungeduld gewesen, hätte ich, mit der nötigen Zeit, bestimmt eine vernünftigere Möglichkeit gefunden, ihn auszuschalten.

Da niemand mehr etwas vorzubringen hatte, schloß ich die Sitzung um siebzehn Uhr vierzig und lud Jeremy ein, mit Rosemary und mir zu Abend zu essen. Ich wollte sie beisammen sehen. Jeremy schien nicht sehr erbaut davon zu sein. Aber nach einigem Bluffen, daß ich seinen neuen Aktienantrag nicht so ganz verstünde und gern hätte, daß gleichzeitig auch meine Frau damit vertraut gemacht würde, erklärte er sich schließlich einverstanden. Ich rief Rosemary an, daß Jeremy zum Dinner kommen würde, und sie schien noch weniger davon begeistert zu sein als er.

»Du solltest lieber mit ihm in ein Restaurant essen gehen«, meinte sie. »Dort kann Jeremy dich über alles informieren, was sich inzwischen getan hat.« Ich bemühte mich, nicht zu lachen. »Wir haben nicht sehr viel zu essen zu Hause«, fügte sie hinzu. Ich versicherte ihr, daß es nicht das Essen war, worüber ich mir Gedanken machte.

Jeremy traf ungewohnt unpünktlich ein, aber ich hatte seinen üblichen Whisky mit Soda in dem Augenblick bereit, als er durch die Tür trat. Ich muß zugeben, er zog während des Dinners eine brillante Show ab. Rosemary war allerdings weniger überzeugend.

Beim Kaffee im Wohnzimmer gelang es mir, die Konfrontation zu provozieren, der Jeremy während der Vorstandssitzung so geschickt ausgewichen war.

»Warum sind Sie scharf darauf, diese neue Aktienzuteilung mit dieser Hast durchzukriegen?« fragte ich, als er bei seinem zweiten Cognac war. »Es ist Ihnen doch zweifellos bewußt, daß Rosemary und ich dann keine Kontrolle mehr über die Gesellschaft hätten. Sehen Sie denn nicht, daß wir im Handumdrehen übernommen werden könnten?«

Er versuchte ein paar gut einstudierte Phrasen. »Es ist nur zum Nutzen der Gesellschaft, Richard. Sie wissen doch selbst, wie schnell Cooper's expandiert. Es ist kein Familienunternehmen mehr. Auf lange Sicht ist es der beste Weg für Sie beide, von den Aktionären gar nicht zu reden.« Ich fragte mich, welche Aktionäre er damit im besonderen meinte.

Ich staunte ein wenig, daß Rosemary ihn nicht nur unterstützte, sondern beachtlich viel, selbst von den geringsten Einzelheiten einer Aktienumlegung, verstand. Sie hatte nicht einmal auf den warnenden Blick Jeremys geachtet. Sie war bestens in den Argumenten versiert, die er vorgebracht hatte, und das, obwohl sie bisher keinerlei Interesse an den Transaktionen der Gesellschaft gezeigt hatte. Als sie sich mir zuwandte und sagte: »Wir müssen an unsere Zukunft denken, Darling«, verlor ich schließlich die Beherrschung.

Die Leute aus Yorkshire sind für ihre schonungslose Offenheit bekannt, und meine nächste Frage machte dem Ruf unserer Grafschaft alle Ehre.

»Habt ihr zwei etwa was miteinander?«

Rosemary wurde knallrot. Jeremy lachte etwas zu laut, ehe er sagte: »Ich glaube, Sie haben einen Cognac zuviel getrunken, Richard.«

»Nicht einen Tropfen!« entgegnete ich. »Ich bin so nüchtern wie ein Richter — genau wie vergangene Nacht, als ich heimkam und Ihren Wagen in unserer Einfahrt stehen sah!«

Zum ersten Mal seit ich ihn kannte, hatte ich Jeremy in Verlegenheit gebracht, wenngleich nur einen Augenblick lang. Er begann auf die Glasplatte des Beistelltischchens zu trommeln.

»Ich habe Rosemary lediglich die neue Aktienemission erklärt«, behauptete er fast ohne zu stocken, »Laut Börsenverordnung bin ich dazu verpflichtet.«

»Und es gibt eine Börsenverordnung, die verlangt, daß dergleichen Erklärungen im Bett vorgenommen werden?«

»Machen Sie sich doch nicht lächerlich!« entrüstete sich Jeremy gekonnt. »Ich habe im Queen's Hotel übernachtet. Rufen Sie doch den Geschäftsführer an!« fügte er hinzu. Er griff nach dem Telefon und reichte es mir. »Er wird bestätigen, daß ich mein übliches Zimmer gebucht habe.«

»Das wird er sicher.« Ich nickte. »Aber er wird auch bestätigen, daß ich in Ihrem üblichen Bett geschlafen habe.«

Im plötzlich einsetzenden Schweigen zog ich den Hotelzimmerschlüssel aus meiner Jackentasche und schwenkte ihn vor den beiden. Jeremy sprang sofort auf.

Ich erhob mich etwas langsamer aus meinem Sessel, fragte mich, was er sich wohl jetzt einfallen lassen würde, und stellte mich vor ihn.

»Es ist Ihre eigene Schuld, Sie verdammter Narr!« stammelte er schließlich. »Sie hätten sich mehr um Rosemary kümmern sollen und nicht nur die ganze Zeit in Europa herumkutschieren! Kein Wunder, daß Sie nahe daran sind, die Firma zu verlieren.«

Komischerweise brachte es mich weniger auf, daß dieser Kerl mit meiner Frau geschlafen hatte, als daß er die Nerven hatte, sich einzubilden, er könne mir auch meine Firma wegnehmen! Ich antwortete nicht, sondern ging einen Schritt auf ihn zu und versetzte ihm einen Kinnhaken. Ich mochte ja fünf Zentimeter kleiner sein als er, aber nach zwanzigjährigem Umgang mit Lastwagenfahrern konnte ich durchaus noch richtig zuschlagen. Jeremy taumelte erst rückwärts, dann vorwärts, ehe er direkt vor meinen Füßen zusammensackte. Im Fallen schlug er sich die rechte Schläfe an der Ecke der Glasplatte an, und sein Cognac schwappte auf den Boden. Er lag reglos vor mir, und Blut sickerte auf den Teppich.

Ich muß zugeben, ich war recht zufrieden mit mir, erst recht, als Rosemary an seine Seite eilte und mir Obszönitäten ins Gesicht schrie.

»Spar dir den Atem für deinen Liebhaber«, riet ich ihr. »Und wenn er zu sich kommt, dann sag ihm, er braucht gar nicht zum Queen's Hotel fahren, weil ich auch heute nacht wieder in seinem Bett schlafen werde.«

Ich eilte aus dem Haus, fuhr zurück ins Stadtzentrum und stellte den Jaguar auf dem Hotelparkplatz ab. Als ich das Queen's betrat, war der Empfang leer, und ich fuhr sofort mit dem Lift hinauf und begab mich in Jeremys Zimmer. Ich legte mich aufs Bett, war jedoch viel zu aufgewühlt, als daß ich hätte schlafen können.

Ich war gerade dabei, einzudösen, als vier Polizisten in mein Zimmer stürmten und mich vom Bett zerrten. Einer erklärte mir, ich sei verhaftet, und las mir meine Rechte vor. Ohne weitere Erklärung brachten sie mich zum Millgarth-

Revier, wo ich wenige Minuten nach fünf Uhr inhaftiert wurde, nachdem man mir meine Wertsachen abgenommen, in einen braunen Umschlag gesteckt und mir gesagt hatte, daß ich das Recht habe, einen Anruf zu machen. Also rief ich bei Joe Ramsbottom an, weckte seine Frau auf, erklärte ihr, wo ich war, und bat sie, Joe so bald wie möglich zu mir zu schicken. Dann steckte man mich in eine kleine Zelle und ließ mich allein.

Ich setzte mich auf die hölzerne Bank und zermarterte mir den Kopf, weshalb man mich verhaftet hatte. Ich konnte mir nicht vorstellen, daß Jeremy so dumm war, mich wegen tätlicher Bedrohung anzuzeigen. Als Joe vierzig Minuten später ankam, erzählte ich ihm genau, was am frühen Abend vorgefallen war. Er hörte mir ernst zu, äußerte jedoch keine Meinung und sagte lediglich, daß er versuchen würde, herauszufinden, wessen man mich beschuldigte.

Nachdem Joe gegangen war, befiel mich die Befürchtung, ein Herzanfall oder der Schlag auf die Schläfe, als er gegen die Tischecke geprallt war, könnte zu Jeremys Tod geführt haben. Meine Phantasie lief Amok, während mir die schlimmsten Möglichkeiten durch den Kopf gingen, und ich hielt diese Ungewißheit kaum noch aus, als die Zellentür aufschwang und zwei Kriminalbeamte hereinkamen, mit Joe in ihrem Gefolge.

»Ich bin Chefinspektor Bainbridge«, stellte sich der größere der zwei vor, »und das ist mein Kollege, Sergeant Harris.« Beide hatten müde Augen und zerknitterte Anzüge. Sie sahen aus, als wären sie die ganze Nacht auf den Beinen gewesen, und beide hatten eine Rasur nötig. Ich betastete mein Kinn und stellte fest, das das gleiche auch für mich galt.

»Wir möchten Ihnen ein paar Fragen darüber stellen, was am vergangenen Abend bei Ihnen zu Hause vorgefallen ist«, sagte der Chefinspektor. Ich blickte Joe an, der den Kopf schüttelte. »Wir möchten Sie ersuchen, uns bei den Ermittlungen weiterzuhelfen«, fuhr der Chefinspektor fort. »Wären Sie zu einer schriftlichen Aussage bereit oder einer, die wir auf Band aufnehmen dürfen?«

»Ich fürchte, mein Klient wird im Augenblick gar nichts sagen, Chefinspektor«, warf Joe ein. »Und wird auch keine Aussage machen, ehe ich Näheres weiß.«

Ich war ziemlich beeindruckt. Noch nie zuvor hatte ich Joe so entschlossen erlebt, außer mit seinen Kindern.

»Wir möchten nur gern seine Aussage aufnehmen, Mr. Ramsbottom«, wandte sich Chefinspektor Bainbridge an Joe, als wäre ich gar nicht vorhanden. »Wir sind jedoch durchaus mit Ihrer Anwesenheit während der gesamten Befragung einverstanden.«

»Nein«, lehnte Joe fest ab. »Entweder, Sie stellen meinen Mandanten unter Anklage, oder Sie gehen jetzt besser — sofort.«

Der Chefinspektor zögerte kurz, dann nickte er seinem Kollegen zu. Ohne ein weiteres Wort verließen sie uns.

»Unter Anklage stellen?« rief ich, sobald die Tür hinter ihnen wieder verschlossen worden war. »Unter welche, um Himmels willen?«

»Mord, vermute ich«, antwortete Joe. »Nach allem, was Rosemary ihnen erzählt hat.«

»Mord?« Ich brachte das Wort kaum hervor. »Aber . . .« Ungläubig hörte ich zu, als Joe mir berichtete, soviel er von der Aussage hatte erfahren können, die meine Frau den Polizeibeamten in den frühen Morgenstunden gemacht hatte.

»Aber es war doch gar nicht so!« protestierte ich. »Es würde doch bestimmt niemand eine so unerhörte Geschichte glauben!«

»Vielleicht doch, wenn sie erfahren, daß die Polizei eine

Blutspur vom Wohnzimmer bis zu der Stelle gefunden hat, wo du deinen Wagen in der Einfahrt geparkt hattest.«

»Das ist unmöglich!« Ich schüttelte den Kopf. »Als ich ging, lag Jeremy noch bewußtlos auf dem Boden!«

»Die Polizei hat auch Blutspuren im Kofferraum deines Wagens gefunden«, erklärte Joe. »Sie sind überzeugt, die Untersuchung wird ergeben, daß es sich um Jeremys Blut handelt.«

»O mein Gott!« stöhnte ich. »Er ist gerissen! Und wie gerissen! Kannst du denn nicht sehen, was sie sich da so fein ausgedacht haben?«

»Nein, ehrlich gesagt, das kann ich nicht«, gestand Joe. »So etwas fällt eigentlich nicht unter die normalen Pflichten eines Hausjuristen. Aber es gelang mir, Sir Matthew Roberts gleich in der Frühe telefonisch zu erreichen, ehe er zum Gericht fuhr. Er ist der beste Strafverteidiger des Nordostbezirks. Er hat heute einen Fall im York Crown Court, versprach jedoch herzukommen, sobald die Verhandlung zu Ende ist. Wenn du wirklich unschuldig bist, Richard, und Sir Matthew dich verteidigt, hast du nichts zu befürchten. Darauf kannst du Gift nehmen.«

Am Nachmittag wurde Anklage gegen mich erhoben, wegen Mordes an Jeremy Anatole Alexander. Die Polizei gab gegenüber meinem Anwalt zu, daß sie die Leiche noch nicht hatten finden können, sie jedoch überzeugt wären, daß es sich nur noch um Stunden handeln könne. Ich wußte, daß sie vergeblich danach suchten. Joe erzählte mir am nächsten Vormittag, daß sie gründlicher in meinem Garten gegraben hatten, als ich während der letzten zwanzig Jahre.

Gegen neunzehn Uhr an diesem Abend schwang die Zellentür wieder auf, und Joe kam in Begleitung eines stattlichen, distinguiert aussehenden Mannes herein. Sir Matthew Roberts war etwa von meiner Größe, aber um ein Beachtliches schwerer. Seine roten Backen und sein warmes Lächeln verrieten, daß er eine gute Flasche Wein ebenso genoß wie die Gesellschaft amüsanter Leute. Er hatte dichtes, gepflegtes schwarzes Haar und trug einen gediegenen dunklen Anzug mit Weste und silbergrauem Binder. Ich mochte ihn vom ersten Augenblick an, als er sich vorstellte und mir versicherte, er wünschte sich, wir hätten uns unter angenehmeren Umständen kennengelernt.

Ich verbrachte den Rest des Abends mit Sir Matthew und ging mit ihm meine Geschichte immer wieder durch. Es entging mir nicht, daß er mir kein Wort glaubte, aber er freute sich offenbar trotzdem, mich zu vertreten. Er und Joe verließen mich kurz nach dreiundzwanzig Uhr, und ich legte mich auf die Pritsche, um die Nacht hinter Gittern zu schlafen.

Ich mußte in Untersuchungshaft bleiben, bis die Polizei sämtliche Unterlagen über den Fall an die Staatsanwaltschaft weitergeleitet hatte. Am folgenden Tag wurde ich zum Untersuchungsrichter des Leeds Crown Court gebracht, doch trotz Sir Matthews eloquenter Einwände wurde ich nicht gegen Kaution freigelassen.

Vierzig Minuten später überführte man mich ins Armley-Gefängnis.

Die Stunden wurden zu Tagen, die Tage zu Wochen und die Wochen zu Monaten. Fast wurde ich es müde, noch irgend jemandem, der mir zugehört hätte, zu versichern, daß Jeremys Leiche ganz einfach deshalb nicht gefunden werden konnte, weil er gar nicht tot war.

Als der Fall schließlich neun Monate später im Leeds Crown Court zur Verhandlung anstand, strömten die Reporter nur so herbei und verfolgten den Prozeß mit wahrer Begeisterung. Ein Multimillionär, eine mögliche ehebrecherische Beziehung und eine nichtauffindbare Leiche — das durften sie sich einfach nicht entgehen lassen. Die Sensationspresse übertraf sich schier selbst, indem sie Jeremy als den Evangelisten Lukas von Leeds beschrieb und aus mir einen sexbesessenen Trucker machte. Ich hätte jede Silbe genossen, wäre ich nicht der Angeklagte gewesen.

Mit seiner Eröffnungsrede focht Sir Matthew einen bewundernswerten Kampf für mich. Wie könnte sein Klient ohne eine Leiche überhaupt des Mordes angeklagt werden? Wie hätte ich mich einer Leiche entledigen können, da ich doch die ganze Nacht in einem Zimmer des Queen's Hotels zugebracht hatte? Wie sehr ich jetzt bedauerte, daß ich in dieser zweiten Nacht nicht noch einmal eincheckte, sondern direkt in Jeremys Zimmer ging. Es sprach auch nicht für mich, daß die Polizei mich noch vollbekleidet auf dem Bett vorgefunden hatte.

Dann hielt der Ankläger seine Rede. Dabei beobachtete ich die Gesichter der Geschworenen. Sie waren verwirrt und hatten offenbar ihre Zweifel über meine Schuld. Dieser Zweifel blieb, bis Rosemary in den Zeugenstand gerufen wurde. Ich ertrug es nicht, sie anzusehen, und ließ meinen Blick deshalb zu der aufregenden Blondine schweifen, die seit Beginn des Prozesses jeden Tag in der vordersten Zuschauerreihe saß.

Etwa eine Stunde lang führte der Staatsanwalt meine Frau behutsam durch die Ereignisse jenes Abends bis zu dem Punkt, da ich Jeremy den Kinnhaken verpaßt hatte. Bis dahin konnte ich jedes ihrer Worte nur bestätigen.

»Und was ist dann geschehen, Mrs. Cooper?« fragte der Staatsanwalt.

»Mein Mann beugte sich über Mr. Alexander und fühlte seinen Puls«, flüsterte Rosemary. »Dann wurde er kreidebleich und sagte: ›Er ist tot! Ich hab' ihn umgebracht!‹«

»Was hat Mr. Cooper dann getan?«

»Er hat die Leiche auf seine Schulter gehoben und ist damit zur Tür gegangen. Ich habe ihm nachgerufen: ›Was machst du da, Richard?‹«

»Und was hat er geantwortet?«

»Daß er beabsichtige, sich der Leiche zu entledigen, solange es noch dunkel war, und ich sollte alle Spuren von Jeremys Besuch bei uns beseitigen. Da niemand mehr in der Firma gewesen war, als die beiden gingen, würde man annehmen, Jeremy sei noch am gleichen Abend nach London zurückgekehrt. ›Sorg dafür, daß auch nicht die geringsten Blutspuren mehr zu sehen sind‹, lauteten die letzten Worte meines Mannes, als er mit Jeremys Leiche über der Schulter das Zimmer verließ. Da muß ich dann wohl in Ohnmacht gefallen sein.«

Sir Matthew blickte fragend zu mir auf der Anklagebank. Ich schüttelte heftig den Kopf. Er machte ein grimmiges Gesicht, als der Staatsanwalt sich wieder setzte.

»Möchten Sie diese Zeugin ins Kreuzverhör nehmen, Sir Matthew?« fragte der Richter.

Sir Matthew erhob sich bedächtig. »Allerdings, M'lord«, erwiderte er. Er richtete sich zur vollen Größe auf, zupfte an seiner Robe und warf einen Blick auf den Ankläger, ehe er sich der Zeugin zuwandte.

»Mrs. Cooper, würden Sie Mr. Alexander als Freund bezeichnen?«

»Ja, doch nur insoweit, als er ein Kollege meines Mannes war«, antwortete Rosemary ruhig.

»Sie haben sich also nie getroffen, wenn Ihr Mann nicht in Leeds oder etwa geschäftlich außer Landes war?«

»Nur bei gesellschaftlichen Anlässen in Begleitung meines Mannes oder wenn ich in sein Büro ging, um seine Post abzuholen.«

»Sind sie sicher, das waren die einzigen Male, daß Sie sich begegneten, Mrs. Cooper? Gab es nicht andere Gelegenheiten, bei denen Sie längere Zeit mit Mr. Alexander zusammen waren? Beispielsweise in der Nacht vom 17. September 1989, als Ihr Mann unerwartet von einer Reise aufs Festland zurückkam? Hat Mr. Alexander Sie damals nicht mehrere Stunden besucht, als Sie allein zu Haus waren?«

»Nein. Er kam nach der Arbeit kurz vorbei, um mir ein Dokument zu bringen, in das ich Einblick nehmen sollte, aber er hatte nicht einmal Zeit, auf einen Drink zu bleiben.«

»Aber Ihr Mann sagt . . .«, begann Sir Matthew.

»Ich weiß, was mein Mann sagt«, unterbrach ihn Rosemary, als hätte sie diese Zeile hundertmal geprobt.

»Ich verstehe.« Sir Matthew nickte. »Dann wollen wir zur Sache kommen, Mrs. Cooper. Hatten Sie zur Zeit seines Verschwindens ein Verhältnis mit Jeremy Alexander?«

»Ist das relevant, Sir Matthew?« unterbrach ihn nun der Richter.

»Allerdings, M'lord. Es betrifft den Kern der Sache«, antwortete mein Anwalt ruhig.

Aller Blicke hafteten nun auf Rosemary. Wenn ich sie doch nur mit meinen Gedanken beeinflussen könnte, die Wahrheit zu sagen.

Sie zögerte keine Sekunde. »Selbstverständlich nicht. Obgleich das nicht das einzige Mal war, daß mein Mann mir das in seiner Eifersucht vorwarf.«

»Ich verstehe«, sagte Sir Matthew erneut. Er machte eine Pause. »Lieben Sie Ihren Mann, Mrs. Cooper?«

»Also wirklich, Sir Matthew!« Der Richter konnte seinen Ärger nicht ganz verbergen. »Wieder muß ich fragen, ob das relevant ist.«

Sir Matthew brauste auf. »Relevant? Es ist von entscheidender Bedeutung, M'lord. Und Euer Lordschaft kaum verhohlene Sympathie für diese Zeugin ist nicht gerade eine Hilfe für mich!«

Der Richter wollte entrüstet etwas erwidern, als Rosemary ruhig sagte: »Ich war immer eine gute und treue Gattin, aber Mord kann ich unter keinen Umständigen billigen.«

Die Geschworenen blickten nun alle auf mich, ich hatte das Gefühl, die meisten hätten gern die Todesstrafe wieder eingeführt.

»Wenn das der Fall ist, sehe ich mich gezwungen, Sie zu fragen, weshalb Sie zweieinhalb Stunden gewartet haben, ehe Sie die Polizei verständigten«, sagte Sir Matthew. »Vor allem, da Sie glaubten, wie Sie behaupten, Ihr Mann hätte einen Mord begangen und wäre dabei, sich der Leiche zu entledigen.«

»Wie ich bereits sagte, fiel ich in Ohnmacht, nachdem er das Zimmer verlassen hatte. Ich rief die Polizei sofort, nachdem ich wieder zu mir gekommen war.«

»Wie praktisch«, sagte Sir Matthew. »Vielleicht ist die Wahrheit jedoch, daß Sie die Zeit nutzten, ihrem Mann eine Falle zu stellen, und gleichzeitig Ihrem Liebhaber die Gelegenheit gaben, sich unbemerkt zu entfernen!« Ein Murmeln breitete sich im Gerichtssaal aus.

Wieder intervenierte der Richter. »Sir Matthew, Sie gehen zu weit!«

»Keineswegs, M'lord, mit allem Respekt, ja, nicht einmal weit genug!« Er schwang wieder zu meiner Frau herum.

»Ich sage Ihnen ins Gesicht, Mrs. Cooper, daß Jeremy Alexander Ihr Liebhaber war und immer noch ist und Sie sehr wohl wissen, daß er lebt und sich bester Gesundheit erfreut!«

Trotz des empörten Stammelns des Richters und des Tumults im Gerichtssaal, hatte Rosemary ihre Antwort parat.

»Ich wünschte, er wäre es, damit er vor diesem Gericht

bestätigen könnte, daß ich die Wahrheit sage.« Ihre Stimme war sanft und eindringlich.

»Aber *Sie* kennen die Wahrheit bereits, Mrs. Cooper.« Sir Matthews Stimme hob sich allmählich. »Die Wahrheit ist, daß Ihr Mann das Haus allein, ohne Leiche, verließ und zum Queen's Hotel fuhr, wo er die restliche Nacht verbrachte, während Sie und Ihr Liebhaber diese Zeit nutzten, quer durch Leeds Spuren zu legen — Spuren, wie ich hinzufügen möchte, die Ihren Mann belasten sollten. Doch was Sie ihm nicht unterschieben konnten, war eine Leiche, da Sie sehr genau wissen, daß Mr. Jeremy Alexander noch lebt. Er und Sie haben sich diese Geschichte ausgedacht und die Indizien fabriziert, um zu profitieren. Stimmt das etwa nicht, Mrs. Cooper?«

»Nein, nein!« schrie Rosemary, und ihre Stimme überschlug sich, ehe sie schließlich in Tränen ausbrach.

»Tun Sie nicht so, Mrs. Cooper! Das sind Krokodilstränen, nicht wahr?« sagte Sir Matthew ruhig. »Nun, da Sie durchschaut sind, mögen die Geschworenen entscheiden, ob Ihr Leid echt ist oder nicht.«

Ich blickte zu den Geschworenen. Sie waren nicht nur auf Rosemarys Vorstellung hereingefallen, sie verabscheuten mich nun, weil ich zuließ, daß mein gefühlloser Macho von Anwalt eine so sanfte, geduldig ihr Leid tragende Frau so grob angriff. Rosemary erwies sich jedoch als sehr wohl fähig, alle von Sir Matthews Fragen scharf zu kontern, was mir verriet, daß sie des Experten Jeremy Alexanders gelehrige Schülerin war.

Als ich an der Reihe war, mich in den Zeugenstand zu begeben, saß die attraktive Blondine wieder in der vordersten Zuschauerreihe und beobachtete mich. Es sah ganz so aus, als genösse sie jeden Augenblick meiner seelischen Qualen.

Noch während Sir Matthew mich befragte, hatte ich das

Gefühl, daß meine Version des Tatherganges viel weniger glaubwürdig klang als Rosemarys Aussage, obwohl sie die Wahrheit war.

Das Plädoyer des Staatsanwalts war todlangweilig, aber trotzdem tödlich. Sir Matthews dagegen war subtil und dramatisch, aber ich fürchte, weniger überzeugend.

Nach einer weiteren Nacht im Armley-Gefängnis wurde ich für das Resümee des Richters wieder in den Gerichtssaal gebracht. Es war offensichtlich, daß er von meiner Schuld überzeugt war. Seine Zusammenstellung der Beweise war unausgewogen und unfair, und als er damit endete, die Geschworenen zu belehren, daß seine Meinung die Wahrheitsfindung nicht beeinflussen dürfte, fügte er seinem Vorurteil auch noch Heuchelei hinzu.

Nach ihrem ersten ganzen Tag in Klausur mußten die Geschworenen über Nacht in einem Hotel untergebracht werden — ironischerweise im Queen's —, und als der kleine dicke Mann mit den verschmitzten Augen und der bunten Fliege schließlich gefragt wurde: Geschworene, befinden Sie den Angeklagten im Sinne der Anklage für schuldig oder nicht schuldig, überraschte es mich nicht, als er laut und deutlich antwortete:

»Schuldig, Mylord.«

Tatsächlich wunderte es mich, daß die Geschworenen nicht zu einer einstimmigen Entscheidung gekommen waren. Ich habe mich seither oft gefragt, wer die zwei Geschworenen gewesen waren, die so von meiner Unschuld überzeugt waren, daß sie auf ihrer Ansicht beharrten. Ich hätte ihnen gern gedankt.

Der Richter starrte auf mich herab. »Richard Wilfred Cooper, Sie wurden des Mordes an Jeremy Anatole Alexander für schuldig befunden . . .«

»Ich habe ihn nicht getötet, Mylord!« unterbrach ich ihn

mit ruhiger Stimme. »Er ist gar nicht tot. Ich kann nur hoffen, daß Sie lange genug leben, um die Wahrheit zu erkennen.« Sir Matthew wirkte besorgt, als ein Tumult im Gerichtssaal ausbrach.

Der Richter gebot Schweigen, und seine Stimme wurde noch barscher, als er das Urteil verkündete. »Lebenslängliche Haft. Das ist die gesetzlich vorgeschriebene Höchststrafe. Bringen Sie ihn fort!«

Zwei Wärter kamen auf mich zu, faßten mich an den Armen und führten mich die Stufen an der Rückseite der Anklagebank hinunter und zurück in die Zelle, in der ich achtzehn Morgen lang auf den Beginn des Prozesses gewartet hatte.

»Tut mir leid, alter Junge«, sagte der Polizist, der seit Beginn des Verfahrens für mein Wohlergehen zuständig gewesen war. »Wenn Ihre Frau, dieses Luder, nicht gewesen wäre, hätten Sie eine Chance gehabt.« Er schmetterte die Zellentür zu und drehte den Schlüssel, ehe ich ihm beipflichten konnte. Doch Augenblicke später wurde die Tür wieder geöffnet, und Sir Matthew trat ein.

Er blickte mich eine Weile an, bevor er ein Wort herausbrachte. »Ein schreckliches Unrecht, Mr. Cooper!« sagte er schließlich. »Wir werden sofort Berufung einlegen. Ich versichere Ihnen, ich werde keine Ruhe geben, bis wir Jeremy Alexander gefunden und vor Gericht gebracht haben!«

Da wurde mir zum ersten Mal bewußt, daß Sir Matthew an meine Unschuld glaubte.

Man steckte mich in eine Zelle zu einem kleinen Gauner namens Jenkins, der darauf bestand, »Fingers« genannt zu werden. Nicht zu glauben, daß dieser Ganovenausdruck für Taschendiebe selbst an der Schwelle des einundzwanzigsten Jahrhunderts immer noch *in* zu sein schien. Aber für meinen

Zellengenossen war es ein wohlverdienter Name. Ich war noch keine Minute mit ihm allein, da trug er bereits meine Armbanduhr. Er gab sie mir allerdings sofort zurück, als er sah, daß sie mir abging. »Entschuldige«, bat er, »reine Gewohn'eit.«

Die Haft hätte sich als viel schlimmer erweisen können, wenn sich unter meinen Mithäftlingen nicht herumgesprochen hätte, daß ich Millionär war und für gewisse Privilegien gern etwas bezahlen würde. So bekam ich jeden Morgen die *Financial Times* und dadurch die Chance, mich auf dem laufenden zu halten, was in der City vorging. Es machte mich fast krank, als ich von dem Übernahmeangebot für Cooper's las. Krank nicht wegen des Angebots von £ 12,50 pro Anteil, was mich nur noch reicher machte, sondern weil mir Jeremys und Rosemarys Absicht schmerzhaft bewußt wurde. Jeremys Aktien dürften jetzt mehrere Millionen Pfund wert sein – Geld, das er nie bekommen hätte, wäre ich zur Stelle gewesen und hätte eine Übernahme verhindern können.

Tag für Tag lag ich Stunden auf meiner Pritsche und nahm jedes Wort der *Financial Times* in mir auf. Wann immer Cooper's erwähnt wurde, las ich die Zeilen so oft, bis ich sie auswendig kannte. Die Gesellschaft wurde schließlich übernommen, doch nicht, ehe der Anteil auf £ 13,43 gestiegen war. Ich verfolgte Cooper's Aktivitäten weiterhin mit größtem Interesse, und meine Befürchtungen wuchsen, was die Fähigkeiten der neuen Firmenleitung betraf, als einige meiner erfahrensten Mitarbeiter entlassen wurden, unter ihnen Joe Ramsbottom. Eine Woche später wies ich meine Makler an, meine Anteile zu verkaufen, sobald sie die Gelegenheit dazu gekommen sahen.

Zu Anfang meines vierten Monats in der Strafanstalt ersuchte ich um Schreibzeug. Ich fand, daß es an der Zeit war, alle Ereignisse aufzuzeichnen, seit jener Nacht, als ich unerwartet nach Hause gekommen war. Jeden Tag brachte mir der Wärter neue Blätter blaulinierten Papiers, und ich schrieb die Chronik, die Sie jetzt lesen. Ein damit verbundener Vorteil war, daß es mir half, meinen nächsten Zug zu planen.

Auf meine Bitte nahm Fingers eine Abstimmung unter unseren Mithäftlingen vor, wer ihrer Ansicht nach der beste Detektiv war, der ihnen je untergekommen war. Drei Tage später erfuhr ich den Namen: Chief Superintendent Donald Hackett, bekannt als *der Don*. Er stand an der Spitze von über der Hälfte der Listen. Zuverlässiger als eine Meinungsumfrage des Gallup-Instituts.

»Wieso findet ihr Hackett besser als alle anderen?« wollte ich von Fingers wissen.

»Er is' ehrlich, er is' fair, er läßt sich nicht bestechen. Und sobald der 'undesohn weiß, daß einer schuldig is', gibt er keine Ruh', bis er ihn 'inter Gittern 'at, und wenn's noch so lang dauert.«

Hackett, erfuhr ich, stammte aus Bradford. Die älteren Häftlinge behaupteten, er habe die Stellung als Assistant Chief Constable für West Yorkshire abgelehnt. Wie ein Rechtsanwalt für alle Fälle, der weder Richter werden noch Karriere machen will, zog er es offenbar vor, sich in seinen und auch in weniger feinen Kreisen zu bewegen.

»'s gibt ihm was, Verbrecher zu fangen«, erklärte mir Fingers und verzog das Gesicht.

»Das scheint mir genau der Mann zu sein, den ich suche«, sagte ich. »Wie alt ist er denn?«

Fingers überlegte. »Müßt' inzwischen über fuffzig sein. Laß mich nachdenken. Is' schon mehr als zwanzig Jahr' 'er, da war er 'inter mir 'er, weil ich Werkzeug geklaut 'ab.«

Als Sir Matthew mich am folgenden Montag besuchte, erklärte ich ihm, was ich vorhatte, und erkundigte mich nach seiner Meinung über den Don. Ich wollte schließlich auch die eines Profis der anderen Seite.

»Unter den Anwälten ist er als Zeuge im Kreuzverhör nicht sehr beliebt, das dürfen Sie mir glauben.«

»Wieso?«

»Er übertreibt nicht, verdreht die Wahrheit nicht, verheimlicht nichts, hat, soviel man weiß, nie gelogen. Das macht es unheimlich schwierig, ihn zu überrumpeln. Nein, das ist mir bei ihm auch nie gelungen. Ich muß Ihnen jedoch sagen, ich bezweifle, daß er sich einverstanden erklären wird, sich mit einem verurteilten Verbrecher auch nur auf ein Gespräch einzulassen, wie Sie es planen, egal, welches Honorar Sie ihm bieten.«

»Aber ich bin kein . . .«

»Das weiß ich, Mr. Cooper«, versicherte mir Sir Matthew, der es offenbar immer noch nicht fertigbrachte, mich beim Vornamen zu nennen. »Aber davon muß Hackett erst überzeugt werden, ehe er mit Ihnen sprechen wird.«

»Wie könnte ich ihn von meiner Unschuld überzeugen, wenn ich im Gefängnis sitze?«

»Ich werde versuchen, das für Sie zu tun«, versprach Sir Matthew nach kurzer Überlegung. Dann fügte er hinzu: »Wenn mich nicht alles täuscht, ist er mir noch einen Gefallen schuldig.«

Nachdem Sir Matthew mich an jenem Abend verlassen hatte, ersuchte ich um weiteres Schreibpapier und begann, einen sorgfältig formulierten Brief an Chief Superintendent Hackett zu verfassen. Mehrere Versionen endeten zerknüllt auf dem Boden meiner Zelle. Die Endfassung lautete so:

Sehr geehrter Herr Chief Superintendent,
wie Sie sehen, befinde ich mich gegenwärtig in Haft. Trotz-
dem wage ich es, Sie zu bitten, so freundlich zu sein, mich zu

besuchen, da ich eine private Angelegenheit mit Ihnen be-
sprechen möchte, die sich nicht nur auf meine, sondern auch
auf Ihre Zukunft auswirken könnte. Ich versichere Ihnen,
daß mein Angebot sowohl legal wie ehrlich ist, und ich glau-
be, daß es an Ihren Gerechtigkeitssinn appellieren wird. Es
hat auch die Billigung meines Anwalts, Sir Matthew Roberts,
mit dem Sie, wie ich hörte, hin und wieder beruflich zu tun
hatten. Selbstverständlich werde ich Ihnen gern alle Auslagen
ersetzen, die sich durch Ihren Besuch ergeben.
Mit vorzüglicher Hochachtung

Ich las den Brief sorgfältig durch, verbesserte ihn und unterschrieb schließlich.

Auf meine Bitte brachte Sir Matthew den Brief höchstpersönlich zu Hackett. Der erste Briefträger in der Geschichte
der Königlich Britischen Post, der für einen Tag tausend
Pfund bekommt, sagte ich ihm.

Sir Matthew berichtete mir am folgenden Montag, daß er
Hackett den Brief nicht nur selbst ausgehändigt, sondern
auch auf seine Antwort gewartet hatte. Aber als Hackett ihn
das zweite Mal gelesen hatte, sagte er lediglich, daß er erst
mit seinen Vorgesetzten sprechen müsse. Er hatte jedoch
versprochen, Sir Matthew noch in dieser Woche Bescheid zu
geben.

Schon vom Augenblick meiner Verurteilung an arbeitete Sir
Matthew an meiner Berufung, und obwohl er mir nie große
Hoffnungen gemacht hatte, konnte er seine Freude darüber
nicht verbergen, was er bei einem Besuch im Nachlaßgericht
herausgefunden hatte.

Jeremy hatte in seinem Testament Rosemary zur Alleiner-
bin eingesetzt. Zu seinem Nachlaß gehörten Cooper's-Aktien im Wert von drei Millionen Pfund. Doch nach dem Ge-

setz durfte sie sieben Jahre lang nicht darüber verfügen. »Ein englisches Gericht mag Sie zwar schuldig befunden haben«, erklärte Sir Matthew, »aber die Leute von der Finanzbehörde lassen sich nicht so leicht überzeugen. Sie werden Jeremy Alexanders Nachlaß erst freigeben, wenn sie entweder seine Leiche gesehen haben oder sieben Jahre vergangenen sind.«

»Glauben sie, daß Rosemary ihn umgebracht und sich dann seiner Leiche entledigt hat . . .?«

»Nein, nein«, entgegnete Sir Matthew und lachte fast über meine Worte. »Es ist nur so, daß sie berechtigt sind, sieben Jahre zu warten, und so lange werden sie auf seinem Nachlaß sitzen, um nur ja kein Risiko einzugehen, daß Alexander noch lebt und sein Eigentum zurückfordern könnte. Wie auch immer, *falls* Ihre Frau ihn getötet hätte, würde sie keine so gut vorbereiteten Antworten auf jede meiner Fragen gehabt haben, dessen bin ich sicher.«

Ich lächelte. Zum erstenmal in meinem Leben war ich erfreut darüber, daß das Finanzamt seine Nase in meine Angelegenheiten steckte.

Sir Matthew versprach, er würde es mir sofort berichten, wenn er etwas Neues erfuhr. »Gute Nacht, Richard«, sagte er, als er mich verließ.

Und das war auch das erste Mal, daß er mich beim Vornamen genannt hatte.

Es hatte ganz den Anschein, als wüßte das ganze Gefängnis lange vor mir, daß Chief Superintendent Hackett mich besuchen würde.

Dave Adams, ein langjähriger Häftling in einer Nebenzelle, machte mir klar, weshalb man allgemein davon überzeugt war, daß Hackett sich bereit erklärt hatte, mit mir zu reden. »Ein guter Bulle mag's gar nicht, wenn einer für was sitzen muß, was er gar nicht getan 'at. 'ackett 'at am Dienstag den

Direktor angerufen und vertraulich mit ihm geredet, 'at Maurice gesagt«, fügte Dave hinzu.

Es hätte mich sehr interessiert, zu erfahren, wie der Kalfaktor des Direktors es fertiggebracht hatte, bei einem Telefongespräch mitzuhören, aber wenn ich es recht bedachte, war das im Grunde genommen völlig unwichtig, zumindest für mich.

»Sogar die schwersten Jungs 'ier 'alten dich für unschuldig«, fuhr Dave fort. »Sie können's nicht erwarten, bis dieser Mr. Jeremy Alexander statt dir in deine Zelle kommt. Kannst dich drauf verlassen, sie werden ihn 'erzlich empfangen!«

Am nächsten Tag kam ein Brief aus Bradford. »Lieber Cooper«, begann der Chief Superintendent und kündete mir seinen Besuch für den kommenden Sonntag um sechzehn Uhr an. Er betonte, daß er nicht länger als eine halbe Stunde bleiben würde, und verlangte die Anwesenheit eines Zeugen während der gesamten Zeit.

Zum erstenmal, seit ich eingesperrt war, zählte ich die Stunden. Stunden sind normalerweise nicht so wichtig, wenn man lebenslänglich sitzt.

Als ich am Sonntagnachmittag aus der Zelle geholt und zum Besucherzimmer gebracht wurde, riefen mir Mithäftlinge unterwegs Botschaften zu, die ich dem Chief Superintendent übermitteln sollte.

»Grüß den Don von mir«, sagte Fingers. »Sag ihm, wie leid's mir tut, daß nicht er's war, der mich diesmal 'ier 'erein gebracht 'at.«

»Wenn er mit dir fertig is', tät' ich ihn gern auf'n Becher schwarze Brüh' un'n Gespräch über alte Zeiten in meine Zelle lad'n, richt ihm das aus!« rief ein anderer Mithäftling.

»Tritt den Bastard in die Eier und sag ihm, dafür brumm' ich gern noch ein bißchen länger.«

Aus einer anderen Zelle bat mich einer, Hackett eine Frage zu stellen, zu der ich die Antwort bereits kannte: »Frag ihn, wann er in Pension geh'n wird, denn vor'er geh' ich 'ier nicht raus.«

Als ich das Besucherzimmer betrat und den Chief Superintendent zum erstenmal sah, dachte ich an einen Irrtum. Ich hatte Fingers nie gefragt, wie der Don aussah, aber ihn mir im Lauf der vergangenen Tage als eine Art Supermann ausgemalt. Doch das Mannsbild, das da vor mir stand, war bestimmt noch fünf Zentimeter kleiner als ich — und ich bin nur einsfünfundsiebzig —, dazu spindeldürr, und trug eine Hornbrille mit dicken Gläsern, was den Eindruck erweckte, daß er halbblind war. Er brauchte jetzt bloß noch einen schmuddeligen Trenchcoat, dann könnte man ihn für einen Schuldeneintreiber halten.

Sir Matthew trat herbei und machte uns miteinander bekannt. Ich schüttelte dem Kriminalbeamten fest die Hand. »Danke, daß Sie gekommen sind, Chief Superintendent«, begann ich. »Bitte nehmen Sie doch Platz«, fügte ich hinzu, als hätte er bei mir zu Haus auf ein Glas Sherry hereingeschaut.

»Sir Matthew ist ein Überredungskünstler«, sagte Hackett mit tiefer Stimme und barschem Yorkshire-Akzent, was beides nicht so recht zu seiner Statur zu passen schien. »Also sagen Sie mir, Cooper, was Sie glauben, das ich für Sie tun kann«, forderte er mich auf, als er sich mir gegenüber niederließ. Ich spürte eine Spur Zynismus.

Er schlug einen Notizblock auf und legte ihn vor sich auf den Tisch, als ich mit meiner Geschichte anfing. »Nur für mich«, erklärte er, »falls ich später einmal in irgendeinem relevanten Punkt meinem Gedächtnis nachhelfen möchte.«

Zwanzig Minuten später war ich mit der gekürzten Version des Lebens und der Erlebnisse von Richard Cooper fertig. Ich war sie während der vergangenen Woche mehrmals in meiner Zelle durchgegangen, um sicherzugehen, daß ich nicht zu lange dazu brauchte, denn ich wollte ja noch etwas Zeit übrighaben, damit mir Hackett Fragen stellen konnte.

»Falls ich Ihre Geschichte glaube — und ich möchte das ›falls‹ betonen —, haben Sie mir aber immer noch nicht gesagt, was Sie glauben, daß ich für Sie tun kann.«

»Sie werden in fünf Monaten aus dem Polizeidienst ausscheiden«, sagte ich, »und ich möchte Sie fragen, ob Sie bereits irgendwelche Pläne für Ihren Ruhestand haben.«

Er zögerte. Offenbar hatte meine Frage ihn überrascht.

»Man hat mir eine Stellung bei Gruppe 4 als Gebietsleiter für West Yorkshire angeboten«.

»Und wieviel bekommen Sie dafür?« fragte ich unverblümt.

»Es ist keine Ganztagsbeschäftigung«, erklärte er. »Zunächst nur drei Tage die Woche.« Wieder zögerte er. »Zwanzigtausend jährlich, drei Jahre garantiert.«

»Ich bin bereit, Ihnen hunderttausend im Jahr zu bezahlen, erwarte aber, daß Sie sieben Tage die Woche im Einsatz sind. Ich nehme an, Sie werden eine Sekretärin und einen Assistenten brauchen — dieser Inspektor Williams, der zur gleichen Zeit wie Sie ausscheidet, wäre dafür vielleicht genau der Richtige —, ich werde also dafür sorgen, daß Sie genügend Geld für die Gehälter Ihrer Angestellten bekommen und für die Büromiete.«

Ein Hauch von Respekt huschte nun über die Züge des Chief Superintendent. Er machte sich noch einige Notizen auf seinem Block.

»Und was würden Sie für eine so hohe Summe von mir erwarten?«

»Die Antwort ist einfach: Ich erwarte, daß Sie Jeremy Alexander finden!«

Diesmal zögerte er nicht. »Mein Gott«, sagte er. »Sie sind *wirklich* unschuldig. Sowohl Sir Matthew wie der Direktor dieses Gefängnisses sind davon überzeugt und versuchten, auch mich zu überzeugen.«

»Und falls Sie ihn innerhalb von sieben Jahren finden«, fügte ich hinzu und ignorierte seine Bemerkung, »überweise ich Ihnen zusätzliche fünfhunderttausend Pfund auf eine Bank Ihrer Wahl, wo immer auf der Welt.«

»Die Midland in Bradford ist meine Bank«, erwiderte er. »Nur Kriminelle haben es nötig, sich irgendwo im Ausland zur Ruhe zu setzen. Wie auch immer, ich bin sowieso jeden zweiten Samstagnachmittag in Bradford, um zuzuschauen, wie City verliert.« Hackett erhob sich und blickte mich nachdenklich an. »Eine letzte Frage, Mr. Cooper: Warum innerhalb von sieben Jahren?«

»Weil meine Frau danach Alexanders Anteile verkaufen kann und er über Nacht zum Multimillionär wird.«

Der Chief Superintendent nickte verständnisvoll. »Danke, daß Sie darum gebeten haben, mit mir zu sprechen. Es ist lange her, daß ich es so genoß, jemanden im Gefängnis zu besuchen, schon gar jemanden, der wegen Mordes verurteilt wurde. Ich werde über Ihr Angebot ernsthaft nachdenken und Ihnen bis Ende der Woche Bescheid geben.« Dann ging er ohne ein weiteres Wort.

Drei Tage später erhielt ich einen Brief von Hackett, in dem er mir mitteilte, daß er mein Angebot annehme.

Ich brauchte jedoch keine fünf Monate zu warten, bis er für mich zu arbeiten anfing. Er reichte bereits in der folgenden Woche seine Kündigung ein, arrangierte jedoch zuvor, daß er bis zu seinem rechtmäßigen Ausscheiden aus dem Polizeidienst seinen Pensionsbeitrag aus eigener Tasche einzahlen konnte und außerdem den der zwei Kollegen, die mit ihm vorzeitig in den Ruhestand gehen und für ihn arbeiten wollten. Nachdem meine sämtlichen Cooper's-Anteile inzwischen verkauft waren, brachten mir die Zinsen auf meinem Einlagenkonto jährlich über vierhunderttausend Pfund ein, und da ich mietfrei wohnte, waren die Ausgaben für Hackett keine große Sache für mich.

Ich hätte Sie ja gern näher in alles eingeweiht, was ich im Lauf der folgenden Monate erlebte, aber da ich während dieser Zeit so abgelenkt war, füllte ich nur drei Blatt meines blaulinierten Gefängnispapiers. Ich möchte jedoch erwähnen, daß ich mehrere Gesetz- und Jurabücher studierte, um sicherzugehen, daß ich die Bedeutung des juristischen Ausdrucks ›*autrefois acquit*‹ durch und durch verstand.

Die nächste wichtige Eintragung in mein »Tagebuch« war meine Berufungsanhörung.

Matthew — auf seinen Wunsch hatte ich längst aufgehört, ihn »Sir« Matthew zu nennen —, bemühte sich redlich, nicht zu zeigen, daß er sich des guten Ausgangs immer sicherer wurde; aber ich kannte ihn inzwischen so gut, daß er seine wahren Gefühle nicht mehr vor mir verbergen konnte. Erfreut erklärte er mir, daß er mit der Zusammensetzung des Revisionsausschusses sehr zufrieden sei. »Fair und gerecht«, versicherte er mir mehrmals.

Am selben Abend erzählte er mir traurig, daß Victoria, seine Frau, vor einigen Wochen an Krebs gestorben war. »Sie mußte sehr lange leiden« sagte er bedrückt, »es war eine Erlösung für sie.«

Zum erstenmal fühlte ich mich in seiner Gegenwart schuldbewußt. Während der vergangenen achtzehn Monate hatten wir immer nur über meine Probleme gesprochen.

Ich war vermutlich einer von nur wenigen Strafgefangenen — wenn nicht der einzige —, der je einen Maßschneider in seiner Zelle hatte. Matthew hatte vorgeschlagen, mir für das Berufungsverfahren einen neuen Anzug anfertigen zu lassen, da ich während meiner Haft fast sieben Kilo abgenommen hatte. Nachdem der Schneider meine Maße genommen hatte und dabei war, sein Maßband aufzurollen, bestand ich darauf, daß Fingers ihm sein Feuerzeug zurückgab, gestattete ihm allerdings, die Zigaretten zu behalten.

Als ich zehn Tage später um fünf Uhr früh aus meiner Zelle geholt wurde, hämmerten meine Mithäftlinge mit ihren Blechbechern auf die verschlossenen Zellentüren. Das war die traditionelle Weise, dem Gefängnispersonal mitzuteilen, daß der zur Verhandlung Geführte ihrer Meinung nach unschuldig war. Für mich hörte es sich an wie eine große Sinfonie.

In Begleitung von zwei Gefängniswärtern wurde ich in einem Polizeiwagen nach London gebracht. Wir hielten während der ganzen Fahrt nicht einmal an und erreichten die Hauptstadt kurz nach neun. Ich erinnere mich, daß ich aus dem Fenster blickte und die Pendler beobachtete, die zu ihren Büros eilten, um ihren neuen Arbeitstag zu beginnen. Jeder, der mich vielleicht in meinem neuen Anzug hinten im Wagen sitzen sah und nicht wußte, daß ich Handschellen trug, hielt mich wahrscheinlich mindestens für einen Chief Inspector.

Matthew wartete, ein Riesenbündel Papiere unter jeden Arm geklemmt, am Eingang zum Old Bailey auf mich. »Der Anzug gefällt mir«, bemerkte er, ehe er mich eine steinerne Treppe zu dem Saal hinaufführte, wo mein Schicksal entschieden werden würde.

Wieder saß ich scheinbar gelassen auf der Anklagebank, während Sir Matthew sich von seinem Platz erhob, um seine Ansprache vor den drei Berufungsrichtern zu halten. Seine Eröffnungsrede dauerte fast eine Stunde, und inzwischen war ich fast sicher, daß auch ich selbst sie recht adäquat halten könnte, obgleich natürlich bei weitem nicht so eloquent und überzeugend. Er machte eine große Show daraus, als er darlegte, wie Jeremy seine gesamten irdischen Güter Rosemary vermacht hatte, die ihrerseits mein Vaterhaus in Leeds verkauft und innerhalb von wenigen Monaten nach der Firmenübernahme ihre ganzen Cooper's-Aktien zu Geld gemacht, eine rasche Scheidung durchgesetzt hatte und dann mit ungefähr sieben Millionen Pfund untergetaucht war. Ich fragte mich unwillkürlich, wieviel von diesem Vermögen sich bereits in Jeremys Händen befand.

Sir Matthews machte den Ausschuß immer wieder darauf aufmerksam, daß die Polizei keine Leiche hatte finden können, obwohl es den Anschein hatte, als hätte sie inzwischen halb Leeds aufgegraben.

Mit jeder neuen Tatsache, die Matthew den Richtern vorlegte, wuchs meine Hoffnung. Doch nachdem er geendet hatte, mußte ich mich weitere drei Tage gedulden, ehe mir das Ergebnis ihrer Beratungen mitgeteilt wurde.

Berufung vorläufig zurückgewiesen.

Matthew kam an diesem Freitag nach Armley herauf, um mir zu sagen, warum er glaubte, weshalb meine Berufung ohne Erklärung zurückgewiesen worden war. Er hatte das Gefühl, daß die Richter unterschiedlicher Meinung gewesen waren und mehr Zeit brauchten, um es so aussehen zu lassen, als wären sie es nicht.

»Wie lange?« fragte ich.

»Ich schätze, daß sie in ein paar Monaten auf ›aus Mangel an Beweisen‹ erkennen und Sie freilassen werden. Sie wurden ganz offensichtlich durch die Tatsache beeinflußt, daß die Polizei keine Leiche finden konnte, schienen unbeeindruckt von dem Resümee des Prozeßrichters und beeindruckt von den neuen überzeugenden Fakten in Ihrem Fall.«

Ich dankte Matthew, der mich ausnahmsweise einmal mit einem Lächeln verließ.

Sie fragen sich vielleicht, was Chief Superintendent Hackett — oder vielmehr Exchief Superintendent Hackett — inzwischen getan hatte.

Er war alles andere als untätig gewesen. Inspector Williams und Jenny Kenwright waren am selben Tag wie er aus dem Polizeidienst ausgeschieden. Noch in derselben Woche hatten sie ein kleines Büro über dem Constitutional Club in Bradford bezogen und mit ihren Ermittlungen begonnen. Der Don erstattete mir jeden Sonntagnachmittag um sechzehn Uhr Bericht.

Innerhalb eines Monats hatten sie eine dicke Akte mit detaillierten Dossiers über Rosemary, Jeremy, die Firma und mich zusammengestellt. Ich brauchte viele Stunden, sie zu lesen, und konnte sogar ein paar Lücken füllen. Ich verstand bald, weshalb der Don von meinen Mithäftlingen so respektiert wurde, und wußte es sehr zu schätzen. Er folgte jeder Spur, jedem Hinweis selbst in die hintersten Winkel und in Nebenstraßen — und wenn sie noch so sehr wie Sackgassen aussahen, denn hin und wieder kam es doch vor, daß sie sich als Hauptstraßen erwiesen.

Am ersten Sonntag im Oktober, als Hackett vier Monate für mich arbeitete, sagte er mir, es wäre möglich, daß er Rosemary entdeckt hatte. Eine Frau ihrer Beschreibung wohnte in einem Landhaus, der Villa Fleur, in Südfrankreich.

»Wie ist es Ihnen gelungen, sie aufzuspüren?« erkundigte ich mich.

»Durch einen Brief, den ihre Mutter in den Postkasten in der Nähe ihres Hauses warf. Der Postbeamte, der ihn leerte, war so nett und ließ mich einen Blick auf die Adresse werfen, ehe er seinen Beutel zuzog«, antwortete Hackett. »Sie können sich nicht vorstellen, wie viele Stunden wir herumhängen, wie viele Briefe wir durchsehen mußten und an wie vielen Türen wir in den letzten vier Monaten anklopften, nur um an diesen einen Anhaltspunkt zu kommen. Mrs. Kershaw scheint eine leidenschaftliche Briefschreiberin zu sein, aber das war das erstemal gewesen, daß sie ihrer Tochter einen Brief sandte. Übrigens«, fuhr er fort, »Ihre Frau hat wieder ihren Mädchennamen angenommen. Sie nennt sich jetzt Mrs. Kershaw.«

Ich nickte nur, weil ich ihn nicht unterbrechen wollte.

»Williams flog am Mittwoch nach Cannes und hat sich als angeblicher Tourist in der nächsten Ortschaft einquartiert. Mrs. Kershaws Haus ist von einer drei Meter hohen Steinmauer umgeben, hinter der es mehr Wachhunde gibt als Bäume. Die Einheimischen wissen offenbar noch weniger über sie als wir. Aber es ist zumindest ein Anfang.«

Zum ersten Mal regte sich in mir die Hoffnung, daß Jeremy Alexander endlich einen ebenbürtigen Gegner gefunden hatte, aber weitere fünf Sonntage und fünf Zwischenberichte vergingen, ehe ein dünnes Lächeln über Hacketts normalerweise strenges Gesicht huschte.

»Mrs. Kershaw hat eine Anzeige im Lokalblatt aufgegeben«, informierte er mich. »Sie sucht einen neuen Butler. Zuerst spielte ich mit dem Gedanken, den alten gründlich auszufragen, sobald er nicht mehr für sie arbeitete, aber da ich nicht riskieren durfte, daß sie, wenn vielleicht auch nur auf Umwegen, davon erfuhr, beschloß ich, daß statt dessen Inspector Williams sich um die Stellung bewerben solle.«

»Aber ihr wird doch in Kürze auffallen, daß er nie im Leben ein Butler gewesen sein kann!«

»Nicht unbedingt«, widersprach Hackett. »Wissen Sie, Williams kann seine gegenwärtige Stellung bei der Gräfin von Rutland erst nach Beendigung seiner vierwöchigen

Kündigungsfrist verlassen. Inzwischen haben wir ihn für einen sechswöchigen Sonderkurs in der Ivor-Spencer-School für Butler eingeschrieben. Er hat schon immer schnell gelernt und ist sehr anpassungsfähig.«

»Aber was ist mit Zeugnissen?«

»Bis Rosemary Kershaw ihn interviewt, wird er ein paar Zeugnisse haben, die sogar eine Herzogin beeindrucken würden.«

»Ich habe gehört, daß Sie nie etwas Ungesetzliches tun.«

»Das stimmt, solange ich es mit ehrlichen Menschen zu tun habe, Mr. Cooper, nicht bei Halunken wie diesen beiden! Ich werde die zwei hinter Gitter bringen, und wenn es das letzte ist, was ich tue!«

Jetzt war nicht die richtige Zeit, Hackett wissen zu lassen, daß ich für mein letztes Kapitel dieser Story nicht geplant hatte, daß Jeremy im Gefängnis enden würde.

Sobald Williams als Butler für Rosemary in die engere Wahl kam, trug auch ich ein wenig dazu bei, ihm die Stellung zu verschaffen. Die Idee kam mir, als ich den Entwurf des Dienstvertrags las.

»Sagen Sie Williams, er soll ein Monatsgehalt von 15 000 Francs verlangen und fünf Wochen Jahresurlaub«, riet ich Hackett, als er und Matthew mich am folgenden Sonntag besuchten.

»Warum?« fragte der ehemalige Chief Superintendent. »Sie bietet nur 11 000 und drei Wochen Urlaub.«

»Sie kann sich die paar Francs mehr ohne weiteres leisten, und bei solchen Zeugnissen«, ich blickte auf meine Unterlagen, »würde sie vielleicht mißtrauisch, wenn er weniger verlangte.«

Matthew lächelte und nickte.

Rosemary bot Williams die Stellung für 13 000 Francs und vier Wochen Urlaub an, und Williams erklärte sich nach achtundvierzigstündiger Bedenkzeit schließlich damit einverstanden. Aber er trat die Stellung erst nach vier Wochen an, während derer er lernte, naßgewordene Zeitungen zu bügeln, den Tisch millimetergenau zu decken, und Portwein-, Sherry- und Likörgläser voneinander zu unterscheiden.

Ich vermute, ich hatte auf sofortige Ergebnisse gehofft, nachdem Williams die Stellung antrat. Doch Hackett wies Sonntag um Sonntag darauf hin, daß das unrealistisch war.

»Williams darf nichts überstürzen«, erklärte der Don. »Er muß ihr Vertrauen gewinnen und darf ihr nicht den geringsten Grund geben, der sie argwöhnisch machen könnte. Ich brauchte einmal fünf Jahre, bis ich einen Drogenschmuggler festnageln konnte, der lediglich einen knappen Kilometer von mir entfernt wohnte.«

Ich hätte ihn gern daran erinnert, daß ich es war, den man der Freiheit beraubt hatte, und daß mir fünf Tage viel lieber wären, aber ich wußte, wie hart sie alle für mich arbeiteten, und versuchte, mir meine Ungeduld nicht anmerken zu lassen.

Innerhalb eines Monats hatte Williams uns mit Fotografien und dem Lebenslauf des gesamten Personals versorgt und einer Beschreibung aller Besucher Rosemarys — selbst des Pfarrers, der sich eine Spende für französische Entwicklungshelfer in Somalia erhofft hatte.

Die Köchin: Gabrielle Pascal — spricht kein Englisch, kocht ausgezeichnet, kam aus Marseille, Familie überprüft. Der Gärtner: Jacques Reni — ein wenig beschränkt, nicht gerade einfallsreich bei den Rosenrabatten, Einheimischer und gut bekannt. Rosemarys Zofe: Charlotte Merieux — spricht und versteht ein wenig Englisch, schlau, sexy, stammt aus Paris; wird noch überprüft. Das gesamte Personal war von Rosemary seit ihrer Ankunft in Südfrankreich persönlich eingestellt worden und hatte offenbar keinerlei Verbindung zueinander oder mit Rosemarys früherem Leben gehabt.

»Ah«, sagte Hackett, während er das Bild von Rosemarys Zofe studierte. Ich zog eine Braue hoch. »Ich dachte nur daran, auf welch engem Raum Williams und Charlotte Merieux jetzt tagein, tagaus beisammen sind – und vor allem nachtein, nachtaus.« Er erklärte: »Er wäre Superintendent geworden, doch seine vielen Liebschaften waren ihm wichtiger als die Karriere. Hoffen wir, daß sich das diesmal als Vorteil für uns erweist.«

Ich legte mich auf meine Pritsche und studierte stundenlang die Bilder des Personals, aber sie verrieten mir nichts. Und immer wieder las ich die Notizen über jeden, der die Villa Fleur besuchte. Doch während die Wochen vergingen, sah es immer mehr so aus, als wüßte niemand aus Rosemarys Vergangenheit, außer ihrer Mutter, wo sie sich befand – oder falls doch, versuchte keine Menschenseele, sich mit ihr in Verbindung zu setzen. Und ganz gewiß wies nicht das Geringste auf Jeremy Alexander hin.

Ich befürchtete allmählich schon, daß sie und Jeremy sich getrennt hatten, als Williams berichtete, daß das Bild eines dunkelhaarigen, gutaussehenden Mannes auf Rosemarys Nachttisch stand. Es hatte eine Widmung: *Wir werden immer beisammen sein. J.*

In den Wochen nach meiner Berufungsanhörung wurde ich ständig von Bewährungshelfern, Sozialarbeitern, ja sogar dem Gefängnispsychiater interviewt. Ich bemühte mich, wie Matthew mich ermahnt hatte, das warme, offene Lächeln beizubehalten, das so wichtig war, die Räder der Bürokratie zu ölen.

Etwa elf Wochen nachdem mein Berufungsgesuch vorläufig abgelehnt worden war, wurde die Zellentür aufgerissen und der für unseren Gang zuständige Wärter forderte mich auf mitzukommen. »Der Direktor will Sie sehen, Cooper.« Fingers machte ein höchst mißtrauisches Gesicht, denn immer wenn er diese Worte hörte, führten sie unausbleiblich zu ein paar Tagen Einzelhaft.

Ich hörte mein Herz schlagen, während ich durch den langen Korridor zum Büro des Direktors geführt wurde. Der Wärter klopfte höflich an, bevor er die Tür öffnete. Der Direktor erhob sich hinter seinem Schreibtisch, streckte die Hand aus und sagte: »Ich freue mich, daß ich Ihnen die gute Neuigkeit als erster mitteilen darf.«

Er bat mich, in einem bequemen Sessel ihm gegenüber Platz zu nehmen, und erklärte mir die Bedingungen meiner Entlassung. Und während er das tat, schenkte er mir Kaffee ein, als wären wir alte Freunde.

Nach einem Klopfen an der Tür trat Matthew ein. Er hatte unzählige Papiere bei sich, die alle unterschrieben werden mußten. Ich stand auf, als er sie auf den Schreibtisch legte, und ohne Vorwarnung drehte er sich um und umarmte mich stürmisch. Das war bestimmt etwas, das er nicht jeden Tag tat.

Nachdem ich das letzte Dokument unterschrieben hatte, fragte er mich: »Was werden Sie nach Ihrer Entlassung als erstes tun?«

»Ich werde mir eine Pistole kaufen.«

Matthew und der Direktor lachten.

Drei Tage später öffnete sich für mich das schwere Tor der Justizvollzugsanstalt Armley. Ich verließ die Anstalt mit nichts anderem als dem kleinen Lederkoffer, den ich bei meinem Haftantritt dabeigehabt hatte. Ohne einen Blick zurück hielt ich ein Taxi an und ließ mich zum Bahnhof bringen, denn ich beabsichtigte, keinen Augenblick länger als notwendig in Leeds zu bleiben. Nachdem ich eine Fahrkarte erstanden hatte, rief ich Hackett an, um ihm mitzuteilen, daß ich unterwegs zu ihm war, und bestieg den ersten Zug nach Bradford. Ich genoß das britische Eisenbahnfrühstück, das einem nicht auf einem Blechteller vorgesetzt wurde, und las die *Financial Times*, die ich selbst am Kiosk erstanden hatte und die mir diesmal nicht von einem Kalfaktor gebracht worden war. Niemand starrte mich an — warum sollte man auch? Schließlich saß ich in einem Abteil erster Klasse und trug meinen neuen maßgeschneiderten Anzug. Ich blickte jeder vorbeigehenden Frau nach, egal, wie sie gekleidet war, aber sie konnten natürlich nicht wissen, weshalb.

Als der Zug in Bradford einfuhr, warteten der Don und seine Sekretärin Jenny am Bahnsteig auf mich. Der ehemalige Chief Superintendent hatte eine kleine möblierte Wohnung am Stadtrand für mich gemietet, und nachdem ich meinen Koffer ausgepackt hatte — was wahrhaftig nicht lange dauerte —, führten sie mich zum Mittagessen aus.

Gleich nach dem Essen und der nichtssagenden Plauderei und nachdem Jenny mir ein Glas Wein eingeschenkt hatte, stellte der Don mir eine Frage, die ich nicht erwartet hatte.

»Nun, da Sie frei sind, möchten Sie jetzt immer noch, daß wir Jeremy Alexander suchen?«

Ich antwortete, ohne auch nur eine Sekunde zu zögern. »Jetzt, da ich die Freiheit wieder genießen kann, die Jeremy die vergangenen drei Jahre genoß, erst recht! Vergessen Sie nicht, daß dieser Kerl mir sowohl die Freiheit stahl, wie meine Frau und meine Firma und über die Hälfte meines Eigentums. O ja, Donald, ich werde keine Ruhe geben, bevor ich diesen Burschen nicht gestellt habe!«

»Gut!« sagte der Don. »Denn Williams hat das Gefühl,

daß Rosemary anfängt, ihm zu trauen, und mit noch etwas mehr Zeit fängt sie vielleicht sogar an, sich ihm anzuvertrauen.«

Ich sah eine gewisse Ironie in der Tatsache, daß Williams zwei Gehälter gleichzeitig bezog, wobei ich das eine und Rosemary das andere bezahlte. Ich erkundigte mich, ob es irgend etwas Neues über Jeremy gebe.

»Nichts Erwähnenswertes«, antwortete Donald. »Ganz gewiß ruft sie ihn nicht von zu Hause an, und wir sind ziemlich sicher, daß er nie versucht, direkten Kontakt mit ihr aufzunehmen. Doch Williams, der auch ihren Chauffeur macht, hat berichtet, daß er sie jeden Freitagmittag am Majestic, dem einzigen Hotel des Städtchens, absetzen muß. Sie geht hinein und kommt frühestens in vierzig Minuten wieder. Er wagt nicht, ihr zu folgen, da sie ihm den ausdrücklichen Befehl erteilt, im Wagen zu bleiben. Schließlich kann er es sich nicht leisten, diese Stellung zu verlieren, indem er ihren Anweisungen zuwiderhandelt.«

Ich nickte beipflichtend.

»Aber das hält ihn nicht davon ab, sich an seinem freien Abend einen Drink oder auch mehr in der Hotelbar zu genehmigen. Dadurch ist es ihm bereits gelungen, die eine oder andere Information aufzuschnappen. Er ist überzeugt, daß Rosemary diese Zeit im Hotel damit verbringt, ein Ferngespräch zu führen. Manchmal läßt sie Williams vor der Bank anhalten, ehe sie zum Hotel weiterfährt, und dann kommt sie gewöhnlich mit einer Handvoll Münzen heraus. Der Barkeeper hat Williams erzählt, daß sie immer in eine der zwei Telefonzellen im Korridor gegenüber dem Empfang geht. Sie läßt den Anruf auch nie von der Hotelzentrale durchstellen, sondern wählt immer selbst.«

»Und wie können wir herausfinden, wen sie anruft?« fragte ich.

»Wir warten, bis Williams eine Gelegenheit findet, einige seiner Fähigkeiten einzusetzen, die er nicht in der Butler-Schule gelernt hat.«

»Aber wann wird sich so eine Gelegenheit ergeben?«

»Schwer zu sagen. Aber Williams bekommt in zwei Wochen einen Teilurlaub, dann wird er uns alles selbst berichten können.«

Als Williams Ende des Monats in Bradford ankam, löcherte ich ihn schon mit Fragen, noch ehe er seinen Koffer abstellen konnte. Er hatte so viele interessante Informationen über Rosemary, und selbst die kleinste Einzelheit faszinierte mich.

Sie hatte zugenommen. Das freute mich. Sie schien einsam und deprimiert zu sein. Das freute mich noch mehr. Sie warf mit Geld um sich. Das freute mich weniger. Was ich jedoch am wichtigsten fand: Williams war überzeugt, daß Rosemary, falls sie überhaupt Verbindung zu Jeremy aufnahm, das nur während ihres freitäglichen Besuchs im Hotel tun konnte, wenn sie ihre selbstgewählten Gespräche führte. Bedauerlicherweise hatte er immer noch nicht herausfinden können, welche Nummer sie wählte und mit wem sie sprach.

Als Williams schließlich vierzehn Tage später seinen zweiwöchigen Urlaub beendete und nach Südfrankreich zurückkehrte, wußte ich mehr über meine Exfrau als zu der Zeit, da wir miteinander verheiratet gewesen waren.

Unverhofft kommt oft, sagt man, und so erfolgte der nächste Zug, als ich ihn am wenigsten erwartete. Es war kurz nach vierzehn Uhr dreißig an einem Montag, als das Telefon läutete.

Donald hob ab und war überrascht, als er Williams Stimme hörte. Er schaltete den Telefonlautsprecher ein und sagte: »Wir hören jetzt alle drei zu. Sie fangen also am besten damit an, uns zu sagen, weshalb Sie uns anrufen, obwohl heute nicht Ihr freier Tag ist.«

»Sie hat mich gefeuert!« begann Williams.

»Sie haben sich wohl Freiheiten mit der Zofe erlaubt?« war Donalds sofortige Reaktion.

»Ich wünschte, das wäre der Grund gewesen, Chief, aber es ist ein viel idiotischerer, fürchte ich. Ich fuhr Mrs. Kershaw heute vormittag in die Stadt und mußte an der Ampel halten. Während ich wartete, daß sie grün würde, wollte ein Mann vor dem Wagen die Straße überqueren. Da sah er mich, blieb stehen und starrte mich an. Ich erkannte ihn sofort und wünschte inbrünstig, die Ampel würde endlich auf Grün schalten. Er kehrte um, blickte mich noch einmal an und lächelte. Ich versuchte, ihn mit Augenzeichen und einem kaum merklichen Kopfschütteln davon abzuhalten, aber er kam zur Fahrerseite herüber, klopfte ans Fenster und sagte: ›Wie geht es Ihnen, Inspector Williams‹«

»Wer war es?« fragte Donald scharf.

»Neil Case, Chief. Erinnern Sie sich an ihn?«

»Wie könnte ich ihn vergessen? Bei seinen einfallsreichen Alibis! Ich hätte es mir eigentlich denken können.«

»Ich tat natürlich, als verwechsle er mich mit jemand anderem, und Mrs. Kershaw sagte kein Wort. Also hoffte ich, noch einmal glimpflich davongekommen zu sein. Aber kaum waren wir wieder zu Hause, rief sie mich zu sich ins Arbeitszimmer und entließ mich, ohne auch nur nach einer Erklärung zu fragen. Sie drohte mir, die örtliche Polizei zu holen, falls ich nicht innerhalb einer Stunde meine Sachen gepackt und ihr Haus verlassen hätte.«

»Verdammt«, fluchte Donald. »Jetzt können wir noch mal von vorn anfangen.«

»Nicht ganz«, entgegnete Williams.

»Wie meinen Sie das? Wenn Sie nicht mehr im Haus sind,

haben wir keinen direkten Kontakt mehr zu ihr. Wir können auch die Butlerkarte nicht noch mal ausspielen, weil Mrs. Kershaw von jetzt an mißtrauisch sein wird.«

»Das ist mir alles klar, Chief«, versicherte ihm Williams. »Aber die Vermutung, ich könne wirklich Kriminalbeamter sein, verursachte ihr Panik und sie ging direkt in ihr Schlafzimmer und tätigte einen Anruf. Da ich keine Angst mehr zu haben brauchte, ertappt zu werden, lauschte ich am Nebenapparat im Korridor. Doch ich konnte nur hören, wie sich eine Frau mit einer Cambridger Nummer meldete, dann war die Leitung tot. Ich vermute, Rosemary hatte erwartet, daß jemand anderes den Hörer abnehmen würde, und hat sofort aufgelegt, als sie eine fremde Stimme hörte.«

»Wie war die Nummer?« fragte Donald.

»6407-noch was, dann 7.«

»Was meinen Sie mit ›noch was, dann 7‹?« bellte Donald, als er sich die Ziffern aufschrieb.

»Ich hatte nichts zum Schreiben und mußte mich auf mein Gedächtnis verlassen.« Ich war froh, daß Williams Donalds Gesichtsausdruck nicht sehen konnte.

»Was haben Sie dann gemacht?«

»Ich fand einen Kugelschreiber in einer Lade und schrieb die Nummer, soweit ich mich daran erinnern konnte, rasch auf meine Hand. Ein paar Augenblicke später hob ich den Hörer wieder ab und hörte jetzt eine andere Frauenstimme, die sagte: ›Der Herr Direktor ist momentan nicht im Haus, dürfte jedoch in etwa einer Stunde zurück sein.‹ Dann legte ich hastig auf, weil ich jemand auf dem Korridor näherkommen hörte. Es war Charlotte, Rosemarys Zofe. Sie wollte wissen, warum ich gefeuert worden war. Mir fiel nicht gleich eine überzeugende Antwort ein. Da verdächtigte sie mich, unserer Herrin zu nahe getreten zu sein. Ich beließ sie in dem Glauben, woraufhin sie mir mehrere Ohrfeigen versetzte.«

Ich lachte unwillkürlich heraus, aber der Don und Jenny zuckten mit keiner Wimper. Dann fragte Williams: »Was soll ich jetzt tun, Chief? Nach England zurückkommen?«

»Nein«, antwortete Donald. »Bleiben Sie einstweilen, wo Sie sind. Nehmen Sie sich ein Zimmer im Majestic und beobachten Sie sie rund um die Uhr. Geben Sie mir sofort Bescheid, wenn sie etwas Ungewohntes tut. Wir werden nach Cambridge fahren. Sobald wir ein geeignetes Hotel gefunden haben, rufe ich Sie an.«

»Ist gut, Sir«, sagte Williams und legte auf.

»Wir fahren also morgen nach Cambridge?« fragte ich, sobald auch Donald den Hörer aufgelegt hatte.

»Nein«, antwortete er. »Noch heute abend. Aber erst, nachdem ich ein paar Anrufe getätigt habe«.

Er wählte zehn Cambridger Nummern und ging von den Zahlen aus, die Williams sich hatte merken können, und fügte die Ziffern von 0 bis 9 an Stelle der fehlenden ein. Die 640707 nach der Vorwahl stellte sich als Schule heraus. »Verzeihung, falsch verbunden«, entschuldigte sich Donald. 717 erwies sich als Drogerie; 727 war eine Werkstatt; bei 737 meldete sich eine ältere Männerstimme. »Verzeihung, falsch verbunden«, wiederholte Donald jedesmal. 747 war ein Zeitungshändler; 757 die Frau eines örtlichen Polizisten (ich bemühte mich, nicht zu lachen, aber Donald brummelte bloß); 767 wieder eine Frauenstimme — nochmals »Entschuldigung, falsch verbunden«; 777 war das St. Catherine's College; 787 eine Frauenstimme auf einem Anrufbeantworter; 797 ein Damenfriseur — »Wollten Sie eine Dauerwelle oder nur Schneiden?«

Donald betrachtete seine Liste. »Es muß entweder 737, 767 oder 787 sein. Ich glaube, ich muß ein paar Beziehungen spielen lassen«.

Er wählte eine Bradforder Nummer und erfuhr, daß der

neue Deputy Chief Constable von Cambridgeshire im vergangenen Jahr von der West Yorkshire Constabulary gekommen war.

»Leeke. Allan Leeke«, sagte Donald, ohne lange überlegen zu müssen. Er drehte sich zu mir um. »Er war Sergeant, als ich zum Inspector befördert wurde.« Er dankte seinem Bradforder Gewährsmann, dann rief er die Auskunft an, um sich die Nummer des Police Headquarters in Cambridge geben zu lassen. Schließlich wählte er eine weitere Cambridger Nummer. »Hier Cambridge Police. Was kann ich für Sie tun?« meldete sich eine Frauenstimme.

»Würden Sie mich bitte zum Deputy Chief Constable durchstellen?« bat Donald.

»Dürfte ich um Ihren Namen bitten?«

»Donald Hackett.«

Die nächste Stimme in der Leitung sagte: »Don! Das ist aber eine angenehme Überraschung. Das heißt, ich hoffe es zumindest, denn wie ich Sie kenne, rufen Sie bestimmt nicht an, nur um mit mir zu plaudern. Wären Sie zufällig an einem Job interessiert? Wie ich hörte, sind Sie in Pension gegangen.«

»Das stimmt nur beschränkt. Aber ich suche keinen Job, Allan. Ich glaube nicht, daß die Cambridger Constabulary mir mein gegenwärtiges Gehalt bieten könnte.«

»Also, was kann ich für Sie tun, Don?«

»Ich habe hier drei Cambridger Telefonnummern und brauche dazu Namen und Anschrift der Teilnehmer«.

»Ist das eine offizielle Anfrage?« wollte der Deputy Chief Constable wissen.

»Nein, aber es könnte durchaus zu einer Verhaftung in Ihrem Bereich kommen.«

»Das und die Tatsache, daß Sie darum bitten, genügt mir völlig.«

Donald gab ihm die drei Nummern durch, und Leeke bat ihn, am Apparat zu bleiben. Während wir warteten, wandte sich Donald an mich: »Er braucht bloß ein paar Knöpfe im Kontrollraum zu drücken, dann erscheinen die Nummern auf einem Bildschirm vor ihm. Es hat sich eine Menge geändert, seit ich bei der Polizei anfing. Damals mußten wir noch unseren Kopf und die Beine anstrengen . . .«

Die Stimme des Deputy Chief Constable meldete sich wieder. »Also, die 640737 ist auf einen Wing Commander Danvers-Smith eingetragen. Er ist der einzige, der in dem Haus gemeldet ist.« Er gab eine Adresse in Great Shelford durch und erklärte, daß es ein Stück südlich von Cambridge liege. Jenny notierte alles mit.

»767 gehört einem Professor Balcescu und seiner Frau, die ebenfalls in Great Shelford wohnen. 787 ist die Nummer von Dame Julia Renaud, der Opernsängerin. Sie ist wegen ihrer Engagements in der ganzen Welt selten in England. Allein im letzten Jahr wurde dreimal in ihr Haus eingebrochen, während sie im Ausland war.«

Donald bedankte sich. »Sie haben mir sehr geholfen.«

»Möchten Sie mich nicht einweihen?« fragte der Deputy Chief Constable hoffnungsvoll.

»Noch nicht«, antwortete Donald. »Doch sobald ich meine Ermittlungen abgeschlossen habe, werden Sie der erste sein, den ich informiere, das verspreche ich Ihnen.«

»Gut«, sagte die Stimme aus dem Hörer, dann wurde die Verbindung abgebrochen.

»Gut«, sagte schließlich auch Donald und wandte seine Aufmerksamkeit wieder uns zu. »Wir fahren in zwei Stunden ab. Das reicht, um packen, und für Jenny, um für uns ein Zimmer in einem Hotel im Zentrum reservieren zu lassen. Wir treffen uns dann . . .«, er blickte auf seine Uhr, » . . . um 18 Uhr wieder hier.« Ohne ein weiteres Wort verließ er das

Büro. Ich erinnere mich, daß ich dachte, mein Vater wäre gut mit ihm ausgekommen.

Etwas über zwei Stunden später fuhr Jenny uns mit konstanten hundertzehn Stundenkilometern die A1 südwärts.

»Jetzt beginnt der ermüdende Teil der Detektivarbeit«, sagte Donald. »Intensive Nachforschung, gefolgt von Stunden der Überwachung. Ich glaube, wir können Dame Julia von der Liste streichen. Jenny, Sie kümmern sich um den Wing Commander. Ich möchte Einzelheiten seiner Laufbahn — aber beginnen Sie mit seinem Schulabschluß — bis zu seiner Pensionierung. Fangen Sie gleich morgen früh an, sich im RAF-College Cranwell nach Einzelheiten seiner Dienstakte zu erkundigen. Ich übernehme den Professor und fange in der Universitätsbibliothek an.«

»Und was soll ich tun?«

»Sie halten sich einstweilen außer Sicht, Mr. Cooper. Es wäre immerhin möglich, daß der Wing Commander oder der Professor uns zu Alexander führen; und wir möchten doch nicht, daß Sie über irgendwelche Verdächtigen trampeln und sie verscheuchen.«

Widerwillig pflichtete ich ihm bei.

Später zog ich mich in eine Suite im Garden Hotel zurück — eine luxuriösere Art von Gefängnis —, doch trotz Daunenbett und bequemer Matratze konnte ich einfach keinen Schlaf finden. So stand ich schon früh am nächsten Morgen auf und verbrachte fast den ganzen Tag damit, mir endlos Nachrichten und die neuesten Meldungen im Sky News anzusehen, außerdem einige Episoden diverser australischer Soap-operas und einen »Film der Woche«. Aber ständig wanderten meine Gedanken zwischen RAF Cranwell und der Universitätsbibliothek hin und her.

Als wir uns an diesem Abend in Donalds Zimmer trafen, berichteten sowohl Don wie Jenny, daß, ihren bisherigen Ermittlungen zufolge, beide Männer das waren, was sie zu sein behaupteten.

Ich konnte meine Enttäuschung nicht verbergen. »Ich war so sicher, daß sich einer als Jeremy erweisen würde.«

»Es wäre schön, wenn es immer so leicht wäre, Mr. Cooper«, sagte Donald. »Aber es kann ja immer noch sein, daß uns einer von ihnen zu Jeremy führt.« Er wandte sich Jenny zu. »Gehen wir als erstes durch, was Sie über den Wing Commander erfahren konnten.«

»Wing Commander Danvers-Smith, DFC, absolvierte Cranwell 1938, diente während des Zweiten Weltkriegs im Number Two Squadron in Binbrook in Lincolnshire, flog mehrere Einsätze über Deutschland und das besetzte Frankreich. Erhielt 1943 die Tapferkeitsmedaille DFC. Wurde 1958 im Bodendienst als Ausbilder in RAF Cottesmore in Gloucestershire eingesetzt. Sein letzter Posten war als Deputy Commanding Officer in RAF Locking in Somerset. Er ging 1977 in Pension und kehrte mit seiner Frau nach Great Shelford zurück, wo er aufgewachsen war.«

»Warum lebt er jetzt allein?« fragte Donald.

»Seine Frau ist vor drei Jahren gestorben. Er hat zwei Kinder, Sam und Pamela. Sie wohnen nicht hier, besuchen ihn aber hin und wieder«.

Ich hätte Jenny gern gefragt, wie sie in so kurzer Zeit so viel über den Wing Commander erfahren konnte, schwieg jedoch, da mich mehr interessierte, was der Don über Professor Balcescu herausgefunden hatte.

Donald hob einen Stoß Notizen vom Boden auf. »Dann hören Sie sich an, was ich über den hoch berühmten Professor eruieren konnte. Professor Balcescu floh 1989 aus Rumänien, nachdem Ceausescu ihn unter Hausarrest gestellt hatte. Eine Gruppe Studenten, Dissidenten, schmuggelte ihn aus dem Land und über Bulgarien nach Griechenland. Alle

Zeitungen im Westen berichteten damals ausführlich über seine Flucht. Er ersuchte um politisches Asyl in England, und man bot ihm einen Lehrauftrag im Gonville und Caius College in Cambridge an. Heute berät er die Regierung in allen wichtigen Fragen, die Osteuropa und vor allem Rumänien betreffen, und hat ein wissenschaftliches Buch über dieses Thema verfaßt. Vergangenes Jahr wurde er bei der Titelverleihung der Queen's Birthday Honours zum ›Commander of the Order of the British Empire‹ ernannt.«

»Wie könnte einer dieser Männer Rosemary kennen?« murmelte ich. »Williams muß sich geirrt haben, als er die Nummer notierte.«

»Williams irrt sich nie, Mr. Cooper«, widersprach der Don. »Sonst hätte ich ihn nicht eingestellt. Ihre Frau hat eine dieser beiden Nummern gewählt, und wir müssen nur herausfinden, welche. Diesmal brauchen wir Ihre Hilfe.«

Ich murmelte eine Entschuldigung, war jedoch immer noch nicht überzeugt.

Hackett nickte knapp und wandte sich wieder Jenny zu. »Wie lange brauchen wir bis zum Haus des Wing Commander?«

»Ungefähr fünfzehn Minuten, Sir. Es ist ein Cottage, etwas südlich von Cambridge.«

»Gut. Wir werden mit ihm anfangen. Wir treffen uns um fünf Uhr früh in der Eingangshalle«.

Ich konnte auch in dieser Nacht kaum schlafen, denn ich war überzeugt, daß wir einer falschen Spur nachgingen. Aber zumindest durfte ich morgen mit dabeisein, statt wieder den ganzen Tag in meinem Zimmer verbringen und noch mehr australische Seifenopern ansehen zu müssen.

Ich brauchte meinen Weckruf um 4.30 Uhr gar nicht — ich war bereits unter der Dusche, als das Telefon läutete. Kurz nach fünf verließen wir zu dritt das Hotel und bemühten uns, nicht den Verdacht zu erregen, daß wir uns davonschleichen wollten, ohne die Rechnung zu bezahlen. Es war ein kalter Morgen, und ich fröstelte, als ich mich auf den Rücksitz fallen ließ.

Jenny chauffierte uns aus der Stadt auf die Straße nach London. Nach etwa eineinhalb Kilometer bog sie links ab in eine hübsche Ortschaft mit schmucken Häusern und gepflegten Vorgärten auf beiden Seiten der Straße. Wir kamen an einem Garten-Center, links der Straße, vorbei und fuhren noch etwa einen Dreiviertelkilometer, ehe Jenny den Wagen plötzlich wendete und rückwärts in eine Parkbucht fuhr. Sie schaltete den Motor ab und deutete auf ein Häuschen mit einer Tür im Blau der Royal-Air-Force-Uniformen. »Dort wohnt er«, sagte sie. »In Nummer 47.« Donald blickte durch einen winzigen Feldstecher, vielleicht war es aber auch ein Opernglas, auf das Haus.

Einige Frühaufsteher verließen bereits ihre Häuser, fuhren in ihren Wagen zur Eisenbahnstation, um den ersten Pendlerzug nach London zu nehmen. Der Zeitungsausträger erwies sich als alte Frau, die ihr schwerbeladenes Fahrrad langsam durch den Ort schob und die Zeitungen in die Kästen oder vor die Haustüren legte. Als nächstes kam der Milchmann in seinem elektrischen Lieferwagen, der eine Flasche hier und zwei Flaschen dort auf die Eingangsstufen stellte und hin und wieder auch eine Packung Eier oder Orangensaft. Überall gingen Lichter an. »Der Wing Commander bekam eine Halbeliterpackung Milch und den *Daily Telegraph*«, sagte Donald.

Aus den Häusern links und rechts von Nummer 47 waren Leute gekommen, noch ehe hinter den von uns beobachteten Fenstern im ersten Stock das Licht anging. Als es soweit war, richtete der Don sich auf und ließ keinen Blick mehr von dem Haus.

Ich begann mich zu langweilen und döste irgendwann ein. Als ich wieder aufwachte, hoffte ich, wir würden uns eine Frühstückspause genehmigen, doch solche angenehmen Ideen schienen den beiden Profis auf den Vordersitzen nicht einmal in den Sinn zu kommen. Sie konzentrierten sich weiterhin auf alles, was sich rund um die Nummer 47 tat, und wechselten kaum ein Wort miteinander.

Um neunzehn nach zehn trat ein dünner, älterer Herr in einer Harris-Tweed-Jacke und grauer Flanellhose aus dem Cottage und marschierte den Gartenweg entlang. Aus dieser Entfernung konnte ich nur einen gewaltigen, buschigen weißen Schnurrbart erkennen. Es hatte fast den Anschein, als wäre der ganze Körper um ihn geformt worden. Donald ließ das Opernglas auf ihn gerichtet.

»Haben Sie ihn schon früher einmal gesehen?« fragte er mich und reichte mir das Glas.

Ich musterte den Wing Commander eingehend. »Nie«, antwortete ich, als er bei einem alten, mitgenommenen Austin Allegro stehenblieb. »So einen Schnurrbart könnte man gar nicht vergessen!«

»Bestimmt ist er nicht von einer Woche auf die andere gewachsen«, entgegnete Donald, während Danvers-Smith seinen Wagen vorsichtig auf die Straße fuhr.

Jenny fluchte. »Ich dachte, wenn er wirklich seinen Wagen nimmt, würde er nach Cambridge fahren.« Geschickt wendete sie und fuhr dem Wing Commander rasch hinterher. Innerhalb weniger Minuten befanden wir uns bereits nur noch zwei Wagen hinter seinem.

Danvers-Smith gehörte nicht zu den Autofahrern, die gewohnheitsmäßig die Geschwindigkeitsbegrenzung überschritten. »Seine Tage als Testpilot sind längst vorbei«, sagte Donald, als wir in sicherem Abstand hinter dem Allegro in die nächste Ortschaft fuhren. Einen knappen Kilometer weiter hielt er an einer Tankstelle.

»Bleiben Sie dran!« sagte Donald.

Jenny folgte dem Allegro zu den Tanksäulen und blieb an der unmittelbar hinter Danver-Smith' stehen.

»Ducken Sie sich, Mr. Cooper«, wies der Don mich an und öffnete die Beifahrertür. »Wir wollen schließlich nicht, daß er Sie sieht.«

»Was haben Sie vor?« erkundigte ich mich und spähte zwischen den Vordersitzen hindurch.

»Einen alten Ganoventrick versuchen.«

Donald stieg aus, ging um den Wagen herum zur Rückseite und schraubte den Tankverschluß auf, gerade als der Wing Commander die Zapfpistole in den Tank seines Wagens steckte.

»Wing Commander Danver Smith?«

Der Wing Commander blickte sofort auf, und sein wettergegerbtes Gesicht nahm einen überlegenen, fragenden Ausdruck an.

»Baker, Sir«, sagte Donald. »Flight Lieutenant Baker. Sie unterrichteten in RAF Locking. Vulcans, wenn ich mich recht erinnere.«

»Verdammt gutes Gedächtnis, Baker.« Danvers-Smith nickte. »Schön, Sie wiederzusehen, alter Junge.« Er nahm die Zapfpistole aus dem Tank und hängte sie an die Zapfsäule zurück. »Was machen Sie denn jetzt beruflich?«

Jenny unterdrückte ein Lachen.

»Arbeite für British Airways, Sir. Mußte mich mit dem Bodendienst abfinden, nachdem der Augenarzt mich fluguntauglich erklärte. Verdammte Schreibtischarbeit, leider, aber es war das einzige Angebot, das man mir machte.«

»Sehr bedauerlich, alter Junge.« Dann verschwanden sie außer Hörweite im Büro, um zu bezahlen.

Als sie nach wenigen Minuten zurückkamen, plauderten sie angeregt wie alte Freunde miteinander, und der Wing Commander hatte sogar den Arm um Donalds Schultern gelegt.

Am Allegro angekommen, schüttelten sie sich herzlich die Hände, und ich hörte Donald »Auf Wiedersehen, Sir« sagen, ehe Danvers-Smith einstieg und in dieselbe Richtung zurückfuhr, aus der er gekommen war. Donald setzte sich wieder neben Jenny und schloß die Beifahrertür.

»Ich fürchte, *er* wird uns nicht zu Alexander führen.« Donald seufzte. »Danvers-Smith ist Danvers-Smith und niemand sonst. Seine Frau fehlt ihm. Seine Kinder besuchen ihn viel zu selten, und er fühlt sich ein wenig einsam. Er hat mich sogar eingeladen, mit ihm zu Mittag zu essen.«

»Und warum haben Sie seine Einladung nicht angenommen?« fragte ich.

Donald blickte kurz ins Leere. »Das hätte ich, aber als ich erwähnte, daß ich aus Leeds komme, erzählte er mir, daß er nur einmal in seinem Leben dort gewesen ist, um sich ein Kricketspiel anzusehen, einen internationalen Vergleichskampf. Nein, dieser Mann hat nie von Rosemary Cooper oder Jeremy Alexander gehört — darauf würde ich meine Pension wetten. Also, wenden wir uns dem Professor zu. Fahren Sie Richtung Cambridge, Jenny. Langsam bitte. Ich möchte den Wing Commander nicht einholen, sonst überredet er uns noch alle, mit ihm zu Mittag zu essen.«

Jenny wendete und fuhr auf der äußeren Fahrbahn Richtung City. Nach gut drei Kilometern bat Donald sie, unmittelbar hinter einem Schild mit der Aufschrift SHELFORD RUGBY CLUB am Straßenrand anzuhalten.

»Der Professor und seine Frau wohnen in dem Haus hinter dieser Hecke.« Donald deutete über die Straße. »Machen Sie es sich so bequem, Mr. Cooper, wie es geht, ohne daß man von draußen Ihr Gesicht sehen kann. Wir müssen uns mit Geduld wappnen.«

Um halb eins holte Jenny Fisch und Fritten für uns aus dem Ort. Hungrig verschlang ich alles. Mittlerweile war es fünfzehn Uhr geworden. Ich langweilte mich immer mehr und fragte mich, wie lange Donald noch hier herumsitzen wollte, bevor wir endlich ins Hotel zurückkehren durften. Ich erinnerte mich, daß um 18.30 Uhr »Happy Days« begann, mittlerweile meine Lieblingsfernsehserie.

»Wir werden die ganze Nacht hier im Auto bleiben, falls es sich als nötig erweist«, sagte Donald, als hätte er meine Gedanken gelesen. »Mein Rekord, ohne Schlaf auszukommen, beträgt neunundvierzig Stunden. Ihrer, Jenny?« fragte er, ohne den Blick von dem Haus zu nehmen.

»Einunddreißig, Sir.«

»Dann haben Sie vielleicht jetzt die Chance, Ihren Rekord zu brechen«, meinte er. Augenblicke später kam ein weißer BMW aus der Hauseinfahrt, hielt an, und seine Fahrerin blickte nach links und nach rechts, ehe sie auf die Straße fuhr und nach rechts, Richtung Cambridge, abbog. Als sie an uns vorüberfuhr, sah ich flüchtig eine Blondine mit hübschem Gesicht.

»Ich habe sie schon früher irgendwo mal gesehen!« platzte ich heraus.

»Folgen Sie ihr, Jenny!« befahl Donald scharf. »Aber halten Sie Abstand.« Dann drehte er sich zu mir um.

»Wo haben Sie sie gesehen?« Er reichte mir das Opernglas.

»Ich kann mich nicht erinnern«, gestand ich und richtete das Opernglas auf den blonden Hinterkopf.

Ich wußte, daß ich ihr Gesicht von irgendwoher kannte, aber ich war auch sicher, daß wir uns noch nie persönlich begegnet waren. Ich mußte mein Gedächtnis wirklich sehr anstrengen, denn es konnte mindestens fünf Jahre her sein, seit ich irgendeine Frau gesehen hatte, die ich jetzt wiedererkannte. Aber mein Gedächtnis ließ mich im Stich.

»Versuchen Sie, sich zu erinnern, während ich mich bemühe, etwas Leichteres herauszufinden. Und Jenny — fahren Sie nicht zu nahe heran. Sie dürfen nicht vergessen, daß sie einen Rückspiegel hat. Denn auch wenn Mr. Cooper sich momentan nicht erinnern kann, erinnert sie sich vielleicht an ihn.«

Donald griff nach dem Autotelefon und tippte zehn Zahlen ein. »Hoffen wir, er weiß nicht, daß ich in den Ruhestand gegangen bin«, murmelte der Don.

»DVLC Swansea. Was kann ich für Sie tun?«

»Sergeant Crann, bitte.«

»Ich verbinde.«

»Dave Crann.«

»Donald Hackett.«

»Guten Tag, Chief Superintendent. Was kann ich für Sie tun?«

»Weißer BMW — K 273 SCE«, sagte Donald, mit den Augen auf dem Wagen vor ihnen.

»Einen Moment, Sir.«

Donald ließ den Blick nicht vom BMW, während er wartete. Er fuhr etwa dreißig Meter vor uns und näherte sich einer Ampel, die gerade Grün hatte.

Jenny stieg aufs Gas, um noch durchzukommen, bevor die Ampel auf Rot schaltete, und fuhr bei Gelb über die Kreuzung. Crann meldete sich wieder.

»Wir haben den Wagen identifiziert, Sir. Er ist registriert auf Mrs. Susan Balcescu, The Kendalls, High Street, Great Shelford, Cambridge. 1991 eine gebührenpflichtige Verwarnung, fünfunddreißig Pfund wegen Geschwindigkeitsüberschreitung in einer geschlossenen Ortschaft. Sonst ist nichts weiter bekannt.«

»Vielen Dank, Sergeant, Sie waren eine große Hilfe.«

»Gern geschehen, Sir.«

»Warum sollte Rosemary die Balcescus anrufen?« Donald schob das Telefon zurück. »Und wollte sie mit einem von ihnen oder mit beiden in Verbindung treten?« Weder Jenny noch ich antworteten.

»Ich glaube, wir sollten sie jetzt ruhig weiterfahren lassen«, meinte er einen Augenblick später. »Ich muß noch ein paar Punkte klären, bevor wir uns der Gefahr aussetzen dürfen, möglicherweise von ihr gesehen zu werden. Fahren wir zum Hotel zurück und überlegen unseren nächsten Schritt.«

»Es ist mir natürlich klar, daß es nur ein Zufall ist«, warf ich ein, »aber Jeremy hatte seinerzeit einen weißen BMW.«

»F 173 BZK.« Jenny nickte. »Ich erinnere mich, es stand in den Akten.«

Donald drehte sich um. »Manche können das Rauchen nicht aufgeben, andere das Trinken, wissen Sie. Bei anderen ist es eine bestimmte Automarke. Obwohl sicher eine Menge Leute einen weißen BMW fahren«, murmelte er, schon mehr zu sich selbst.

Sobald wir in Donalds Zimmer waren, überflog er das Dossier, das er über Professor Balcescu zusammengestellt hatte. Der Artikel in der *Times* über seine Flucht aus Rumänien sei der detaillierteste, meinte er.

Professor Balcescu machte bereits als Student der Universität Bukarest von sich sich reden, als er dort zum Regierungssturz aufrief. Die Obrigkeit schien erleichtert gewesen zu sein, als ihm ein Studienplatz in Oxford angeboten wurde, und dürfte gehofft haben, ihn los zu sein. Aber er kehrte drei Jahre später an die Bukarester Universität zurück, wo er einen Lehrgang in der politischen Fakultät übernahm. Im Jahr darauf führte er eine Studentenbewegung an, die sich für Ceausescu einsetzte. Als Nicolae Ceausescu dann Staatschef geworden war, belohnte er Balcescu mit einem Kabinettsposten und machte ihn zum Minister für Erziehungswesen. Der anfänglichen Begeisterung für Ceausescus Reformkurs folgte bald die große Desillusion. Bereits nach achtzehn Monaten gab Balcescu seinen Posten auf und kehrte als einfacher Tutor an die Universität zurück. Drei Jahre später wurde ihm der Lehrstuhl für Politik und Volkswirtschaft angeboten.

Professor Balcescus wachsende Enttäuschung über die Regierung wandelte sich schließlich in offene Gegnerschaft, und er begann 1986 eine Reihe von Schriften herauszugeben, in denen er Ceausescu und sein Marionettenkabinett anprangerte. Ein paar Wochen nach einem besonders heftigen Angriff auf die Regierung wurde er seines Postens an der Universität enthoben und kurz danach unter Hausarrest gestellt. Eine Gruppe Oxforder Historiker schrieb einen Protestbrief an *die Times*, doch mehrere Jahre hörte man nichts mehr über den großen Gelehrten, bis er Ende 1989 von einer Gruppe Studenten aus Rumänien geschmuggelt werden konnte und schließlich über Bulgarien und Griechenland nach Britannien gelangte.

Viele Universitäten versuchten, ihn als Dozenten für sich zu gewinnen, Cambridge machte jedoch das Rennen. Im September 1990 wurde er schließlich Fellow von Gonville und Caius und übernahm im November 1991, nach dem Ausscheiden von Sir Halford McKay, den Lehrstuhl für Osteuropäische Studien.

Donald blickte auf. »Da ist auch ein Bild von ihm, das in Griechenland aufgenommen wurde. Aber es ist sehr unscharf, und man kann kaum etwas erkennen.«

Ich studierte die Schwarzweißaufnahme eines von Studenten umgebenen bärtigen Mannes mittleren Alters. Er sah Jeremy überhaupt nicht ähnlich. Ich runzelte die Stirn. »Noch eine Sackgasse!«

»Sieht fast so aus«, gab Donald zu. »Vor allem nach dem, was ich gestern herausgefunden habe. Seine Sekretärin sagte, daß Balcescu seine wöchentliche Vorlesung jeden Freitag von zehn bis elf Uhr hält.«

»Aber das würde ihn doch nicht daran hindern, mittags einen Anruf von Rosemary entgegenzunehmen«, wandte Jenny ein.

»Vielleicht lassen Sie mich zu Ende reden«, wies Hackett sie zurecht. Jenny senkte den Kopf, und er fuhr fort. »Um zwölf Uhr führt er den Vorsitz bei einer Fakultätsbesprechung in seinem Büro. Sie müssen doch zugeben, Jenny, daß es da schwierig sein dürfte, ein privates Telefongespräch zu führen.«

Dann wandte sich Donald an mich: »Tut mir leid, aber ich fürchte, wir sind nicht weiter als am Anfang. Außer, Sie können sich erinnern, wo Sie Mrs. Balcescu gesehen haben.«

Ich schüttelte den Kopf. »Vielleicht habe ich mich getäuscht.«

Donald und Jenny verbrachten die nächsten Stunden damit, wieder die Unterlagen durchzugehen und jede der zehn Telefonnummern ein zweites Mal zu checken.

»Erinnern Sie sich an Rosemarys zweiten Anruf?« fragte Jenny schließlich ziemlich entmutigt. »›Der Herr Direktor ist momentan nicht im Haus . . .‹ Könnte das der Fingerzeig sein, den wir suchen?«

»Möglich.« Donald zuckte die Schultern. »Wenn wir herausfinden könnten, wer der Direktor ist, wären wir Jeremy Alexander vielleicht einen Schritt näher.«

Ich erinnere mich an Jennys Erwiderung, ehe ich das Zimmer verließ: »Ich frage mich, wie viele Direktoren es in Britannien gibt, Chief.«

Beim Frühstück in Donalds Zimmer am nächsten Morgen resümierte er, was er bisher an Informationen zusammengetragen hatte, aber keiner von uns hatte das Gefühl, daß wir einer Lösung nähergekommen waren.

»Was ist mit Mrs. Balcescu? Vielleicht ist sie diejenige, die jeden Freitagmittag die Anrufe entgegennimmt, weil sie genau weiß, wo ihr Mann zu diesem Zeitpunkt ist«, meinte ich.

»Das wäre möglich. Aber wenn, ist sie dann Rosemarys Mittlerin oder eine Vertraute Jeremys«, erklärte Donald.

»Vielleicht müssen wir ihr Telefon anzapfen, um das herauszufinden«, schlug Jenny vor.

Donald ignorierte es und blickte auf die Uhr. »Zeit, zu Balcescus Vorlesung zu gehen.«

»Warum?« fragte ich. »Sollten wir uns nicht lieber auf Mrs. Balcescu konzentrieren?«

»Sie haben wahrscheinlich recht«, entgegnete Donald. »Aber wir können es uns nicht leisten, auch nur den kleinsten Hinweis zu übersehen. Seine nächste Vorlesung ist erst in sieben Tagen, also nutzen wir die Gelegenheit und bringen es hinter uns. Außerdem ist die Vorlesung bereits um elf Uhr zu Ende, dann können wir immer noch herausfinden, ob Mrs. Balcescus Telefon zwischen zwölf und zwölf Uhr dreißig belegt ist . . .«

Nachdem Donald Jenny gebeten hatte, den Wagen zum Eingang zu bringen, ging ich noch rasch zurück in mein Zimmer, um etwas zu holen, das ich seit mehreren Wochen gut versteckt in meinem Koffer mit mir herumtrug. Gleich darauf schloß ich mich den beiden an. Jenny fuhr aus dem Hotelparkplatz und bog nach rechts auf die Straße ein. Donald blickte in den Rückspiegel und musterte mich argwöhnisch, während ich stumm auf dem Rücksitz saß. Ich fragte mich, ob ich etwa schuldbewußt aussah.

Jenny entdeckte eine Parkuhr, ungefähr zweihundert Meter vom Gebäude der Fakultät für Osteuropäische Studien entfernt, und stellte den Wagen dort ab. Wir stiegen aus und folgten den Studentenscharen zum Haus und die Treppe hinauf. Niemand achtete sonderlich auf uns. Sobald wir im Gebäude waren, zog sich Donald die Krawatte über den Kopf und ließ sie in seiner Jackentasche verschwinden. Er sah jetzt bestimmt eher wie ein marxi-

75

stischer Revolutionär aus als irgendein Student, der zur Vorlesung eilte.

Der Weg zum Auditorium war mit Schildern deutlich gekennzeichnet. Wir folgten ihnen und betraten den Hörsaal durch eine Tür im Parterre, die gleichzeitig Ein- wie auch Ausgang war. Donald stieg sofort zur obersten Reihe hinauf. Jenny und ich folgten ihm, und Donald wies mich an, mich hinter einen kräftigen, breitschultrigen Studenten zu setzen, der aussah, als wäre er Halbspieler der College Rugbymannschaft.

Während wir auf Balcescu warteten, schaute ich mich um. Der Hörsaal hatte die Form eines riesigen Halbkreises, ähnlich einem griechischen Amphitheater, und bot ungefähr dreihundert Studenten Platz. Als der Zeiger der großen Uhr an der vorderen Wand auf fünf vor zehn stand, waren fast alle Plätze belegt. Ein weiterer Beweis für die Beliebtheit des Professors war nicht nötig.

Ich spürte, wie Schweiß auf meine Stirn trat. Punkt zehn öffnete sich die Hörsaaltür. Die Anspannung wich einer Enttäuschung, als ich Professor Balcescu vor mir sah. Ich beugte mich zu Donald hinüber. »Andere Haarfarbe, andere Augenfarbe und um etwa fünfzehn Kilo weniger Gewicht.« Der Don reagierte nicht.

»Dann muß die Verbindung also mit Mrs. Balcescu sein«, flüsterte Jenny.

»Ja«, bestätigte Donald leise. »Aber wir sitzen während der nächsten Stunde hier fest, denn wir dürfen auf keinen Fall Aufmerksamkeit erregen. Es bleibt uns nichts anderes übrig, als durchzuhalten und sobald die Vorlesung zu Ende ist, zum Wagen zu rennen. Wir werden immer noch rechtzeitig kommen, wenn sie zu Hause ist, um den Zwölfuhranruf entgegenzunehmen.« Er machte eine Pause. »Ich hätte einen Plan des Gebäudes studieren sollen.« Jenny errötete leicht, denn sie wußte, daß er, als er »ich« sagte, eigentlich sie meinte.

Und da erinnerte ich mich plötzlich, wo ich Mrs. Balcescu schon gesehen hatte. Ich wollte es Donald gerade mitteilen, doch in dem Moment wurde es mucksmäuschenstill im Saal. Der Professor begann mit seiner Vorlesung.

»Dies ist das sechste von acht Kollegs über die neuesten sozialen und wirtschaftlichen Trends in Osteuropa.« Mit einem unüberhörbaren osteuropäischen Akzent begann er seinen Vortrag, der sich anhörte, als wäre er für ihn nur mehr reine Routine.

Die Studenten kritzelten eifrig auf ihre Schreibblöcke, während ich bei dem Geleiere des Professors immer ungeduldiger wurde, da ich Hackett endlich über Mrs. Balcescu erzählen und so schnell wie möglich wieder nach Great Shelford zurückfahren wollte. Ich ertappte mich dabei, daß ich alle paar Minuten auf die Wanduhr blickte. Wie während meiner Schulzeit, dachte ich. Ich tupfte auf meine Jackentasche. Sie war noch da, nur würde ich sie jetzt nicht brauchen.

Etwa in der Mitte der Vorlesung wurde das Saallicht ausgeschaltet, damit der Professor seinen Vortrag mit Dias veranschaulichen konnte. Ich betrachtete die ersten auf die Leinwand projizierten Diagramme, die verschiedene Einkommensgruppen in Osteuropa im Vergleich mit ihren Zahlungsbilanzen und ihrer Ausfuhrstatistik zeigten, aber sie sagten mir nicht viel, weil ich die ersten fünf Vorlesungen nicht gehört hatte.

Der Assistent, der den Projektor bediente, hatte wohl nicht aufgepaßt und eines der Dias verkehrt eingelegt, so daß Deutschland ganz unten auf der Ausfuhrtabelle erschien und Rumänien an der Spitze, was zu leichtem Lachen im Hörsaal führte. Der Professor machte ein finsteres Gesicht und beschleunigte sein Sprechtempo immer mehr, so daß der Hiwi es kaum schaffte, die richtigen Bilder an die Wand zu projizieren.

Wieder begann ich mich zu langweilen und war froh, als Balcescu endlich um fünf vor elf nach dem letzten Dia verlangte. Alle starrten zuerst auf die leere Leinwand und dann auf den Assistenten, der verzweifelt nach dem Dia kramte. Der Professor wurde immer gereizter, je näher der Zeiger der vollen Stunde kam. Der Hiwi fand das fehlende Dia noch immer nicht. Er schob den Schieber wieder zurück, doch nichts erschien auf der Leinwand, und der Professor stand grell beleuchtet im hellen Lichtstrahl. Balcescu trat vorwärts und trommelte mit den Fingerknöcheln ungeduldig auf das hölzerne Pult. Dann drehte er sich seitwärts, und ich sah ihn zum ersten Mal im Profil. Er hatte eine kleine Narbe über dem rechten Auge, die im Lauf der Jahre verblaßt war, doch im Projektorstrahl war sie noch zu erkennen.

»Er ist es!« flüsterte ich Donald zu, genau als es elf Uhr schlug. Die Lichter gingen an, und der Professor verließ ohne ein weiteres Wort den Hörsaal.

Ich sprang über die Lehne meines Sitzes und rannte den Gang hinunter, wurde jedoch von Studenten behindert, die gerade ihre Plätze verließen. Ich bahnte mir einen Weg durch die Menge und drängte mich durch die Tür, durch die der Professor den Saal so abrupt verlassen hatte. Ich entdeckte ihn gerade noch am Ende des Korridors, als er eines der Büros betrat und darin verschwand. Ich eilte ihm nach und mußte immer wieder Studentengruppen ausweichen.

Als ich die Tür erreichte, die sich gerade hinter ihm geschlossen hatte, blickte ich auf das Schild:

Professor Balcescu
Direktor der Fakultät
für europäische Studien

Ich riß die Tür auf und sah eine Frau hinter einem Schreibtisch Papiere durchblättern. Hinter ihr schloß sich eben eine weitere Tür.

»Ich muß sofort zu Professor Balcescu!« schrie ich. Ich wußte, wenn ich ihn nicht stellte, bevor Hackett mich einholte, brachte ich es vielleicht nicht mehr fertig, meinen Entschluß in die Tat umzusetzen.

Die Frau hielt mit ihrer Arbeit inne und blickte zu mir hoch. »Der Herr Direktor erwartet ein Überseegespräch und darf nicht gestört werden!« erklärte sie. »Tut mir leid, Sir, aber . . .«

Ich rannte an ihr vorbei, riß auch diese Tür auf und stand Jeremy Alexander gegenüber — zum ersten Mal, seit ich ihn auf dem Teppich meines Wohnzimmers hatte liegenlassen. Er sprach angeregt ins Telefon, blickte jedoch auf und erkannte mich sofort. Als ich die Pistole aus meiner Jackentasche zog, ließ er den Hörer fallen, und als ich auf ihn zielte, wurde er kreidebleich.

»Jeremy? Jeremy, bist du noch da?« rief eine aufgeregte Frau am anderen Ende der Leitung. Obwohl Jahre vergangen waren, erkannte ich Rosemarys schrille Stimme.

Jeremy schrie: »Nein, Richard, nein! Ich kann alles erklären! Glauben Sie mir, ich kann es erklären!«

In dem Moment stürzte Donald herein. Ohne Jeremy zu beachten, blieb er abrupt stehen, als er mich sah und meine Absicht richtig deutete.

»Tun Sie's nicht, Richard!« flehte er mich an. »Sie würden es den Rest Ihres Lebens bereuen.« Ich erinnere mich, gedacht zu haben, daß es das erste Mal war, daß er mich beim Vornamen nannte.

»Da täuschen Sie sich ausnahmsweise, Donald!« versicherte ich ihm, den Lauf der Waffe auch weiterhin auf Jeremys Brust richtend. »Ich werde es keineswegs bereuen, Jeremy Alexander zu töten. Sie wissen, daß er bereits einmal für tot erklärt wurde. Und ich weiß es, weil ich für schuldig befunden wurde, ihn ermordet zu haben! Ich bin überzeugt, daß Sie wissen, was ›autrefois acquit‹ bedeutet, und deshalb auch wissen, daß ich nicht ein zweites Mal einer Tat angeklagt werden kann, für die ich bereits verurteilt worden bin. Obwohl sie diesmal sogar eine Leiche haben werden.«

Ich zog die Pistole ein paar Zentimeter nach rechts, richtete sie direkt auf Jeremys Herz und drückte auf den Abzug, gerade als Jenny ins Zimmer stürmte. Sie hechtete nach meinen Beinen. Sowohl Jeremy wie ich stürzten heftig zu Boden.

Nun, wie ich bereits am Anfang dieser Chronik andeutete, sollte ich wohl erklären, weshalb ich im Gefängnis bin — oder genauer gesagt, weshalb ich ins Gefängnis zurück mußte.

Ich wurde tatsächlich ein zweites Mal vor Gericht gestellt; diesmal wegen Mordversuchs — obwohl mein Schuß nur die Schulter des verdammten Kerls streifte. Daran gebe ich Jenny immer noch die Schuld!

Aber Sie dürfen mir glauben, ich genoß die Verhandlung von der ersten bis zur letzten Minute, allein wegen Matthews Plädoyer, denn er verstand sehr wohl die Bedeutung von »autrefois acquit«. Er übertraf sich selbst mit seiner Beschreibung von Rosemary als einer berechnenden, schamlosen Frau, und von Jeremy als einem von Bosheit und Habgier motivierten Halunken, dem es in seinem Zynismus absolut nichts ausmachte, sich als Nationalheld auszugeben, während sein Opfer im Kerker vor sich hinvegetierte. Durch Irreführung, Falschaussagen und Meineid hätten sie mich, also das bedauernswerte Opfer ihres hinterhältigen Plans, unschuldig hinter Gitter und sich in den Besitz von Millionen gebracht, ereiferte Matthew sich gekonnt. Diesmal galt *mir* die ganze Sympathie, ja das Mitleid der Geschworenen.

»Du sollst nicht falsches Zeugnis ablegen gegen deinen Nächsten«, schloß Sir Matthew, und dank seiner sonoren Stimme hörte er sich an wie ein Prophet aus dem Alten Testament.

Die Boulevardpresse braucht immer einen Helden und einen Schurken. Diesmal hatten sie einen Helden und zwei Schurken. Die Zeitungen hatten offenbar völlig vergessen, was sie während der ersten Verhandlung über den ›sexbesessenen Trucker‹ geschrieben hatten, und es wäre unehrlich, zu sagen, daß die Seiten um Seiten schmutziger Details über Jeremys und Rosemarys Falschheit die Geschworenen nicht beeinflußt hätten.

Sie befanden mich natürlich für schuldig, aber nur, weil man ihnen keine andere Wahl ließ. In seinem Resümee hatte es ihnen der Richter so gut wie befohlen! Doch der Sprecher der Geschworenen drückte seine und die Hoffnung seiner Mitgeschworenen auf ein mildes Urteil aus. Richter Lampton las aber offenbar die Boulevardpresse nicht, denn die Strafpredigt, die er mir hielt, dauerte fast eine Stunde, und dann verdonnerte er mich zu fünf Jahren Haft.

Matthew sprang sofort auf und ersuchte um Strafmilderung, da ich ja bereits lange Jahre unschuldig im Gefängnis gesessen hatte. »Dieser Mann blickt durch ein Fenster aus Tränen auf die Welt«, rief er dem Richter zu. »Ich flehe Euer Ehren an, dieses Fenster kein zweites Mal zu vergittern.«

Der daraufhin einsetzende Beifall aus den Zuschauerreihen war so stürmisch, daß der Richter den Saal räumen ließ, ehe er auf Sir Matthews Einspruch antwortete.

»Seine Lordschaft braucht offenbar noch etwas Zeit zum Nachdenken«, flüsterte mir Matthew zu, als er an der Anklagebank vorbeiging. Nach reiflicher Überlegung in seinem Amtszimmer reduzierte Richter Lampton das Strafmaß auf drei Jahre. Noch am selben Tag wurde ich ins Ford Open Prison gebracht.

Während der nächsten Wochen übte die Presse ziemlichen Druck auf die Justizbehörden aus. Sir Matthew nutzte die öffentliche Stimmung in seiner Eingabe an das Berufungsgericht, schrieb von meinen »beispiellosen Leiden«, wies auf meine »vorbildliche Führung im Gefängnis« hin und erreichte dadurch, daß ich nur neun Monate abzusitzen brauchte.

Inzwischen war Jeremy im Addenbrookes Hospital von Allan Leeke, dem Deputy Chief Constable von Cambridgeshire, verhaftet worden. Nach drei Tagen in einer schwer bewachten Station wurde er der »Irreführung der Polizei und Vortäuschung eines Gewaltverbrechens« angeklagt und bis zur Verhandlung ins Armley Prison gebracht. Seine Verhandlung findet nächsten Monat im Leeds Crown Court statt. Sie können sich darauf verlassen, daß ich jeden Tag in den Zuschauerreihen sitzen und den Prozeß aufmerksam verfolgen werde. Übrigens, Fingers und die Jungs hießen ihn auf ihre ganz eigene Art willkommen. Ich habe gehört, daß er noch stärker abgenommen hat als während der Zeit, da er in Europa hin und her reisen mußte, um seine neue Identität aufzubauen.

Rosemary wurde ebenfalls verhaftet und wegen Meineids angeklagt. In Frankreich ließen sie sich auf keine Kaution ein, und Matthew erzählte mir, daß die französischen Gefängnisse, vor allem das in Marseille, viel ungemütlicher sind als Armley — einer der wenigen Nachteile, wenn man in Südfrankreich wohnt. Natürlich hat sie gegen den Auslieferungsantrag Einspruch erhoben, doch Matthew versicherte mir, daß ihr das gar nichts nutzen wird, jetzt, da auch wir den Maastrichter Vertrag unterzeichnet haben. Ich wußte doch, daß wenigstens etwas Gutes dabei herauskommen würde.

Was Mrs. Balcescu betrifft — ich bin sicher, Sie sind lange vor mir draufgekommen, wo ich sie schon gesehen hatte.

Im Verfahren der Krone gegen Alexander und Kershaw wird sie als Kronzeugin aussagen, wie ich hörte. Für einen normalerweise so berechnenden und gerissenen Mann beging Jeremy einen simplen Fehler. Um sich vor einer Identifizierung zu schützen, überschrieb er sein gesamtes Vermögen seiner Frau. Also erhielt die attraktive Blondine schließlich alles. Und ich habe so das Gefühl, daß Rosemary, wenn es zu ihrem Kreuzverhör kommt, Jeremy gar nicht mehr schonen wird, denn er muß wohl vergessen haben, ihr zu sagen, daß er während dieser wöchentlichen Telefonanrufe mit einer anderen Frau zusammenlebte.

Es war schwierig, etwas über den echten Professor Balcescu herauszufinden, denn seit Ceausescus Sturz hat niemand mehr etwas von dem berühmten Gelehrten gehört. Sogar in Rumänien hielt sich das Gerücht, ihm wäre die Flucht nach Britannien geglückt und er habe dort ein neues Leben angefangen.

Da die Mannschaft von Bradford City aus der Liga ausscheiden mußte, hat sich Donald ein Cottage im West Country gekauft und sich dort niedergelassen, um sich die Spiele der Rugby-Mannschaft von Bath anzusehen. Jenny verschlug es zu einer Privatdetektei in London, und sie jammert bereits jetzt über die schlechte Bezahlung und die unmöglichen Arbeitsbedingungen. Williams ist nach Bradford zurückgekehrt und in Pension gegangen. Übrigens war er es, der uns auf die Tatsache aufmerksam machte, die jedem bekannt sein müßte, daß es in Britannien, wenn es in Frankreich zwölf Uhr ist, erst elf ist.

Und ich habe beschlossen, doch nach Leeds zurückzukehren. Cooper's hat liquidiert, wie ich erwartet hatte, denn die neue Geschäftsleitung hatte sich als keineswegs tüchtig erwiesen, als es galt, eine Rezession durchzustehen. Der gerichtlich bestellte Konkursverwalter akzeptierte höchsterfreut mein Angebot von £ 250 000 für das, was von der Gesellschaft übriggeblieben war, da sich sonst niemand auch nur im geringsten dafür interessierte. Der arme Jeremy wird so gut wie nichts für seine Anteile bekommen. Ihnen jedoch rate ich, Mitte nächsten Jahres einen Blick in die *Financial Times* zu werfen und nach den neuen Schuldverschreibungen zu sehen und ein paar zu erstehen, denn sie werden — wie mein Vater es genannt hätte — »ein Risiko wert sein«.

Übrigens, Matthew hat mich darauf aufmerksam gemacht, daß das, worauf ich Sie eben hinwies, als »Insiderinformation« bezeichnet wird. Ich bitte Sie deshalb, behalten Sie es für sich, denn ich möchte wirklich nicht gern ein drittes Mal ins Gefängnis wandern.

UM DIE HÄLFTE BILLIGER

Frauen sind Männern von Natur aus überlegen, und Mrs. Consuela Rosenheim bildete da keine Ausnahme.

Victor Rosenheim, ein amerikanischer Bankier, war Consuelas dritter Ehemann, und die Klatschspalten diesseits und jenseits des Atlantik ließen durchblicken, daß das ehemalige kolumbianische Model es, wie ein Kettenraucher, nicht lassen konnte und bereits Ausschau nach dem nächsten Ehemann hielt, noch ehe ihr gegenwärtiger den letzten Atemzug getan hatte. Ihre ersten beiden Männer — einer ein Araber, der andere ein Jude (Consuela kannte keine Rassenvorurteile, wenn es um die Unterzeichnung eines Ehevertrags ging) — hatten ihr nicht so ganz die finanzielle Sicherheit garantiert, die sie brauchen würde, wenn ihre Schönheit erst verblaßt war. Doch noch zwei Scheidungen mit großzügiger Abfindung müßten genügen. Consuela wußte, daß ihr noch etwa fünf Jahre blieben, ehe sie das letzte Mal vor den Standesbeamten treten würde.

Die Rosenheims waren von ihrem Haus — oder vielmehr ihren Häusern — in New York nach London geflogen. Ihr Chauffeur hatte Consuela in ihrer Limousine von ihrem Landsitz in den Hamptons zum Flughafen gefahren, während ihr Gatte von seinem Chauffeur in seiner Limousine von seinem Büro in der Wallstreet zum Flughafen gebracht worden war. In der Concorde-Lounge des John-F.-Kennedy-Flughafen hatten sie sich zu ihrem Flug nach London getroffen und waren nach ihrer Ankunft in Heathrow mit einer weiteren Limousine zum Ritz gefahren, wo sie, ohne irgendwelche Formalitäten am Empfang erledigen zu müssen, zu ihrer üblichen Suite geleitet wurden.

Für ihre Reise gab es zwei Gründe. Mr. Rosenheim hoffte, eine kleine Merchant-Bank aufzukaufen, der es nicht gelungen war, von der derzeitigen Rezession zu profitieren. Mrs. Rosenheim beabsichtigte die Zeit zu nutzen, um ein geeignetes Geburtstagsgeschenk — für sich! — zu suchen. Obwohl ich mir wirklich Mühe gab, gelang es mir nicht, herauszufinden, welchen Geburtstag Consuela offiziell zu feiern gedachte.

Nach einer aufgrund des Jet-Lags schlaflosen Nacht wurde Victor Rosenheim zu einer frühen Besprechung in der City abgeholt, während Consuela im Bett blieb und in ihrem Frühstück herumstocherte. Alles, was sie aß, war ein Stück trockener Toast und eine Scheibe des harten Eis.

Kaum war das Frühstückstablett abgeräumt, machte Consuela zwei Anrufe, um die Verabredungen zum Mittagessen an den beiden Tagen zu bestätigen, die sie in London sein würde. Dann verschwand sie im Bad.

Eine knappe Stunde später verließ sie ihre Suite in einem rosa Olaganiekostüm mit dunkelblauem Kragen, der das Blond ihres schulterlangen Haares betonte. Nur wenige der Männer, an denen sie auf dem Weg vom Fahrstuhl zur Drehtür vorüberging, drehten sich nicht nach ihr um. Das bestätigte Consuela, daß die vergangene Stunde nicht vergeudet war. Sie trat aus dem Hotel in die Morgensonne, um ihre Suche nach dem Geburtstagsgeschenk zu beginnen.

Sie fing damit in der Bond Street an. Wie bei früheren Besuchen beabsichtigte sie nicht, sich mehr als nur ein paar Blocks von Londons luxuriösester Einkaufsmeile zu entfernen, während ein Wagen mit Chauffeur aufmerksam ein paar Meter hinter ihr herfuhr.

Sie schaute sich eine Zeitlang bei Asprey's um, betrachtete die neuesten schmalen Armbanduhren, die goldene Statue eines Tigers mit Jadeaugen, und ein Fabergé-Ei, bevor sie weiter zu Cartier spazierte, wo sie ein kunstvolles Silbertablett, eine Platinuhr und eine Louis-quinz-Standuhr als ungeeignet abtat. Von Cartier ging sie ein paar Meter weiter zu Tiffany's, das sie ebenfalls mit leeren Händen verließ, obwohl ein hartnäckiger Verkäufer ihr fast alles gezeigt hatte, was der Laden zu bieten hatte.

Auf dem Bürgersteig blickte Consuela auf ihre Uhr. Es war 12.52 Uhr, und sie mußte sich eingestehen, daß der Vormittag vergeudet war. Sie wies ihren Chauffeur an, sie zu Harry's Bar zu fahren, wo Mrs. Stavros Kleanthis bereits an ihrem Stammtisch auf sie wartete. Consuela begrüßte ihre Freundin mit einem Kuß auf beide Wangen und nahm ihr gegenüber Platz.

Mrs. Kleanthis, die Gemahlin eines keineswegs unbekannten Reeders — die Griechen hatten gern eine Ehefrau und mehrere Liaisons —, hatte während der vergangenen Minuten die Speisekarte studiert, um sich zu vergewissern, daß das Restaurant auch wirklich die Gerichte führte, die ihre neueste Diät gestattete. Beide Frauen hatten jedes Buch der *New-York-Times*-Bestsellerliste gelesen, dessen Titel wenigstens eines folgender Worte enthielt: »Jugend«, »Orgasmus«, »Abnehmen«, »Fitneß« oder »Unsterblichkeit«.

»Wie geht es Victor?« fragte Maria, nachdem sie und Consuela bestellt hatten.

Consuela überlegte und entschloß sich zur Wahrheit.

»Kommt seinem Verfallsdatum immer näher. Und Stavros?«

»Hat seines längst überschritten, fürchte ich«, antwortete

Maria. »Aber ich habe weder dein Aussehen noch deine Figur, dafür aber drei Kinder im Teenageralter. Ich kann deshalb wohl leider nicht auf den Markt zurück, um mir das neueste Modell auszusuchen.«

Consuela lächelte, als der Ober ihr einen Salat Niçaoise servierte.

»Also, was führt dich nach London — von einem Lunch mit einer alten Freundin abgesehen?«

»Victor hat wieder einmal ein Auge auf eine Bank geworfen«, erklärte Consuela, als spreche sie von einem Kind, das Briefmarken sammelt. »Und ich suche ein geeignetes Geburtstagsgeschenk.«

»Was soll Victor dir diesmal schenken?« fragte Maria. »Ein neues Landhaus? Ein arabisches Vollblut? Oder vielleicht deinen eigenen Lear Jet?«

»Nichts dergleichen.« Consuela legte die Gabel auf den nur halbgegessenen Salat. »Ich brauche etwas sehr Persönliches, etwas, das mir jeder Richter auf der Welt bei der Scheidung zusprechen wird.«

»Und hast du bereits etwas Geeignetes gefunden?«

»Noch nicht«, mußte Consuela zugeben. »Bei Asprey's fand ich nichts von Interesse, Cartier's Glaskästen waren fast leer, und das einzig Attraktive bei Tiffany's war der Verkäufer, der zweifellos über kein eigenes Vermögen verfügt. Ich werde also meine Suche heute nachmittag fortsetzen müssen.«

Die Salatteller wurden von einem Kellner abgeräumt, den Maria viel zu jung und viel zu dünn fand. Ein anderer mit demselben Problem goß den Damen frisch gefilterten, koffeinfreien Kaffee ein. Consuela lehnte die angebotene Sahne und den Zucker ab, während ihre Freundin nicht ganz soviel Selbstdisziplin bewies.

Die beiden klagten weiter über die Opfer, die sie wegen

der Rezession auf sich nehmen mußten, bis sie die letzten Gäste im Restaurant waren. Nachdem der etwas fülligere Oberkellner einige Male bedeutungsvoll auf die Uhr geblickt hatte, präsentierte er ihnen die Rechnung — die erstaunlich umfangreich war, wenn man bedenkt, daß keine von ihnen einen zweiten Gang bestellt hatte und jede sich vom deswegen ein wenig frustrierten Weinkellner nur Mineralwasser hatte bringen lassen.

Auf dem Bürgersteig der South Audley Street tauschten sie noch einmal Küßchen, ehe sie getrennte Wege gingen, die eine Richtung Osten, die andere Richtung Westen.

Consuela setzte sich wieder auf den Rücksitz ihres chauffierten Wagens und ließ sich zur Bond Street zurückfahren, die keine siebenhundert Meter entfernt war.

Sobald sie sich wieder auf diesem vertrautem Terrain befand, nahm sie die andere Straßenseite in Angriff, schaute sich flüchtig bei Bentley's um, die offenbar seit letztem Jahr nichts verkauft hatten, ging rasch zu Adler's weiter, aber dort hatte man anscheinend dasselbe Problem. Wieder verwünschte sie die Rezession und gab die Schuld Bill Clinton, der, wie Victor ihr versichert hatte, für die meisten gegenwärtigen Weltprobleme verantwortlich war.

Allmählich zweifelte Consuela bereits daran, in der Bond Street irgend etwas Geeignetes zu finden. Sie machte sich langsam auf den Rückweg zum Ritz und beschloß, am nächsten Tag vielleicht gar den Weg nach Knightsbridge auf sich zu nehmen, als etwas sie abrupt zum Stehenbleiben veranlaßte. Verwundert blickte sie auf die Beschriftung an der Tür: *House of Graff.* Sie konnte sich nicht erinnern, dieses Geschäft bei ihrem letzten Besuch in London, vor etwa sechs Monaten, gesehen zu haben, dabei kannte sie die Bond Street besser, als sie je einen ihrer drei Männer gekannt hatte. Es mußte daher ein ganz neuer Laden sein.

Durch das Panzerglas der Auslage betrachtete sie die prächtigen Steine in ihren herrlichen Fassungen. Als sie das dritte Schaufenster erreichte, öffnete sich ihr Mund unwillkürlich so weit wie der Schnabel eines frisch ausgeschlüpften Kükens, das Futter verlangt. In diesem Moment wußte sie, daß sie nicht weiterzusuchen brauchte, denn vor ihr hing um einen schlanken Marmorhals eine unübertreffliche Kette mit makellosen Brillanten und Rubinen. Ihr war, als hätte sie dieses wunderschöne Kleinod schon einmal irgendwo gesehen, aber sie wies diesen Gedanken rasch zurück und widmete sich wieder ganz der Bewunderung dieser exquisit gefaßten Rubine, deren Schönheit durch die gewiß lupenreinen Brillanten in einem Kranz um sie herum noch betont wurde. Ohne den geringsten Gedanken daran, was dieses Kleinod kosten mochte, trat Consuela an die Sicherheitsglasscheibe des Eingangs und drückte auf einen unauffälligen Elfenbeinknopf an der Wand. Das House of Graff war offenbar nicht an Laufkundschaft interessiert.

Ein Wachmann schloß auf. Ein Blick auf Mrs. Rosenheim genügte, sie rasch zur inneren Tür zu führen, die sofort für sie geöffnet wurde. Consuela sah sich nun einem hochgewachsenen, beeindruckenden Herrn in langer schwarzer Jakke und Nadelstreifenhose gegenüber.

»Guten Tag, Madame, grüßte er mit einer knappen Verneigung. Consuela entging nicht, daß er dabei verstohlen ihre Ringe bewunderte. »Darf ich Ihnen behilflich sein?«

Obwohl der Ausstellungsraum voller Schätze war, die unter normalen Umständen Stunden ihrer Aufmerksamkeit verdient hätten, kam Consuela sofort zur Sache.

»Ja, ich möchte mir die Halskette mit Brillanten und Rubinen aus dem dritten Schaufenster näher ansehen.«

»Gern, Madam.« Der Geschäftsführer rückte der Kundin einen Stuhl zurecht und nickte einem Assistenten fast unmerklich zu, der daraufhin zu dem Schaufenster trat, eine kleine Tür aufschloß und die Halskette herausholte. Der Geschäftsführer trat hinter den Verkaufstisch und drückte auf einen versteckten Knopf. Vier Stockwerke höher ertönte ein diskretes Summen im Privatbüro von Mr. Laurence Graff und informierte ihn, daß ein Kunde, den er vielleicht selbst bedienen wollte, sich nach einem besonders teuren Stück erkundigt hatte.

Laurence Graff blickte auf den Bildschirm an der Wand links von ihm, auf dem er sehen konnte, was im Parterre vorging.

»Ah!« stellte er zufrieden fest, als er die Dame im rosa Kostüm am Louis-quinze-Tisch sitzen saß. »Mrs. Consuela Rosenheim, wenn ich mich nicht irre.« Ebenso wie der Präsident des Unterhauses jeden der sechshundertfünfzig Abgeordneten beim Namen kannte, erkannte Laurence Graff die 650 Kundinnen, die sich vermutlich die teuersten seiner Kleinodien leisten konnten. Er trat rasch hinter seinem Schreibtisch hervor, schritt aus seinem Büro und fuhr mit dem wartenden Lift zum Parterre.

Der Geschäftsführer hatte inzwischen ein schwarzes Samttuch auf dem Tisch vor Mrs. Rosenheim ausgebreitet, auf das der Assistent jetzt behutsam die Halskette legte. Consuela starrte wie hypnotisiert auf dieses Objekt ihrer Begierde.

»Guten Morgen, Mrs. Rosenheim«, begrüßte Laurence Graff sie, als er aus dem Fahrstuhl gestiegen war und über den dicken Teppich auf seine mögliche Kundin zuging. »Wie schön, Sie wiederzusehen.«

Tatsächlich hatte er sie erst einmal zuvor gesehen — bei einer dichtgedrängten Cocktailparty in Manhattan. Doch danach hätte er sie aus hundert Meter Entfernung auf einer schnellen Rolltreppe zu erkennen vermocht.

»Guten Morgen, Mr. . . .«, stammelte Consuela und fühlte sich zum ersten Mal an diesem Tag unsicher.

»Laurence Graff«, stellte er sich vor und reichte ihr die Hand. »Wir begegneten uns vergangenes Jahr bei Sotheby Parke Bernet — eine Wohltätigkeitsveranstaltung für das Rote Kreuz, wenn ich mich recht entsinne.«

»Ja, natürlich«, entgegnete Mrs. Rosenheim, die sich weder an ihn noch an diese Veranstaltung erinnern konnte.

Mr. Graff deutete mit einem fast ehrfurchtsvollen Nicken auf die Brillant-und-Rubin-Halskette.

»Die Kanemarra-Halskette«, sagte er fast schnurrend, ehe er den Platz des Geschäftsführers am Tisch übernahm. »1936 von Silvio di Larchi entworfen und angefertigt. Sämtliche Rubine stammen aus ein und derselben Mine in Burma, wo sie im Laufe von zwanzig Jahren geborgen wurden. Die Diamanten wurden von De Beers gekauft, und zwar von einem ägyptischen Kaufmann, der die Kette anfertigen ließ und dieses unübertreffliche Kleinod König Faruk anbot — als Dank für gewisse Gefälligkeiten. Als der Monarch sich mit Prinzessin Farida vermählte, verehrte er ihr die Kette an ihrem Hochzeitstag, und sie schenkte ihm vier Erben, von denen bedauerlicherweise keiner den Thron besteigen konnte.« Graff warf noch einen Blick auf das exquisite Schmuckstück und blickte dann Consuela an, die zweifellos ebenso schön und exquisit war.

»Seither ist die Kette durch mehrere Hände gegangen, ehe sie im House of Graff ankam«, fuhr der Eigentümer fort. »Zuletzt befand sich die Kette im Besitz einer Schauspielerin, deren Gemahl im Ölgeschäft tätig war. Aber dann versiegten bedauerlicherweise die Ölquellen . . .«

Consuela mußte kurz lächeln, als sie sich nun endlich erinnerte, wo sie diese kostbare Kette zuletzt gesehen hatte.

»Ein prächtiges Stück.« Sie blickte es noch einmal an.

»Ich werde wiederkommen«, fügte sie hinzu, als sie sich erhob. Graff begleitete sie zur Tür. Neun von zehn Kundinnen, die eine solche Behauptung aufstellen, haben gewöhnlich nicht die Absicht, wirklich wiederzukommen, aber er erkannte instinktiv die zehnte.

»Was kostet die Kette?«, fragte Consuela scheinbar beiläufig, während Mr. Graff die Tür für sie aufhielt.

»Eine Million Pfund, Madame, antwortete Graff so gleichmütig, als hätte sie sich nach dem Preis eines Kunststoffschlüsselrings im Andenkenladen eines Kurorts erkundigt.

Kaum war sie auf dem Bürgersteig zurück, schickte Consuela ihren Chauffeur fort. Ihr Verstand arbeitete nun mit einer Schnelligkeit, die ihren Mann beeindruckt hätte. Sie überquerte die Straße, rief zuerst im Weißen Haus an, dann begab sie sich zu Yves St. Laurent, danach zu Chanel, wo sie schließlich zwei Stunden später mit allen Waffen wieder herauskam, die sie für die vor ihr liegende Schlacht benötigen würde. Erst wenige Minuten vor achtzehn Uhr traf sie in ihrer Suite im Ritz ein.

Consuela war erleichtert, daß ihr Mann noch nicht von der Bank zurückgekommen war. Sie nutzte die Zeit für ein langes Bad und um zu überlegen, wie sie die Falle am besten stellen könnte. Sobald sie sich abgetrocknet und gepudert hatte, tupfte sie die Spur eines neuen Parfüms auf den Hals und schlüpfte in eines der neuerstandenen Kleider.

Sie begutachtete sich wieder in dem großen Spiegel, als Victor das Zimmer betrat. Er blieb wie angewurzelt stehen und ließ seinen Diplomatenkoffer auf den Teppich fallen. Consuela drehte sich zu ihm um.

»Du siehst umwerfend aus«, versicherte er ihr mit dem gleichen begehrlichen Blick, den sie vor wenigen Stunden dem Kanemarra-Kleinod gewidmet hatte.

»Danke, Liebling«, antwortete sie. »Wie war dein Tag?«

»Ein Triumph. Der Übernahmevertrag braucht bloß noch überarbeitet zu werden. Ich habe die Bank zum halben Preis bekommen, den sie mich noch vor einem Jahr gekostet hätte.«

Consuela lächelte. Das war ein unerwarteter Vorteil für sie.

»Wer von uns noch Bares zur Verfügung hat, braucht von der Rezession nichts zu befürchten«, fügte Victor zufrieden hinzu.

Über einem gepflegten Abendessen im Speisesaal des Ritz beschrieb Victor seiner Frau ausführlich, was sich an diesem Tag in der Bank getan hatte. Während der vereinzelten Pausen seines Monologs lobte Consuela ihren Mann geschickt mit jeweils leicht abgewandelten Bemerkungen: »Wie clever von dir, Victor!« — »Einfach erstaunlich!« — »Ich werde nie verstehen, wie du so etwas machst!« Als er schließlich einen doppelten Cognac bestellt, sich eine Zigarre angezündet und auf seinem Stuhl zurückgelehnt hatte, rieb sie ihren elegant bestrumpften rechten Fuß sanft über die Innenseite seines Schenkels. Zum ersten Mal an diesem Abend hörte Victor auf, an die Übernahme zu denken.

Nachdem sie den Speisesaal verlassen hatten und zum Fahrstuhl gingen, schlang Victor den Arm um die schlanke Taille seiner Frau. Noch ehe der Lift im sechsten Stock ankam, hatte Victor bereits seine Jacke ausgezogen und seine Hand war ein wenig tiefer geglitten. Consuela kicherte. Lange bevor sie die Tür ihrer Suite erreichten, hatte Consuela bereits begonnen, ihm den Schlips zu öffnen.

Sie hängte rasch das *Bitte-nicht-stören*-Schild vor die Tür.

Die nächsten Minuten beobachtete Victor gebannt, wie seine schlanke Frau bedächtig jedes Kleidungsstück auszog, das sie an diesem Nachmittag genau zu diesem Zweck gekauft hatte. Rasch entledigte er sich seiner eigenen Sachen und wünschte sich, nicht zum erstenmal, er hätte sich an seine Neujahrsvorsätze gehalten.

Vierzig Minuten später lag Victor erschöpft auf dem Bett und schon Augenblicke später, nach kurzem Seufzen, fing er zu schnarchen an. Consuela zog die Decke über ihre nackten Körper, doch ihre Augen blieben weit offen. Sie ging bereits den nächsten Schritt ihres Planes durch.

Victor erwachte am folgenden Morgen, als die Hand seiner Frau zärtlich über die Innenseite seines Beines strich. Er rollte sich zu ihr hinüber, während ihn die Erinnerung an die vergangene Nacht überwältigte. Sie liebten sich ein zweites Mal — etwas, das sie schon so lange nicht mehr getan hatten, daß er sich nicht einmal mehr daran erinnern konnte.

Erst als er aus der Dusche stieg, fiel Victor ein, daß seine Frau heute Geburtstag hatte, und auch sein Versprechen, er würde sich am Vormittag kurz freinehmen und ein Geschenk mit ihr aussuchen. Er hoffte nur, daß sie bereits etwas gefunden hatte, damit nicht zu viel seiner kostbaren Zeit vergeudet wurde, denn er wollte sich so schnell wie möglich mit seinen Anwälten zusammensetzen und die Zeichnungsunterlagen Zeile um Zeile durchgehen.

»Alles Gute zum Geburtstag, Liebling«, wünschte er ihr, als er ins Schlafzimmer zurücktappte. »Hast du etwas gefunden, was du gern hättest?« fügte er hinzu, während er die Titelseite der *Financial Times* überflog. Der Wirtschaftsredakteur stellte bereits Vermutungen über die mögliche Übernahme an und beschrieb sie als raffinierten Coup. Zum zweiten Mal an diesem Morgen zog ein zufriedenes Lächeln über Victors Gesicht.

»Ja, Liebling«, antwortete Consuela. »Ich habe ein entzückendes Schmuckstück gefunden, das ich gerne hätte. Ich hoffe nur, es ist nicht zu teuer.«

»Und was kostet dieses ›entzückende Schmuckstück‹?« wollte Victor wissen.

Consuela drehte sich zu ihm um. Sie trug lediglich zwei Kleidungsstücke, beide schwarz, beide durchsichtig.

Victor fragte sich, ob vielleicht noch genug Zeit war, doch da erinnerte er sich an die Anwälte, die gewiß die ganze Nacht gearbeitet hatten und geduldig in der Bank auf ihn warten würden.

»Ich habe nicht nach dem Preis gefragt«, erwiderte Consuela. »In solchen Dingen bist du viel cleverer als ich, Liebling«, fügte sie hinzu, während sie in eine marineblaue Seidenbluse schlüpfte.

Victor blickte verstohlen auf die Uhr. »Wie weit müssen wir fahren?« erkundigte er sich.

»Gar nicht weit. Nur über die Straße. Das Geschäft ist in der Bond Street, Liebling. Ich werde dich nicht lange aufhalten.« Sie wußte genau, was ihrem Gatten durch den Kopf ging.

»Gut, dann sehen wir uns dieses entzückende Schmuckstück rasch an.« Er knöpfte sein Oberhemd zu.

Während Victor sich fertig anzog, lenkte Consuela mit Hilfe der *Financial Times* das Gespräch geschickt zurück zu seinem gestrigen Triumph. Und während sie Arm in Arm das Hotel verließen und zur Bond Street spazierten, hörte sie ihm wieder scheinbar aufmerksam zu, während er aufs neue alle Einzelheiten der Übernahme aufführte.

»Habe auf diese Weise wahrscheinlich mehrere Millionen gespart«, erwähnte er.

Consuela lächelte und führte ihn zur Tür des House of Graff. »Mehrere Millionen?« staunte sie ehrfurchtsvoll. »Wie clever du doch bist, Victor!«

Der Wachmann öffnete sofort die Tür, und diesmal wartete Mr. Graff bereits auf sie. Er verbeugte sich tief, dann wandte er sich Victor zu. »Darf ich Sie zu dem brillanten Coup beglückwünschen, Mr. Rosenheim?« Victor lächelte. »Was darf ich Ihnen zeigen?«

»Mein Mann möchte gern die Kanemarra-Halskette sehen«, sagte Consuela, ehe Victor antworten konnte.

»Selbstverständlich, Madam.« Der Geschäftsinhaber trat hinter den Tisch und breitete das schwarze Samttuch darauf aus. Wieder holte der Assistent die prächtige Halskette aus dem dritten Schaufenster und legte sie behutsam auf die Mitte des Samttuchs, um das Prunkstück von seiner besten Seite zu zeigen.

Mr. Graff wollte gerade seinen Vortrag über die Herkunft des Kleinods beginnen, als Victor ohne Umschweife zur Sache kam. »Der Preis?«

Mr. Graff hob den Kopf. »Das ist kein gewöhnliches Schmuckstück. Es . . .«

»Der Preis?« wiederholte Victor.

»Schon seine Provenienz . . .«

»Der Preis?«

»Allein die Schönheit, ganz zu schweigen von der kunstvollen . . .«

»Der Preis?« fragte Victor, jetzt mit erhobener Stimme.

»Es gibt kein Wort, mit dem man es nur annähernd beschreiben könnte.«

»Damit mögen Sie recht haben, aber ich muß trotzdem wissen, was es mich kosten soll«, sagte Victor bereits leicht verärgert.

»Eine Million Pfund, Sir«, antwortete Graff und war sich durchaus bewußt, daß er mit keinerlei weiteren Superlativen kommen durfte.

»Ich bin bereit, eine halbe Million dafür zu bezahlen, keineswegs mehr«, sagte Victor sofort.

»Bedaure ungemein, Sir«, entgegnete Graff, »aber bei

diesem Stück haben wir nicht den geringsten Verhandlungs-spielraum!«

»Ganz egal, was man verkauft, einen Verhandlungsspiel-raum gibt es immer. Ich wiederhole mein Angebot. Eine halbe Million.«

»Ich fürchte, in diesem Fall, Sir . . .«

»Ich bin überzeugt, mit etwas Bedenkzeit werden Sie auf mein Angebot eingehen«, stellte Victor fest. »Aber ich habe jetzt keine Zeit, deshalb werde ich Ihnen einen Scheck über eine halbe Million ausstellen und es *Ihnen* überlassen, ihn einzulösen oder nicht.«

»Ich fürchte, Sie vergeuden Ihre Zeit, Sir«, wandte Graff ein. »Ich darf die Kanemarra-Halskette nicht für weniger als eine Million verkaufen.«

Victor zog sein Scheckbuch aus der Brusttasche, schraub-te seinen Füllfederhalter auf und schrieb die Worte »Fünf-hunderttausend Pfund« unter den Namen der Bank, die ihm gehörte. Seine Frau machte einen unmerklichen Schritt zu-rück.

Graff wollte bereits seine vorherige Erklärung wiederho-len, als er bemerkte, daß Mrs. Rosenheim ihn stumm be-schwor, den Scheck anzunehmen.

Ein Hauch von Neugier zog über sein Gesicht, als Con-suela ihre drängende Mimik hinter dem Rücken ihres Ge-mahls fortsetzte.

Victor riß den Scheck heraus und legte ihn auf den Tisch. »Ich gebe Ihnen eine Bedenkzeit von vierundzwanzig Stun-den«, sagte er. »Wir kehren morgen vormittag nach New York zurück − mit oder ohne die Kanemarra-Halskette. Die Entscheidung liegt bei Ihnen.«

Graff ließ den Scheck auf dem Tisch liegen, während er Mr. und Mrs. Rosenheim zum Ausgang begleitete und sich mit einer Verbeugung von ihnen verabschiedete.

»Du warst brillant, mein Liebling«, sagte Consuela bewundernd, als der Chauffeur die Tür für seinen Herrn öffnete.

»Zur Bank«, wies Rosenheim ihn an, während er sich auf den Rücksitz fallen ließ. »Du wirst dein entzückendes Schmuckstück bekommen, Consuela. Er wird den Scheck einlösen, noch ehe die vierundzwanzig Stunden um sind, dessen bin ich sicher.« Der Chauffeur schloß die hintere Tür, und das Fenster glitt summend herab, als Victor mit einem Lächeln hinzufügte: »Happy Birthday, Liebling!«

Consuela erwiderte das Lächeln und blies ihm einen Kuß zu, während der Wagen sich in den Verkehr einreihte und Richtung Picadilly fuhr. Der Morgen war nicht ganz so verlaufen, wie sie es geplant hatte, denn sie war überzeugt, daß ihr Gatte sich mit seiner Einschätzung irrte — aber sie hatte ja noch vierundzwanzig Stunden Spielraum.

Sie kehrte in die Suite im Ritz zurück, entkleidete sich, duschte, öffnete eine andere Flasche Parfüm und zog das zweite Kostüm an, das sie ebenfalls gestern erstanden hatte, mit allem, was dazugehörte. Ehe sie das Zimmer verließ, griff sie rasch noch nach der *Financial Times* und suchte im Rohstoffpreisindex nach dem Preis von grünem Kaffee.

Diesmal trat sie durch den zweiten Ausgang des Ritz auf die Arlington Street. Sie trug nun ein zweireihiges marineblaues Yves-Saint-Laurent-Kostüm und einen breitkrempigen rot-weißen Hut. Ihrem Chauffeur hatte sie nicht Bescheid gegeben. Sie nahm ein Taxi zu einem kleinen, aber diskreten Hotel in Knightsbridge. Fünfzehn Minuten später trat sie mit gesenktem Kopf in die Eingangshalle und wurde, nachdem sie den Namen ihres Gastgebers genannt hatte, vom Geschäftsführer zu einer Suite im vierten Stock begleitet. Ihr Bekannter, mit dem sie die Verabredung zum Mittagessen getroffen hatte, erhob sich, als sie eintrat, ging auf sie zu, küßte sie auf beide Wangen und gratulierte ihr zum Geburtstag.

Nach einem intimen Lunch und einer noch intimeren Stunde im Schlafzimmer nebenan hörte Consuelas Bekannter sich ihre Bitte an und erklärte sich, nachdem er auf seine Uhr gesehen hatte, einverstanden, sie nach Mayfair zu begleiten. Er sagte ihr nicht, daß er spätestens um sechzehn Uhr in seinem Büro zurück sein müsse, um einen wichtigen Anruf aus Südamerika entgegenzunehmen. Seit dem Sturz des brasilianischen Präsidenten waren die Kaffeepreise erstaunlich gestiegen.

Während der Wagen die Brompton Road entlangfuhr, telefonierte Consuelas Bekannter, um sich den letzten Börsenkurs für grünen Kaffee in New York durchgeben zu lassen. Nur Consuelas erotische Kunstfertigkeit im Bett hatte ihn davon abgehalten, seinen Anruf schon früher zu tätigen. Er war erfreut, zu hören, daß der Kurs um weitere zwei Cents gestiegen war, aber nicht so erfreut wie sie. Elf Minuten später setzte der Wagen sie vor dem House of Graff ab.

Als sie das Geschäft Arm in Arm betraten, zuckte Mr. Graff mit keiner Wimper.

»Guten Tag, Mr. Carvalho«, grüßte er. »Ich hoffe, Ihre Plantagen brachten dieses Jahr eine Rekordernte hervor.«

Carvalho lächelte und erwiderte: »Ich kann nicht klagen.«

»Und was darf ich Ihnen zeigen?« erkundigte sich Mr. Graff.

»Wir würden uns gern die Brillanthalskette im dritten Schaufenster ansehen«, erklärte Consuela ohne Zögern.

»Selbstverständlich, Madame, sagte Graff, als hätte er sie noch nie zuvor gesehen.

Wieder wurde das schwarze Samttuch auf dem Tisch ausgebreitet, und wieder legte der Assistent die Kanemarra-Halskette darauf.

100

Diesmal wurde Mr. Graff gestattet, sich über ihre Herkunft und Geschichte auszulassen, ehe Carvalho sich höflich nach dem Preis erkundigte.

»Eine Million Pfund«, erklärte Graff.

Nach kurzem Überlegen sagte Carvalho »Ich bin bereit, eine halbe Million dafür zu bezahlen.«

»Das ist kein gewöhnliches Schmuckstück«, protestierte der Geschäftsinhaber, »es . . .«

»Vielleicht nicht, aber eine halbe Million ist mein Höchstangebot«, sagte Carvalho fest.

»Allein die Schönheit, ganz zu schweigen von der kunstvollen . . .«

»Trotzdem werde ich keinen Penny über eine halbe Million gehen.«

»Es gibt kein Wort, mit dem man es nur annähernd beschreiben könnte.«

»Eine halbe Million und nicht mehr«, beharrte Carvalho.

»Bedaure ungemein, Sir«, entgegnete Graff, »aber bei diesem Stück haben wir nicht den geringsten Verhandlungsspielraum!«

»Ganz egal, was man verkauft, einen Verhandlungsspielraum gibt es immer«, sagte der Kaffeepflanzer bestimmt.

»Nicht in diesem Fall, Sir, fürchte ich. Sie müssen wissen . . .«

»Ich bin überzeugt, mit etwas Bedenkzeit werden Sie auf mein Angebot eingehen«, sagte Carvalho fest. »Aber bedauerlicherweise habe ich heute nachmittag keine Zeit mehr, deshalb werde ich Ihnen einen Scheck über eine halbe Million ausstellen und es *Ihnen* überlassen, ihn einzulösen oder nicht.«

Carvalho zog sein Scheckbuch aus der Brusttasche, schraubte seinen Füllfederhalter auf und schrieb die Worte »Fünfhunderttausend Pfund« darauf, während Consuela stumm zusah.

Der Kaffeepflanzer riß den Scheck heraus und legte ihn auf den Ladentisch.

»Ich gebe Ihnen eine Bedenkzeit von vierundzwanzig Stunden«, sagte er. »Ich fliege morgen abend nach Chicago ab. Falls der Scheck nicht vorgelegt wurde, bevor ich mein Büro erreiche . . .«

Graff verbeugte sich knapp und ließ den Scheck auf dem Ladentisch liegen. Er begleitete die beiden zur Tür und verbeugte sich aufs neue, als sie auf den Bürgersteig hinaustraten.

»Du warst brillant, mein Liebling«, sagte Consuela bewundernd, als der Chauffeur die Tür für seinen Arbeitgeber öffnete.

»Zur Börse«, wies Carvalho ihn an. Dann wandte er sich noch einmal zu seiner Geliebten um und fügte hinzu: »Du wirst deine Halskette bekommen, noch ehe der Abend hereinbricht, dessen bin ich sicher. Happy Birthday, Liebling!«

Consuela lächelte und winkte, als der Wagen in Richtung Picadilly verschwand. Diesmal konnte sie der Einschätzung ihres Liebhabers nur beipflichten. Sobald der Wagen um die Ecke gebogen war, kehrte sie ins House of Graff zurück.

Der Besitzer lächelte und händigte ihr das hübsch verpackte Geschenk aus. Er verbeugte sich tief und sagte nur: »Happy Birthday, Mrs. Rosenheim!«

DOUGIE MORTIMERS
RECHTER ARM

Robert Henry Kefford III., seinen Freunden besser als Bob bekannt, lag mit einem Mädchen namens Helen im Bett, als er zum erstenmal von Dougie Mortimers rechtem Arm hörte.

Bob bedauerte, Cambridge verlassen zu müssen. Er hatte drei herrliche Jahre am St. John's zugebracht, und obgleich er sich dort nicht in so viele Bücher vertieft hatte wie während seiner Studienzeit in Chicago, hatte er sich bestimmt nicht weniger ins Zeug gelegt.

Es war Anfang der siebziger Jahre nicht ungewöhnlich, daß ein Amerikaner den blauen Wimpel im Rudern gewann, aber drei Jahre hintereinander Schlagmann im siegreichen Cambridge-Achter gewesen zu sein, war bisher noch nie dagewesen.

Bobs Vater, Robert Henry Kefford II., seinen Freunden besser als Robert bekannt, war zu allen drei Regatten nach England geflogen, um seinem Sohn zuzusehen, wie er von Putney nach Mortlake ruderte. Nachdem Bob zum drittenmal den Cambridger-Achter als Schlagmann in den Sieg gerudert hatte, war Robert ein Gedanke gekommen. Bevor der Junge ins heimatliche Illinois zurückkehrte, sollte er dem University Boat Club unbedingt ein Andenken vermachen, das immer an ihn erinnern würde.

»Und vergiß nicht, Junge«, mahnte Robert Henry Kefford II. »das Geschenk darf nicht protzig wirken! Zeig damit, daß du dir Mühe gegeben hast, ein Präsent von historischem Wert auszuwählen, und nicht einfach etwas, dem man sofort ansieht, wie teuer es ist. Die Briten wissen so etwas zu würdigen.«

Bob dachte viele Stunden über die Worte seines Vaters nach, aber es fiel ihm nichts Passendes ein. Schließlich hatten sie im University Boat Club von Cambridge mehr Silberpokale und Trophäen, als sie überhaupt ausstellen konnten.

Es war an einem Sonntagmorgen, als Helen zufällig den Namen Dougie Mortimer erwähnte. Sie und Bob umarmten einander gerade, als sie plötzlich anfing, an seinen Bizepsen herumzutupfen.

»Ist das eine alte britische Art des Vorspiels, über die ich Bescheid wissen sollte?« fragte Bob erwartungsvoll.

»Aber nein«, erwiderte Helen. »Ich wollte nur feststellen, ob deine Bizepse so groß sind wie die von Dougie Mortimer.«

Da Bob noch nie ein Mädchen gekannt hatte, das über einen anderen Mann sprach, während sie mit ihm im Bett lag, war er zu verdutzt, um gleich etwas zu erwidern.

Schließlich jedoch spannte er die Oberarmmuskeln und fragte: »Sind sie so groß?«

»Schwer zu sagen«, antwortete Helen. »Ich habe Dougies Arm nie berührt und ihn auch nur aus einigem Abstand gesehen.«

»Und wo bist du einem solchen Prachtexemplar der Männlichkeit über den Weg gelaufen?«

»Es hängt über der Theke im Lokal meines Dads in Hull.«

Bob lachte. »Ist das für Dougie Mortimer nicht etwas schmerzhaft?«

»Ich glaube nicht, daß ihm das viel ausmacht«, erwiderte Helen. »Immerhin ist er schon seit über sechzig Jahren tot.«

»Und sein Arm hängt immer noch über einer Theke?« wunderte sich Bob. »Das ist doch bestimmt kein angenehmer Anblick mehr.«

Jetzt mußte Helen lachen. »Oh, du Yankee-Dummerchen! Es ist ein Bronzeguß seines Arms! Wenn einer damals drei Jahre hintereinander in der siegreichen Universitätsrudermannschaft war, wurde ein Abdruck seines Arms gemacht und im Clubhaus aufgehängt. Ganz zu schweigen von einer Karte mit seinem Bild in jeder Packung Players. Wenn ich's recht bedenk', habe ich dein Bild in noch keiner Zigarettenschachtel gefunden.« Helen zog die Decke über seinen Kopf.

»Hat er für Oxford oder Cambridge gerudert?« wollte Bob wissen.

»Keine Ahnung.«

»Und wie heißt dieses Pub in Hull?«

»›The King William‹«, antwortete Helen, als Bob den Arm von ihrer Schulter nahm.

»Ist das ein amerikanisches Vorspiel?« fragte sie eine kurze Weile später.

Am Vormittag, nachdem Helen nach Newnham gefahren war, kramte Bob in seinen Regalen nach einem Buch mit blauem Einband. In seiner vielstudierten, abgegriffenen *History of the Boat Race* fand er im Index sieben Mortimers aufgeführt. Fünf davon hatten für Oxford gerudert, die beiden anderen für Cambridge. Er suchte nach ihren Initialen, Mortimer, A. J. (Westminster und Wadham, Oxon), Mortimer, C. K. (Uppingham und Oriel, Oxon), Mortimer, D. J. T. (Harrow und St. Catharine's, Cantab), Mortimer, E. L. (Oundle und Magdalena, Oxon). Bob wandte seine Aufmerksamkeit Mortimer D. J. T. zu, Biographie Seite 129, und blätterte rückwärts, bis er die gesuchte Eintragung fand.

Douglas John Townsend Mortimer (St. Catharine's), Cambridge 1907, -08, -09, Schlagmann. Dann las er das kurze Resümee von Mortimers Ruderkarriere.

> Dougie Mortimer führte 1907 als Schlagmann das Cambridger Boot zum Sieg, eine Leistung, die er 1908 wiederholte. Aber 1909, als Sachverständige überzeugt waren, Cambridge habe die beste Crew seit Jahren, verloren sie völlig überraschend den Wettkampf. Das Oxforder Boot, das als krasser Außenseiter erachtet worden war, machte das Rennen. Obwohl die Presse zu der Zeit mit vielen Vermutungen aufwartete, kann sich bis heute niemand erklären, wie es damals zu diesem Ergebnis kommen konnte. Fünf Jahre danach, also 1914, starb Mortimer.

Bob klappte das Buch zu und stellte es ins Regal zurück. Obwohl nichts Näheres in Mortimers Biographie gestanden hatte, nahm er an, daß der große Schlagmann im Ersten Weltkrieg gefallen war. Bob lehnte sich ans Fußteil des Bettes und ließ sich alles, was er in Erfahrung hatte bringen können, durch den Kopf gehen. Falls es ihm gelänge, Dougie Mortimers rechten Arm nach Cambridge zurückzubringen und ihn dem Club beim jährlichen Blues Dinner zu vermachen, war das sicher ein Geschenk, das auch der anspruchsvollen Kritik seines Vaters standhalten würde.

So begann er damit, King William anzurufen — oder vielmehr die King Williams, denn im Telefonbuch hatte er gleich drei Lokale dieses Namens in Hull gefunden. Als er zum ersten durchgestellt war, fragte er ohne Umschweife: »Hängt Dougie Mortimers rechter Arm über Ihrer Theke?« Er verstand nicht jedes Wort des breiten nordenglischen Akzents, wohl aber, daß der Arm nicht dort hing.

Beim zweiten Anruf meldete sich ein Mädchen, das fragte: »Meinen Sie das Ding, das über der Bar an die Wand genagelt ist?«

»Ja, das dürfte es sein«, antwortete Bob.

»Dann haben Sie das richtige Pub.«

Nachdem sich Bob die Adresse notiert und nach den Öffnungszeiten erkundigt hatte, tätigte er einen dritten Anruf. »Ja, das ist möglich«, versicherte man ihm. »Sie müssen den 15.17 nach Peterborough nehmen und in den 16.09 nach Doncaster umsteigen und in Doncaster noch einmal umsteigen. Dann sind Sie um 18.32 in Hull.«

»Wann geht der letzte Zug zurück?« erkundigte sich Bob.

»20.52 Uhr, Sie müssen dann wieder in Doncaster und Peterborough umsteigen und sind kurz nach Mitternacht zurück in Cambridge.«

Bob bedankte sich und schlenderte zum Mittagessen in sein College zurück, wo er in der Mensa am großen Mitteltisch Platz nahm, jedoch so in Gedanken vertieft war, daß er sich von seinen Kommilitonen in kein Gespräch ziehen ließ.

Am Nachmittag stieg er dann in den Zug nach Peterborough, immer noch in der Hoffnung, er könne die Pubbesitzer überreden, sich von ihrer Trophäe zu trennen. In Peterborough sprang er rasch aus seinem Abteil und begab sich, immer noch seinen Gedanken nachhängend, zu dem bereitstehenden Zug auf Bahnsteig 3. Aber als der Zug zwei Stunden später in Hull einfuhr, war er der Lösung seines Problems nicht näher. Er stieg ins vorderste der wartenden Taxis und bat, zum King William gebracht zu werden.

»Market Place, Harold's Corner oder Percy Street?« erkundigte sich der Fahrer.

»Percy Street«, bat Bob.

»Das macht erst um neunzehn Uhr auf, alter Junge«, erklärte ihm der Taxifahrer, nachdem er ihn vor der geschlossenen Tür abgesetzt hatte.

Bob blickte auf die Uhr. Zwanzig Minuten zum Totschlagen. Er schlenderte eine Nebenstraße hinter dem Pub entlang und schaute ein paar Jungen beim Fußballspielen zu.

Die Wände zweier gegenüberliegender Häuser dienten ihnen als Tore, und die Halbwüchsigen bewiesen ziemliche Treffsicherheit, denn kein einziges Mal schlugen sie versehentlich eines der zahlreichen Fenster ein.

Er war so fasziniert von der Geschicklichkeit der Jungs, daß er nicht weiterging und sie ihn schließlich fragten, ob er nicht mitmachen wolle. Er lehnte dankend ab, denn er befürchtete, falls er mitspielte, ein Fenster einzuwerfen.

Kurz nach neunzehn Uhr spazierte er zum King William zurück und trat in das noch leere Pub. Er hoffte, niemand würde sonderlich auf ihn achten. Aber mit seinen guten einsneunzig, dem zweireihigen blauen Blazer, der grauen Flanellhose, dem blauen Hemd und seinem Collegebinder wäre selbst ein Außerirdischer für die drei Personen hinter der Theke nicht viel interessanter gewesen. Er zwang sich, nicht an die Wand über der Theke zu blicken, als eine junge blonde Kellnerin ihn fragte, was sie ihm bringen dürfe.

»Eine Halbe Ihres besten Bitterbiers«, bat Bob und versuchte seine englischen Freunde nachzuahmen, wenn sie in der College-Kantine bestellten.

Der Wirt beäugte Bob mißtrauisch, während der das Halbpintglas zu einem kleinen runden Tisch in der Ecke trug und dort Platz nahm. Bob war froh, als zwei Gäste eintraten, denen der Wirt seine Aufmerksamkeit schenken mußte.

Er nahm einen tiefen Schluck der dunklen Flüssigkeit und erstickte fast daran. Nachdem er sich gefangen hatte, gestattete er sich endlich, den Blick auf die Wand über der Theke schweifen zu lassen, und es gelang ihm kaum, seine Aufregung zu verbergen, als er fand, wonach er gesucht hatte: die in ein dickes Brett aus lackiertem Holz eingelassene Bronzeskulptur eines kräftigen Arms. Er fand dieses Objekt glei-

chermaßen scheußlich wie faszinierend. Unter dem Arm
stand in großer Goldschrift:

D. J. Mortimer
1907-08-09
(St. Catherine's College, Schlagmann)

Bob behielt den Wirt im Auge, während sich das Pub zu füllen begann, doch es wurde ihm bald klar, daß es seine Frau
war — Nora, wie alle sie riefen —, die hier offenbar nicht nur
das Sagen hatte, sondern auch die meiste Arbeit machte.

Als er sein Glas geleert hatte, ging er damit zu ihr am Ende
der Theke.

»Was kann ich für Sie tun, junger Mann?« fragte Nora.

»Würden Sie mir bitte nachfüllen?«

»Ein Amerikaner!« stellte sie fest, während sie das Glas
unter den Zapfhahn hielt und einschenkte. »Kommen nicht
mehr viel von Ihnen 'ier'er, seit Ihre Stützpunkte aufgegeben
wurden.« Sie stellte das Halbpintglas vor ihn auf den Tresen.
»Also, was führt Sie nach 'ull?«

»Sie«, antwortete Bob und ignorierte das Bier.

Nora blickte den Fremden mißtrauisch an. Er war jung genug, daß er ihr Sohn sein könnte.

Bob lächelte. »Nun, genauer gesagt, Dougie Mortimer.«

»Ah, jetzt weiß ich, wer Sie sind.« Nora nickte. »Sie 'aben
'eut vormittag angerufen, nicht wahr? Meine Christie 'at's
mir erzählt. 'ätt' ich mir eigentlich denken können.«

Bob nickte. »Wie ist der Arm nach Hull gekommen?«
fragte er.

»Das ist eine lange Geschichte. 'at meinem Großvater
ge'ört. War aus Ely und 'at im Urlaub gern in der Cam ge-
fischt. 'at gesagt, das wär der einzige Fang gewesen, den er in
dem Jahr gemacht 'at. Aber das ist wohl besser, als wenn er

109

gesagt 'ätt', daß er von einem Lastwagen gefallen ist. Als Großvater vor ein paar Jahren gestorben ist, wollt' mein Vater den Arm mit dem ganzen anderen Ramsch wegschmeißen, aber ich war dagegen. Ich 'ab' ihm gesagt, er soll ihn im Pub auf'ängen, wissen Sie? Ich 'ab' ihn geputzt und poliert und dann über die Bar ge'ängt. Aber ist es nicht ein ziemlich weiter Weg, bloß 'ier'erzukommen, um das alte Ding anzuseh'n?«

Bob blickte hoch und bewunderte den Arm wieder. Er hielt kurz den Atem an. »Ich bin nicht gekommen, um ihn nur anzuschauen.«

»Warum dann?« fragte Nora.

»Ich möchte ihn kaufen.«

»Mach schon, Nora«, rief der Wirt. »Siehst du denn nicht, daß die Gäste warten?«

Nora schwang herum. »'alt den Mund, Cyril Barnsworth. Dieser junge Mann ist den ganzen weiten Weg nach 'ull gekommen, bloß, um Dougie Mortimers Arm zu seh'n, und noch mehr, er will ihn kaufen!« Das führte zu einem Heiterkeitsausbruch unter den Stammgästen an der Theke, doch da Nora nicht einstimmte, verstummten sie schnell.

»Dann 'at er die Reise umsonst gemacht, nicht wahr?« sagte der Wirt. »Denn er ist nicht verkäuflich.«

»Dir ge'ört er nicht!« Nora stemmte die Hände in die Hüften. »Aber er 'at recht, Junge«, wandte sie sich wieder Bob zu. »Ich würd' ihn nicht einmal um 'undert Pfund 'ergeben.«

Weitere Gäste horchten interessiert auf.

»Und wie wär's mit zweihundert?« fragte Bob ruhig. Diesmal lachte Nora auf, doch Bob lächelte nicht einmal.

Als Nora zu lachen aufgehört hatte, starrte sie dem jungen Fremden ins Gesicht. »Mein Gott, er meint es ernst!« rief sie erstaunt.

110

»Allerdings«, versicherte ihr Bob. »Ich möchte, daß der Arm an seinen rechtmäßigen Platz in Cambridge zurückkehrt, und ich bin bereit, dafür zweihundert Pfund auszugeben.«

Der Wirt blickte zu seiner Frau hinüber, als könne er seinen Ohren nicht trauen. »Wir könnten den kleinen Gebrauchtwagen kaufen, den ich gern 'ätt'«, murmelte er.

»Gar nicht zu reden von einem Urlaub im Sommer und einem neuen Mantel für den Winter«, fügte Nora fast ebenso leise hinzu und starrte Bob an, als wäre sie immer noch nicht ganz sicher, ob er nicht doch von einem anderen Stern kam. Plötzlich stieß sie die Hand über die Theke und sagte: »Abgemacht, junger Mann.«

Bob mußte mehrere Runden Freibier für die Gäste springen lassen, die behaupteten, sie wären gute Freunde von Noras Großvater gewesen, obwohl einige davon offensichtlich viel zu jung dafür waren. Er mußte auch in einem Hotel der Stadt übernachten, weil sich Nora nicht vom — wie sie es jetzt nannte — kostbaren Erbe ihres Großvaters trennen wollte, ehe ihre Bank in Cambridge angerufen hatte, um sich zu vergewissern, daß der von Robert Henry Kefford III. ausgestellte Scheck auch wirklich gedeckt war.

An diesem Montagmorgen ließ Bob das unersetzbare Stück den ganzen Weg zurück nach Cambridge nicht aus seinen Händen und schleppte das schwere Ding vom Bahnhof zu seiner Studentenbude in der Grange Road, wo er es unter dem Bett versteckte. Am nächsten Tag brachte er Dougie Mortimers rechten Arm zum örtlichen Restaurator, der versprach, ihn bis zum Abend des Blues Dinners in seiner früheren Pracht wiedererstehen zu lassen.

Als Bob sich drei Wochen später davon überzeugen durfte, daß der Restaurator gute Arbeit geleistet hatte, war er absolut überzeugt, daß er nun ein Andenken hatte, das es wirklich wert war, im C.U.B.C. hängen zu dürfen und das auch den Vorstellungen seines Vaters entsprach. Er beschloß, bis zum Abend des Blues Dinners sein Geheimnis mit niemandem zu teilen — nicht einmal mit Helen —, kündigte dem verwunderten Präsidenten jedoch an, daß er ein Andenken zu stiften gedenke und er zwei Haken an der Wand mit einem Abstand von fünfzig Zentimetern voneinander und in einer Höhe von zwei Meter vierzig benötige.

Das alljährliche Blues Dinner der University findet traditionsgemäß im Bootshaus über der Cam statt. Jeder ehemalige und gegenwärtige Ruderer der Blues ist berechtigt, daran teilzunehmen. Bob war höchst erfreut, als er bei seiner Ankunft an diesem Abend feststellte, daß die Teilnehmerzahl fast einen Rekord erreichte. Er legte das sorgfältig in braunes Packpapier gewickelte Geschenk unter seinen Stuhl und eine Kamera vor sich auf den Tisch.

Da es für ihn das letzte Blues Dinner vor seiner Rückkehr in die Staaten sein würde, hatte man ihm einen Platz am Präsidententisch zugeteilt, und zwar zwischen Tom Adams, dem ehrenamtlichen Sekretär des Clubs und dem gegenwärtigen President of Boats. Tom Adams hatte seinen Blauen Wimpel vor etwa zwanzig Jahren errungen und wurde als das wandelnde enzyklopädische Lexikon des Clubs angesehen, weil er nicht nur jeden einzelnen Anwesenden beim Namen nennen konnte, sondern auch alle großen Ruderer der Vergangenheit aufzuzählen vermochte.

Tom machte Bob auf drei Olympiasieger im Saal aufmerksam. »Der älteste sitzt zur Linken des Präsidenten«, sagte er. »Charles Forester. Er ruderte 1908-09 einen Dreier für den Club. Er dürfte also jetzt in den Achtzigern sein.«

»Ist das möglich?« entfuhr es Bob unwillkürlich, denn er

erinnerte sich gut an Foresters jugendliches Bild an der Clubhauswand.

»Allerdings. Und eines Tages«, fügte er lachend hinzu, »werden auch Sie so aussehen, junger Mann.«

»Was ist mit dem Mann am anderen Ende des Tisches?« fragte Bob. »Er sieht sogar noch älter aus.«

»Ist er auch«, bestätigte Tom Adams. »Das ist Sidney Fisk. Er war Bootsmann von 1912 bis 1945, mit nur einer Unterbrechung während des Ersten Weltkriegs. Ist ohne lange zu überlegen für seinen Onkel eingesprungen, wenn ich mich recht erinnere.«

»Dann müßte er Dougie Mortimer gekannt haben«, meinte Bob nachdenklich.

»Also, das ist ein großer Name aus der Vergangenheit!« Adams nickte. »Mortimer, D. J. T., 1907-08-09, St. Catherine's, Schlagmann. Oh, ja, Fisk dürfte Mortimer ganz sicher gekannt haben. Und wenn ich's recht bedenke, muß Charles Forester sogar im gleichen Boot wie Mortimer gerudert haben, als der Schlagmann war.«

Während des Essens fragte Bob Adams weiter über Dougie Mortimer aus, aber er konnte nicht viel zu dem hinzufügen, was in Bobs *History of the Boat Race* stand, außer zu bestätigen, daß Cambridges Niederlage von 1909 immer noch ein Rätsel war und daß die Light Blues erwiesenermaßen die bessere Crew gewesen waren.

Als die Tische endlich abgeräumt waren, erhob sich der Präsident, um seine Gäste willkommen zu heißen und eine kurze Ansprache zu halten. Bob gefiel, was er trotz des Lärms, den die jüngeren Studenten machten, zu hören bekam, und fiel sogar in die Buhrufe und Schmähungen mit ein, wann immer Oxford erwähnt wurde. Der Präsident endete mit den Worten: »Ich habe das große Vergnügen, Ihnen mitzuteilen, daß Bob Kefford, unser Schlagmann aus den

›Kolonien‹, Sie alle mit einer außergewöhnlichen Schenkung überraschen wird.«

Als Bob aufstand, schwoll der Jubel noch an, doch er redete so leise, daß der Lärm rasch verstummte. Er erzählte seinen Fellow-Mitgliedern, wie er Dougie Mortimers rechten Arm entdeckt und schließlich zurückgeholt hatte. Nur bei welcher Gelegenheit er davon erfahren hatte, verschwieg er.

Nach einer fast hoffähigen Verbeugung wickelte er das Paket aus und hielt den gekonnt restaurierten Bronzeguß hoch. Die Anwesenden erhoben sich und applaudierten. Ein zufriedenes Lächeln zog über Bobs Gesicht, während er sich umsah. Er wünschte sich nur, sein Vater könne hier sein und diese Begeisterung miterleben.

Während sein Blick durch den Saal schweifte, bemerkte Bob, daß der älteste der anwesenden Blues, Charles Forester, sitzen geblieben war, ja nicht einmal klatschte. Dann blieb sein Blick auf Sidney Fisk haften, der ebenfalls nicht aufgestanden war. Die Lippen des alten Bootsmanns waren zu einer dünnen Linie zusammengepreßt, und seine Hände rührten sich nicht von den Knien.

Aber Bob vergaß die beiden alten Männer, als der Präsident, von Tom Adams unterstützt, höchstpersönlich den Bronzearm an die Wand hängte, und zwar zwischen ein Ruderblatt der olympischen Crew von 1908 und einen Wimpel der einzigen Mannschaft, die es schaffte, das Cambridger Boot zu rudern, das Oxford vier Jahre hintereinander geschlagen hatte. Bob begann Bilder der Zeremonie zu knipsen, damit er seinem Vater beweisen konnte, daß er sich nach seinen Wünschen gerichtet hatte.

Als der Arm endlich an der Wand hing, scharten sich viele Mitglieder und alte Blues um Bob, um ihm zu danken und zu gratulieren. Sie ließen keinen Zweifel, daß sich seine Mühe gelohnt hatte, den Arm aufzuspüren.

Bob war einer der letzten, der an diesem Aben[d] verließ, denn so viele hatte ihm noch Glück für die[...] wünschen wollen. Er schlenderte, zufrieden vor sich h[in sum-]mend, den Fußpfad zu seiner Bude zurück, als ihm plö[tzlich] einfiel, daß er seinen Fotoapparat auf dem Tisch hatte [lie-]genlassen. Er beschloß, ihn sich am Morgen zu holen, da das Clubhaus inzwischen bestimmt zugeschlossen und verlassen sein würde. Doch als er über die Schulter blickte, nur um sich zu vergewissern, sah er Licht im Parterre brennen.

Er drehte sich um und schritt, immer noch summend, zum Clubhaus zurück. Als er nur noch ein paar Schritte entfernt war, spähte er durchs Fenster und sah, daß zwei Personen im Saal standen. Er trat näher heran, um besser sehen zu können, und bemerkte erstaunt, daß die beiden ältesten Blues, Charles Forester und Sidney Fisk, sich mit einem schweren Tisch abplagten. Er wäre hineingegangen, um ihnen zu helfen, wenn Fisk nicht plötzlich zu Doug Mortimers Arm gedeutet hätte. So verhielt Bob sich ganz ruhig und beobachtete, wie die beiden alten Männer den Tisch Zentimeter um Zentimeter zur Wand schoben, bis er direkt unter dem Bronzearm stand. Dann stellte Fisk einen Stuhl an die Wand, und Forester benutzte ihn als Stufe, um auf den Tisch zu klettern. Als er oben stand, beugte er sich hinab, um dem Älteren hinaufzuhelfen.

Sobald sie sicher auf dem Tisch standen, sprachen sie kurz miteinander, dann langten sie zu dem Bronzeguß hinauf, hoben ihn vorsichtig von den Haken und hinunter, bis er zwischen ihren Füßen auf der Tischplatte lag. Mit Hilfe des Stuhls stieg Forester dann hinunter auf den Boden, drehte sich um und half auch jetzt seinem Begleiter.

Bob rührte sich selbst jetzt nicht, als die beiden alten Männer Dougie Mortimers Arm durch den Saal und aus dem Boothaus trugen. Nachdem sie ihn vor der Haustür auf den Boden gelegt hatten, kehrte Forester ins Haus zurück und schaltete das Licht aus. Dann kehrte er zu seinem Begleiter in die kalte Nachtluft zurück, und der Bootsmann hängte das Schloß vor.

Wieder redeten die beiden alten Männer kurz miteinander, ehe sie Bobs Trophäe aufhoben und damit den Treidelpflad entlangstolperten. Sie mußten mehrmals anhalten, den Arm auf den Boden legen und sich ausruhen, ehe sie ihn weiterschleppten. Bob folgte ihnen leise und versteckte sich immer wieder hinter den mächtigen alten Bäumen, bis das ältliche Paar plötzlich abbog und die Böschung zum Fluß hinunterstieg. Am Wasserrand blieben sie stehen und hoben ihre Beute in ein kleines Ruderboot.

Der Ältere löste die Vertäuung, und die beiden schoben das Boot vorsichtig hinaus in den Fluß, bis das Wasser um die Knie ihrer Smokinghosen spülte. Keiner der beiden schien sich Gedanken darüber zu machen, daß ihre Beine klatschnaß wurden. Forester gelang es, ziemlich geschickt ins Boot zu klettern, während es Fisk mehrere Minuten und ziemliche Anstrengung kostete. Im Boot griff Forester nach den Rudern, der alte Bootsmann dagegen setzte sich in den Bug und hielt Dougie Mortimers Arm.

Forester ruderte rasch zur Flußmitte. Er war nicht schnell, aber sein gleichmäßiger Rhythmus verriet, daß er das Rudern nicht verlernt hatte. Als die beiden Männer offenbar annahmen, daß sie die tiefste Stelle der Cam erreicht hatten, hörte Forester zu rudern auf und setzte sich zu seinem alten Kameraden in den Bug. Sie faßten gemeinsam den Arm und warfen ihn in den Fluß. Bob hörte das Platschen und sah das Boot gefährlich schaukeln. Dann ruderte Fisk zum Ufer. Er kam noch langsamer voran als Forester beim Hinrudern. Zurück an Land, stolperten die beiden aus dem Boot und schoben es hinauf zu seinem

Anlegeplatz, wo der Bootsmann es wieder an einem großen Ring vertäute.

Naß und erschöpft, während ihr Atem sich in der klaren kalten Nacht vor ihren Lippen kondensierte, richteten die beiden alten Männer sich hoch auf und schüttelten einander die Hände wie zwei Tycoons, die ein lohnendes Geschäft zum Abschluß gebracht hatten. Schließlich verschwanden sie in der Dunkelheit.

Tom Adams, der ehrenamtliche Sekretär des Clubs, rief am nächsten Morgen an, um Bob bestürzt etwas mitzuteilen, was dieser bereits wußte. Tatsächlich hatte er fast die ganze Nacht wachgelegen und an nichts anderes denken können.

Bob hörte sich Adams Bericht über den Einbruch an. »Seltsamerweise wurde nur ein einziger Gegenstand gestohlen.« Adams machte eine Pause. »Ihr Arm — oder vielmehr Dougies Arm. Das ist wirklich eigenartig, um so mehr, da jemand eine wertvolle Kamera auf dem Tisch liegengelassen hat.«

»Kann ich irgendwie helfen?« erbot sich Bob.

»Nein, danke, alter Junge. Die Polizei ermittelt bereits, doch ich bin überzeugt, daß der Dieb mit dem Arm längst über alle Berge ist.«

»Da haben Sie vermutlich recht«, sagte Bob. »Aber weil ich Sie gerade am Apparat habe, Mr. Adams, würde ich Sie gern bitten, ob ich Sie etwas über die Geschichte des Clubs fragen dürfte.«

»Fragen Sie, doch bedenken Sie, alter Junge, daß das alles nur mein Hobby ist.«

»Wissen Sie zufällig, wer der älteste noch lebende Oxforder Rowing Blue ist?« Als am anderen Ende der Leitung längere Stille einsetzte, fragte Bob schließlich: »Sind Sie noch dran, Mr. Adams?«

»Ja, ich habe nur überlegt, ob der alte Harold Deering noch am Leben ist. In der *Times* habe ich jedenfalls keinen Nachruf auf ihn gelesen.«

»Deering?« fragte Bob.

»Ja. Radley und Keble, 1909-10-11. Er wurde Bischof, wenn ich mich recht entsinne, aber ich will verdammt sein, wenn ich mich erinnere, wo.«

»Vielen Dank, das hilft mir sehr«, versicherte ihm Bob.

»Ich kann mich natürlich täuschen«, gab Adams zu bedenken. »Ich lese die Nachrufe ja nicht jeden Tag. Und was Oxford betrifft, bin ich ein wenig eingerostet.«

Bob bedankte sich noch einmal, ehe er auflegte.

Nach einem Mittagessen im College, das er jedoch unberührt stehenließ, kehrte Bob in seine Bude zurück und rief das Keble College an. Eine mürrische Stimme meldete sich.

»Haben Sie irgendwelche Unterlagen über Harold Deering, einen ehemaligen Studenten des Keble Colleges?« erkundigte sich Bob.

»Deering — Deering . . .«, wiederholte die Stimme überlegend. »Nie gehört. Ich werde mal im College-Handbuch nachsehen.« Nach einer schier endlosen Pause meldete sich die Stimme endlich wieder: »Großer Gott, kein Wunder! Das war ein wenig vor meiner Zeit. Deering, Harold, 1909-11, Bakkalaureus der Freien Künste 1911, Magister der Theologie 1916. Wurde Bischof von Truro. Ist das der Deering, den Sie suchen?«

»Ja, danke. Sie haben nicht zufällig seine jetzige Adresse?«

»Doch. Notieren Sie: ›The Rt Revd Harold Deering, The Stone House, Mill Road, Tewkesbury, Gloucestershire‹.«

»Oh, vielen Dank. Sie haben mir sehr geholfen.«

Den Rest des Nachmittags verbrachte Bob damit, einen

Brief an den ehemaligen Bischof zu verfassen, und hoffte, der alte Blue würde sich bereit erklären, mit ihm zu reden.

Überrascht nahm er drei Tage später in seiner Bude den Anruf einer Mrs. Elliot entgegen. Sie war Mr. Deerings Tochter, bei der er jetzt lebte.

»Der arme alte Schatz kann kaum noch über seine Nasenspitze hinwegsehen«, erklärte sie, »deshalb mußte ich ihm den Brief vorlesen. Er würde sich sehr freuen, sich mit Ihnen zu unterhalten, und läßt fragen, ob Ihnen dieser Sonntag um 11.30 Uhr, nach der Morgenliturgie, recht wäre?«

»Ja, natürlich«, versicherte ihr Bob. »Bitte richten Sie Ihrem Vater aus, daß ich pünktlich da sein werde.«

»Es geht leider nur vormittags«, fuhr Mrs. Elliot mit ihrer Erklärung fort. »Sie müssen wissen, daß er dazu neigt, nach dem Mittagessen gleich einzuschlafen. Ich bin sicher, Sie verstehen. Ich werde Ihnen einen Plan senden, damit Sie auch den Weg zu uns finden.«

Am Sonntagmorgen war Bob bereits vor der Sonne auf und machte sich mit einem Leihwagen auf den langen Weg nach Tewkesbury. Er wäre lieber mit dem Zug gefahren, doch die britische Eisenbahn war offenbar nicht zu einem so frühen Start bereit, daß er sein Ziel rechtzeitig erreicht hätte. Während er durch die Cotswolds brauste, mußte er sich immer wieder ermahnen, links zu fahren, und er fragte er sich unwillkürlich, wann die Briten endlich anfingen, wenigstens ein paar Highways mit mehr als nur einer Fahrspur zu bauen.

Ein paar Minuten nach elf Uhr erreichte er Tewkesbury, und dank Mrs. Elliots Plan hatte er keinerlei Schwierigkeiten, The Stone House zu finden. Er parkte den Wagen neben der Gartentür.

Eine Frau hatte die Haustür geöffnet, noch ehe Bob den Gartenweg halb entlanggekommen war. »Sie müssen Mr.

Kefford sein.« Sie streckte ihm die Hand entgegen. »Ich bin Susan Elliot.« Bob lächelte und schüttelte ihre Hand. »Ich muß Sie warnen«, sagte Mrs. Elliot, während sie mit ihm durch die Tür ging. »Sie müssen laut sprechen. Vater hört seit einiger Zeit nicht mehr gut, und ich fürchte, auch sein Gedächtnis hat ein wenig nachgelassen. Er kann sich zwar an alles erinnern, was geschehen ist, als er in ihrem Alter war, aber Neueres nicht einmal mehr von einem Tag zum andern. Ich mußte ihn daran erinnern, daß Sie ihn heute besuchen. Dreimal sogar.«

»Es tut mir leid, daß ich Ihnen so viel Mühe mache, Mrs. Elliot«, entschuldigte sich Bob.

»Aber das tun Sie doch gar nicht!« versicherte ihm Mrs. Elliot, während sie ihn durch den Korridor führte. »Ich will ganz ehrlich sein, mein Vater freut sich sehr! Er ist ganz aufgeregt, daß ihn so viele Jahre nach seiner eigenen Blue-Zeit ein amerikanischer Blue aus Cambridge besucht. Er hat die vergangenen zwei Tage nur noch darüber geredet. Er ist auch sehr neugierig, was Sie von ihm wollen«, fügte sie verschwörerisch hinzu.

Sie führte Bob ins Wohnzimmer, wo er sich sofort einem alten Herrn gegenübersah, der in warmem, kariertem Morgenrock, gestützt von mehreren Kissen und einem Plaid über den Knien, in einem ledernen Ohrensessel saß. Es fiel Bob schwer, in dieser gebrechlichen Gestalt einen ehemaligen olympischen Ruderer zu sehen.

»Ist er das?« fragte der alte Mann laut.

»Ja, Vater«, antwortete Mrs. Elliot ebenso laut. »Das ist Mr. Kefford. Er ist mit dem Auto den weiten Weg von Cambridge extra hierhergekommen, nur um mit dir zu sprechen.«

Bob trat vorwärts und schüttelte die knochige Greisenhand.

120

»Nett von Ihnen, daß Sie den weiten Weg nicht gescheut haben, Kefford«, sagte der ehemalige Bischof und zog sein Plaid etwas höher.

»Ich bin Ihnen sehr verbunden für Ihr Entgegenkommen, mich zu empfangen, Sir«, entgegnete Bob, während Mrs. Elliot ihn bat, in einem bequemen Sessel gegenüber ihrem Vater Platz zu nehmen.

»Hätten Sie gern eine Tasse Tee, Kefford?«

»Nein, danke, Sir«, antwortete Bob. »Ich möchte gar nichts.«

»Wie Sie meinen«, sagte der alte Mann. »Ich muß Sie leider warnen, Kefford, daß ich mich bei weitem nicht mehr so lange konzentrieren kann wie früher. Es wäre deshalb angebracht, daß Sie gleich zur Sache kommen.«

Bob sammelte rasch seine Gedanken noch einmal. »Ich versuche Näheres über einen Cambridger Blue zu erfahren, der etwa zur selben Zeit ruderte wie Sie, Sir.«

»Wie heißt er?« fragte Deering. »Ich erinnere mich nicht an alle, wissen Sie.«

Bob blickte ihn an und befürchtete, daß er die weite Reise vergebens gemacht hatte.

»Mortimer, Dougie Mortimer«, antwortete er.

»D. J. T. Mortimer«, sagte der alte Mann ohne Zögern. »Also, das ist jemand, den man nicht so leicht vergessen kann. Einer der besten Schlagmänner, die Cambridge je hervorgebracht hat — wie Oxford zu seinem Bedauern zu spüren bekam.« Der Greis machte eine Pause. »Sie sind doch nicht zufällig Journalist, oder?«

»Nein, Sir. Rein persönliches Interesse. Ich würde gern ein oder zwei Dinge über ihn in Erfahrung bringen, ehe ich nach Amerika zurückkehre.«

»Dann werde ich Ihnen gern helfen, wenn ich kann«, versicherte ihm der alte Herr mit dünner Stimme.

Bob bedankte sich herzlich. »Ich würde gern mit dem Ende beginnen, wenn Sie gestatten, indem ich Sie frage, ob Sie wissen, wie er ums Leben kam.«

Eine Weile erfolgte keine Reaktion. Die Augen des alten Geistlichen hatten sich geschlossen, und Bob fragte sich, ob er etwa bereits eingenickt war.

»Das war nicht gerade etwas, worüber Kommilitonen sich zu meiner Zeit unterhielten«, antwortete der alte Herr dann doch. »Vor allem, da es damals gegen das Gesetz verstieß, wissen Sie.«

»Gegen das Gesetz?« fragte Bob verwirrt.

»Selbstmord. Idiotisch, wenn man es recht bedenkt«, fuhr der alte Priester fort, »auch wenn es eine Todsünde ist. Schließlich kann man niemanden ins Gefängnis werfen, der bereits tot ist, verstehen Sie? Nicht, daß es je bewiesen wurde.«

»Meinen Sie, es hatte etwas mit der Tatsache zu tun, daß Cambridge 1909 die Regatta verlor, obwohl sie überlegene Favoriten waren?«

»Das wäre natürlich möglich«, sagte Deering und zögerte aufs neue. »Ich muß zugeben, daß auch mir dieser Gedanke damals kam. Ich nahm an dieser Regatta teil, wie Sie vielleicht wissen.« Wieder machte er eine Pause und atmete schwer. »Cambridge war eindeutig Favorit, daran gibt's nichts zu rütteln, und wir rechneten uns keine Chance aus. Unser völlig unerwarteter Sieg konnte nie wirklich erklärt werden, das muß ich zugeben. Eine Menge Gerüchte machten damals die Runde, aber Beweise gab es keine — keinerlei Beweise, verstehen Sie?«

»Wofür? Was konnte nicht bewiesen werden?« fragte Bob. Wieder setzte langes Schweigen ein, und Bob befürchtete ernsthaft, der alte Herr könnte finden, daß er jetzt zu weit gegangen sei.

»Jetzt bin ich an der Reihe, Ihnen ein paar Fragen zu stellen, Kefford«, sagte der ehemalige Bischof schließlich.

»Selbstverständlich, Sir.«

»Meine Tochter sagte mir, daß sie drei Jahre hintereinander Schlagmann des Cambridger Siegerbootes waren.«

»Das ist richtig, Sir.«

»Meinen Glückwunsch, Junge. Verraten Sie mir eines: Wenn Sie gewollt hätten, eine dieser Regatten zu verlieren, hätten Sie das fertiggebracht, ohne daß die übrige Crew es bemerkt hätte?«

Jetzt war es Bob, der sich Zeit zum Überlegen nahm. Zum erstenmal, seit er dieses Zimmer betreten hatte, wurde ihm klar, daß er nicht selbstherrlich annehmen durfte, daß ein gebrechlicher Körper einen gebrechlichen Verstand hatte.

»Ja, ich glaube schon«, antwortete er schließlich. »Als Schlagmann könnte man übergangslos den Takt ändern oder beim Surreybogen sogar das Ruder verheddern. Weiß der Himmel, dort treibt immer genügend Zeug herum, es unvermeidbar scheinen zu lassen.« Bob blickte dem alten Herrn fest in die Augen. »Aber ich wäre nie auch nur auf den Gedanken gekommen, daß irgendwer es mit Absicht tun könnte.«

»Ebensowenig wie ich«, entgegnete der Priester. »Hätte ihr Steuermann sich nicht entschlossen, Priester zu werden.«

»Ich fürchte, ich verstehe nicht, Sir«, gestand Bob verwirrt.

»Wie sollten Sie auch, junger Mann? Mir ist selbst aufgefallen, daß ich in letzter Zeit vieles als gegeben voraussetze. Ich werde mich um etwas mehr Klarheit bemühen. 1909 war der Steuermann des Cambridger Bootes ein Bursche namens Bertie Partridge. Er wurde schließlich Pfarrer in Chersfield, einer Ortschaft in Rutland. Wahrscheinlich die einzige Pfarrei, die ihn haben wollte.« Er kicherte. »Als ich Bischof von

Truro wurde, schrieb er mir und bat mich, seinen Schäfchen eine Predigt zu halten. Es war zu jener Zeit eine sehr anstrengende Reise von Cornwall nach Rutland, so daß ich es unter dieser Begründung hätte ablehnen können. Aber wie Sie hätte ich gern das Rätsel der Regatta von 1909 gelöst, und ich dachte, das wäre meine einzige Chance.«

Bob verhielt sich mucksmäuschenstill, denn er befürchtete, jegliche Unterbrechung könne den Redefluß des alten Herrn zum Versiegen bringen.

»Partridge war Junggeselle, und Junggesellen können sich sehr einsam fühlen, wissen Sie. Wenn man ihnen auch nur eine kleine Chance dazu gibt, tratschen sie für ihr Leben gern. Ich blieb über Nacht, und das gab ihm jegliche Chance. Er erzählte mir bei einem langen Dinner über einer Flasche billigem Wein, daß – wie jeder wußte – Mortimer in ganz Cambridge Schulden hatte. Sie sagen vielleicht, daß es kaum einen Studenten gibt, der keine hat, aber Mortimers Schulden überstiegen bei weitem sein mögliches Einkommen. Ich glaube, er hatte gehofft, sein Ruhm und seine Beliebtheit würden seine Gläubiger davon abhalten, ihre Forderungen einzutreiben. Nicht viel anders als Disraeli, als er Premierminister war«, fügte er mit einem weiteren Kichern hinzu.

»Aber in Mortimers Fall drohte ihm ein Krämer, der sich absolut nicht für Rudern, und schon gar nicht für hungerleidende Studenten interessierte, ihm in der Woche vor der Regatta 1909 die Pistole auf die Brust zu setzen. Ein paar Tage nach dem verlorenen Rennen hatte Mortimer, offenbar ohne Erklärung, seine sämtlichen Schulden zurückbezahlt, und es wurde nicht weiter darüber gesprochen.«

Wieder hielt der alte Herr nachdenklich inne. Bob schwieg, um ihn auch jetzt nicht zu stören.

»Das einzige, woran ich mich noch gut erinnere, ist das Riesengeschäft der Buchmacher«, sagte Deering plötzlich.

»Ich weiß es, weil ich darunter zu leiden hatte – mein Tutor verlor seine 5-Pfund-Wette. Er hat mir nie verziehen, daß ich ihm sagte, wir hätten keine größere Chance als ein Schneeball in der Höllenglut. Das war auch immer meine Ausrede, wenn mich jemand fragte, weshalb wir es damals nicht schafften.« Er blickte auf und lächelte seinen Besucher an.

Bob saß inzwischen auf der Sesselkante, völlig gebannt von den Erinnerungen des greisen Geistlichen.

»Ich bin Ihnen unendlich dankbar für Ihre Offenheit, Sir«, versicherte er ihm. »Sie dürfen sich auf meine Verschwiegenheit verlassen.«

»Danke, Kefford.« Der alte Herr brachte nun kaum noch mehr als ein Flüstern hervor. »Ich freue mich ehrlich, daß ich Ihnen helfen konnte. Kann ich sonst noch irgend etwas für Sie tun?«

»Nein, danke, Sir«, versicherte ihm Bob. »Ich glaube, Sie erzählten mir alles, was ich wissen wollte.«

Bob erhob sich, und als er sich umdrehte, um Mrs. Elliot zu danken, fiel ihm zum erstenmal der Bronzearm an der gegenüberliegenden Wand auf. Darunter stand in Goldschrift:

H. R. R. DEERING
1909-10-11
(Keble College, Bugmann)

»Sie müssen ein großartiger Ruderer gewesen sein, Sir.«

»Nicht wirklich«, entgegnete der alte Blue. »Aber ich hatte das Glück, drei Jahre hintereinander im Siegerboot zu sitzen, was natürlich einen Cambridgemann wie Sie nicht gerade begeistern würde.«

Bob lachte. »Darf ich Sie vor dem Gehen noch etwas fragen, Sir?«

»Natürlich, Kefford.«

»Wurde je ein Bronzeguß von Dougie Mortimers Arm gemacht?«

»Selbstverständlich«, versicherte ihm der Priester. »Aber er verschwand 1912 auf rätselhafte Weise aus dem Bootshaus. Ein paar Wochen später wurde der Bootsmann ohne Erklärung fristlos entlassen — hat damals eine ganz schöne Aufregung verursacht.«

»Wußte jemand, warum?«

»Partridge behauptete, daß der alte Bootsmann eines Nachts stinkbesoffen zugegeben hat, daß er Mortimers Arm mitten auf der Cam versenkt hat.« Der alte Herr machte eine Pause, lächelte und fügte hinzu: »Der beste Platz dafür, meinen Sie nicht, Kefford?«

Bob dachte eine Weile angestrengt darüber nach und fragte sich, was sein Vater dazu gesagt hätte. Schließlich antwortete er nur: »Ja, Sir. Der beste Platz dafür.«

ZWISCHENSTOP

Mai 1986

Hamid Zebari lächelte bei dem Gedanken, daß seine Frau Shereen ihn jetzt zum Flugplatz brachte. Das hätten sie beide noch vor fünf Jahren, bei ihrer Ankunft in Amerika als politische Flüchtlinge, für unmöglich gehalten. Aber seit er in den Staaten ein neues Leben begonnen hatte, hielt Hamid allmählich alles für möglich.

»Wann kommst du wieder heim, Papa?« fragte Nadim, der auf dem Rücksitz neben seiner Schwester May sicher angegurtet war. May war noch zu klein, um zu verstehen, weshalb Papa verreiste.

»In zwei Wochen, das verspreche ich, nicht später«, versicherte sein Vater. »Und sobald ich zurück bin, machen wir gemeinsam Urlaub.«

»Wie lange sind zwei Wochen?« wollte sein Sohn wissen.

»Vierzehn Tage«, antwortete Hamid lachend.

»Und vierzehn Nächte«, fügte seine Frau hinzu, als sie unter dem Schild der türkischen Fluglinie an den Bordstein fuhr. Hamid sprang aus dem Wagen, holte sein Gepäck aus dem Kofferraum und stellte es auf den Bürgersteig, ehe er schnell hinten in den Wagen stieg, um zuerst seine Tochter, dann seinen Sohn zu umarmen. May weinte — nicht weil er verreiste, sondern weil sie immer weinte, wenn der Wagen plötzlich anhielt. Er erlaubte ihr, an seinen buschigen Schnurrbart zu fassen, was gewöhnlich ihren Tränenfluß stillte.

»Vierzehn Tage!« wiederholte sein Sohn. Hamid umarmte seine Frau und spürte die noch kleine Schwellung ihres dritten Kindes zwischen ihnen.

»Wir werden dich hier wieder abholen«, rief ihm Shereen nach, als er einem Träger winkte.

Hamid gab seine sechs leeren Koffer an der Gepäckabfertigung ab, dann begab er sich im Terminal zum Flugschalter der Turkish Airlines. Da er zweimal im Jahr den gleichen Flug nahm, war er mit den Formalitäten und Örtlichkeiten vertraut.

Nach der Passagierabfertigung und der Aushändigung seiner Bordkarte hatte Hamid noch eine Stunde Wartezeit bis zum Aufruf seines Fluges. Er machte sich auf den langen Marsch zum Flugsteig B27. Es war immer dasselbe — bis zu den Maschinen der Turkish Airlines war es wieder der halbe Weg nach Manhattan zurück. Beim Vorbeigehen an der Passagierabfertigung der PanAm an B5 bemerkte er, daß sie eine Stunde früher als seine Maschine abfliegen würde, das Privileg jener, die bereit waren, dreiundsechzig Dollar mehr zu bezahlen.

Als er die Abfertigung erreichte, schob eine Stewardeß der Turkish Airlines eben das Schild für Flug 014, New York-London-Istanbul in die Anzeigetafel. Voraussichtlicher Abflug 10.10.

Die Sitze füllten sich mit der üblichen kosmopolitischen Gruppe von Fluggästen: Türken, die nach Hause flogen, um ihre Familien zu besuchen; Amerikaner, die in der Türkei Urlaub machen und dreiundsechzig Dollar für den Flug sparen wollten; und Geschäftsleute mit niedrigem Budget.

Hamid schlenderte hinüber zum Restaurant und bestellte Kaffee, dazu zwei Spiegeleier mit einer Portion Haschee. Es waren die kleinen Dinge, die ihn täglich an seine neugewonnene Freiheit erinnerten und wieviel er Amerika verdankte.

»Wir bitten Fluggäste nach Istanbul, die mit kleinen Kindern reisen, jetzt an Bord zu gehen«, erklang die Stimme der Stewardeß über Lautsprecher.

Hamid schluckte seinen letzten Mundvoll Haschee — er hatte sich die amerikanische Gewohnheit, alles mit Ketchup zu bedecken, immer noch nicht zu eigen gemacht — und nahm einen letzten Schluck des schwachen, aromalosen Kaffees. Er konnte es kaum erwarten, wieder dicken türkischen Kaffee in dünnen Porzellantäßchen vorgesetzt zu bekommen. Aber das war ein unbedeutendes Opfer, verglichen mit all den Vorteilen, die das Leben in einem freien Land bot. Er bezahlte seine Rechnung und ließ einen Dollar auf dem kleinen Metalltablett zurück.

»Die Fluggäste der Sitzreihen 35 bis 41 werden gebeten, sich jetzt an Bord zu begeben.«

Hamid griff nach seiner Aktenmappe und spazierte zu dem Durchgang, der zu Flug 014 führte. Ein Angestellter der Turkish Airlines kontrollierte seine Bordkarte und winkte ihn weiter.

Er hatte einen Sitz am Mittelgang fast ganz hinten in der Economy Class. Noch zehn Reisen, und er würde PanAm fliegen, das versprach er sich. Dann würde er es sich leisten können.

Jedesmal, wenn sein Flugzeug vom Boden abhob, blickte Hamid aus den kleinen Fenstern und schaute zu, wie seine Adoptivheimat allmählich zurückblieb, und immer gingen ihm die gleichen Gedanken durch den Kopf.

Fünf Jahre war es her, seit ihn Saddam Hussein aus dem irakischen Kabinett ausgeschlossen hatte, nachdem er lediglich zwei Jahre lang den Posten des Landwirtschaftsministers innegehabt hatte. Die Getreideernte war in jenem Herbst sehr schlecht gewesen, und nachdem die Volksarmee ihren Teil bekommen und die Zwischenhändler sich den ihren genommen hatten, war für das Volk nicht viel übriggeblieben. Jemandem mußte die Schuld dafür gegeben werden, und der geeignetste Sündenbock war der Landwirtschaftsminister. Hamids Vater, ein Teppichhändler, hätte es immer gern gesehen, daß er das Geschäft übernahm, und noch kurz vor seinem Tod hatte er Hamid beschworen, die Finger vom Landwirtschaftsressort zu lassen, denn die letzten drei Landwirtschaftsminister waren zuerst entlassen worden und dann verschwunden — und jeder im Irak wußte, was ›verschwunden‹ bedeutete. Aber Hamid hatte nicht auf ihn gehört. Im ersten Jahr war die Ernte auch sehr gut gewesen, und schließlich, hatte er sich gesagt, war der Posten des Landwirtschaftsministers nur die erste Sprosse auf einer hohen Karriereleiter. Und hatte Saddam ihn nicht vor dem gesamten Revolutionären Kommandorat »mein guter und enger Freund« genannt? Mit zweiunddreißig hält man sich eben noch für unsterblich.

Hamids Vater hatte recht gehabt, und Hamids letzter und wirklich echter Freund — Freunde schmolzen wie Schnee in der Morgensonne, wenn einen dieser Präsident des Amtes enthob — hatte ihm zur Flucht verholfen.

Die einzige Vorsorge, die Hamid während seiner Zeit als Kabinettminister getroffen hatte, hatte darin bestanden, jede Woche etwas mehr Bargeld von seinem Konto abzuheben, als er tatsächlich brauchte. Das Extrageld hatte er auf dem Schwarzmarkt in amerikanische Dollar umgewechselt, und zwar jede Woche bei einem anderen Händler und nie so viel, daß es Verdacht erregt hätte. Im Irak ist jeder ein Spitzel.

Am Tag, als er aus dem Kabinett flog, hatte er nachgesehen, wieviel sich inzwischen unter seiner Matratze angesammelt hatte. Es waren elftausendzweihunderteinundzwanzig Dollar.

Am folgenden Donnerstag, der Tag, an dem in Bagdad

das Wochenende beginnt, nahmen er und seine schwangere Frau den Bus nach Erbil. Seinen Mercedes hatte er unübersehbar in der Einfahrt seines großen Hauses am Stadtrand stehenlassen, und sie hatten kein Gepäck mitgenommen — nichts als ihre Reisepässe und die Dollarscheine, die sie in der weiten Kleidung seiner Frau versteckt hatten, sowie einige irakische Dinare, mit denen sie bis zur Grenze kommen würden.

Niemand würde sie in einem Bus nach Erbil suchen!

In Erbil nahmen Hamid und seine Frau ein Taxi nach Sulaimania, wofür sie den größten Teil ihrer restlichen Dinare brauchten. Die Nacht verbrachten sie in einem kleinen Hotel der Innenstadt und warteten schlaflos, bis die Sonne durch das vorhanglose Fenster schien.

Gleich am Morgen stiegen sie wieder in einen Bus, der sie hoch in die Berge Kurdistans brachte, wo sie am frühen Abend in Zākhō ankamen.

Der letzte Teil ihrer Reise war der langsamste und anstrengendste. Ein junger kurdischer Schmuggler führte sie für zweihundert Dollar — er war nicht an irakischen Dinaren interessiert — auf Maultieren durch die Berge und sicher über die Grenze. In den frühen Morgenstunden überließ er es dann dem ehemaligen Kabinettminister und seiner Frau, allein zur nächsten Ortschaft auf türkischem Boden zu marschieren. Die beiden erreichten Kirmizi Renga am Abend und verbrachten eine weitere schlaflose Nacht im Bahnhof, um auf den ersten Zug nach Istanbul zu warten.

Hamid und Shereen schliefen während der ganzen langen Fahrt zur türkischen Hauptstadt — und erwachten am nächsten Morgen als Flüchtlinge. Seinen ersten Besuch in der City stattete Hamid der Iz-Bank ab, dort hinterlegte er zehntausendachthundert Dollar; seinen zweiten der amerikanischen Botschaft, wo er seinen Diplomatenpaß vorlegte und um politisches Asyl ersuchte. Sein Vater hatte einmal gesagt, daß ein frischentlassener Kabinettminister Iraks für die Amerikaner immer ein guter Fang sei.

Die Botschaft besorgte Hamid und seiner Frau eine Suite in einem der besten Hotels der Stadt und benachrichtigte sofort Washington von ihrem kleinen Coup. Die Botschaftsleute versprachen Hamid, sich so schnell wie möglich wieder mit ihm in Verbindung zu setzen, ohne jedoch einen Hinweis zu geben, wann das vermutlich sein würde. So beschloß er, die Zeit zu nutzen, sich in den Teppichbasaren im Süden der Stadt umzusehen, die sein Vater so oft besucht hatte.

Viele der Händler erinnerten sich an Hamids Vater — ein ehrlicher Mann, der gern gefeilscht und Kaffee literweise getrunken und von seinem Sohn erzählt hatte, der Politiker geworden war. Sie freuten sich, seine Bekanntschaft zu machen, vor allem, als er ihnen erzählte, was er beabsichtigte, sobald er sich in den Staaten niedergelassen hatte.

Die Zebaris erhielten noch in derselben Woche ihr amerikanisches Visum und flogen auf Regierungskosten, einschließlich ihres Übergepäcks von dreiundzwanzig türkischen Teppichen, nach Washington.

Nach fünf Tagen intensiver Befragung durch die CIA wurde Hamid für seine Kooperation und die nützliche Information gedankt. Dann stand seinem neuen Leben in Amerika nichts mehr im Weg. Er, seine schwangere Frau und die dreiundzwanzig Teppiche fuhren mit dem Zug nach New York.

Hamid brauchte sechs Wochen, bis er endlich an der Lower East Side von Manhattan den richtigen Laden für seinen Teppichhandel fand. Kaum hatte er den Pachtvertrag auf fünf Jahre unterschrieben, machte sich Shereen daran, ihren neuen amerikanisierten Namen über die Tür zu malen.

Es dauerte fast drei Monate, bis Hamid den ersten Teppich an den Mann bringen konnte, und inzwischen waren seine kargen Ersparnisse fast aufgebraucht. Aber bis zum Ende des ersten Jahres hatte er sechzehn der dreiundzwanzig Teppiche verkauft, und es wurde ihm klar, daß er bald nach Istanbul reisen mußte, um sein Lager aufzustocken.

Seither waren vier Jahre vergangen, und die Zebaris hatten vor kurzem ein größeres Geschäft an der West Side mit einer kleinen Wohnung darüber gefunden. Hamid versicherte seiner Frau, daß dies erst der Anfang sei und in den Vereinigten Staaten alles möglich war. Er betrachtete sich jetzt bereits als vollwertigen amerikanischen Bürger und das nicht nur wegen seines unbezahlbaren blauen Reisepasses, der seinen Status bestätigte. Damit, daß er nie in seine Heimat zurückkehren konnte, solange Saddam dort Staatsoberhaupt war, hatte er sich abgefunden. Sein Haus und seine gesamte Habe waren längst vom irakischen Staat beschlagnahmt, und in Abwesenheit war das Todesurteil über ihn verhängt worden. Er bezweifelte, daß er Bagdad jemals wiedersehen würde.

Nach einem kurzen Zwischenstop in London landete der Flieger sogar einige Minuten vor der normalen Ankunftszeit auf dem Atatürk-Flughafen von Istanbul. Hamid nahm sich ein Zimmer im selben kleinen Hotel wie bei seinen bisherigen Besuchen und machte einen Plan, wie er die kommenden vierzehn Tag am besten nutzen konnte. Er freute sich, wieder im Trubel der türkischen Hauptstadt zu sein.

Es gab einunddreißig Händler, die er aufsuchen wollte, denn diesmal beabsichtigte er, mit mindestens sechzig Teppichen nach New York heimzukehren. Dazu bedurfte es vierzehn Tage dicken türkischen Kaffees und hartnäckigen Feilschens, denn der Preis, von dem ausgegangen wurde, war gewöhnlich dreimal so hoch, wie Hamid zu bezahlen bereit war — oder was der Händler tatsächlich zu bekommen erwartete. Diesen Einkaufsprozeß zu verkürzen war undenkbar — ganz abgesehen davon genoß Hamid ihn ebensosehr wie früher sein Vater.

Am Ende der zwei Wochen hatte Hamid siebenundfünfzig Teppiche für etwas mehr als einundzwanzigtausend Dollar eingekauft. Er hatte darauf geachtet, nur solche Stücke auszuwählen, an denen wirklich sachverständige New Yorker interessiert sein würden. Ganz bestimmt würde dieser Stapel in Amerika fast hunderttausend Dollar einbringen. Es hatte sich als eine so erfolgreiche Reise erwiesen, daß Hamid es sich leisten wollte, den etwas früheren PanAm-Flug nach New York zurück zu nehmen. Bestimmt hatte er sich die dreiundsechzig Dollar, die das mehr kostete, redlich verdient.

Er konnte es kaum noch erwarten, Shereen und die Kinder wiederzusehen, und die amerikanische Flugbegleiterin mit ihrem starken New Yorker Akzent und dem freundlichen Lächeln tat ein übriges, daß er sich schon fast wie zu Hause fühlte. Nachdem der Lunch serviert war, und Hamid beschlossen hatte, sich den angekündigten Film nicht anzusehen, döste er und träumte davon, was er im Laufe der Zeit in Amerika noch alles erreichen konnte. Vielleicht würde sein Sohn Politiker werden. Ob die Vereinigten Staaten im Jahr 2025 für einen Präsidenten mit irakischer Abstammung bereit waren? Er lächelte bei diesem Gedanken und sank zufrieden in noch tieferen Schlummer.

»Ladies und Gentlemen«, dröhnte da plötzlich ein Südstaatlerbaß aus den Lautsprechern. »Hier spricht Ihr Kapitän. Tut mir leid, daß ich den Film unterbrechen muß, aber es hat sich ein kleines Problem mit einem Triebwerk in der Steuerbordtragfläche ergeben. Nichts, worüber wir uns Sorgen machen müßten, Herrschaften, aber nach den Federal-Aviation-Authority-Bestimmungen müssen wir den nächsten Flughafen anfliegen und das Problem beheben lassen, ehe wir unsere Reise fortsetzen dürfen. Wir brauchen sicher nicht länger als eine Stunde, bevor wir wieder unterwegs sind. Ich versichere Ihnen, daß wir uns bemühen werden, die verlorene Zeit aufzuholen.«

Hamid war plötzlich hellwach.

»Niemand darf das Flugzeug verlassen, da es sich um einen außerplanmäßigen Aufenthalt handelt. Aber Sie werden zu Hause erzählen können, daß Sie in Bagdad gewesen sind.«

Hamid spürte, wie ihn alle Kraft verließ, und sein Kopf kippte haltlos nach vorn. Die Flugbegleiterin eilte sofort an seine Seite.

»Geht es Ihnen nicht gut, Sir?« erkundigte sie sich besorgt.

Er blickte auf und starrte sie an. »Ich muß sofort mit dem Kapitän sprechen. Sofort!«

Die Flugbegleiterin erkannte die Dringlichkeit dieser Bitte des Fluggastes und führte ihn rasch die Wendeltreppe zur 1.-Klasse-Lounge hinauf und weiter aufs Flugdeck.

Sie klopfte an die Cockpittür, öffnete sie und sagte: »Captain, ein Fluggast muß Sie dringend sprechen!«

»Lassen Sie ihn herein«, sagte die Südstaatlerstimme. Der Kapitän drehte sich zu Hamid um, der jetzt, ohne daß er etwas dagegen tun konnte, am ganzen Leib zitterte. »Wie kann ich Ihnen behilflich sein, Sir?« erkundigte er sich.

»Ich heiße Hamid Zebari und bin amerikanischer Staatsbürger. Wenn Sie in Bagdad landen, wird man mich verhaften, foltern und dann hinrichten«, sagte Hamid mit sich überschlagender Stimme. »Ich bin politischer Flüchtling, und Sie dürfen mir glauben, daß das Regime nicht zögern wird, mich umzubringen.«

Der Flugkapitän brauchte Hamid nur anzusehen, um zu erkennen, daß er nicht übertrieb.

»Übernimm bitte, Jim«, wandte er sich an seinen Kopiloten, »während ich mich mit Mr. Zebari unterhalte. Und gib mir gleich Bescheid, wenn wir die Landeerlaubnis bekommen haben.«

Er öffnete seinen Sitzgurt und führte Hamid zu einer leeren Ecke der 1.-Klasse-Lounge.

»Erzählen Sie mir alles«, bat er.

Hamid erklärte, weshalb er Bagdad hatte verlassen müssen und wie es zu seiner Einbürgerung in den Staaten gekommen war. Als er am Ende seiner Geschichte angekommen war, schüttelte der Kapitän den Kopf und lächelte. »Sie brauchen keine Angst zu haben, Sir«, versicherte er Hamid. »Niemand wird das Flugzeug zu irgendeinem Zeitpunkt verlassen, infolgedessen werden auch die Pässe der Fluggäste nicht kontrolliert werden. Und sobald der Maschinenschaden behoben ist, starten wir sofort wieder. Bleiben Sie doch hier in der ersten Klasse, dann können Sie jederzeit mit mir sprechen, wenn Sie sich wirklich Sorgen machen.«

Kann man sich noch mehr Sorgen machen? fragte sich Hamid, als der Kapitän ins Cockpit zurückkehrte. Wieder begann er hilflos am ganzen Leib zu zittern.

»Ladies und Gentlemen, hier spricht wieder Ihr Kapitän, um Sie up to date zu bringen. Wir haben die Landeerlaubnis von Bagdad erhalten und mit dem Anflug begonnen. In etwa zwanzig Minuten landen wir und rollen zum Ende der Startbahn, wo wir auf die Techniker warten werden. Sobald sie unser kleines Problem behoben haben, setzen wir unseren planmäßigen Flug fort.«

Ein Seufzen ging durch die Reihen, während Hamid die Sitzlehnen umklammerte und sich wünschte, er hätte keinen Lunch gegessen. Die nächsten zwanzig Minuten zitterte er unkontrollierbar und fiel fast in Ohnmacht, als die Maschine in seinem Geburtsland aufsetzte.

136

Er starrte aus dem Fenster, während das Flugzeug am Terminal vorbeirollte, den er so gut kannte. Er sah die schwerbewaffneten Wächter auf dem Dach und an den Türen, die zu den Flugsteigen führten. Er betete zu Allah, er betete zu Jesus, ja er betete sogar zu Präsident Reagan.

Während der nächsten fünfzehn Minuten wurde das Schweigen nur durch das Geräusch eines Wagens unterbrochen, der die Rollbahn überquerte und unter der Steuerbordtragfläche ihres Flugzeugs zum Stehen kam.

Hamid beobachtete die zwei Techniker, die mit schweren Werkzeugtaschen aus dem Wagen auf einen kleinen Kran stiegen und hochgehoben wurden, bis sie in der Höhe der Tragfläche waren. Sie machten sich daran, die Verkleidung des einen Triebwerks abzuschrauben. Vierzig Minuten später schraubten sie sie wieder an, dann trug der Kran die beiden Männer auf den Boden zurück, und gleich darauf fuhr der Wagen Richtung Terminal.

Hamid war erleichtert. Er entspannte sich ein wenig. Er schnallte sich hoffnungsvoll wieder an. Sein Herzschlag sank von einhundertachtzig pro Minute auf etwa einhundertzehn, aber er wußte, daß er sich erst wieder normalisieren würde, wenn das Flugzeug in der Luft war und er sicher sein konnte, daß es nicht mehr umkehren würde. Die nächsten Minuten tat sich nichts, und Hamids Besorgnis erwachte aufs neue. Da öffnete sich die Cockpittür und der Kapitän kam mit grimmiger Miene auf ihn zu.

»Sie kommen besser zu uns aufs Flugdeck«, sagte er leise. Hamid öffnete den Gurt, und irgendwie gelang es ihm, aufzustehen. Auf unsicheren Beinen folgte er dem Kapitän ins Cockpit. Seine Knie schienen aus Gummi zu sein. Die Tür wurde hinter ihnen geschlossen.

Der Kapitän kam sofort zur Sache. »Die Techniker können den Schaden nicht lokalisieren, und der Chefingenieur wird frühestens in einer Stunde Zeit haben, sich unser Triebwerk anzusehen. Wir wurden aufgefordert, das Flugzeug zu verlassen und in der Transit Halle zu warten, bis der Schaden behoben ist.«

»Lieber würde ich mit diesem Flugzeug abstürzen!« entfuhr es Hamid.

»Sie brauchen sich keine Sorgen zu machen, Mr. Zebari, wir haben eine Lösung für Ihr Problem gefunden. Sie werden eine unserer Ersatzuniformen anziehen. Das wird es Ihnen ermöglichen, die ganze Zeit bei uns zu bleiben und die Einrichtungen für die Besatzung zu benutzen. Niemand wird nach Ihrem Paß fragen.«

»Aber wenn mich jemand erkennt . . .«, stammelte Hamid.

»Wenn Sie sich erst von diesem Schnurrbart befreit haben und die Uniform eines Flugoffiziers tragen, dazu eine dunkle Brille und Schildmütze, wird Ihre eigene Mutter Sie nicht erkennen.«

Mit Hilfe einer Schere, Rasierschaum und Rasierapparat entfernte Hamid den buschigen Schnurrbart. Die derart entblößte Haut war jedoch so bleich wie Vanilleeis. Aber eine Flugbegleiterin half mit ihrem Make-up aus, bis die weiße Stelle den gleichen Farbton hatte wie das übrige Gesicht. Hamid war zwar immer noch nicht überzeugt, aber nachdem er in die Ersatzuniform des Kopiloten geschlüpft war und sich im Toilettenspiegel eingehend studiert hatte, mußte er zugeben, daß es wirklich unwahrscheinlich wäre, wenn ihn jemand wiedererkennen würde.

Die Fluggäste verließen die Maschine als erste und wurden mit einem Flughafenbus zum Hauptterminal gefahren. Ein kleinerer Transitbus holte dann die Crew, die das Flugzeug als Gruppe verließ und Hamid schützte, indem sie darauf achtete, daß er sich immer in ihrer Mitte befand. Trotz-

138

dem wurde Hamid mit jedem Meter nervöser, den sie sich dem Terminal näherten.

Die Sicherheitsleute interessierten sich nicht sonderlich für die Flugzeugbesatzung, als sie gemeinsam das Gebäude betrat, und überließen es ihr, sich selbst auszusuchen, wo sie auf den Holzbänken in der weißgetünchten Halle Platz nehmen wollte. Das einzige, was hier die Eintönigkeit brach, war ein riesiges Bild von Saddam Hussein in voller Uniform und mit einer Kalaschnikow-Maschinenpistole. Hamid brachte es nicht fertig, sich das Porträt seines ›guten und engen Freundes‹ anzusehen.

Eine zweite Crew saß ebenfalls herum und wartete darauf, an Bord ihres Flugzeugs gehen zu können, aber Hamid hatte zu große Angst, sich auf ein Gespräch mit irgend jemandem einzulassen.

»Es sind Franzosen«, erzählte ihm die Chefflugbegleiterin. »Ich werde mal ausprobieren, ob sich meine Abendkurse in Französisch rentiert haben.« Sie setzte sich auf den freien Platz neben dem Kapitän der französischen Maschine und versuchte, mit ein paar einfachen Fragen ins Gespräch mit ihm zu kommen.

Der französische Pilot erzählte ihr, daß sie nach Singapur über Neu-Delhi fliegen würden, als Hamid ihn sah: Saad al Takriti, einst Mitglied von Saddams Leibgarde, marschierte in die Halle. Nach den Insignien seiner Achselklappen war er nun offenbar der Kommandant des Flughafensicherheitsdienstes.

Hamid betete, daß er nicht in seine Richtung blicke. Al Takriti stolzierte durch die Halle und ließ den Blick flüchtig über die französischen und amerikanischen Crews schweifen, ehe er sich intensiver mit den schwarzbestrumpften Beinen der Stewardessen befaßte.

Der Kapitän berührte Hamid an der Schulter, daß dieser vor Schreck fast hochgesprungen wäre.

»Schon gut, schon gut, ich wollte Ihnen nur sagen, daß der Chefingenieur bereits unterwegs zu unserem Flieger ist. Es dürfte also jetzt nicht mehr allzu lange dauern.«

Hamid schaute an dem Air-France-Flugzeug vorbei und sah dort einen Wagen unter der Steuerbordtragfläche des PanAm-Flugzeugs anhalten. Ein Mann in blauem Overall stieg aus dem Fahrzeug und auf den kleinen Kran.

Hamid stand auf, um besser sehen zu können. In diesem Augenblick kehrte Saad al Takriti in die Halle zurück. Er blieb abrupt stehen, und dabei blickten die beiden Männer einander kurz an, ehe Hamid schnell auf seinen Platz neben dem Kapitän zurückkehrte. Al Takriti verschwand durch eine Tür mit der Aufschrift: UNBEFUGTEN ZUTRITT VERBOTEN.

»Ich glaube, er hat mich erkannt«, murmelte Hamid. Das Make-up begann, auf seine Lippen hinabzurinnen.

Der Kapitän lehnte sich zu seiner Chefflugbegleiterin hinüber und unterbrach ihr Gespräch mit dem französischen Kapitän. Sie hörte sich die Anweisungen ihres Vorgesetzten aufmerksam an, dann versuchte sie es mit einer schwierigeren Frage bei dem Franzosen.

Saad al Takriti marschierte aus dem Büro und schritt auf den amerikanischen Kapitän zu. Hamid wußte, daß er in Ohnmacht fallen würde.

Ohne auch nur einen Blick auf Hamid zu werfen, bellte al Takriti: »Kapitän, ich verlange, daß Sie mir Ihr Manifest vorweisen und die Pässe ihrer Besatzungsmitglieder zeigen.«

»Mein Kopilot hat sämtliche Pässe«, erklärte ihm der Kapitän. »Ich werde dafür sorgen, daß Sie sie bekommen.«

»Danke«, sagte al Takriti. »Bringen Sie sie in mein Büro, sobald Sie sie geholt haben, damit ich alle überprüfen kann. Ersuchen Sie Ihre Besatzung, einstweilen hierzubleiben. Sie dürfen das Gebäude unter keinen Umständen ohne meine Erlaubnis verlassen.«

Der Kapitän erhob sich von seinem Platz, ging bedächtig zu seinem Kopiloten hinüber und bat ihn um die Pässe. Dann erteilte er einen Befehl, der den Mann überraschte. Der Kapitän trug die Pässe im gleichen Augenblick in das Sicherheitsbüro, als ein Bus vor der Transithalle anhielt, um die französische Crew zu ihrem Flugzeug zurückzubringen.

Saad al Takriti legte die vierzehn Pässe vor sich auf die Schreibtischplatte. Es schien ihm ein Vergnügen zu bereiten, jeden einzelnen langsam und eingehend durchzusehen. Als er damit fertig war, verkündete er mit vorgetäuschter Verwunderung: »Ich bin ziemlich sicher, daß ich fünfzehn Besatzungsmitglieder in PanAm-Uniform gezählt habe, Kapitän.«

»Ich fürchte, Sie haben sich getäuscht«, entgegnete der Kapitän. »Wir sind nur vierzehn.«

»Dann werde ich es genauer überprüfen müssen, nicht wahr, Kapitän? Bitte geben Sie die Pässe ihren rechtmäßigen Besitzern zurück. Sollte jemand ohne Paß übrigbleiben, muß er sich natürlich bei mir melden!«

»Aber das ist gegen die internationalen Bestimmungen«, protestierte der Kapitän, »wie Sie sicher wissen. Wir befinden uns hier lediglich im Transit und sind deshalb, nach UN-Resolution 238, rechtlich nicht einmal in Ihrem Land.«

»Sparen Sie sich jedes weitere Wort Kapitän. Wir interessieren uns hier im Irak nicht sonderlich für UN-Resolutionen. Und wie Sie so richtig sagten, befinden Sie sich, soweit es uns betrifft, rechtlich nicht einmal in unserem Land.«

Der Kapitän sah ein, daß es nur Zeitverschwendung war, wenn er weiter zu bluffen versuchte. Er ließ sich beim Einsammeln der Pässe so viel Zeit wie nur möglich, dann begleitete ihn al Takriti in die Halle zurück. In dem Augenblick, als sie eintraten, erhoben sich die PanAm-Besatzungsmitglieder, die verstreut auf den Bänken gesessen hatten, plötzlich von ihren Plätzen. Sie begannen herumzugehen, wechselten dabei ständig die Richtung und redeten gleichzeitig lautstark durcheinander.

»Sagen Sie ihnen, sie sollen sich setzen!« zischte al Takriti, während die Amerikaner kreuz und quer durch die Halle schlenderten.

»Was haben Sie gesagt?« fragte der Kapitän und legte eine Hand wie einen Trichter ans Ohr.

»Sagen Sie ihnen, sie sollen sich setzen!« brüllte al Takriti.

Der Kapitän erteilte einen halbherzigen Befehl, und nach einer kurzen Weile saßen alle. Aber sie redeten immer noch lautstark aufeinander ein.

»Und sagen Sie ihnen, sie sollen den Mund halten!«

Der Kapitän ging langsam herum und bat eines seiner Besatzungsmitglieder nach dem anderen, die Stimme zu senken.

Al Takritis Augen blickten scharf auf die Bänke der Transithalle, während der Kapitän auf die Rollbahn schaute und zusah, wie das französische Flugzeug sich der fernen Startbahn näherte.

Al Takriti begann zu zählen und stellte verärgert fest, daß sich tatsächlich nur vierzehn PanAm-Besatzungsmitglieder in der Halle befanden. Er schaute sich wütend um und zählte rasch noch einmal.

»Alle vierzehn sind anwesend«, erklärte der Kapitän, nachdem er sämtliche Pässe zurückgegeben hatte.

»Wo ist der Mann, der neben Ihnen gesessen hat?« fragte al Takriti heftig und deutete auf den Kapitän.

»Sie meinen meinen Ersten Offizier?«

»Nein, den, der wie ein Araber ausgesehen hat!«

142

»Ich habe keine Araber in meiner Crew«, versicherte ihm der Kapitän.

Al Takriti ging hinüber zur Chefflugbegleiterin. »Er saß neben Ihnen! Er hatte Make-up auf seiner Oberlippe, das abzurinnen begann!«

»Der Kapitän des französischen Flugzeugs saß neben mir«, entgegnete die Chefflugbegleiterin — und erkannte sofort, daß sie einen Fehler gemacht hatte.

Al Takriti drehte sich um und blickte durchs Fenster. Er sah, daß sich das Air-France-Flugzeug am Ende der Rollbahn zum Start bereitmachte. Er drückte auf einen Knopf seines Funktelefons, gerade als die Düsentriebwerke aufheulten, und bellte einige Befehle in seiner Muttersprache. Der Kapitän brauchte kein Arabisch zu beherrschen, um den Sinn seiner Worte zu verstehen.

Inzwischen starrten die Amerikaner alle auf das französische Flugzeug, als könnten sie es hypnotisieren, endlich abzuheben, während al Takritis Stimme mit jedem Wort lauter wurde.

Die Air France 747 rollte vorwärts und wurde schneller. Saad al Takriti fluchte laut, dann rannte er aus dem Gebäude und sprang in einen wartenden Jeep. Er deutete auf das Flugzeug und befahl dem Fahrer, es zu verfolgen. Der Jeep schoß davon und beschleunigte, während er zwischen geparkten Flugzeugen hindurchkurvte. Als er die Rollbahn erreichte, hatte er bestimmt hundertfünfzig Sachen drauf. Er raste die nächsten hundert Meter neben dem französischen Flugzeug her, und al Takriti stand, sich mit einer Hand an der Windschutzscheibe festhaltend, auf dem Beifahrersitz und schüttelte die Faust wild zum Cockpit hoch.

Der französische Flugkapitän erwiderte es mit einem zakkigen Gruß, und als das Fahrwerk der 747 von der Startbahn abhob, brach begeisterter Jubel in der Transithalle aus.

Der amerikanische Kapitän lächelte und wandte sich seiner Chefflugbegleiterin zu. »Das beweist wieder einmal meine Theorie, daß die Franzosen keine Mühe scheuen, noch einen Fluggast zu kriegen.«

Hamid Zebari landete sechs Stunden später in Neu-Delhi, wo er sofort seine Frau anrief und ihr berichtete, was geschehen war. Früh am nächsten Morgen flog die PanAm ihn zurück nach New York – erster Klasse. Als Hamid aus dem Flughafengebäude trat, sprang seine Frau aus dem Wagen und schlang die Arme um ihn.

Nadim rollte das Fenster hinunter und rief: »Du hast dich getäuscht, Papa! Zwei Wochen sind fünfzehn Tage!« Hamid grinste seinen Sohn an, aber seine Tochter brach in Tränen aus. Nicht, weil der Wagen plötzlich angehalten hatte, sondern weil sie erschrocken war, daß ihre Mutter einen fremden Mann umarmte.

TUNNELSCHOCK

Jedesmal, wenn ich in New York bin, sehe ich zu, daß ich mich mit Duncan McPherson, einem alten Freund, zum Dinner treffen kann. Wir sind grundverschieden, und Gegensätze ziehen sich bekanntlich an. Eines aber haben wir gemeinsam: wir sind beide Schriftsteller. Doch auch da gibt es einen Unterschied, denn Duncan hat sich auf Drehbücher spezialisiert, die er zwischen seinen gelegentlichen Artikeln für *Newsweek* und den *New Yorker* verfaßt, während ich Romane und Kurzgeschichten vorziehe.

Einer der vielen Unterschiede zwischen uns ist der Umstand, daß ich seit achtundzwanzig Jahren mit derselben Frau verheiratet bin, während Duncan fast jedesmal, wenn ich nach New York komme, eine andere Freundin hat — das ist beachtlich, wenn man bedenkt, daß ich mindestens zweimal im Jahr dorthin fahre. Die Mädchen sind gewöhnlich attraktiv, lebenslustig und intelligent, und es gibt verschiedene Grade der Verliebtheit, je nachdem, in welchem Stadium sich die Beziehung befindet. Ich habe im Lauf meiner Besuche sowohl den Anfang (sehr leidenschaftlich) sowie die Mitte (schon ein wenig abgekühlt) erlebt, doch bei dieser Reise sollte ich zum erstenmal beim Ende dabeisein.

Ich rief Duncan aus meinem Hotel an der Fifth Avenue an, um ihm zu sagen, daß ich in der Stadt war, um die Werbetrommel für meinen neuen Roman zu rühren und Signierstunden zu geben, und er lud mich zum Dinner am nächsten Abend ein. Ich nahm an, daß wir uns in seinem Apartment zusammensetzen würden wie bisher immer. Denn wir sind in noch einem Punkt verschieden: er ist ein ausgezeichneter Koch, was man von mir keineswegs behaupten kann.

»Ich kann es kaum erwarten, dich wiederzusehen«, sagte er. »Ich habe nämlich endlich eine Idee für einen Roman und möchte wissen, was du davon hältst.«

»Großartig! Ich freue mich, morgen alles darüber zu hören. Und darf ich fragen . . .« Ich zögerte.

»Christabel«, sagte er.

»Christabel . . .«, wiederholte ich und versuchte mich zu erinnern, ob ich sie bereits bei meinem letzten Besuch kennengelernt hatte.

»Aber du brauchst dir nichts über sie zu merken«, fügte er hinzu. »Denn ich werde ihr den Laufpaß geben — so sagt ihr doch in England, nicht wahr? Ich habe gerade Karen kennengelernt. Sie ist absolut sensationell! Sie wird dir gefallen.«

Ich hielt es nicht für den richtigen Augenblick, Duncan daran zu erinnern, daß er das gleiche von jeder gesagt hatte, sondern erkundigte mich lediglich, welche von beiden mit uns zu Abend essen würde.

»Kommt darauf an, ob Christabel ihre Sachen bis dahin gepackt hat. Wenn ja, speist Karen mit uns. Wir haben noch nicht miteinander geschlafen, und ich hatte das eigentlich für morgen nacht geplant. Aber da du in der Stadt bist, werde ich es verschieben.«

Ich lachte. »Meinetwegen nicht. Ich kann warten. Schließlich werde ich mindestens eine Woche hierbleiben.«

»Nein, nein. Außerdem möchte ich dir ja die Idee für meinen Roman erzählen. Das ist viel wichtiger. Also, komm morgen abend zu mir. Sagen wir, gegen halb acht?«

Ehe ich das Hotel verließ, wickelte ich eine Kopie meines neuen Buchs in Geschenkpapier und legte ein Kärtchen dazu. »Ich hoffe, er gefällt dir«, schrieb ich darauf.

Duncan wohnt in einem dieser Apartmentblocks in der 72nd and Park, und obwohl ich schon so oft dort gewesen bin, brauche ich jedesmal eine Weile, bis ich den richtigen Eingang gefunden habe. Und mit dem Portier verhält es sich nicht anders als mit Duncans Freundinnen, bei jedem meiner Besuche ist es offenbar ein anderer.

Der neue brummte etwas, als ich ihm meinen Namen nannte, und wies mir den Weg zum Fahrstuhl am hinteren Ende der Eingangshalle. Ich schloß das Fahrstuhlgitter und drückte auf den Knopf für den vierzehnten Stock. Es war eines dieser obersten Geschosse, die selbst der phantasievollste Makler nicht als Penthaus hinstellen könnte.

Ich zog die Tür zurück, trat hinaus und probte ein Abschiedslächeln für Christabel und ein Begrüßungslächeln für Karen. Während ich auf Duncans Apartmenttür zuging, hörte ich erhobene Stimmen — nein, das ist eine typisch britische Untertreibung, ich sollte es lieber als das beschreiben, was es war: ein Gebrüll von höchster Lautstärke. Ich schloß, daß dies nur das Ende mit Christabel sein konnte, und nicht der Anfang mit Karen.

Da ich mich bereits einige Minuten verspätet hatte, konnte ich mich nicht einfach diskret zurückziehen. Ich drückte auf die Klingel, und zu meiner Erleichterung wurde es in der Wohnung sofort still. Duncan öffnete die Tür, und obwohl sein Gesicht zornrot war, brachte er doch ein gleichmütiges Grinsen zustande. Das erinnert mich, daß ich vergessen habe, Sie auf noch ein paar Verschiedenheiten hinzuweisen. Der verdammte Kerl hat einen jungenhaften dunklen Wuschelkopf, die markanten Züge seiner irischen Vorfahren und die Statur eines Tennis-Champions.

»Komm herein«, bat er. »Das ist übrigens Christabel, falls du es noch nicht erraten haben solltest.«

Ich interessiere mich normalerweise nicht für die abgelegten Sachen anderer, aber ich muß gestehen, bei Christabel hätte ich gern eine Ausnahme gemacht. Sie hatte ein ovales Gesicht, tiefblaue Augen und das Lächeln eines Engels. Außerdem besaß sie dieses feine blonde Haar, das es nur bei den nordischen Rassen gibt, und die Art von Figur, aus der die Werbung für Schlankheitsprodukte Kapital schlägt. Sie trug einen Kaschmirpullover und enge weiße Jeans, die ihre langen schlanken Beine besonders zur Geltung brachte.

Christabel schüttelte mir die Hand und entschuldigte sich für ihr ein wenig zerzaustes Aussehen. »Ich habe den ganzen Nachmittag gepackt«, erklärte sie.

Der Beweis dafür war unübersehbar: drei große Koffer und zwei Kartons voll Bücher standen neben der Tür. Auf einem der Kartons lag ein Krimi von Dorothy L. Sayers mit eingerissenem roten Schutzeinband.

Mir wurde umgehend klar, daß ich für das Wiedersehen mit meinem alten Freund keinen schlechteren Zeitpunkt hätte wählen können. »Ich fürchte, wir werden zum Essen heute ausnahmsweise ausgehen müssen«, sagte Duncan. »Ich war heute den ganzen Tag . . .« Er machte eine Pause. ». . . beschäftigt, und ich bin leider nicht zum Einkaufen gekommen. Aber andererseits ist das auch ganz gut, denn so habe ich mehr Zeit, mit dir die Handlung meines Romans durchzugehen.«

»Meinen Glückwunsch«, sagte Christabel.

Ich drehte mich zu ihr um.

»Zu *Ihrem* Roman«, sagte sie. »Er ist Numero eins auf der Bestsellerliste der New *York Times*, nicht wahr?«

»Ich gratuliere ebenfalls!« warf Duncan ein. »Ich bin noch nicht dazu gekommen, ihn zu lesen, also verrat mir lieber nichts. In Bosnien war er nicht zu kriegen«, fügte er hinzu und lachte.

Ich reichte ihm mein kleines Geschenk.

»Danke.« Er legte es auf den Tisch in der Diele. »Ich freue mich schon darauf.«

»Ich habe ihn gelesen«, sagte Christabel.

Duncan biß sich auf die Lippe. »Gehen wir«, forderte er mich auf und wollte eben Lebewohl zu Christabel sagen, als sie sich an mich wandte. »Würde es Sie stören, wenn ich mitkomme? Ich bin am Verhungern, und wie Duncan durchblikken ließ, gibt es hier absolut nichts Eßbares.«

Es entging mir nicht, daß Duncan protestieren wollte, doch inzwischen war Christabel an ihm vorbei und ging den Korridor entlang zum Aufzug.

»Wir können zu Fuß zum Restaurant gehen«, meinte Duncan, während wir langsam zum Erdgeschoß befördert wurden. »Nur Kalifornier brauchen ein Auto, wenn sie zum nächsten Häuserblock wollen.«

Während wir auf der 72nd Street westwärts spazierten, erzählte mir Duncan, daß er mich mit den kulinarischen Genüssen eines neuen französischen Restaurants bekannt machen wolle.

Ich versuchte es ihm auszureden, nicht nur, weil ich mir noch nie etwas aus den vielen, vornehm servierten französischen Gängen gemacht habe, sondern auch, weil ich bei Duncans schwankender Finanzlage nicht wußte, ob er es sich momentan überhaupt leisten konnte. Manchmal schwamm er offenbar regelrecht in Geld, dann war er wieder total pleite. Ich hoffte, er hatte wenigstens bereits einen Vorschuß auf seinen geplanten Roman bekommen.

»Nein, das geht schon in Ordnung. Normalerweise würde ich sowieso nicht dorthin gehen. Aber es hat gerade erst eröffnet, und die *New York Times* lobte es über den grünen

Klee. Deshalb möchte ich es mir unbedingt ansehen. Außerdem«, fügte er hinzu, »führst du mich jedesmal, wenn ich in London bin, geradezu fürstlich aus.« Er bemühte sich um das, was er für einen englischen Akzent hielt.

Es war einer dieser kühlen Abende, die für einen Spaziergang in New York wie geschaffen sind, und ich genoß ihn ehrlich. Und während wir so die 72nd Street entlangschlenderten, begann Duncan mir von seiner kürzlichen Bosnienreise zu erzählen.

»Du hast Glück, daß du mich überhaupt in New York angetroffen hast«, sagte er. »Ich bin eben erst heimgekommen, nachdem ich über drei Monate in diesem verdammten Nest festsaß!«

»Ja, ich weiß, ich habe auf dem Flug hierher deinen Artikel in der *Newsweek* gelesen.« Ich fuhr fort, wie sehr mich seine Beweisführung fasziniert hatte, daß eine Gruppe UN-Soldaten ihr eigenes Untergrundnetz errichtet hatte und keine Skrupel kannte, wo immer sie auch eingesetzt wurde, ihren eigenen Schwarzen Markt zu betreiben.

»Ja, das hat bei den UN einen ziemlichen Wirbel verursacht«, bekräftigte Duncan. »Sowohl die *New York Times* als auch die *Washington Post* haben auf den Artikel hin Ermittlungen über die Hauptschuldigen angestellt — aber sie haben es natürlich nicht der Mühe für wert erachtet, zu erwähnen, daß ich die ursprüngliche Untersuchung durchgeführt habe.«

Ich drehte mich um, um festzustellen, ob Christabel überhaupt noch bei uns war. Sie ging tief in Gedanken versunken mehrere Schritte hinter uns. Ich lächelte ihr zu und hoffte, sie würde mein Lächeln richtig deuten, nämlich daß ich Duncan für einen Dummkopf hielt, weil er sie aufgab, und daß ich sie phantastisch fand. Aber sie reagierte nicht darauf.

Nach einigen weiteren Metern sah ich eine rot-gold gestreifte Markise im leichten Wind vor einem Lokal flattern, das sich »Le Manoir« nannte. Der Anblick erfreute mich nicht gerade. Ich habe schon immer gern gute Hausmannskost gegessen und sah seit langem in der raffinierten französischen Küche der übertrieben vornehmen Restaurants eine der größten Neppereien der achtziger Jahre, und zwar eine, die in den Neunzigern längst hätte passé oder Teil der kulinarischen Geschichte sein sollen.

Duncan führte uns über einen kurzen Mosaikweg zur massiven Eicheneingangstür und hinein in ein hell erleuchtetes Restaurant. Ein Blick durch den großen, überladenen Raum bestätigte meine schlimmsten Befürchtungen. Der Maître eilte uns entgegen. »Guten Abend, Monsieur.«

»Guten Abend«, erwiderte Duncan. »Ich habe einen Tisch für McPherson bestellt.« Der Maître überflog eine lange Liste. »Ah, ja — einen Tisch für zwei Personen.« Christabel zog einen Schmollmund, was ihr sehr gut stand.

»Könnten Sie einen für drei Personen daraus machen?« fragte unser Gastgeber halbherzig.

»Selbstverständlich, Sir. Gestatten Sie mir, Sie zu Ihrem Tisch zu führen.«

Er brachte uns durch das überfüllte Restaurant zu einer Nische in der Ecke, in der ein Tisch für zwei Personen gedeckt war.

Ein Blick auf die Damastdecke, die geblümten Porzellanteller mit dem allgegenwärtigen lila Aufdruck »Le Manoir«, und das Lilienarrangement auf dem Tisch erhöhte mein schlechtes Gewissen, daß ich Duncan gewähren ließ. Ein Kellner in weißem Hemd mit offenem Kragen, schwarzer Hose und einer schwarzen Weste, auf deren Brusttasche »Le Manoir« in Rot gestickt war, eilte sofort mit einem Stuhl für Christabel herbei, während ein anderer ein Gedeck für sie auflegte.

Ein dritter erschien an Duncans Seite und erkundigte sich,

ob ein Aperitif gewünscht würde. Christabel lächelte süß und fragte, ob sie ein Glas Champagner haben könne. Ich bat um Mineralwasser, und Duncan bestellte für sich das gleiche.

Während wir auf die Speisekarten warteten, unterhielten wir uns über Duncans Bosnienreise und den Unterschied, der zwischen der Einnahme seiner kargen Ration aus einem Blechnapf im Granatfeuer in einem kalten Schützengraben und einem Abendessen aus Porzellantellern in einem gemütlichen Restaurant zu den Klängen eines Streichquartetts lag.

Noch ein weiterer Kellner erschien an Duncans Seite und reichte uns drei rosa Speisekarten von der Dimension kleiner Poster. Als ich auf die Liste von Speisen blickte, flüsterte Christabel dem Kellner etwas zu. Er nickte und entfernte sich gemessen.

Ich begann die Karte genauer zu studieren, mußte jedoch bedauerlicherweise feststellen, daß dies eines der Restaurants war, die nur dem Gastgeber eine Speisekarte mit den Preisen überließen. Ich versuchte zu erraten, welches die billigsten Gerichte waren, als Christabel ein zweites Glas Champagner vorgesetzt wurde.

Ich folgerte schließlich, daß eine klare Brühe billiger sein müßte als irgendeine Vorspeise, ganz abgesehen davon, daß sie mir, bei meinen nicht sehr konsequenten Versuchen abzunehmen, helfen würde. Die Hauptgänge machten es mir bei meinen dürftigen Französischkenntnissen schon schwerer, und da ich nirgendwo etwas mit *Poulet* finden konnte, entschied ich mich für Ente.

Als der Kellner Augenblicke später wiederkam, bemerkte er sofort Christabels leeres Glas und fragte: »Darf ich Ihnen noch ein Glas Champagner bringen, Madame?«

»Ja, bitte«, antwortete sie lächelnd, gerade, als der Maître ankam, um unsere Bestellung entgegenzunehmen. Doch zuerst durften wir etwas über uns ergehen lassen, womit man in jedem französischen Restaurant der Welt rechnen muß.

Mit einem Akzent, der keinen Hollywoodregisseur beeindruckt hätte, sagte er »Darf ich Sie auf unsere heutigen Spezialitäten aufmerksam machen? Als Hors d'oeuvre *Gelée de saumon sauvage et caviar impérial en aigre doux,* das sind Wildlachsstückchen und Belugakaviar in delikatem Aspik mit saurem Rahm und in Dillweinessig eingelegte Zucchini. Außerdem haben wir *Cuisses de grenouilles à la purée d'herbes à soupee, fricassée de chanterelles et racines de persil,* das sind in der Pfanne gebratene Froschschenkel in einem Nest aus Petersilienpüree, Pfifferlingfrikassee und Wurzelpetersilie. Als Hauptgang haben wir *Escalope de turbot,* das ist pochiertes Steinbuttfilet auf Wasserkressepüree, dazu Zitronensabayon und eine Gewürztraminersoße. Und selbstverständlich ist alles auf der Karte sehr zu empfehlen.«

Ich war schon satt, als er seine Aufzählung beendet hatte.

Christabel schien die Speisekarte mit gebührendem Interesse zu studieren. Sie deutete auf eines der Gerichte, und der Maître lächelte achtungsvoll.

Duncan lehnte sich zu mir herüber und fragte, ob ich bereits gewählt hätte.

»Konsommee und Ente«, antwortete ich ohne Zögern.

»Danke, Sir«, sagte der Ober. »Wie hätten Sie Ihre Ente gern? Knusprig, oder vielleicht nicht ganz so gar?«

»Knusprig«, antwortete ich zu seiner offensichtlichen Mißbilligung.

»Und Monsieur?« wandte er sich an Duncan.

»Caesarsalat und ein Steak, englisch, nur angebraten.«

Der Maître nahm die Speisekarten und wandte sich zum Gehen, als Duncan sagte: »Und jetzt mußt du dir meine Romanidee anhören.«

»Hätten Sie gern Wein zum Essen, Sir?« erkundigte sich

ein neuer Kellner mit einem großen, in rotem Leder gebundenen Buch mit goldgeprägten Trauben auf dem Cover.

»Überläßt du das mir?« fragte Christabel. »Dann brauchst du deine Geschichte nicht zu unterbrechen.«

Duncan nickte, und der Kellner überreichte Christabel die Weinkarte. Sie öffnete die rote Ledermappe mit einem Eifer, als wolle sie einen Bestseller lesen.

»Es wird dich vielleicht überraschen«, sagte Duncan, »daß mein Roman in Großbritannien spielt. Ich sollte vielleicht als erstes erklären, daß das richtige Erscheinungsdatum von großer Bedeutung ist. Wie du weißt, baut ein britisch-französisches Konsortium gegenwärtig einen Tunnel zwischen Folkestone und Sangatte, dessen Eröffnung durch Königin Elizabeth für den 6. Mai 1994 geplant ist. *Tunnelschock* wird der Titel meines Buches sein.«

Ich war zutiefst bestürzt. Der Kellner brachte Christabel noch mal ein Glas Champagner.

»Die Geschichte beginnt an vier verschiedenen Orten mit vier Gruppen von Akteuren. Obgleich sie alle verschiedenen Alters sind, aus verschiedenen Gesellschaftsschichten und Ländern kommen, haben sie eines gemeinsam: jeder hat eine Reise von London nach Paris mit dem ersten Zug, der Personen befördert, gebucht, der durch den Kanaltunnel fährt.«

Ich empfand plötzlich ein schlechtes Gewissen und fragte mich, ob ich etwas sagen sollte, doch in diesem Augenblick kehrte der Kellner mit einer Flasche Weißwein zurück, deren Etikett Christabel eingehend studierte. Schließlich nickte sie, und der Weinkellner zog den Korken heraus und schenkte ein wenig in ihr leeres Glas. Ein Schluck brachte das Lächeln auf ihre Lippen zurück. Daraufhin füllte der Kellner unsere Gläser.

Duncan fuhr fort: »Es wird eine amerikanische Familie geben — Mutter, Vater und zwei Teenager — auf ihrer ersten

Englandreise; ein junges englisches Paar, das erst an diesem Vormittag geheiratet hat und Flitterwochen machen will; einen griechischen Selfmademillionär und seine französische Frau, die ihre Tickets bereits vor einem Jahr gebucht haben, aber jetzt an Scheidung denken; und drei Studenten.«

Duncan machte eine Pause, als ein Caesarsalat vor ihn gestellt wurde und ein anderer Kellner mir eine Tasse klare Fleischbrühe servierte. Ich blickte verstohlen zu der Vorspeise, die sich Christabel ausgesucht hatte: eine Platte mit dünnen Scheiben geräuchertem Gravadlachs und einem winzigen Häufchen Kaviar in der Mitte. Zufrieden drückte sie eine halbe, durch Musselin geschützte Zitrone darauf aus.

»Im ersten Kapitel darf der Leser auf keinen Fall merken«, fuhr Duncan fort, »daß die Studenten zusammengehören, denn das ist später für die Handlung von größter Wichtigkeit. Im zweiten Kapitel greifen wir alle vier Gruppen auf, während sie sich für die Reise fertig machen. Der Leser wird erfahren, weshalb sie mit diesem Zug reisen wollen, und ich werde ein wenig des Backgrounds jedes einzelnen Akteurs erklären.«

»Welche Zeitspanne hast du dir für die Handlung gedacht?« fragte ich besorgt, während ich meine Konsommee löffelte.

»Etwa drei Tage«, antwortete Duncan. »Der Tag vor Beginn der Reise, der Reisetag und der Tag danach. Aber ich bin mir noch nicht ganz sicher. In der endgültigen Fassung passiert vielleicht alles an einem Tag.«

Christabel hob die Flasche aus dem Weinkühler und schenkte sich nach, noch ehe der Weinkellner dazu kam, es für sie zu tun.

»Etwa im dritten Kapitel«, erzählte Duncan weiter, »kommen die verschiedenen Gruppen am Waterloobahnhof an, um in ›le shuttle‹ einzusteigen. Der griechische Millionär

155

und seine französische Frau werden von einem schwarzen Zugbegleiter zu ihren Ersteklasseplätzen geführt, während man den anderen den Weg zur zweiten Klasse weist. Sobald sie alle eingestiegen sind, findet auf dem Bahnsteig eine Zeremonie zur feierlichen Eröffnung des Tunnels statt. Blaskapelle, Feuerwerk, das Durchschneiden des Bandes durch die Königin etc. Das dürfte genug für ein weiteres Kapitel sein.«

Während ich mir die Szene vorstellte und meine Suppe trank — das Restaurant mochte zwar snobistisch sein, aber das Essen war ausgezeichnet —, füllte der Weinkellner mein Glas, dann das von Duncan. Ich mache mir gewöhnlich nichts aus Weißwein, mußte jedoch zugeben, daß dieser außergewöhnlich war.

Duncan legte eine Essenspause ein, und ich wandte meine Aufmerksamkeit Christabel zu, der gerade ein zweites Häufchen Kaviar gebracht wurde, größer als das erste, wie mir schien.

»Das fünfte Kapitel beginnt damit, daß der Zug abfährt. Und jetzt kommt die eigentliche Handlung. Die amerikanische Familie genießt jeden Augenblick. Das Brautpaar liebt sich im Waschraum. Der Millionär streitet wieder mit seiner Frau und wirft ihr ihre Verschwendungssucht vor. Und die drei Studenten treffen sich zum ersten Mal an der Bar. Inzwischen ahnt man bereits, daß es sich nicht um gewöhnliche Studenten handelt und sie sich schon von früher kennen.« Duncan lächelte und beschäftigte sich wieder mit seinem Salat. Ich runzelte die Stirn.

Christabel zwinkerte mir zu, um mir zu zeigen, daß sie genau wußte, was vorging. Es gefiel mir nicht, Teil ihres Komplotts zu werden, und ich wollte Duncan auf ihre Absicht aufmerksam machen.

»Es ist wirklich ein interessantes Konzept«, begann ich, als der Weinkellner unsere Gläser zum drittenmal füllte und, nachdem die Flasche nun leer war, Madame fragend ansah. Sie nickte honigsüß.

»Hast du schon mit den Recherchen angefangen?«

»Ja«, versicherte Duncan. »Es muß schließlich alles genau stimmen. Ich habe an Sir Alastair Morton, den Vorsitzenden von Eurotunnel, geschrieben — auf Papier mit *Newsweek*-Briefkopf — und sein Büro hat mir eine Unmenge Material geschickt. Ich kann dir die Länge der Lokomotive und der Wagen sagen, ihre Zahl, den Durchmesser der Räder, warum der Zug an der französischen Seite schneller fahren kann als auf der britischen, ja sogar, weshalb eine unterschiedliche Spurweite für die beiden Tunnelseiten notwendig ist . . .«

Der Knall eines Korkens ließ mich zusammenfahren, und der Weinkellner schenkte aus einer zweiten Flasche ein. Sollte ich es Duncan jetzt sagen?

»Während des sechsten Kapitels rolle ich die Handlung auf«, erzählte Duncan weiter mit zunehmendem Enthusiasmus, während zwei Kellner die leeren Teller abräumten und ein dritter die Brotkrumen in eine kleine silberne Schaufel kehrte. »Der Trick ist, das Interesse des Lesers für alle vier Gruppen gleichermaßen wachzuhalten.«

Ich nickte.

»Jetzt kommen wir zu dem Punkt der Story, wo der Leser erkennt, daß die Studenten in Wirklichkeit gar keine sind, sondern Terroristen, die den Zug entführen wollen.«

Drei Teller mit gewölbten silbernen Deckeln wurden vor uns gestellt. Auf ein Nicken des Maître nahmen die Kellner die Silberhauben gleichzeitig ab. Es wäre unfair von mir, nicht zuzugeben, daß die Speisen einem das Wasser im Mund zusammenlaufen ließen. Ich warf einen verstohlenen Blick auf Christabels Teller, weil mich interessierte, was sie gewählt hatte: Trüffeln mit Gänseleber. Es erinnerte mich an ein Miró-Gemälde, bis sie es flink zu zerstören begann.

»Was könnten die Terroristen für ein Motiv haben, den Zug zu entführen?« fragte Duncan.

Jetzt war aber wirklich der Moment gekommen, es ihm zu sagen — doch wieder kniff ich. Ich versuchte mich zu erinnern, welchen Punkt der Story wir erreicht hatten. »Es hängt davon ab, ob du sie schließlich entkommen lassen willst. Denn das dürfte sich in der Mitte eines Tunnels als ziemlich schwierig erweisen, wenn die Polizei an beiden Enden auf sie wartet.« Der Weinkellner präsentierte Christabel die Flasche Rotwein, die sie ausgewählt hatte. Sie schnupperte nur kurz am Korken, dann bedeutete sie dem Kellner, daß sie damit einverstanden war.

»Ich finde, sie dürften es nicht für Geld tun«, überlegte Duncan laut. »Ich dachte, es sollte sich bei ihnen um IRA-Angehörige handeln, oder islamische Fundamentalisten, oder baskische Separatisten, oder eine Terroristengruppe, die gerade Schlagzeilen macht.«

Ich nippte am Wein. Er war wie Samt. Nur ein einziges Mal zuvor hatte ich einen solch köstlichen Tropfen gekostet, und zwar bei einem Freund, dem neues Geld zu einem Keller mit altem Wein verholfen hatte. Es war ein Geschmack, der sich mir unauslöschlich eingeprägt hatte.

»Im siebten Kapitel stecke ich noch fest«, gestand Duncan. »Einer der Terroristen muß irgendwie mit den Jungverheirateten zusammenkommen, oder zumindest mit dem Bräutigam.« Er machte eine Pause. »Ich habe vergessen, zu erwähnen, daß schon zu Anfang des Romans klargestellt wird, daß ein Student ein Single ist, während die beiden anderen, ein Mann und eine Frau, bereits geraume Zeit zusammenleben.« Er stach mit der Gabel ins Steak. »Ich bin mir nicht schlüssig, wie ich den Single und den Bräutigam zusammenbringen soll. Irgendwelche Vorschläge?«

»Das dürfte nicht zu schwierig sein«, meinte ich. »Schließlich gibt es Speisewagen, Snackbar, einen Gang, Waschräume und Toiletten, ganz zu schweigen von schwarzem und weißem Personal.«

»Ja, aber es muß ganz natürlich geschehen.« Das klang, als wäre Duncan tief in Gedanken versunken.

Mein schlechtes Gewissen quälte mich wieder, als ich sah, daß Christabels leerer Teller abgeräumt wurde, während Duncan und ich mit dem Hauptgang noch kaum begonnen hatten.

»Das Kapitel endet damit, daß der Zug abrupt mitten im Tunnel stehenbleibt.« Duncan starrte ins Leere.

»Aber wie? Und warum?« fragte ich.

»Das ist ja der Witz. Es ist falscher Alarm. Völlig unbeabsichtigt ausgelöst. Der jüngere Teenager der amerikanischen Familie — er heißt Ben — zieht versehentlich die Notbremse, während er auf dem Klo sitzt. Die Toilette ist ein High-Tech-Wunderwerk, bei dem er die Notbremse mit der Spülung verwechselt.«

Ich überlegte, ob das plausibel war, als eine Wachtelbrust auf glasierten Kartöffelchen, mit Räucherspeckscheiben garniert, vor Christabel aufgetischt wurde. Sie nahm es sofort in Angriff.

Duncan unterbrach sich kurz, um einen Schluck Wein zu nehmen. Jetzt mußte ich es ihm gestehen, doch bevor ich den Mund öffnen konnte, war er schon wieder in voller Fahrt. »Also, dann das achte Kapitel. Der Zug ist mehrere Meilen innerhalb des Tunnels stehengeblieben, aber es ist noch nicht ganz in der Mitte.«

»Ist das wichtig?« fragte ich schwach.

»Sehr. Die Franzosen und die Briten haben sich auf einen genauen Punkt im Tunnel geeinigt, wo die Zuständigkeit der Franzosen beginnt und die der Briten aufhört. Du wirst noch erfahren, wie wichtig das ein wenig später für die Handlung sein wird.«

Der Kellner begann rund um den Tisch zu wandern und schenkte uns Rotwein nach. Ich legte eine Hand über mein Glas — nicht, weil ich den Wein nicht als den reinsten Nektar empfand, sondern weil ich Christabel keine Gelegenheit geben wollte, noch eine Flasche davon zu bestellen. Sie dachte gar nicht daran, sich ebenso zurückzuhalten, sondern nahm kräftige Schlucke, während sie in der Wachtelbrust herumstocherte. Duncan fuhr mit seiner Story fort.

»Es stellt sich also heraus, daß das Anhalten des Zuges nur ein Versehen war, und auch, wie und wem es passiert ist. Der Junge ist in Tränen aufgelöst, die Familie entschuldigt sich, der Zugbegleiter gibt über Lautsprecher eine Erklärung ab, welche möglicherweise besorgte Fahrgäste beruhigt. Wenige Minuten später fährt der Zug weiter und überschreitet die Mitte.«

Drei Kellner räumten unsere leeren Teller ab. Christabel betupfte mit der Serviette ihre Mundwinkel und grinste mich an.

Ich wich ihrem Blick aus. »Was geschieht dann?«

»Als der Zug anhielt, hatten die Terroristen befürchtet, es könnte sich noch eine andere Gruppe mit der gleichen Absicht wie der ihren im Zug befinden. Doch sobald sie erfahren, was wirklich geschehen ist, nutzen sie die durch den jungen Ben verursachte Aufregung, um in das Abteil direkt hinter dem Führerstand zu gelangen.«

»Möchten Sie noch etwas vom Dessertwagen, Madame?« fragte der Maître Christabel. Ich konnte meine Bestürzung nicht verbergen, als sie sich offenbar von allem, was das Wägelchen zu bieten hatte, eine nicht gerade bescheidene Kostprobe geben ließ.

»Es ist fesselnd, nicht wahr?« Duncan interpretierte meinen Gesichtsausdruck fälschlicherweise als tiefe Besorgnis für seine Akteure im Zug. »Aber es geht noch weiter.«

»Monsieur?«

»Ich bin satt, danke«, versicherte ich dem Oberkellner. »Später vielleicht einen Kaffee.«

»Nein, nichts mehr, danke«, sagte Duncan knapp, weil er den Faden nicht verlieren wollte. »Zu Anfang des neunten Kapitels sind die Terroristen bereits im Führerstand. Sie zwingen den Lokführer und seinen Beifahrer, den Zug ein zweites Mal anzuhalten. Es ist ihnen jedoch nicht bewußt, daß sie sich bereits auf französischem Gebiet befinden. Der Single informiert die Fahrgäste über Lautsprecher, daß es diesmal kein falscher Alarm ist, sondern der Zug sich jetzt in den Händen von Terroristen — welche Gruppe ich auch immer nehmen werde — befindet und in fünfzehn Minuten in die Luft fliegen wird. Er rät ihnen, auszusteigen und sich so weit wie möglich zu entfernen. Natürlich geraten viele Fahrgäste in Panik. Mehrere springen hinaus in den nur schwach beleuchteten Tunnel. Viele suchen verzweifelt nach Mann, Frau, Kind — oder wen auch immer, während wieder andere, je nach Nationalität, zur britischen oder französischen Seite rennen.«

Ich wurde abgelenkt, als der Maître wieder ein Wägelchen, ein anderes diesmal, zu unserem Tisch rollte. Er hielt an, verbeugte sich vor Christabel, dann zündete er einen kleinen Kocher an, goß etwas Weinbrand in eine niedrige Kupferpfanne und machte sich daran, ein Crêpe Suzette zuzubereiten.

»Das ist der Augenblick in der Geschichte, wahrscheinlich im zehnten Kapitel, in dem der amerikanische Familienvater beschließt, im Zug zu bleiben«, sagte Duncan, der immer mehr in Fahrt kam. »Er befiehlt seinen Angehörigen, den Zug sofort zu verlassen. Die einzigen anderen Fahrgäste, die außer ihm im Zug bleiben, sind der Millionär, seine Frau, und der Bräutigam. Alle haben starke persönliche Gründe dafür, die aus den früheren Kapiteln hervorgehen.«

Der Ober zündete ein Streichholz an und hielt es an den Weinbrand. Eine blaue Flamme züngelte rund um die Pfanne und stieß in die Luft. Mit eleganter Bewegung gab er seine Krönung des Mahles auf einen vorgewärmten Teller und stellte ihn vor Christabel.

Ich befürchtete, daß wir den Punkt jetzt überschritten hatten, an dem ich Duncan die Wahrheit hätte sagen können.

»Wir haben also jetzt drei Terroristen im Führerstand mit dem Lokführer. Den Beifahrer haben sie getötet, und es sind nur noch vier Fahrgäste im Zug, sowie der schwarze Zugbegleiter — der sich vielleicht als Agent des Geheimdiensts herausstellen wird, aber da habe ich mich noch nicht festgelegt.«

»Kaffee, Madame?« erkundigte sich der Maître, als Duncan kurz innehielt.

»Irish Coffee«, antwortete Christabel.

»Normalen schwarzen für mich«, bat ich.

»Für mich koffeinfreien«, sagte Duncan.

»Cognac oder Likör, Zigarre?«

Nur Christabel ließ sich einen Likör einschenken.

»Gleich zu Anfang des elften Kapitels nehmen die Terroristen Verbindung zur britischen Polizei auf, um ihre Bedingungen zu stellen. Doch die Briten sagen, sie könnten nicht mit ihnen verhandeln, weil sich der Zug nicht mehr in ihrem Zuständigkeitsbereich befände. Das bringt die Terroristen ziemlich aus der Fassung, weil keiner von ihnen Französisch kann, und außerdem wollen sie ja etwas von der britischen Regierung. Einer sucht den Zug nach jemandem ab, der ihnen dolmetschen kann, und stößt dabei auf die Frau des griechischen Millionärs.

Inzwischen hält die Polizei beiderseits des Tunnels alle

Züge von der Durchfahrt ab. Unser Zug ist also im Tunnel gestrandet und auf sich allein angewiesen — normalerweise würden zu jeglichem Zeitpunkt zwanzig Züge in beiden Richtungen zwischen London und Paris unterwegs sein.« Duncan machte eine Pause, um seinen Kaffee zu trinken.

»Tatsächlich?« fragte ich, obwohl ich die Antwort sehr wohl kannte.

»O ja«, versicherte er mir. »Ich habe gründlich recherchiert.«

Ein Glas tiefroten Portweins wurde für Christabel eingeschenkt. Ich blickte auf das Etikett: *Taylor's 1955.* So etwas auch nur zu kosten war mir nie vergönnt gewesen. Christabel bedeutete dem Kellner, die Flasche auf dem Tisch stehenzulassen. Er nickte, und Christabel goß mir sofort ein Glas ein, ohne zu fragen, ob ich es überhaupt wollte. Der Ober schnitt inzwischen eine Zigarre ab, die Duncan gar nicht bestellt hatte.

»Im zwölften Kapitel erfahren wir das Motiv der Terroristen. Sie wollen den Zug in die Luft jagen, damit die ganze Welt durch die Schlagzeilen, die sie damit garantiert machen werden, von ihren Zielen erfährt. Doch die Fahrgäste, die im Zug geblieben sind, planen unter Führung des amerikanischen Familienvaters eine Gegenoffensive.«

Der Maître zündete ein Streichholz an, Duncan griff automatisch nach der Zigarre und steckte sie in den Mund. Das hinderte ihn einen Moment am Weitererzählen . . .

»Glaubst du nicht, daß der Selfmademillionär sich als Führer aufspielen könnte?« meinte ich.

»Aber nur kurz. Er ist Grieche. Wenn ich mit dem Roman das große Geld machen will, muß ich den amerikanischen Markt ansprechen. Und vergiß die Filmrechte nicht.« Duncan fuchtelte mit seiner Zigarre in der Luft herum.

An seiner Logik war nichts auszusetzen.

»Dürfte ich die Rechnung haben?« bat Duncan, als der Maître an unserem Tisch vorbeikam.

»Selbstverständlich, Sir«, antwortete der, ohne auch nur im Schritt anzuhalten.

»Mein Problem ist das Ende«, gestand Duncan. Im selben Moment erhob sich Christabel abrupt auf merklich unsicheren Füßen.

Sie wandte sich an mich. »Ich fürchte, es wird Zeit, daß ich gehe. Es war mir ein Vergnügen, Sie kennengelernt zu haben, auch wenn wir uns wahrscheinlich nie wiedersehen werden. Ich möchte Ihnen nur noch versichern, daß ich Ihren neuen Roman ausgezeichnet fand. Ich habe ihn genossen. Eine so originelle Idee! Er verdient es wirklich, Nummer eins zu sein.«

Ich stand ebenfalls auf, küßte ihre Hand und dankte ihr — und mein schlechtes Gewissen quälte mich mehr denn je.

»Lebwohl, Duncan«, wandte sie sich an ihren ehemaligen Liebhaber, der sich jedoch nicht einmal anschickte, aufzusehen. »Du brauchst keine Angst zu haben, bis du heimkommst, habe ich dein Apartment verlassen.«

Sie steuerte reichlich unsicher durchs Restaurant, erreichte jedoch schließlich den Ausgang. Der Ober hielt ihr die Tür auf und verbeugte sich tief vor ihr.

»Ich kann nicht einmal vortäuschen, daß es mir leid tut, sie nicht wiederzusehen.« Duncan paffte an seiner Zigarre. »Phantastischer Körper, großartig im Bett, aber sie hat absolut keine Phantasie.«

Der Maître kehrte zurück, und diesmal legte er eine kleine schwarze Ledermappe vor Duncan auf den Tisch.

»Also die Kritiker haben sich bei diesem Lokal wirklich nicht geirrt«, bemerkte ich. Duncan nickte bestätigend.

Der Ober verbeugte sich, aber nicht ganz so tief wie zuvor.

»Also, mein Problem ist, wie ich gerade erklären wollte,

als Christabel zu gehen beschloß, daß ich zwar ein ausführliches Exposé habe und die Recherchen abgeschlossen sind, aber mir immer noch der Schluß fehlt. Hättest du irgendeinen Vorschlag?« fragte er, gerade als eine Frau mittleren Alters sich von einem Nachbartisch erhob und entschlossenen Schrittes auf uns zukam.

Duncan schlug die Ledermappe auf — und starrte ungläubig auf die Rechnung.

»Ich möchte nur die Gelegenheit nutzen und Ihnen sagen, wie sehr mir Ihr neuester Roman gefallen hat«, verkündete die Frau mit lauter Stimme.

»Danke«, entgegnete ich etwas kurz angebunden, in der Hoffnung, sie davon abzuhalten, die Situation noch zu verschlimmern.

Duncans Augen hafteten noch immer auf der Rechnung.

»Und das Ende!« fuhr sie fort. »Genialer Einfall! Ich hätte nie erraten, wie Sie die amerikanische Familie lebend aus dem Tunnel kriegen . . .«

WEISS ER, DASS
WIR ES WISSEN?

Ted Barker war einer jener Abgeordneten des Parlaments, die kein höheres Amt anstrebten. Er hatte, wie seine Offizierskameraden es nannten, einen »guten Krieg« gehabt, in dem ihm das Military Cross verliehen worden war und er den Rang eines Majors erreicht hatte. Nach der Demobilisierung im Juni 1945 kehrte er nur zu gern zu seiner Frau Hazel und ihrem Häuschen in Suffolk zurück.

Der Familienbetrieb, eine Maschinenbaufabrik, hatte unter der tüchtigen Leitung von Teds älterem Bruder Ken ebenfalls einen »guten Krieg« gehabt. Sobald Ted wieder zu Hause war, bot ihm Ken sofort seinen alten Sitz im Vorstand an, was er erfreut annahm. Aber im Laufe der Wochen begann der hochdekorierte Kriegsheld sich zu langweilen, und Desillusion machte sich breit. Es gab keinen Job in der Fabrik, der auch nur annähernd an seinen aktiven Dienst herankam.

Etwa um diese Zeit sprach ihn Ethel Thompson an, die Betriebsrätin der Firma, und — was für den Verlauf dieser Geschichte wichtiger ist — die Vorsitzende des örtlichen Wahlkreises der Konservativen. Der bisherige Abgeordnete, Sir Dingle Lightfoot, im Wahlbezirk als »Tiptoe« bekannt, hatte von vornherein klargemacht, daß nach dem Krieg jemand anderes für ihn übernehmen müsse.

»Wir wollen nicht, daß irgendwelche Klugscheißer von

London herkommen, um uns zu sagen, wie wir diesen Bezirk zu leiten haben!« ereiferte sich Mrs. Thompson. »Wir brauchen jemanden, der sich hier auskennt und die Probleme der Leute hier versteht.« Ted, meinte sie, wäre da genau der Richtige.

Ted gestand, daß er an so etwas noch nie gedacht hatte, sagte Mrs. Thompson jedoch zu, sich ihr Angebot ernsthaft durch den Kopf gehen zu lassen, und bat um eine Woche Bedenkzeit. Er besprach die Sache mit seiner Frau, und da sie begeistert davon war, besuchte er Mrs. Thompson am folgenden Sonntag zu Hause. Sie war höchst erfreut, daß Mr. Barker gestattete, seinen Namen in die Liste möglicher Kandidaten für den Wahlkreis North Suffolk aufzunehmen.

Die endgültige Kandidatenliste wies zwei kluge Burschen aus London auf — von denen einer später in ein Macmillan-Kabinett berufen wurde — und den einheimischen Ted Barker. Als der Vorsitzende der Lokalpresse die Entscheidung des Komitees bekanntgab, sagte er, es wäre nicht angebracht, die Zahl der Stimmen anzugeben, die auf die einzelnen Kandidaten entfallen war. Tatsächlich hatte Ted weit mehr bekommen als seine beiden Rivalen zusammen.

Sechs Monate später setzte der Premierminister eine allgemeine Wahl an, und nach einer aufreibenden dreiwöchigen Wahlkampagne wurde Ted mit einer Mehrheit von siebentausend Stimmen Abgeordneter des Wahlkreises North Suffolk. Es dauerte nicht lange, bis seine Kollegen beider Häuser ihn schätzenlernten, obwohl er nie vortäuschte, etwas anderes zu sein als ein — wie er selbst es nannte — Amateurpolitiker.

Im Laufe der Jahre wuchs Teds Beliebtheit bei seiner Wählerschaft, und mit jeder Wahl stieg seine Stimmenmehrheit.

Nach vierzehn Jahren eifrigen Dienstes für die Partei

empfahl der damalige Premierminister, Harold Macmillan, der Queen, Ted zu adeln.

Ende der sechziger Jahre fand Sir Ted (er wurde nie als Sir Edward bekannt), daß die Zeit näherrückte, da der Bezirk sich nach einem jüngeren Kandidaten umsehen sollte. Er erklärte dem örtlichen Vorsitzenden unmißverständlich, daß er nicht beabsichtige, sich für die nächste Wahl noch einmal aufstellen zu lassen. Er und Hazel bereiteten sich in aller Stille auf einen friedlichen Lebensabend in ihrem geliebten Ostanglien vor.

Kurz nach der Wahl erhielt Ted zu seiner Überraschung einen Anruf aus der Downing Street 10: »Der Premierminister würde Sir Ted gerne morgen um 11.30 Uhr sprechen.«

Ted konnte sich nicht vorstellen, was Edward Heath, Macmillans Nachfolger, von ihm wollte. Obwohl er als Parlamentsmitglied mehrmals in der Nummer 10 gewesen war, hatte es sich dabei immer nur um gesellschaftliche Anlässe gehandelt, wie Cocktailpartys, Empfänge und Banketts für diverse Staatsoberhäupter. Er gestand Hazel, daß er etwas nervös war.

Am nächsten Vormittag traf Ted um 11.17 Uhr an der Tür von Nummer 10 ein. Der diensthabende Beamte führte ihn durch den langen Korridor im Erdgeschoß und bat ihn, in dem kleinen Warteraum, gleich neben dem Besprechungszimmer, dem Cabinet Room, Platz zu nehmen. Teds Nervosität wurde allmählich zur Angst. Er kam sich vor wie ein Schulschwänzer, der sich bei seinem Direktor melden muß.

Nach ein paar Minuten erschien ein Privatsekretär. »Guten Morgen, Sir Ted, der Premierminister erwartet Sie.« Er begleitete den Besucher in den Cabinet Room, wo Mr. Heath sich erhob, um ihn zu begrüßen. »Wie freundlich von Ihnen, sich so kurzfristig Zeit zu nehmen, Ted.«

Ted unterdrückte ein Lächeln. Der Premierminister wußte

genau, daß so gut wie nichts ihn davon hätte abhalten können, einer solchen Einladung Folge zu leisten.

»Ich hoffe, Sie können mir in einer etwas heiklen Angelegenheit helfen«, sagte Mr. Heath, der dafür bekannt war, daß er keine Zeit mit Höflichkeitsfloskeln vergeudete. »Ich muß den nächsten Gouverneur von Saint George's ernennen und mir fällt niemand ein, der für diesen Posten besser qualifiziert wäre als Sie.«

Ted erinnerte sich an den Tag, als Mrs. Thompson ihn gebeten hatte, eine Kandidatur für das Unterhaus in Erwägung zu ziehen. Doch jetzt brauchte er keine Woche Bedenkzeit — auch wenn er es nicht ganz fertigbrachte, zuzugeben, daß er zwar von Saint George's gehört hatte, aber beim besten Willen nicht sagen könnte, wo es lag. Er sagte lediglich: »Danke, Premierminister. Ich fühle mich geehrt.«

Während der nächsten Wochen suchte Sir Ted mehrmals das Foreign und das Colonial Office auf, wo er Näheres über die verschiedenen Aspekte seines neuen Postens erfuhr. Danach las er fleißig jedes Buch, jede Broschüre und alles sonstige Material, das ihm von höherer Seite empfohlen oder übergeben wurde.

Nach einigen Wochen war der zukünftige Gouverneur einigermaßen mit der Sachlage vertraut. Er wußte nun, daß Saint George's auf einer winzigen Inselgruppe mitten im Nordatlantik lag, von den Briten 1643 kolonisiert wurde und eine lange Geschichte unter britischer Herrschaft hatte. Die Inseln gehörten als souveräne Kolonien Ihrer Majestät zum Commonwealth, und so solle es auch bleiben.

Noch bevor Ted zu seinem Abenteuer aufbrach, hatte er sich daran gewöhnt, als »Eure Exzellenz« angeredet zu werden. Er ließ sich von Alan Bennett in der Savile Row notgedrungen und der Etikette gehorchend zwei unterschiedliche Galauniformen schneidern, für den Winter eine aus dunkelblauem glatten Wolltuch mit Kragen und Manschetten in Scharlachrot, bestickt mit silbernem Eichenlaub; und für den Sommer eine aus weißem Leinen mit goldbesticktem Kragen und goldfarbenen Epauletten. Hazel lachte laut auf, als sie ihn sowohl in der einen wie der anderen Uniform sah.

Ted lachte nicht, als er die Schneiderrechnung erhielt, und schon gar nicht, nachdem er erfuhr, daß es unwahrscheinlich wäre, wenn er auch nur eine der beiden Uniformen öfter als zweimal im Jahr tragen müßte. »Aber wenn du erst in Pension bist, wirst du damit die Attraktion jedes Kostümballs!« meinte Hazel.

Der neuernannte Gouverneur und Oberbefehlshaber von Saint George's verließ mit seiner Gemahlin Britannien, um am 12. Januar 1971 seinen Posten anzutreten. Sie wurden vom Premierminister, als dem obersten Beamten der Kolonie, empfangen, und vom Oberrichter, als dem gesetzlichen Vertreter der Königin, begrüßt. Nachdem der neue Gouverneur den Salut von sechs dienstfreien Polizisten entgegengenommen hatte, die verzweifelt versuchten, strammzustehen, spielte die Stadtkapelle die Nationalhymne. Der Union Jack wurde gehißt, und es war leichter Applaus der anwesenden zwanzig bis dreißig örtlichen Würdenträger zu hören.

Sir Ted und Lady Barker wurden danach in einem geräumigen, aber alles andere als neuen Rover — der bereits den beiden vorherigen Gouverneuren als Dienstfahrzeug gedient hatte — zu ihrem Amtssitz gefahren. Der Chauffeur hielt vor dem Gouverneursdomizil, sprang aus dem Wagen und öffnete das Tor. Ted und Hazel erblickten zum erstenmal ihr neues Zuhause.

Das im Kolonialstil erbaute Herrenhaus war in jeder Beziehung gewaltig. Es war offenbar während der Blütezeit des Britischen Commonwealth dorthingestellt worden und stand mit seiner Größe in keinem Verhältnis zur Bedeutung der

170

Insel oder Britanniens gegenwärtiger Position in der wirklichen Welt. Doch Größe, wie der Gouverneur und seine Gemahlin, schnell feststellten, war nicht unbedingt gleichbedeutend mit Zweckmäßigkeit oder Komfort.

Die Klimaanlage funktionierte nicht, die sanitären Anlagen waren unzuverlässig; Mrs. Rogers, die außerhalb wohnende Haushaltshilfe, war fast ständig krank, und das einzige, was Teds Vorgänger zurückgelassen hatte, war ein alter schwarzer Labrador. Schlimmer noch, das Foreign Office hatte kein Geld für irgendwelche dieser Probleme, und wann immer Ted sie in seinen Berichten erwähnte, schlug man ihm lediglich Budgetkürzungen vor.

Nach einigen Wochen begannen Ted und Hazel Saint George's als eine Art großen Wahlkreis zu sehen, auf mehrere Inseln aufgeteilt, die beiden größten davon Suffolk und Edward Island. Das machte Ted ein wenig Mut, ja, er fragte sich sogar, ob das den Premierminister auf den Gedanken gebracht hatte, ihm diesen Posten anzubieten.

Die Pflichten des Gouverneurs konnten wahrhaftig nicht als anstrengend bezeichnet werden. Er und Hazel verbrachten die meiste Zeit damit, Krankenhäuser zu besuchen, in den Schulen bei Preisverleihungen Reden zu halten und bei Blumenausstellungen und dergleichen den Preisrichter zu spielen. Der Höhepunkt des Jahres war ohne Zweifel die offizielle Geburtstagsfeier für die Queen im Juni, wenn der Gouverneur für die örtlichen Würdenträger ein Gartenfest zu geben hatte und Suffolk gegen Edward Island Kricket spielte — eine Gelegenheit, welche die meisten Bürger der Kolonie dazu nutzten, sich zwei Tage richtig vollaufen zu lassen.

Ted und Hazel mischten sich nicht in die örtliche Realpolitik ein. Sie richteten sich auf fünf Jahre entspannter Diplomatie unter netten Leuten in einem himmlischen Klima ein und sahen kein Wölkchen am Horizont, das ihr Glück hier trüben könnte.

Bis der Anruf kam.

Es war am Vormittag eines Donnerstags, und der Gouverneur saß mit der *Times* vom Montag in seinem Arbeitszimmer. Er beschloß, den langen Artikel über das Gipfeltreffen in Washington erst zu lesen, wenn er mit dem Kreuzworträtsel fertig war, und wollte gerade Waagerecht 12 ausfüllen, als Charles Roberts, sein Privatsekretär, ohne anzuklopfen, hereingestürmt kam.

Ted war sofort klar, daß es sich um etwas wirklich Wichtiges handeln mußte, denn er hatte noch nie zuvor erlebt, daß Charles Eile überhaupt kannte, und erst recht nicht, daß er sein Arbeitszimmer betrat, ohne vorher anzuklopfen.

»Mountbatten ist am Apparat!« platzte Charles heraus. Bestimmt hätte er nicht besorgter aussehen können, wenn er hätte melden müssen, daß die Deutschen an der Nordküste der Insel mit einer Invasion begannen. Der Gouverneur zog eine Braue hoch. »Großadmiral Graf Mountbatten von Burma!« rief Charles, als hätte Ted nicht verstanden.

»Dann stellen Sie ihn doch durch«, sagte Ted ruhig. Er faltete seine *Times* zusammen und legte sie vor sich auf den Schreibtisch. Er war Mountbatten in den vergangenen zwanzig Jahren dreimal begegnet, aber er bezweifelte, daß sich der große Mann an irgendeine dieser Begegnungen erinnerte. Einmal, als der Admiral eine Ansprache gehalten hatte, mußte Ted sich unauffällig zurückziehen, da ihm gar nicht gut gewesen war. Er konnte sich nicht vorstellen, weshalb Mountbatten mit ihm sprechen wollte, und er hatte auch keine Zeit, darüber nachzudenken, denn der Apparat auf seinem Schreibtisch klingelte bereits.

Als Ted nach dem Hörer griff, fragte er sich immer noch, ob er Mountbatten mit »Mylord« anreden sollte, da er ja ein

Graf war, oder als »Oberbefehlshaber«, als ehemaliger Chef des britischen Verteidigungsstabes, oder als »Großadmiral«, da man als Admiral der Flotte seinen Rang auf Lebenszeit behielt. Schließlich sagte er: »Guten Morgen, Sir.«

»Guten Morgen, Exzellenz. Ich hoffe, es geht Ihnen gut?«

»Oh, ja, danke, Sir.«

»Denn wenn ich mich recht erinnere, litten Sie bei unserer letzten Begegnung unter Magenbeschwerden.«

»Stimmt, Sir«, antwortete der Gouverneur verblüfft. Er war jedoch sicher, daß Mountbatten nicht anrief, um sich nach all den Jahren nach seinem Befinden zu erkundigen.

»Gouverneur, Sie möchten bestimmt gern wissen, weshalb ich anrufe.«

»Ja, Sir.«

»Ich bin momentan in Washington bei dem Gipfeltreffen und hatte ursprünglich beabsichtigt, morgen früh nach London zurückzukehren.«

»Ich verstehe, Sir«, sagte Ted, der keineswegs verstand.

»Aber ich dachte, ich mache einen kleinen Umweg, um Sie zu besuchen. Ich sehe mich sehr gern in unseren Kolonien um, wann immer sich eine Gelegenheit bietet. Das gibt mir die Möglichkeit, Ihre Majestät aktuell zu informieren. Ich hoffe, ein solcher Besuch macht Ihnen keine Ungelegenheiten.«

»Keineswegs, Sir. Wir freuen uns, Sie hier begrüßen zu dürfen.«

»Gut«, sagte Mountbatten. »Es wäre nett, wenn Sie am Flughafen Bescheid geben, daß meine Maschine morgen gegen 16 Uhr ankommen wird. Ich möchte gern über Nacht bleiben, doch wenn ich meinen Zeitplan einhalten will, muß ich am nächsten Morgen schon sehr früh aufbrechen.«

»Selbstverständlich, Sir. Kein Problem. Meine Frau und

ich werden morgen um sechzehn Uhr am Flughafen sein, um Sie willkommen zu heißen.«

»Das ist sehr freundlich von Ihnen, Gouverneur. Übrigens, es wäre mir lieb, wenn das Ganze einigermaßen zwanglos ablaufen könnte. Bitte machen Sie sich keine Umstände.« Die Verbindung brach ab.

Nachdem Ted den Hörer aufgelegt hatte, war er es, der es nach Monaten der Ruhe nun wirklich eilig hatte. Charles kam ihm auf dem langen Korridor entgegen. Offenbar hatte er am Nebenapparat mitgehört.

»Suchen Sie bitte meine Frau, und besorgen Sie sich einen Notizblock. Dann kommen Sie beide sofort in mein Arbeitszimmer. Sofort!« betonte Ted, ehe er dorthin zurückeilte.

Hazel kam wenige Minuten später, frisch geschnittene Dahlien umklammernd, dicht gefolgt von dem atemlosen Privatsekretär.

»Wo brennt es, Ted? Wieso die Panik?«

»Mountbatten kommt hierher.«

»Wann?« fragte Hazel ruhig.

»Morgen nachmittag. Um 16 Uhr.«

»Das ist tatsächlich ein Grund zur Panik«, gestand Hazel. Sie steckte die Blumen, ohne sie zu arrangieren, in eine Vase am Fensterbrett und setzte sich ihrem Mann gegenüber an den Schreibtisch. »Jetzt ist vielleicht nicht die richtige Zeit, zu erwähnen, daß Mrs. Rogers wieder einmal krank ist.«

»Ihr Timing ist bewundernswert«, meinte Ted. »Wir werden eben bluffen müssen.«

»Wie bitte? Was meinst du mit ›bluffen‹?«

»Nun ja, wir dürfen nicht vergessen, daß Mountbatten Mitglied der königlichen Familie ist, außerdem ehemaliger Chef des Verteidigungsstabs und Großadmiral der Flotte. Der letzte Posten, den er in den Kolonien innehatte, war der des Vizekönigs von Indien; er hatte den Befehl über drei Regimenter und zahllose Mitarbeiter und Dienstboten. Ich kann mir nicht vorstellen, was er hier zu finden erwartet.«

»Fangen wir sofort an, eine Liste aufzustellen von allem, was getan werden muß«, sagte Hazel.

Charles holte einen Kugelschreiber aus seiner inneren Jakkettasche, schlug das Cover seines Notizblocks zurück und wartete auf die Anweisungen seines Chefs.

»Wenn er am Flughafen ankommt, wird er als erstes einen roten Teppich erwarten«, meinte Hazel.

»Aber wir haben keinen roten Teppich«, gab Ted zu bedenken.

»Doch. Der Läufer, der vom Eßzimmer zum Salon führt, ist rot. Wir werden ihn nehmen, und können nur hoffen, daß wir ihn wieder an seinem Platz zurückhaben, ehe er sich diesen Teil des Hauses ansieht. Charles, Sie werden ihn zusammenrollen und zum Flughafen bringen müssen«, sie machte eine Pause. »Und zurück.«

Charles verzog das Gesicht, aber er fing hastig zu kritzeln an.

»Und Charles, könnten Sie auch dafür sorgen, daß der Teppich bis morgen gereinigt wird?« warf der Gouverneur ein. »Ich wußte nicht einmal, daß er rot ist. Wie sieht es mit einer Ehrengarde aus?«

»Haben wir nicht«, erwiderte Hazel. »Vielleicht erinnerst du dich, daß wir bei unserer Ankunft hier vom Premierminister und dem Oberrichter begrüßt wurden — und von sechs Polizisten, die dafür ihre Freizeit opfern mußten.«

»Stimmt.« Ted nickte. »Dann müssen wir ganz einfach auf die hiesige Armee zurückgreifen.«

»Du meinst Oberst Hodges und seine Schar hoffnungsvoller Krieger? Sie haben nicht einmal gleiche Uniformen. Und was ihre Gewehre betrifft . . .«

»Hodges wird sie ganz einfach bis morgen 16 Uhr auf

Vordermann bringen müssen. Überlaß das mir.« Er machte sich eine Notiz auf seinem Terminkalender. »Ich werde ihn gleich nachher anrufen. Was ist mit einer Musikkapelle?«

»Nun, da ist die der Stadt« sagte Charles, »und die Polizei hat auch eine.«

»Zu diesem Anlaß werden sie sich zusammentun müssen«, warf Hazel ein. »Auf diese Weise wird sich auch weder die eine noch die andere übergangen fühlen.«

»Aber sie kennen bestimmt nicht mehr als drei Stücke!« Ted stöhnte.

»Sie brauchen ja auch nur eines zu kennen«, beruhigte ihn Hazel. »Die Nationalhymne.«

»Stimmt«, sagte der Gouverneur. »Und da es bestimmt so einige musikalische Wogen zu glätten geben wird, überlasse ich diese Sache dir, Hazel. Unser nächstes Problem ist, wie wir ihn vom Flughafen zum Gouverneurshaus bringen.«

»Ganz bestimmt nicht in dem alten Rover. Er ist im vergangenen Monat dreimal auf der Strecke liegengeblieben, und er stinkt wie ein Hundezwinger.«

»Henry Bendall hat einen Rolls-Royce«, erinnerte sich Ted. »Wir werden ihn für diesen Anlaß requirieren.«

»Und wenn Mountbatten erfährt, daß er dem hiesigen Bestattungsinstitut gehört, und wofür er noch am Vormittag benutzt wurde . . .«

»Mick Flaherty hat auch einen alten Rolls«, rief Charles. »Einen Silver Shadow, wenn ich mich recht entsinne.«

»Aber er kann die Briten nicht ausstehen«, sagte Hazel.

»Stimmt«, bestätigte Ted. »Aber er wird trotzdem zum Dinner eingeladen werden wollen, wenn er erfährt, daß der Ehrengast ein Angehöriger des Königshauses ist.«

»Dinner?« Hazel hob entsetzt die Stimme.

»Natürlich müssen wir ein Dinner zu seinen Ehren geben«, sagte Ted. »Und schlimmer noch, jeder, der irgendwer

176

ist, wird erwarten, dazu eingeladen zu werden. Wie viele passen in den Bankettsaal?« Er und Hazel blickten den Privatsekretär an.

Charles blickte von seinen Notizen auf. »Sechzig, im Notfall.«

»Es ist ein Notfall!«

»Wie auch immer, wir müssen sowieso improvisieren.« Hazel seufzte. »Wir haben kein Tafelservice für sechzig Personen, auch kein Kaffeeservice, keine sechzig Gläser, keine . . .«

»Wir haben das Royal Worcester Service, das der König dem Gouverneur bei seinem Besuch 1947 geschenkt hat!« erinnerte sich Ted. »Wie viele Stücke sind noch ganz?«

»Gerade genug für vierzehn Gedecke, als ich sie das letztemal zählte«, antwortete Hazel.

»Gut, dann ist entschieden, wie viele Personen an der oberen Tafel sitzen werden.«

»Was ist mit dem Menü?« fragte Charles.

»Und was noch wichtiger ist, wer wird es kochen?« fügte Ted hinzu.

»Wir werden Dotty Cuthbert bitten müssen, uns ihre Mrs. Travis für den Abend zu überlassen. Niemand auf der Insel kocht besser als sie.«

»Wir werden auch ihren Butler brauchen, ganz zu schweigen von ihrem übrigen Personal.«

Charles kritzelte inzwischen auf sein drittes Blatt.

»Du kümmerst dich am besten um Lady Cuthbert«, bat Ted. »Ich versuche mein Glück mit Mick Flaherty.«

»Unser nächstes Problem sind die Getränke. Wie du weißt, hat dein Vorgänger ein paar Tage vor seinem Abflug den Weinkeller geleert.«

»Und das Foreign Office weigert sich, ihn aufzufüllen.«

beklagte sich Ted. »Jonathan Fletcher hat den besten Wein auf der Insel.«

»Und er erwartet hoffentlich auch keinen Platz an der Tafel«, meinte Hazel.

»Wenn wir uns nach den vierzehn Gedecken richten müssen, sind ohnehin bald alle Plätze besetzt«, befürchtete der Gouverneur.

Hazel machte sich eine Liste. »Dotty Cuthbert, die Bendalls, die Flahertys, die Hodges, dann der Premierminister, der Oberrichter, der Bürgermeister, der Polizeichef, alle mit ihren Damen . . . Wir können nur hoffen, daß einige indisponiert sein werden oder verreist sind.« Sie klang bereits verzweifelt.

»Wo wird er schlafen?« erkundigte sich Charles.

»Großer Gott! Daran hatte ich gar nicht gedacht!« gestand Ted.

»Wir werden ihm unser Schlafzimmer überlassen. Es ist das einzige mit einem Bett, das nicht in der Mitte durchhängt«, bestimmte Hazel.

»Wir werden die eine Nacht in das Nelson-Zimmer ziehen und uns eben mit diesen schrecklichen wurmstichigen Betten und den uralten Roßhaarmatratzen abfinden müssen.«

»Einverstanden.« Hazel nickte. »Ich werde dafür sorgen, daß unsere Sachen bis zum Abend aus dem Queen-Victoria-Zimmer geräumt sind.«

»Und Charles, rufen Sie bitte im Foreign Office an, und erkundigen Sie sich, was Mountbatten mag und was nicht. Speisen, Getränke, ob er bestimmte Angewohnheiten hat — eben alles, was Sie herausfinden können! Man hat dort bestimmt eine Akte über ihn. Und gerade bei ihm möchte ich mich nicht blamieren.«

Der Privatsekretär schlug ein weiteres Blatt seines Blocks um und notierte eifrig weiter.

Während der nächsten drei Stunden gingen die drei jedes nur mögliche Problem durch, das sich während des Besuchs ergeben konnte, und nach ein paar eilig selbstgerichteten Sandwiches als Mittagessen trennten sie sich und begaben sich auf ihrem Bittgang durch die Insel in verschiedene Richtungen.

Charles kam auf die Idee, daß der Gouverneur bei den Frühabendnachrichten des lokalen Fernsehsenders den Bürgern bekanntgab, daß ein Angehöriger der Königsfamilie am folgenden Tag die Insel besuchen würde. Sir Ted beendete seine Durchsage mit der Bitte, möglichst zahlreich zum Empfang des »großen Kriegshelden« pünktlich um 16 Uhr am Flughafen zu erscheinen.

Während Hazel fast den ganzen Abend damit verbrachte, jedes Zimmer, das der große Kriegsheld möglicherweise betreten könnte, auf Hochglanz zu bringen, jätete Charles im Schein einer Taschenlampe die Blumenrabatten entlang der Auffahrt, und Ted beaufsichtigte den Transport von Speisegeschirr, Besteck, Lebensmitteln und Getränken von verschiedenen Teilen der Insel zum Gouverneurshaus.

»Was haben wir wohl vergessen?« fragte Ted, als er sich um zwei Uhr früh müde ins Bett fallen ließ.

»Weiß der Himmel«, murmelte Hazel schläfrig und knipste das Licht aus. »Aber was auch immer, hoffen wir, daß es Mountbatten nicht auffällt.«

Der Gouverneur in seiner weißen Sommeruniform mit der goldpaspelierten Hose, Orden sowie Kriegsauszeichnungen auf der Brust, auf dem Kopf einen Wolseyhelm mit wippendem rotem Federbusch, eingerahmt von weißen Schwanenfedern, trat hinaus in die Eingangshalle zu seiner Frau. Hazel trug das grüne Sommerkostüm, daß sie sich vor zwei

Jahren für das Gouverneursgartenfest gekauft hatte. Sie begutachtete kritisch das Blumenarrangement.

»Dazu ist es nun zu spät«, sagte Ted, als sie eine Blume zurücksteckte, die es gewagt hatte, ein paar Zentimeter zu weit herauszuragen. »Wir müssen jetzt losfahren!«

Sie stiegen die Freitreppe des Gouverneurshauses hinunter, an deren Fuß zwei Rolls-Royce standen, ein schwarzer und ein weißer, sowie ihr alter Rover. Charles folgte dem Ehepaar dichtauf. Er trug den roten Läufer, den er im Kofferraum des Rovers verstaute, während sein Chef auf dem Rücksitz des vorderen Rolls-Royce Platz nahm.

Als erstes erkundigte sich der Gouverneur nach dem Namen des Chauffeurs.

»Bill Simmons«, erfuhr er.

»Denken Sie daran, Bill, daß Sie so aussehen müssen, als täten Sie diesen Job schon ihr Leben lang.«

»In Ordnung, Guv.«

»Nein«, belehrte ihn Ted. »In Anwesenheit des Admirals müssen Sie mich mit ›Eure Exzellenz‹ anreden und Lord Mountbatten mit ›Mylord‹. Wenn sie irgendwelche Zweifel haben, dann sagen Sie lieber gar nichts.«

»In Ordnung, Guv — Eure Exzellenz.«

Bill fuhr mit gemessenem Tempo — zumindest was er dafür hielt — zum Tor und bog nach rechts ab, in die Straße zum Flughafen. Als sie fünfzehn Minuten später am Terminal ankamen, dirigierte ein Polizist den kleinen Autokorso auf die Rollbahn, wo die vereinten Musikkapellen ein Potpourri aus der West *Side Story* spielten — zumindest nahm Ted nachsichtig an, daß es das sein sollte.

Als er aus dem Wagen stieg, sah er sich drei geschlossenen Reihen Soldaten der hiesigen Streitkräfte gegenüber, einundsechzig Mann insgesamt, zwischen siebzehn und siebzig Jahren. Sie waren zwar nicht gerade die Grenadiergarde, aber auch kein »Volkssturm«. Und sie hatten zwei Blickfänge: einen echten Oberst in Galauniform, und einen echten Feldwebel mit passender Donnerstimme.

Charles hatte bereits angefangen, den roten Teppich auszurollen, als der Gouverneur seine Aufmerksamkeit der rasch errichteten Absperrung zuwandte. Erfreut stellte er fest, daß sich dort eine größere Menge versammelt hatte als selbst beim alljährlichen Fußballderby zwischen Suffolk und Edward Island oder als er sonst bisher auf der Insel gesehen hatte.

Viele der Insulaner schwenkten Union Jacks, und einige hielten sogar Bilder der Queen hoch. Ted lächelte und blickte auf die Uhr. Das Flugzeug würde in siebzehn Minuten landen, falls es pünktlich war.

Der Premierminister, der Bürgermeister, der Oberrichter, der Polizeichef und ihre Gemahlinnen stellten sich am Ende des roten Teppichs auf. Die Sonne brannte glühend vom wolkenlosen Himmel. Als Ted sich ganz langsam im Kreis drehte, um noch einmal alles zu begutachten, sah er, daß wirklich alle ihr Bestes getan hatten.

Plötzlich waren Motorengeräusche zu hören. Die Menge brach in Begeisterung aus. Ted beschirmte die Augen, blickte hoch und sah eine Andover des Queen's Flight im Anflug auf den Flughafen. Drei Minuten vor der vollen Stunde setzte sie am Ende der Landebahn auf und rollte zum roten Teppich, wo sie stehenblieb, genau als die Uhr über dem Tower vier schlug.

Die Flugzeugtür öffnete sich, und es erschien der Großadmiral der Flotte, Graf Mountbatten von Burma, KG, PC, GCB, OM, GCSI, GCIE, GCVO, DSO, FRS, D2CL (h. c.), LLD (h. c.) in der Sommergalauniform eines Oberadmirals der Flotte.

»Wenn er das unter ›einigermaßen zwanglos‹ versteht,

können wir nur dankbar sein, daß er uns nicht ersuchte, uns auf einen offiziellen Besuch vorzubereiten«, flüsterte Hazel, während sie mit Ted zum Fuß der rasch zur Flugzeugtür gerollten Treppe schritten.

Als Mountbatten gemessenen Schrittes die Stufen herunterstieg, wuchs der Begeisterungssturm der Menge. Kaum war er auf den roten Teppich getreten, machte der Gouverneur einen Schritt vorwärts, nahm den Wolseyhelm ab und verbeugte sich. Der Admiral grüßte militärisch. Im selben Moment begannen Stadt- und Polizeikapelle die Nationalhymne hinauszuschmettern. Die Menge sang »God Save the Queen« mit solcher Begeisterung und Lautstärke, daß falsche Noten gar nicht auffielen.

Nach Beendigung der Nationalhymne sagte der Gouverneur: »Willkommen in Saint George's, Sir.«

»Danke, Gouverneur«, erwiderte Mountbatten.

»Darf ich Ihnen Hazel, meine Frau, vorstellen.« Die Gattin des Gouverneurs tat einen Schritt vorwärts, machte einen Hofknicks und gab dem Großadmiral die Hand.

»Wie schön, Sie wiederzusehen, Lady Barker. Ich bin wirklich entzückt.«

Der Gouverneur geleitete seinen Gast zum Ende des roten Teppichs und stellte ihm den Premierminister und seine Gattin Sheila vor, sowie den Bürgermeister und seine Gattin Caroline, den Oberrichter mit seiner Gattin Janet, und den Polizeichef und seine neue Gattin, deren Name ihm nicht einfiel.

»Vielleicht möchten Sie die Ehrengarde inspizieren, bevor wir zum Gouverneurshaus fahren«, schlug Ted vor und führte Mountbatten in Richtung von Oberst Hodges und seinen Soldaten.

»Mit Vergnügen«, versicherte ihm der Großadmiral und winkte der Menge zu, während er mit Ted über die Rollbahn zum wartenden Ehrenzug schritt. Als sie noch etwa zwanzig Meter entfernt waren, schlug der Oberst die Haken zusammen, machte drei Schritte vorwärts, salutierte und meldete: »Ehrengarde fertig zur Inspektion, Sir.«

Mountbatten hielt an und erwiderte mit einem Marinegruß. Das war das Zeichen für den Feldwebel, einen Sergeant Major, sechs Schritte hinter seinem Oberst Habtachtstellung zu beziehen und die Worte hinauszubrüllen: »Prä-sentiert das Gewehr!«

Die vorderste Reihe, die mit den gesamten Waffen der Einheit ausgestattet worden war, präsentierte das Gewehr, während die zweite und dritte Reihe strammstand.

Mountbatten marschierte, wie von ihm erwartet, die Reihen vor und zurück, als inspiziere er eine Brigade Gardetruppen. Nachdem er am letzten Soldaten der hinteren Reihe vorbeigeschritten war, nahm der Oberst wieder Habtachtstellung an und legte die Hand an die Mütze. Mountbatten erwiderte den Gruß und sagte: »Danke, Oberst. Feine Truppe. Gut gemacht.«

Dann geleitete der Gouverneur Mountbatten zu dem weißen Rolls-Royce, wo Bill in einer Haltung wartete, die er offenbar für etwas wie eine Habtachtstellung hielt, ehe er sich daranmachte, die Tür zum Rücksitz aufzureißen. Mountbatten stieg ein, während der Gouverneur zur anderen Seite herumeilte, sich die Tür selbst aufmachte und sich neben seinem Gast auf dem Rücksitz niederließ.

Hazel und der Adjutant des Großadmirals nahmen im schwarzen Rolls-Royce Platz, während Charles und der Sekretär des Großadmirals mit dem Rover vorliebnehmen mußten. Der Gouverneur hoffte nur, daß Mountbatten nicht gesehen hatte, daß zwei Leute vom Flughafen den roten Läufer zusammengerollt und im Kofferraum des Rovers verstaut hatten. Hazel ihrerseits hoffte inbrünstig, daß sie noch genug Wäsche für das Bett im Grünen Zimmer hatten. Denn wenn nicht, würde sich der Adjutant bestimmt sehr über ihre Schlafgewohnheiten wundern.

Die beiden Polizeimotorräder der Insel mit ihren weißuniformierten Fahrern setzten sich an die Spitze des Wagenkorsos, als er den Flughafen verließ. Die Menge stieß Begeisterungsrufe aus, während der hohe Besuch die kurze Fahrt zum Gouverneurshaus begann. Teds Fernsehansprache war offenbar erfolgreich gewesen, jedenfalls säumten jubelnde Bürger die gesamte 15-Kilometer-Strecke.

Kurz ehe der Konvoi das offene Tor erreichte, sprangen zwei Polizisten in Habtachtstellung und salutierten, bis der erste Wagen hindurch war. Ted konnte sehen, daß drei livrierte Ober- und Unterbutler und mehrere Dienstmädchen, ihre Ankunft erwartend, auf der Treppe standen. Verdammt, dachte er, und fast wäre es ihm über die Lippen gerutscht, als der Wagen am Fuß der Freitreppe anhielt, ich habe nicht gefragt, wie der Butler heißt!

Ein Unterbutler öffnete die Wagentür, während der zweite das Ausladen des Gepäcks aus dem Kofferraum überwachte.

Der Butler machte einen Schritt vorwärts, als Mountbatten aus dem Wagen stieg. »Carruthers, Mylord«, nannte er seinen Namen und verbeugte sich. »Willkommen in der Residenz. Wenn Sie die Güte hätten, mir zu folgen, zeige ich Ihnen Ihre Suite.« Der Großadmiral stieg in Begleitung des Gouverneurs und Lady Barkers die Freitreppe hinauf ins Gouverneurshaus und folgte Carruthers zum ersten Stock.

»Prächtig, diese alten Gouverneursresidenzen«, sagte Mountbatten, als Carruthers die Tür zum Queen Victoria Zimmer öffnete und zur Seite trat, als hätte er schon unzählige illustre Gäste in ihre Suite geleitet.

»Bezaubernd!« Der Großadmiral schaute sich in der Privatsuite des Gouverneurs um. Dann trat er ans Fenster und blickte hinaus über den frisch gemähten Rasen. »Wie anheimelnd! Es erinnert mich an Broadlands, mein Heim in Hampshire.«

Lady Baxter lächelte über das Kompliment, konnte sich jedoch nicht entspannen.

»Haben Sie noch Wünsche, Mylord?« erkundigte sich Carruthers beflissen, während ein Unterbutler das Auspakken der Koffer überwachte.

Hazel hielt den Atem an.

»Nein. Ich glaube nicht«, erwiderte Mountbatten. »Alles sieht perfekt aus.«

»Vielleicht würden Sie Hazel und mir die Ehre geben, eine Tasse Tee mit uns im Salon zu trinken?« fragte Ted.

»Wie liebenswürdig«, entgegnete der Großadmiral. »Ich werde in etwa dreißig Minuten bei Ihnen sein, wenn Sie gestatten.«

Der Gouverneur und seine Frau verließen das Zimmer und schlossen die Tür leise hinter sich.

»Ich glaube, er ahnt etwas«, flüsterte Hazel, während sie auf Zehenspitzen die Treppe hinuntergingen.

»Da könntest du recht haben.« Ted legte seinen Wolseyhelm auf die Hutablage in der Eingangshalle. »Aber das ist ein Grund mehr, noch einmal nachzusehen, ob wir auch wirklich nichts vergessen haben. Ich fange im Bankettsaal an. Du solltest vielleicht schauen, wie Mrs. Travis in der Küche zurechtkommt.«

Als Hazel die Küche betrat, bereitete Mrs. Travis gerade das Gemüse zu, und eines der Mädchen schälte einen Berg Kartoffeln. Hazel bedankte sich bei Mrs. Travis, daß sie so kurzfristig eingesprungen war, und gestand, daß sie die Küche noch nie so voll von exotischen Lebensmitteln gesehen hatte, noch den Raum selbst so blitzblank. Sogar der Boden spiegelte. Ihr wurde bewußt, daß sie hier nur im Wege stehen würde, so schloß sie sich ihrem Mann im Bankettsaal an. Ted bewunderte die Geschicklichkeit des Unterbutlers, der die Gedecke für das Dinner auflegte, während ein Hausmädchen Servietten so faltete, daß sie wie Schwäne aussahen.

»So weit, so gut«, meinte Hazel. Sie verließen den Bankettsaal und betraten den Salon, wo Ted, während sie auf den großen Mann warteten, hin und her schritt und überlegte, ob sie nicht doch irgend etwas vergessen hatten.

Wenige Minuten später trat Mountbatten ein. Er hatte die Admiralsuniform abgelegt und trug nun einen dunkelgrauen Zweireiher.

Verdammt, dachte Ted, der vergessen hatte, sich umzuziehen.

Hazel erhob sich, um ihren Gast zu begrüßen, und führte ihn zu einem großen, bequemen Sessel.

»Ich muß sagen, Lady Barker, Ihr Butler ist großartig«, lobte Mountbatten. »Er wußte sogar, welchen Whisky ich bevorzuge. Wie lange haben Sie ihn denn schon?«

»Noch nicht sehr lange«, gestand Hazel.

»Nun, falls er je eine Stellung in England möchte, dann lassen Sie es mich bitte wissen — obwohl ich natürlich sagen muß, daß es töricht von Ihnen wäre, ihn gehenzulassen.« Ein Mädchen kam mit einem kostbaren Wedgwood-Teeservice heran, das Hazel noch nie zuvor gesehen hatte.

»Earl Grey, wenn ich mich recht entsinne«, sagte Hazel.

»Was Sie für ein Gedächtnis haben, Lady Barker!« staunte der Großadmiral, als das Mädchen einzuschenken begann.

Dem Himmel sei Dank für die Informationen des Foreign Office! dachte Hazel, während sie sich mit einem Lächeln für das Kompliment bedankte.

186

»Und wie verlief die Gipfelkonferenz, Sir?« fragte Ted, als er ein Stück Würfelzucker — vielleicht das einzige hier, was uns gehört, dachte er — in seine Tasse gab.

»Für die Briten recht gut«, antwortete Mountbatten. »Aber es hätte noch besser gehen können, wenn die Franzosen es nicht mit ihren üblichen Tricks versucht hätten. Giscard scheint sich für eine Mischung aus Karl dem Großen und der Jungfrau von Orleans zu halten.« Seine Gastgeber lachten höflich. »Nein, Ted, das wirkliche Problem, dem wir uns zur Zeit gegenübersehen, ist ganz einfach . . .«

Bis Mountbatten über den Ausgang des Gipfeltreffens erzählt, seine ungeschminkte Meinung über James Callaghan und Ted Heath verkündet und von dem Problem gesprochen hatte, eine Frau für Prinz Charles zu finden, und danach noch über die langfristigen Nachwirkungen des Watergateskandals grübelte, war es schon fast Zeit für ihn, sich umzuziehen.

»Formelle Abendkleidung für das Dinner?«

»Ja, Sir — wenn Ihnen das recht ist.«

»Orden et cetera?« fragte Mountbatten hoffnungsvoll.

»Ich hielt das für angemessen, Sir.« Ted erinnerte sich nur zu gut, was das Foreign Office ihm über die Vorliebe des Großadmirals gesagt hatte, sich beim geringsten Anlaß in Gala zu werfen.

Mountbatten lächelte, als Carruthers stumm an der Tür erschien. Ted zog eine Braue hoch.

»Ich habe Ihre Paradeuniform bereitgelegt, Mylord. Ich nahm mir die Freiheit, die Hose zu bügeln. Die Kammerzofe läßt ein Bad für Sie ein.«

Mountbatten lächelte. »Danke.« Er stand auf und wandte sich an seine Gastgeberin: »Ein so köstlicher Tee. Und ein so hervorragendes Personal. Hazel, ich weiß nicht, wie Sie das schaffen.«

»Danke, Sir.« Es fiel Hazel schwer, nicht zu erröten.

»Um wieviel Uhr erwarten Sie mich zum Dinner, Ted?«

»Die ersten Gäste dürften gegen 19.30 Uhr eintreffen, Sir. Nach den Aperitifs würden wir das Dinner gern um 20 Uhr servieren, wenn Ihnen das genehm ist.«

»Genau richtig«, lobte Mountbatten. »Wie viele Gäste erwarten Sie?«

»Etwa sechzig, Sir. Wir haben eine Gästeliste auf Ihren Nachttisch legen lassen. Dürften Hazel und ich Sie um 19.50 Uhr abholen?«

»Sie haben alles großartig im Griff, Ted«, sagte Mountbatten anerkennend. »Ich werde Sie keine Sekunde warten lassen.« Er folgte Carruthers aus dem Salon.

Sobald sich die Tür hinter ihm geschlossen hatte, wandte sich Hazel an das Mädchen: »Molly, würden Sie bitte den Teetisch abräumen.« Sie zögerte kurz. »Sie sind doch Molly, nicht wahr?«

»Jawohl, Ma'am.«

»Ich glaube, er weiß Bescheid«, murmelte Ted besorgt.

»Vielleicht.« Sie war bereits zu einer neuerlichen Inspektion der Küche auf dem Weg zur Tür und blickte über die Schulter. »Aber wir haben keine Zeit, uns jetzt darüber den Kopf zu zerbrechen.«

Der Kartoffelberg war zu einem Häufchen Kartoffelschalen geschrumpft. Mrs. Travis, die bei der Zubereitung der Saucen war, benötigte dringend Pfeffer und einige weitere Gewürze, die aus einem Laden in der Stadt besorgt werden sollten. Wieder wurde Hazel bewußt, daß sie in der Küche fehl am Platz war, so ging sie zum Bankettsaal weiter, wo sie Ted vorfand. Der obere Tisch war nun mit dem Royal-Worchester-Tafelservice, drei Satz Weingläsern und mit Wappen bestickten Leinenservietten gedeckt. Ein prächtiger Tafelaufsatz, ein silberner Fasan, verlieh der Tafel noch zusätzlichen Glanz.

»Wer hat uns das geliehen?« fragte Hazel staunend.

»Keine Ahnung«, antwortete Ted. »Sicher ist nur eins — bis zum Morgen wird alles wieder bei seinen rechtmäßigen Besitzern sein.«

»Wenn wir das Licht gedämpft halten«, flüsterte Hazel, »bemerkt er vielleicht nicht, daß die anderen Tische unterschiedliches Besteck haben.«

»Um Gottes willen!« rief Ted. »Weißt du, wie spät es schon ist?«

Sie verließen den Bankettsaal und eilten die Treppe hinauf. Ted wäre fast in Mountbattens Zimmer gestürzt. Er erinnerte sich erst, als er bereits die Hand nach der Klinke ausstreckte.

Dem Gouverneur gefiel seine blaue Doeskinuniform mit den scharlachroten Ärmelaufschlägen und Kragen. Er bewunderte sich im Spiegel, als Hazel das Zimmer in einem pinkfarbenen Amies-Kleid betrat, das sie beim Kauf eigentlich für herausgeschmissenes Geld gehalten hatte, denn sie hätte nie erwartet, es zu einem passenden Anlaß tragen zu können.

»Sind Männer eitel!« meinte sie, als ihr Mann sich weiterhin im Spiegel begutachtete. »Es ist dir doch klar, daß diese Uniform eigentlich für den Winter ist.«

»Es ist mir durchaus bewußt«, antwortete Ted leicht gereizt. »Aber es ist die einzige Uniform, die ich außer der weißen habe, und die habe ich ja am Nachmittag bereits getragen. Ich wette, Mountbatten wird sich groß herausputzen.« Er schnippte einige Fussel von der Hose, die er sich eben selbst gebügelt hatte.

Der Gouverneur und seine Gemahlin verließen das Nelson-Zimmer um 19.19 Uhr und stiegen die Treppe hinunter. Sie bemerkten, daß ein ihnen noch unbekannter Unterbutler bereits am Eingang stand und zwei Hausmädchen, die sie zuvor ebenfalls noch nicht bemerkt hatten, ihm gegenüber warteten. Sie hielten Silbertabletts mit vollen Champagnergläsern. Hazel ging auf sie zu und machte sich ihnen bekannt. Dann begutachtete sie noch einmal das Blumenarrangement in der Eingangshalle.

Um 19.30 Uhr, gerade als die Standuhr die halbe Stunde schlug, traten die ersten Gäste ein.

»Henry«, sagte der Gouverneur. »Wie schön, daß Sie hier sind. Ich möchte mich nochmals ganz herzlich bedanken, daß Sie mir Ihren Rolls zur Verfügung gestellt haben — und Bill nicht zu vergessen«, fügte er flüsternd hinzu.

»Es war mir eine Ehre, Eure Exzellenz«, erwiderte Henry Bendall. »Ich muß sagen, mir gefällt Ihre Uniform.«

Lady Cuthbert kam durch den Eingang gerannt. »Sorry, bin in Eile«, rief sie. »Ignoriert mich. Tut einfach, als wäre ich noch nicht da.«

Hazel eilte hinter ihr her durch die Halle. »Dotty, ich weiß ehrlich nicht, was wir ohne dich getan hätten!«

»Ich freue mich, daß ich helfen kann«, entgegnete Lady Cuthbert. »Ich dachte, ich komme etwas früher, damit ich noch ein paar Minuten mit Mrs. Travis in der Küche reden kann. Übrigens, Benson steht in der Auffahrt, bereit, sofort heimzufahren, falls ihr bemerkt, daß noch irgend etwas benötigt wird.«

»Du bist wahrhaftig ein Engel, Dotty! Ich bringe dich . . .«

»Nicht nötig«, wehrte Lady Cuthbert ab. »Ich kenne mich doch aus. Begrüße du lieber die Gäste!«

»Guten Abend, Herr Bürgermeister«, sagte Ted in dem Augenblick, als Lady Cuthbert Richtung Küche hastig verschwand.

»Guten Abend, Eure Exzellenz. Wie freundlich von Ihnen, uns zu diesem besonderen Anlaß einzuladen.«

»Welch ein bezauberndes Kleid, Mrs. Jansen«, wagte der Gouverneur den Versuch eines Kompliments.

»Danke, Eure Exzellenz«, erwiderte die Bürgermeistersgattin.

»Dürfen wir Ihnen ein Glas Champagner anbieten?« fragte Hazel, als sie wieder an die Seite ihres Gemahls zurückgekehrt war.

Gegen 19.45 Uhr waren die meisten Gäste eingetroffen, und Ted plauderte mit Mick Flaherty, als Hazel ihn leicht am Ärmel zupfte. Er blickte sie fragend an.

»Ich glaube, wir sollten ihn jetzt holen«, flüsterte sie.

Ted nickte und ersuchte den Oberrichter, ihre Gastgeberrolle kurz zu übernehmen und die noch eintreffenden Gäste zu begrüßen. Sie bahnten sich höflich einen Weg durch die plaudernde Menge und stiegen die breite Treppe hinauf. An der Tür zum Queen-Victoria-Zimmer blieben sie stehen und blickten einander an.

Ted konsultierte seine Uhr — 19.50. Er beugte sich vor und klopfte ganz leicht. Sofort öffnete Carruthers die Tür, und Mountbatten stand vor ihnen, in seinem dritten Staat an diesem Tag: in der Galauniform eines Großadmirals der Flotte mit drei Sternen, einer goldblauen Schärpe und acht Reihen von Kriegsauszeichnungen.

»Guten Abend, Exzellenz«, grüßte Mountbatten.

»Guten Abend, Sir«, sagte der Gouverneur sichtlich bewundernd.

Der Admiral machte drei Schritte vorwärts und hielt am Kopf der Treppe an, um strammzustehen und sich in Positur zu setzen. Ted und Hazel warteten rechts und links von ihm. Da er sich nicht rührte, taten sie es auch nicht.

Carruthers stieg gemessenen Schrittes vor ihnen die Treppe hinunter. Auf der dritten Stufe blieb er stehen, räusperte sich und wartete, bis die versammelten Gäste stumm den Blick auf sie richteten.

»Eure Exzellenz, Premierminister, Herr Bürgermeister, Ladies und Gentlemen«, rief er, »der sehr Ehrenwerte Graf Mountbatten von Burma.«

Während die Gäste höflich applaudierten, stieg Mountbatten würdevoll die Treppe hinunter. Als er an Carruthers vorbeikam, verbeugte sich der Butler tief. Der Gouverneur mit Hazel am Arm folgte ihm mit zwei Schritten Abstand.

»Er muß es wissen,« flüsterte Hazel.

»Du magst recht haben. Aber weiß er, daß wir es wissen?« murmelte Ted.

Mountbatten bewegte sich gewandt durch die Halle, als Ted ihm nach und nach jeden Gast vorstellte. Sie verbeugten sich oder knicksten und lauschten aufmerksam den paar Worten, die der Großadmiral an sie richtete. Die einzige Ausnahme war Mick Flaherty, der nicht zu reden aufhörte und aufrechter blieb, als Ted ihn je gesehen hatte.

Punkt 20 Uhr schlug ein Unterbutler den Gong, von dessen Existenz weder der Gouverneur noch seine Gemahlin etwas gewußt hatten. Als er verklang, kündete Carruthers an: »Mylord, Eure Exzellenz, Premierminister, Herr Bürgermeister, Ladies und Gentlemen, das Dinner ist serviert.«

Falls es in St. George's eine bessere Köchin als Mrs. Travis geben sollte, hatte zumindest noch niemand an der Tafel etwas von ihr gekostet, und an diesem Abend hatte sie sich noch selbst übertroffen.

Mountbatten plauderte und lächelte und machte kein Hehl daraus, wie sehr er alles genoß. Er unterhielt sich lange mit Lady Cuthbert, deren Gemahl in Portsmouth unter ihm gedient hatte, und mit Mick Flaherty, dem er mit höflichem Interesse zuhörte.

Jeder Gang übertraf den vorherigen: Soufflé, gefolgt von

Lammkoteletts, und als Nachspeise Aprikosen-Haselnuß-meringen. Mountbatten äußerte sich anerkennend über jeden der Weine und ließ sich sogar ein zweites Glas Portwein einschenken.

Nach dem Dinner schloß er sich den Gästen zum Kaffee im Salon an und wechselte mit allen ein paar höfliche Worte, obwohl Oberst Hodges versuchte, ihn mit Beschlag zu belegen und über Kürzungen des Verteidigungsetats auszufragen.

Die Gäste brachen kurz vor Mitternacht allmählich auf, und Ted bemerkte amüsiert, daß Mick Flaherty sich zum Abschied tief vor dem Großadmiral verbeugte und sagte: »Gute Nacht, Mylord. Es war mir eine außerordentliche Ehre, Sie kennenzulernen.«

Dotty war unter den letzten. Sie verabschiedete sich mit einem tiefen Knicks vor dem Ehrengast. »Sie haben dazu beigetragen, diesen Abend so angenehm und schön zu machen, Lady Cuthbert«, sagte Mountbatten.

Wenn du wüßtest, wie sehr! dachte Hazel.

Nachdem der Unterbutler die Tür hinter dem letzten Gast geschlossen hatte, wandte sich Mountbatten an seine Gastgeberin und sagte: »Hazel, ich danke Ihnen herzlich für diesen wirklich denkwürdigen Abend. Der Chefkoch des Savoy hätte kein feineres Bankett zaubern können. Perfekt in jeder Beziehung.«

»Zu gütig, Sir. Ich werde Ihr Lob an das Personal weitergeben.« Sie hielt sich zurück, »mein« Personal zu sagen. »Möchten Sie noch gern irgend etwas, ehe Sie zu Bett gehen?«

»Nein, danke«, antwortete Mountbatten. »Es war ein langer Tag, und wenn Sie gestatten, ziehe ich mich jetzt zurück.«

»Um wieviel Uhr hätten Sie gern Ihr Frühstück, Sir?« fragte der Gouverneur.

»Würde Ihnen 7.30 Uhr passen? Das gäbe mir genug Zeit vor meinem Abflug um 9 Uhr.«

»Selbstverständlich«, versicherte ihm Ted. »Ich werde mich darum kümmern, daß Carruthers Ihnen um 7.30 Uhr ein leichtes Frühstück in Ihrem Zimmer serviert. Außer Sie hätten lieber ein ausgiebigeres.«

»Nein, ein leichtes ist genau richtig«, erwiderte Mountbatten. »Ein wunderbarer Abend. Ihr Personal hat sich selbst übertroffen, Hazel. Gute Nacht und vielen Dank, meine Liebe.«

Der Gouverneur verbeugte sich, und seine Gemahlin knickste, als der große Mann zwei Schritte hinter Carruthers die Treppe hinaufging. Nachdem der Butler die Tür des Victoria-Zimmers geschlossen hatte, legte Ted den Arm um seine Frau und sagte: »Er weiß, daß wir es wissen.«

»Du magst recht haben«, sagte Hazel. »Aber weiß er, daß wir es wissen?«

»Ich muß darüber nachdenken«, murmelte Ted.

Arm in Arm begaben sie sich in die Küche, wo Mrs. Travis unter dem wachsamen Auge von Lady Cuthbert, die jetzt die langen Spitzenärmel ihres Abendkleids hochgekrempelt hatte, Geschirr in Kisten verstaute.

»Wie bist du wieder hereingekommen, Dotty?« fragte Hazel.

»Ich bin ums Haus herum zum Dienstboteneingang gegangen«, antwortete Lady Cuthbert.

»Ist dir vielleicht etwas aufgefallen, das nicht so lief wie geplant?« erkundigte sich Hazel besorgt.

»Nein, eigentlich nichts«, erwiderte Lady Cuthbert, »daß Mick Flaherty sein viertes Glas Muscat de Venise nicht bekam, werden wir kaum als Panne bezeichnen können.«

»Mrs. Travis«, wandte sich Ted an die Köchin. »Der Chefkoch des Savoy hätte kein feineres Bankett zaubern können. Perfekt in jeder Beziehung. Ich wiederhole nur Lord Mountbattens Worte, aber ich möchte mich dem Lob voll anschließen.«

»Danke, Exzellenz.« Mrs. Travis lächelte. »Er hat einen gesegneten Appetit, nicht wahr?«

Einen Augenblick später betrat Carruthers die Küche. Er begutachtete den Raum, der wieder blitzblank war, dann wandte er sich an Ted und sagte: »Wenn Sie gestatten, Sir, verabschieden wir uns jetzt.«

»Selbstverständlich.« Der Gouverneur ging auf ihn zu. »Ich möchte mich ehrlich bedanken, daß Sie und Ihr vortreffliches Team Ihre Rolle hier so ausgezeichnet spielten. Sie haben großartige Arbeit geleistet. Lord Mountbatten konnte Sie nicht genug loben.«

»Seine Lordschaft sind zu gütig, Sir. Um wieviel Uhr möchten Sie, daß wir am Morgen zurückkommen, um sein Frühstück vorzubereiten und zu servieren?«

»Nun, er bat um ein leichtes Frühstück für 7.30 Uhr.«

»Dann werden wir um halb sieben hier sein«, versprach Carruthers.

Hazel öffnete die Küchentür, um alle hinauszulassen, und sie schleppten Kisten voll Geschirr und Körbe voll Lebensmittel zu den wartenden Wagen. Dotty, die den Silberfasan trug, verließ das Haus als letzte. Hazel küßte sie zum Abschied auf beide Wangen.

»Ich weiß nicht, wie du dich fühlst«, sagte Ted, der die Küchentür zuschloß, »aber ich bin völlig fertig.«

Hazel blickte auf ihre Uhr. Es war 1.17 Uhr. »Zerschlagen«, gestand sie. »Versuchen wir, gleich zu schlafen, wir müssen ja ebenfalls spätestens um 7.00 Uhr auf sein, um uns zu vergewissern, daß alles bereit ist, bevor er zum Flughafen muß.«

Ted legte den Arm um die Taille seiner Frau. »Ich bin wirklich stolz auf dich, mein Liebes.«

Sie schlurften in die Halle und stiegen die Treppe hinauf, sprachen jedoch kein weiteres Wort mehr, um die Nachtruhe ihres Gastes nicht zu stören. Oben angekommen, blieben sie abrupt stehen und starrten bestürzt auf den Anblick, der sich ihnen bot. Drei Paar schwarze Lederschuhe standen ordentlich aufgereiht vor dem Queen-Victoria-Zimmer.

Hazel stöhnte. »Jetzt bin ich sicher, daß er es weiß!«

Ted nickte und flüsterte seiner Frau ins Ohr: »Du oder ich?«

Hazel richtete den Zeigefinger fest auf ihren Mann. »Ganz sicher du, mein Schatz«, sagte sie zuckersüß, ehe sie zum Nelson-Zimmer weiterging.

Ted zuckte die Schultern, griff nach den Schuhen des Großadmirals und kehrte mit ihnen in die Küche zurück.

Seine Exzellenz, der Gouverneur und Oberbefehlshaber von Saint George's, verbrachte beachtlich viel Zeit, diese drei paar Schuhe auf Hochglanz zu bringen, denn ihm war klar, daß sie nicht nur die Inspektion des Großadmirals der Flotte bestehen, sondern es auch so aussehen mußte, als sei diese Arbeit von Carruthers getan worden.

Als Mountbatten am folgenden Montag zur Admiralität in Whitehall zurückkehrte, schrieb er einen ausführlichen Bericht über seinen Besuch in Saint George's. Kopien davon gingen an die Queen und den Außenminister.

Der Großadmiral erzählte die Geschichte am Samstagabend derselben Woche bei einem Familientreffen im Windsor Castle, und sobald das Lachen verstummte, fragte ihn die Queen: »Wann hast du Verdacht geschöpft?«

»Carruthers verriet es, natürlich unbeabsichtigt. Er wußte alles über Sir Ted, außer in welchem Regiment er gedient hatte. Das machte mich stutzig. Es war einfach unmöglich für einen Veteran.«

Die Königin stellte noch eine Frage: »Glaubst du, der Gouverneur wußte, daß du es wußtest?«

»Da bin ich mir nicht sicher, Lillibet«, antwortete Mountbatten nach einigem Nachdenken. »Aber ich beabsichtige, ihn nicht im Zweifel zu lassen, daß ich es wußte.«

Der Außenminister lachte schallend, als er Mountbattens Bericht las. Er heftete eine Notiz an die letzte Seite und bat um Klarstellung von zwei Punkten.

a) Wie können Sie sicher sein, daß das Personal, welches das Dinner servierte, nicht zum regulären Hauspersonal des Gouverneurs gehörte?
b) Glauben Sie, Sir Ted wußte, daß Sie es wußten?

Der Admiral antwortete umgehend:

Zu a) Nach dem Essen fragte eines der Mädchen Lady Barker, ob sie Zucker in den Kaffee nimmt, während sie gleich darauf Lady Cuthbert zwei Stück in die Tasse gab, ohne zu fragen.
Zu b) Vermutlich nicht. Aber zu Weihnachten wird er es ganz sicher erfahren.

Sir Ted freute sich, als er eine Weihnachtskarte von Lord Mountbatten erhielt: »Ein fröhliches Weihnachtsfest. Dikkie. Nochmals besten Dank für die unvergeßliche Gastfreundschaft.« Den Festtagswünschen lag ein Geschenk bei.

Hazel wickelte das Päckchen aus. Es war eine Dose schwarze Schuhcreme. Ihre knappe Bemerkung war: »Jetzt wissen wir also, daß er es wußte.«

»Stimmt.« Ted grinste. »Aber wußte er, daß wir wußten, daß er es wußte? Das würde ich gern wissen.«

SIE WERDEN ES
NIE BEREUEN

Und so war es abgemacht: David würde Pat alles hinterlassen. Wenn schon einer von ihnen sterben mußte, würde der andere wenigstens bis an sein Lebensende versorgt sein. David fand, das war das wenigste, was er für jemanden tun konnte, der ihm so viele Jahre zur Seite gestanden hatte, vor allem, da ja schließlich er es war, der die Treue gebrochen hatte.

Sie kannten einander von Kindesbeinen an, da ihre Eltern eng befreundet gewesen waren, solange sie sich erinnern konnten. Beide Familien hatten gehofft, David würde Pats Schwester Ruth heiraten, und sie hatten ihre Überraschung nicht verbergen können — und Pats Vater nicht seine Mißbilligung —, als die beiden zusammenzogen, vor allem, da Pat drei Jahre älter war als David.

Eine Zeitlang hatte David es hinausgeschoben und auf eine Wunderheilung gehofft, obwohl Marvin Roebuck, ein ebenso aufdringlicher wie hartnäckiger Vertreter der Genfer Lebensversicherungsgesellschaft, ihn in den vergangenen neun Monaten immer wieder bedrängt hatte, sich »mit ihm zusammenzusetzen«. Am ersten Montag des zehnten Monats rief er wieder einmal an, und diesmal verabredete sich David mit ihm, wenngleich widerstrebend. Er wählte einen Abend, an dem, wie er wußte, Pat Nachtdienst im Hotel hatte, und sagte Roebuck, daß er an diesem Abend irgendwann vorbeikommen könnte, wenn er wollte. Auf diese Weise, fand er, würde es zumindest so aussehen, als hätte er sich nur aus Gefälligkeit gegenüber dem Vertreter dazu einverstanden erklärt.

David fütterte gerade die Fische, als Marvin Roebuck auf die Glocke an der Haustür drückte. Nachdem David seinem Besucher ein Bier eingeschenkt hatte, erklärte er ihm, daß er mehr Versicherungen hätte, als er wirklich brauchte: Unfall-, Haftpflicht-, Wagen-, Hausrat-, Diebstahl-, Kranken-, ja sogar eine Urlaubsversicherung.

»Und was ist mit einer Lebensversicherung?« fragte Marvin und leckte sich die Lippen.

»Das ist eine, die ich wirklich nicht brauche«, behauptete David. »Ich verdiene gut, ich werde eine mehr als ausreichende Rente bekommen, und außerdem bin ich der Alleinerbe meiner Eltern.«

Marvin ließ nicht locker. »Aber wäre es nicht trotzdem angenehm, automatisch an Ihrem sechzigsten — oder nach Wunsch fünfundsechzigsten — Geburtstag eine größere Summe auf die Hand zu bekommen?« Daß er eine Tür einrannte, die ohnehin längst offenstand, ahnte er vorläufig nicht. »Schließlich kann man nie wissen, welches Unglück auf einen lauert.«

David wußte genau, welches Unglück auf ihn lauerte, aber er fragte trotzdem wie beiläufig. »An welche Summe dachten Sie denn?«

»Nun, das würde davon abhängen, wieviel Sie gegenwärtig verdienen.«

»Zehntausend Dollar im Monat.« David tat sein Bestes, gleichmütig zu klingen, denn in Wahrheit verdiente er nur knapp über die Hälfte. Marvin war jedenfalls sichtlich beeindruckt, und David schwieg, während er rasch Berechnungen im Kopf durchführte.

»Nun«, sagte Marvin schließlich, »ich würde eine halbe Million Dollar vorschlagen — das dürfte in etwa hinkommen. Schließlich«, fügte er hinzu, während sein Finger flink eine Tabelle hinunterwanderte, die er aus seinem Aluminiumaktenkoffer geholt hatte, »sind Sie erst siebenundzwanzig, da würden die Beiträge bei Ihrem Gehalt kaum ins Gewicht fallen. Vielleicht entscheiden Sie sich auch für eine höhere Summe, wenn Sie davon ausgehen, daß Ihr Einkommen laufend steigen wird.«

»Es ist tatsächlich in den letzten sieben Jahren jährlich erhöht worden«, sagte David, diesmal wahrheitsgemäß.

»In welcher Branche sind Sie tätig, mein Freund?« erkundigte sich Marvin.

»Im Börsengeschäft«, antwortete David, ohne zu erwähnen, wie klein die Firma war und wie niedrig seine Stellung.

Wieder leckte sich Marvin die Lippen, obwohl man ihn in den vielen Kursen, die Pflicht für Versicherungsvertreter waren, immer wieder davor warnte, sich irgendwelche Regungen anmerken zu lassen, vor allem wenn er kurz davor war, seinen Fisch an Land zu ziehen.

»Was meinen Sie denn, wie hoch ich mich versichern lassen sollte?« David achtete auch weiterhin darauf, daß es immer Marvin war, der das Gespräch vorantrieb und die Vorschläge machte.

»Nun, eine Million liegt durchaus innerhalb Ihrer Kreditwürdigkeit«, sagte Marvin, der wieder seine Tabelle studierte. »Die Monatsbeiträge mögen anfangs etwas hoch erscheinen, aber im Lauf der Jahre, bei der wachsenden Inflation und Ihren Gehaltserhöhungen, werden sie Ihnen fast wie ein Pappenstiel vorkommen.«

»Und wieviel würde ich monatlich bezahlen müssen, um bei Ablauf eine Million zu bekommen?« David bemühte sich, den Eindruck zu erwecken, daß er bereits an der Angel zappelte.

»Angenommen, wir nehmen Ihren sechzigsten Geburtstag als Vertragsende, dann etwas über tausend Dollar.« Marvin tat sein Bestes, es so klingen zu lassen, als wäre das tatsächlich ein Pappenstiel. »Und bedenken Sie, daß sechzig Prozent davon steuerlich abzugsfähig sind, Sie werden also tatsächlich pro Tag lediglich etwa fünfzehn Dollar bezahlen, und dafür dann eine Million bekommen, wenn Sie sie am meisten brauchen. Und übrigens, es bleibt bei diesen tausend Dollar pro Monat, der Beitrag wird nie erhöht. Das ist inflationssicher!« Er stieß ein gräßlich schrilles Lachen aus.

»Würde ich denn die volle Summe auf jeden Fall bekommen, egal, wie die Marktlage aussieht?«

»Eine Million Dollar an Ihrem sechzigsten Geburtstag«, versicherte ihm Marvin, »egal was passiert, es sei denn, die Welt geht unter. Nicht einmal ich kann Sie dagegen versichern.« Wieder lachte er schrill auf. »Und das Gute daran ist, mein Freund, falls Sie bedauerlicherweise vor Ihrem sechzigsten Geburtstag sterben sollten — was Gott verhüten möge! —, bekommen Ihre Angehörigen den vollen Betrag sofort ausbezahlt.«

»Ich habe außer meinen Eltern keine Angehörigen, und die haben selbst Geld genug.« David versuchte, gelangweilt auszusehen.

»Es muß doch jemand geben, den Sie mögen«, sagte Marvin. »Ein so gutaussehender junger Mann wie Sie!«

»Wissen Sie was, Mr. Roebuck, lassen Sie den Antrag hier, dann denke ich übers Wochenende darüber nach. Ich verspreche Ihnen, daß ich Ihnen Bescheid geben werde.«

Marvin war sichtlich enttäuscht. Er brauchte keinen Auffrischungskurs, der ihm beibrachte, daß man einen Kunden gleich beim ersten Mal festnageln mußte und ihn ja nicht entschlüpfen lassen durfte, denn ein Aufschub gäbe ihm Zeit, das Ganze gründlich zu überdenken. Seine Lippen waren plötzlich ganz trocken.

Pat kehrte erst am frühen Morgen von der Nachtschicht zurück, aber David war wach geblieben, um alles noch einmal durchzugehen, was sich bei Marvins Besuch getan hatte. Pat war unsicher und ängstlich, was den Plan betraf. David hatte sich bisher immer um alle Probleme gekümmert, vor allem die finanziellen, und Pat wußte nicht, wie es weitergehen sollte, wenn David nicht mehr da war, um ihm mit Rat und Tat zu helfen. Gott sei Dank war es David gewesen, der sich mit Marvin auseinandergesetzt hatte. Pat konnte nicht einmal einen Hausierer abweisen.

»Also, was tun wir als nächstes?« fragte Pat.

»Warten.«

»Aber du hast Marvin versprochen, daß du ihm Bescheid gibst.«

»Ich weiß, aber ich habe durchaus nicht die Absicht, es zu tun.« David legte den Arm um Pats Schulter. »Ich wette hundert Dollar, daß Marvin gleich Montag früh anruft. Vergiß nicht, es muß auch weiterhin so aussehen, als wäre er es, der drängt.«

Als sie ins Bett stiegen, spürte Pat einen unmittelbar bevorstehenden Asthmaanfall und hielt es deshalb nicht für die richtige Zeit, noch einmal alles mit David durchzugehen. David hatte schließlich immer wieder betont, es würde nicht nötig sein, daß Marvin und Pat sich überhaupt begegneten.

Marvin rief am Montag bereits um 8.30 Uhr an.

»Hoffte Sie noch zu erreichen, ehe Sie ins Geschäft aufbrechen, um Aktien und Anleihen zu verkaufen«, begann er. »Haben Sie es sich überlegt?«

»Ja«, antwortete David. »Ich habe am Wochenende mit meiner Mutter darüber gesprochen. Sie meint, ich sollte um eine Million abschließen, weil fünfhunderttausend vielleicht gar nicht mehr soviel wert sind, wenn ich sechzig bin.«

Marvin war froh, daß David nicht sehen konnte, wie er sich wieder die Lippen leckte. »Ihre Mutter ist offenbar eine sehr kluge Frau.«

»Kümmern Sie sich um den ganzen Papierkram?« David schaffte es, daß es so klang, als hätte er ganz einfach keine Lust, mit Einzelheiten Zeit zu verplempern.

»Aber selbstverständlich«, versicherte ihm Marvin. »Machen Sie sich deshalb keine Gedanken. Ich weiß, daß Sie die richtige Entscheidung getroffen haben, David. Ich verspreche Ihnen, Sie werden es nie bereuen.«

Am nächsten Morgen rief Marvin erneut an, um David zu informieren, daß die Formulare ausgefüllt waren und jetzt nur noch ein Gesundheitsattest nötig war. »Reine Routine«, betonte er immer wieder. Doch aufgrund der hohen Versicherungssumme müsse der Vertrauensarzt der Gesellschaft in New York die Untersuchung durchführen.

David tat sehr verärgert, weil er nach New York fahren müsse, und fügte hinzu, daß er vielleicht doch die falsche Entscheidung getroffen habe. Doch nach weiterem, fast flehendem und einschmeichelndem Überreden gab er schließlich nach.

Am nächsten Abend, nachdem Pat zur Nachtschicht aufgebrochen war, brachte Marvin die Formulare zur Wohnung.

David kritzelte seine Unterschrift auf drei Dokumente zwischen zwei dünn mit Bleistift angezeichneten Kreuzen. Als letztes schrieb er Pats Namen in eine Rubrik, auf die Marvin mit fleischigem Finger deutete. »Nur für den Fall, daß Sie — was Gott verhüte — vor dem 1. September 2027 dahinscheiden sollten. Sind Sie mit Pat verheiratet?«

»Nein, wir leben nur zusammen«, antwortete David.

Nach mehreren »mein Freund« und noch mehr »Sie werden es nie bereuen« verließ Marvin mit den Formularen die Wohnung — es fehlte nicht viel, und er hätte sie ans Herz gedrückt.

»Du darfst nur die Nerven nicht verlieren«, sagte David eindringlich zu Pat, nachdem er versicherte, daß der gesamte Papierkram erledigt war. »Vergiß nicht, niemand kennt mich so gut wie du, und sobald es vorüber ist, bekommst du eine Million Dollar.«

Als sie sich in dieser Nacht schließlich zu Bett begaben, überfiel Pat die beinahe verzweifelte Lust, sich mit David in einen Liebesrausch zu steigern, war dann aber doch vernünftig genug, einzusehen, daß das nicht mehr möglich war.

Am folgenden Montag fuhren sie gemeinsam nach New York, um den Termin einzuhalten, den David mit dem Vertrauensarzt der Genfer Lebensversicherung vereinbart hatte. Ehe sie sich, wenige Schritte vor dem Eingang zur Hauptverwaltung der Versicherung, trennten, umarmten sie einander noch einmal heftig. David machte sich Sorgen, ob Pat es auch wirklich durchstehen würde.

Zwei Minuten vor zwölf kam er zur Anmeldung. Eine junge Frau in langem weißem Kittel lächelte ihn an.

»Guten Tag«, sagte er. »Ich bin David Kravits. Ich habe einen Termin bei Dr. Royston.«

»O ja, Mr. Kravits«, bestätigte die Arzthelferin. »Dr. Royston erwartet Sie. Bitte kommen Sie mit.« Sie führte ihn einen langen, trostlosen Korridor entlang und zum letzten Zimmer links. Auf einem kleinen Messingschild stand: Dr. Royston. Sie klopfte, öffnete die Tür. »Mr. Kravits, Herr Doktor«, meldete sie.

Dr. Royston erwies sich als kleiner ältlicher Herr mit nur noch ein paar dünnen Strähnen auf dem glänzenden, sonnengebräunten Kopf. Er trug eine dicke Hornbrille und sah aus, als stünde die Auszahlung seiner eigenen Lebensversicherung bald bevor. Er erhob sich hinter seinem Schreibtisch. »Es handelt sich um den Abschluß einer Lebensversicherung, nicht wahr?«

»Ja, das stimmt.«

»Die Untersuchung wird nicht lange dauern, Mr. Kravits. Ziemliche Routine, aber die Versicherung möchte sichergehen, daß Ihr Gesundheitszustand befriedigend ist, wenn sie sich für eine so hohe Summe leistungspflichtig erklärt.«

»Um ehrlich zu sein, ich hielt die Summe auch für viel zu hoch, und mir schien eigentlich eine halbe Million mehr als genug, aber der Vertreter redete so auf mich ein . . .«

»Irgendwelche ernsten Krankheiten in den letzten zehn Jahren?« Der Arzt interessierte sich offenbar nicht für die Meinung des Versicherungsvertreters.

»Nein. Dann und wann einmal eine Erkältung, aber nichts, was ich als ernst bezeichnen würde.«

»Gut. Sind in Ihrer Familie Fälle von Herzanfällen, Krebs, Leberleiden bekannt?«

»Nicht, daß ich wüßte.«

»Lebt Ihr Vater noch?«

»O ja.«

»Und ist er fit und gesund?«

»Er joggt jeden Morgen, und am Wochenende vergnügt er sich im Fitneßzentrum mit Gewichtheben.«

»Und Ihre Mutter?«

»Tut weder noch, aber es würde mich nicht wundern, wenn sie ihn nicht um Jahre überlebt.«

Der Arzt lachte. »Lebt von Ihren Großeltern noch jemand?«

»Alle außer dem Vater meines Dads. Er starb vor zwei Jahren.«

»Kennen Sie die Todesursache?«

»Soviel ich weiß, ist er einfach eingeschlafen. Zumindest hat der Pfarrer das bei der Beerdigung gesagt.«

»Und wie alt war er?« fragte der Arzt. »Erinnern Sie sich?«

»Einundachtzig oder zweiundachtzig.«

»Gut«, sagte Dr. Royston wieder und hakte auf dem Formular vor sich ein weiteres Kästchen ab. »Haben Sie je unter irgendwelchen dieser Beschwerden gelitten?« erkundigte er sich und hielt ihm eine Liste auf einem Klemmbrett entgegen. Sie begann mit Arthritis und endete achtzehn Zeilen später mit Tuberkulose.

Er ließ den Blick langsam die Liste hinunterwandern, ehe er antwortete »Nichts davon«, sagte er, ohne zu erwähnen, daß er Asthma hatte.

»Rauchen Sie?«

»Nein. Habe ich auch noch nie.«

»Wie sieht es mit Alkoholika aus?«

»Ich trinke hin und wieder ganz gern ein Glas Wein zum Essen, aber stärkere Spirituosen rühre ich nicht an.«

»Ausgezeichnet.« Der Arzt hakte ein weiteres Kästchen ab. »Jetzt brauchen wir nur noch Ihre Größe und Ihr Gewicht. Kommen Sie bitte hier herüber, Mr. Kravits, und stellen Sie sich auf diese Waage.«

Dr. Royston mußte sich auf Zehenspitzen stellen, um die hölzerne Meßplatte hochzuschieben, bis sie genau über den Kopf des zu Untersuchenden ragte. »Ein Meter dreiundachtzig«, murmelte er, dann blickte er auf die Skala der Waage. »Fünfundachtzig Kilo. Nicht schlecht.« Er füllte zwei weitere Zeilen aus. »Vielleicht ein kleines bißchen zuviel.«

»Jetzt brauche ich eine Urinprobe, Mr. Kravits. Wenn Sie so freundlich wären, sich mit diesem Plastikgefäß gleich nach nebenan zu begeben, es bis etwa zur Hälfte zu füllen, es dann auf den Sims des Trennfensters zu stellen und danach zu mir zurückzukommen.«

Der Arzt schrieb noch ein paar Notizen auf, während sein Patient das Zimmer verließ. Augenblicke später kehrte der junge Mann zurück.

»Ich habe den Behälter auf den Sims gestellt«, sagte er.

»Gut. Als nächstes muß ich eine Blutprobe nehmen. Bitte rollen Sie den rechten Ärmel hoch.« Der Arzt legte eine Gummimanschette um den rechten Oberarm und pumpte sie auf, bis sich die Adern deutlich abzeichneten. »Nur ein kleiner Stich. Sie werden ihn kaum spüren.« Die Nadel drang ein, und er wandte den Blick ab, während der Arzt Blut entnahm. Dr. Royston desinfizierte den Einstich und gab ein winziges Heftpflaster darüber. Danach griff der Arzt nach einem Stethoskop, das sich auf der Haut kalt anfühlte, und horchte die Brust an mehreren Stellen ab. Dabei bat er ihn mehrmals, ein- und auszuatmen.

»Gut«, wiederholte er. Schließlich sagte er: »So, das wär's hier, Mr. Kravits. Wenn Sie sich jetzt noch zu Dr. Harvey, drei Türen weiter, begeben würden, für eine Röntgenaufnahme der Brust und ein Kardiogramm, dann sind Sie fertig und dürfen nach . . .« Er blickte auf sein Klemmbrett, » . . . nach New Jersey heimfahren. Die Versicherung wird sich in ein paar Tagen mit Ihnen in Verbindung setzen, sobald die Untersuchungsergebnisse feststehen.«

»Danke, Dr. Royston« sagte er, während er sein Hemd zuknöpfte. Der Doktor betätigte einen Knopf auf seinem Schreibtisch, und die Arzthelferin kehrte zurück und führte ihn zu einer anderen Tür mit dem Schild: Dr. Mary Harvey. Dr. Harvey, eine gutgekleidete Frau mittleren Alters mit sehr kurz geschnittenem Haar, wartete auf ihn. Sie lächelte den großen, gutaussehenden Mann an und bat ihn, sein Hemd auszuziehen und sich vor den Schirm des Röntgenapparats zu stellen.

»Legen Sie die Arme hier herum«, bat sie. »Atmen Sie tief ein. Danke.« Als nächstes forderte sie ihn auf, sich auf der Liege an der hinteren Wand auszustrecken. Sie beugte sich über ihn, schmierte Kleckse irgendeiner kalten Masse auf seine Haut, befestigte Anschlüsse, drückte auf einen Schalter, während er zur weißen Decke starrte, und konzentrierte sich auf einen kleinen Monitor auf ihrem Schreibtisch. Ihre Miene verriet nichts.

Nachdem sie das Gel mit Watte abgewischt hatte, sagte sie: »Sie dürfen Ihr Hemd wieder anziehen, Mr. Kravits. Sie sind fertig und dürfen gehen.«

Sobald der junge Mann sich fertig angekleidet hatte, rannte er aus dem Gebäude, die Treppe hinunter und den ganzen Weg zur Ecke, wo er und sein Freund sich getrennt hatten. Wieder umarmten sie einander.

»Ging alles gut?«

»Ich glaube schon.« Er nickte. »Sie sagten, sie würden in den nächsten Tagen Bescheid geben, sobald sie die Untersuchungsergebnisse haben.«

»Gott sei Dank, daß es kein Problem für dich war.«

»Ich wünschte nur, es wäre keines für dich.«

»Wir wollen nicht einmal daran denken.« Er umarmte den Menschen, den er als einziges wirklich liebte.

Marvin rief ihn eine Woche später an und meldete, daß der Arzt der Versicherung David für völlig gesund befunden hatte. Er brauchte jetzt lediglich noch den ersten Monatsbeitrag zu bezahlen. David übersandte gleich am nächsten Morgen einen Scheck. Von da an wurde jeden Monat der Beitrag überwiesen. Neunzehn Tage nach der Bezahlung des siebten Monatsbeitrags starb David Kravits an AIDS.

Pat versuchte sich daran zu erinnern, was er tun mußte, sobald das Testament eröffnet war. Er sollte sich mit Mr. Levy, Davids Anwalt, in Verbindung setzen. David hatte ihn gewarnt, nichts von sich aus zu unternehmen. Levy als sein Testamentsvollstrecker sollte sich an die Versicherungsgesellschaft wenden, sich die Lebensversicherung auszahlen lassen und sie an ihn weiterleiten. »Sollte es irgendwelche Probleme geben, dann schweige«, hatte ihm David geraten, ehe er die Augen für immer schloß.

Zehn Tage später erhielt Pat ein Schreiben vom Regulierungssachbearbeiter der Genfer Lebensversicherung, der um ein Gespräch mit dem Begünstigten ersuchte. Pat leitete den Brief sofort an Davids Anwalt weiter. Levy erklärte sich mit einem Gespräch einverstanden, das auf Wunsch seines Klienten im Büro von Levy, Goldberg und Levy in Manhattan stattfinden sollte.

»Gibt es irgend etwas, das Sie mir nicht erzählt haben, Patrick?« fragte Levy Minuten vor Ankunft des Beauftragten der Versicherung. »Denn wenn, dann sagen Sie es mir lieber gleich.«

»Nein, Mr. Levy, ich wüßte nicht, was«, antwortete Pat und führte so Davids Anweisungen wortgetreu aus.

Vom Augenblick an, da das Meeting begann, ließ der Regulierungssachbearbeiter, dessen Blick unentwegt durchdringend auf Pats gesenkten Kopf gerichtet war, Mr. Levy nicht im Zweifel darüber, daß er keineswegs glücklich darüber war, diese Police auszubezahlen. Aber der Anwalt blockierte jede Frage und ließ keine Widersprüche gelten. Schließlich sah die Tatsache so aus, daß die Ärzte der Genfer Lebensversicherung, als sie David vor acht Monaten gründlich untersuchten, keinerlei Anzeichen gefunden hatten, daß er HIV-positiv war.

Er betonte immer wieder: »Soviel Geschrei Sie auch machen, sosehr Sie sich auch dagegen wehren, letztendlich werden Sie die Versicherungssumme doch ausbezahlen müssen!« Warnend fügte er hinzu. »Wenn ich nicht innerhalb von dreißig Tagen die meinem Klienten zustehende volle Summe bekommen habe, werde ich umgehend gerichtlich gegen die Genfer Lebensversicherungs-Gesellschaft vorgehen.« Der Regulierungssachbearbeiter fragte Levy, ob er nicht doch einem Vergleich zustimmen würde. Levy blickte auf Pat, der den Kopf noch tiefer senkte, und antwortete: »Ganz gewiß nicht!«

Zwei Stunden später kam Pat völlig erschöpft und deprimiert in die Wohnung zurück und hatte das Gefühl, jeden Augenblick einen Asthmaanfall zu erleiden. Er versuchte, sich eine Kleinigkeit zum Abendessen zu richten, bevor er zur Nachtschicht ging, aber ohne David erschien ihm alles so sinnlos. Er fragte sich bereits, ob er nicht doch einem Vergleich hätte zustimmen sollen.

Als das Telefon läutete, eilte Pat zum Apparat, in der Hoffnung, es sei seine Mutter oder seine Schwester Ruth. Es war jedoch Marvin, der jammerte: »Ich bin in echten Schwierigkeiten, Pat. Wahrscheinlich werde ich wegen dieser Police für Ihren Freund David meine Stellung verlieren.«

Pat versicherte ihm, daß ihm das leid täte, aber er nicht wüßte, wie er ihm helfen könnte.

»Es gäbe aber etwas«, erklärte ihm Marvin. »Sie könnten beispielsweise selber eine Versicherung abschließen. Vielleicht würde mir das die Haut retten.«

»Ich halte das nicht für angebracht.« Pat fragte sich, was ihm David raten würde.

»Bestimmt hätte es David nicht gewollt, daß man mich feuert«, sagte Marvin flehend. »Haben Sie Erbarmen mit mir, mein Freund. Ich kann mir einfach eine weitere Scheidung nicht leisten.«

»Wieviel würde mich das kosten?« erkundigte sich Pat, der verzweifelt versuchte, das Gespräch schnell zu beenden.

»Sie werden eine Million Dollar in bar kriegen!« brüllte Marvin fast, »und Sie fragen mich, was das kosten würde! Was sind tausend Dollar im Monat für jemand, der bald so reich ist wie Sie?«

»Aber ich bin doch gar nicht sicher, daß ich die Million überhaupt bekommen werde«, wandte Pat ein.

»Das ist schon geklärt«, entgegnete Marvin düster. »Ich dürfte es Ihnen eigentlich gar nicht sagen, aber Sie werden den Scheck am dreißigsten des Monats bekommen. Die Gesellschaft weiß, daß Ihr Anwalt die besseren Karten hat ... Sie würden den ersten Monatsbeitrag erst bezahlen müssen, wenn Sie die Million haben.«

»Also gut«, versprach ihm Pat unglücklich, nur um ihn loszuwerden. »Aber erst, nachdem ich den Scheck bekommen habe.«

»Danke, mein Freund. Ich komme morgen abend mit den Anträgen zu Ihnen.«

»Nein, nicht möglich«, wehrte Pat ab. »Ich habe diesen Monat Nachtschicht. Kommen Sie lieber am Nachmittag.«

»Sie werden nicht mehr nachts arbeiten müssen, wenn Sie den Scheck erst haben, mein Freund«, versicherte ihm Marvin und lachte wieder einmal gräßlich schrill auf. »Sie Glücklicher«, fügte er hinzu, bevor er den Hörer auflegte.

Als Marvin am folgenden Nachmittag in die Wohnung kam, hatte Pat große Bedenken und fragte sich, ob er seine Zusage nicht lieber zurückziehen sollte. Wenn er noch einmal zu Dr. Royston mußte, würde die Wahrheit sofort ans Licht kommen. Aber nachdem ihm Marvin versichert hatte, daß er die Gesundheitsuntersuchung bei jedem Arzt seiner Wahl vornehmen lassen könne und der erste Monatsbeitrag rückdatiert würde, gab er doch wieder nach und unterschrieb sämtliche Formulare zwischen den Bleistiftkreuzen. Als Alleinbegünstigte setzte er Ruth ein. Er hoffte, daß David zumindest diese Entscheidung gebilligt hätte.

»Danke, mein Freund. Ich werde Sie nicht mehr belästigen«, versprach ihm Marvin. Seine letzten Worte, als er die Tür schloß, waren: »Ich versichere Ihnen, Sie werden es nie bereuen!«

Pat ging eine Woche später zu seinem Arzt. Die Untersuchung dauerte nicht lange, da er sich erst vor kurzem auf Herz und Nieren hatte durchchecken lassen. Damals hatte Pat einen schrecklich nervösen Eindruck gemacht, wie der Arzt sich erinnerte, und seine Erleichterung war unverkennbar gewesen, als er ihm telefonisch mitgeteilt hatte, daß alles soweit in Ordnung war, »von Ihrem Asthma abgesehen«, erklärte er ihm, »das sich allerdings nicht zu verschlechtern scheint.«

Eine Woche später rief Marvin an und teilte Pat mit, daß der Arzt ein positives Gesundheitsattest ausgestellt habe. Und er selbst würde seinen Job bei der Versicherung behalten.

»Das freut mich für Sie«, sagte Pat. »Aber was ist mit meinem Scheck?«

»Geht am Letzten des Monats in die Post. Sie dürften vierundzwanzig Stunden vor der Fälligkeit Ihres ersten Monatsbeitrags das Geld in Händen haben. Wie ich schon sagte: Sie sind ab jetzt doppelt abgesichert.«

Pat rief am letzten Tag des Monats Davids Anwalt an, um sich zu erkundigen, ob er den Scheck von der Genfer Lebensversichungs-Gesellschaft schon bekommen habe.

»In der heutigen Post war nichts«, antwortete Levy. »Aber ich erkundige mich sofort, ob er bereits abgeschickt ist. Denn wenn nicht, leite ich umgehend Schritte gegen die Versicherung ein.«

Pat fragte sich, ob er Levy sagen solle, daß er einen Scheck über elfhundert Dollar unterschrieben habe, der morgen vorgelegt werden würde, und daß er gerade noch gedeckt war. Aber das bißchen, das dann noch auf seinem Konto blieb, würde auf keinen Fall bis zur nächsten Gehaltsüberweisung reichen. Sein ganzer Notgroschen war für die Monatsbeiträge von Davids Lebensversicherung draufgegangen. Er beschloß, es nicht zu erwähnen. David hatte ihm wiederholt geraten, in Zweifelsfällen lieber zu schweigen.

»Ich rufe Sie heute abend kurz vor Feierabend an und gebe Ihnen genau Bescheid, wie die Dinge stehen«, versprach Levy.

»Da bin ich leider nicht zu Hause, ich habe diese ganze Woche Spätdienst. Vielleicht könnten Sie mich gleich morgen früh anrufen?«

»Mach' ich«, versicherte ihm Levy.

Als Pat nach seiner Schicht heimkam, konnte er einfach nicht einschlafen. Er wälzte sich ruhelos hin und her und fragte sich, wovon er diesen Monat leben sollte, wenn sein Scheck am kommenden Morgen eingelöst würde und die eine Million Dollar von der Genfer Lebensversicherung immer noch nicht eingetroffen waren.

Um 9.31 Uhr läutete sein Telefon. Pat riß den Hörer vom Apparat und war erleichtert, Mr. Levy am anderen Ende der Leitung zu hören.

»Patrick, ich wurde gestern abend, während Sie im Dienst waren, von der Genfer Lebensversicherung angerufen. Ich muß Sie darauf aufmerksam machen, daß Sie Levys goldene Regel gebrochen haben!«

»Levys goldene Regel?« fragte Pat verwirrt.

»Ja, Levys goldene Regel. Sie ist ganz einfach, Patrick. Legen Sie herein, wen Sie wollen, womit auch immer, aber versuchen Sie *nie*, Ihren Anwalt zu täuschen!«

»Ich verstehe nicht«, sagte Pat.

»Ihr Arzt hat der Genfer Lebensversicherungs-Gesellschaft Blut- und Urinproben von Ihnen überlassen. Die Werte sind identisch mit jenen, die Dr. Royston unter dem Namen David Kravits in seinem Labor registriert hat.«

Pat spürte, wie das Blut aus seinem Kopf wich, als er erkannte, mit welchem Trick Marvin ihn hereingelegt hatte. Sein Herz raste wie verrückt. Plötzlich gaben die Beine unter ihm nach, und er brach, nach Atem ringend, auf dem Boden zusammen.

»Sind sie noch da?« fragte Levy. »Können Sie mich hören, Patrick?«

Zwanzig Minuten später drangen Sanitäter in seine Wohnung ein, doch Augenblicke, bevor sie ihn erreichten, war Pat einem Herzinfarkt erlegen, den Atemmangel durch einen Asthmaanfall herbeigeführt hatte.

Mr. Levy unternahm nichts, ehe er sich bei Pats Bank vergewissert hatte, daß der Scheck seines Klienten über elfhundert Dollar von der Versicherung eingelöst worden war.

Neunzehn Monate später erhielt Pats Schwester Ruth eine Million Dollar von der Genfer Versicherung, aber erst nach einem langwierigen Prozeß, den Levy, Goldberg und Levy gegen die Gesellschaft angestrengt hatten.

Das Gericht befand schließlich, daß Pat eines natürlichen Todes gestorben und die Lebensversicherung zum Zeitpunkt seines Todes in Kraft war.

Sie dürfen versichert sein: Marvin Roebuck bereute es bitter.

HALTEN SIE NICHT AUF DER SCHNELLSTRASSE AN!

Diana hatte gehofft, vor 17 Uhr wegzukommen, um rechtzeitig zum Abendessen auf der Farm zu sein. Sie versuchte, sich ihren Ärger nicht anmerken zu lassen, als um 16.37 Uhr ihr Stellvertreter mit einem komplexen 12-Seiten-Dokument daherkam, das unbedingt von einem Direktor unterschrieben werden mußte, bevor es an den Klienten gehen konnte. Hawkins hatte keine Hemmungen, darauf hinzuweisen, daß sie in dieser Woche bereits zwei ähnliche Verträge verloren hatten.

Es war doch immer das gleiche am Freitag. Am frühen Nachmittag hörten die Telefone auf zu läuten, doch dann, wenn sie hoffte, ruhig gehen zu können, landete eine Genehmigung auf ihrem Schreibtisch. Ein Blick auf das Dokument sagte Diana, daß sie nicht vor 18 Uhr aus dem Büro kommen würde.

Die Anforderungen an eine alleinerziehende Mutter und Direktorin einer kleinen, aber florierenden Firma in der City hielten sie Tag für Tag rund um die Uhr auf den Beinen, und wenn das eine Wochenende im Monat bevorstand, das James und Caroline bei ihrem Exehemann verbrachten, versuchte Diana ein bißchen eher als sonst aus dem Büro zu kommen, um nicht in den ärgsten Wochenendverkehr zu geraten.

Sie las die erste Seite bedächtig durch und nahm zwei Änderungen vor, denn ihr war wohl bewußt, daß ein Fehler in der Eile am Freitagnachmittag nur Ärger in der kommenden Woche bedeuten würde. Als sie die letzte Seite des Dokuments unterschrieb, warf sie einen Blick auf die Uhr. 17.51.

Diana griff nach ihrer Tasche, schritt zur Tür und warf den Vertrag auf Phils Schreibtisch, ohne sich damit aufzuhalten, ihm ein schönes Wochenende zu wünschen. Sie vermutete, daß die Papiere bereits seit neun Uhr auf seinem Schreibtisch gelegen hatten. Aber sie ihr erst um 16.37 Uhr zu bringen, war seine einzige Möglichkeit, sie seinen Frust spüren zu lassen, daß sie ihm für den Direktorposten vorgezogen worden war. Sobald sie im Aufzug war, drückte sie den Knopf für die Parkgarage im Untergeschoß und schätzte, daß diese Verzögerung ihre Fahrzeit vermutlich um eine Stunde verlängern würde.

Sie stieg aus dem Aufzug, schritt hinüber zu ihrem Audi, schloß die Tür auf und warf ihre Tasche auf den Rücksitz. Als sie auf die Straße hinauffuhr, war der abendliche Verkehrsstrom etwa ebenso schnell wie die Fußgänger im Nadelstreifenanzug, die wie Ameisen zum nächsten Bau eilten.

Sie schaltete die 18-Uhr-Nachrichten ein. Big Ben schlug die volle Stunde, ehe die Sprecher der drei großen Parteien ihre Meinungen über die Ergebnisse der Europawahl kundtaten. Die Erklärung der Konservativen für das schlechte Abschneiden war, daß sich nur zweiundvierzig Prozent der Wahlberechtigten die Mühe gemacht hatten, ihre Stimmen abzugeben. Diana hatte ein schlechtes Gewissen — sie gehörte zu den achtundfünfzig Prozent, die nicht zur Wahl gegangen waren.

Der Nachrichtensprecher fuhr fort. Er berichtete, daß die Lage in Bosnien nach wie vor verzweifelt war, und die EG Radovan Karadzik und den Serben mit unangenehmen Maßnahmen drohten, wenn sie nicht zu einer Einigung mit den anderen kriegführenden Parteien kämen. Dianas Gedanken wanderten ab. Eine solche Drohung war wirklich nichts Neues mehr. Sie vermutete, wenn sie in einem Jahr das Radio wieder andrehte, würde sie Wort für Wort dasselbe hören.

Während ihr Wagen um den Russell Square kroch, begann sie über das bevorstehende Wochenende nachzudenken. Es war jetzt etwas über ein Jahr her, daß John ihr gestanden hatte, er habe eine andere kennengelernt und wolle die Scheidung. Sie fragte sich immer noch, weshalb sie seine Untreue nach siebenjähriger Ehe nicht mehr erschüttert oder wenigstens wütend gemacht hatte. Seit ihrer Beförderung zum Direktor hatten sie, wie sie zugeben mußte, immer weniger Zeit miteinander verbracht. Vielleicht hatte ihr auch die Tatsache den Nerv geraubt, daß ein Drittel aller Ehepaare in Britannien geschieden waren oder getrennt lebten. Ihre Eltern hatten ihre Enttäuschung nicht verbergen können, aber sie waren ja auch schon zweiundvierzig Jahre miteinander verheiratet.

Ihre Scheidung war ohne böse Worte über die Bühne gegangen, schon deshalb, weil John, der weniger als sie verdient hatte — vielleicht war das eines ihrer Probleme —, auf die meisten ihrer Bedingungen eingegangen war. Sie hatte die Wohnung in Putney behalten, den Audi und die Kinder, die laut Beschluß ein Wochenende im Monat bei ihm verbringen durften. Er hatte sie auch heute gleich von der Schule abgeholt und würde sie am Sonntag abend gegen 19 Uhr zu ihrer Wohnung in Putney zurückbringen.

Diana vermied es um fast jeden Preis, allein in Putney zu bleiben, wenn sie nicht da waren. Obwohl sie häufig über die Bürde der Verpflichtung klagte, zwei Kinder ohne Vater großziehen zu müssen, fehlten sie ihr entsetzlich, kaum daß sie außer Sicht waren.

Sie war keine neue Beziehung eingegangen und ließ sich auch nicht auf flüchtige Eskapaden ein. Keiner ihrer Kollegen war je weiter gegangen, als sie zum Mittagessen einzuladen. Was vielleicht auch daran lag, daß nur drei von ihnen unverheiratet waren — und nicht ohne Grund. Der einzige, mit dem sie vielleicht eine Beziehung in Erwägung gezogen hätte, hatte es überdeutlich durchblicken lassen, daß er nur die Nacht mit ihr verbringen wollte, nicht die Tage.

Wie auch immer, Diana war sich schon lange klar, wenn sie als erste Frau auf einem Direktorenposten der Firma ernst genommen werden wollte, konnte eine wie auch immer geartete Affäre im Haus nur in Tränen enden. Männer sind so eingebildet, dachte sie. Eine Frau brauchte nur einen einzigen Fehler zu machen, und schon galt sie als leicht zu haben. Dann grinst jeder in der Firma hinter ihrem Rücken oder hält ihre Schenkel für seine Armlehne.

Diana stöhnte, als sie schon wieder bei Rot halten mußte. In zwanzig Minuten war sie nur knapp drei Kilometer vorangekommen. Sie öffnete das Handschuhfach und tastete nach einer Kassette. Sie fand eine und schob sie in den Schacht, in der Hoffnung, Pavarotti erwischt zu haben, statt dessen erklang Gloria Gaynors »I will survive«. Diana dachte lächelnd an Daniel, als die Ampel grün wurde.

Sie und Daniel hatten Anfang der achtziger Jahrer Betriebswirtschaft an der Universität Bristol studiert. Sie waren Freunde gewesen, es hatte jedoch keine Liebesbeziehung zwischen ihnen gegeben. Dann lernte Daniel Rachel kennen, die zwei Semester nach ihnen dort mit dem Studium angefangen hatte. Von diesem Moment an hatte Daniel keine andere Frau mehr angesehen. Sie heirateten am Tag seines Abschlusses, und nach ihrer Rückkehr aus den Flitterwochen übernahm Daniel die Betriebsführung der väterlichen Farm in Bedfordshire. Sie hatten in kurzen Abständen drei Kinder bekommen, und Diana war sehr stolz gewesen, als die beiden sie gebeten hatten, die Taufpatin der Ältesten, Sophie, zu werden. Daniel und Rachel waren inzwischen bereits zwölf Jahre verheiratet, und sie war überzeugt, daß die beiden *ihre* Eltern nicht mit einer Scheidung enttäuschen würden. Obwohl die zwei überzeugt waren, daß sie ein aufregendes und ausgefülltes Leben führte, beneidete Diana sie doch oft um ihr friedliches und unkompliziertes Dasein.

Die beiden luden sie regelmäßig übers Wochenende zu sich aufs Land ein, doch von jeweils zwei oder drei dieser Einladungen nahm sie nur eine an — nicht, weil sie nicht gern öfter bei ihnen gewesen wäre, sondern weil sie ihre Gastfreundschaft, die sie seit ihrer Scheidung schlecht erwidern konnte, nicht ausnutzen wollte.

Obwohl sie ihre Arbeit liebte, war es eine schlimme Woche gewesen. Zwei Verträge hatte man abgelehnt; James war aus der Schulfußballmannschaft genommen worden; und Caroline hatte ihr, statt ihre Hausaufgaben zu machen, ständig unter die Nase gerieben, daß sie bei ihrem Vater fernsehen dürfe, wann sie wolle.

Direkt vor ihr wurde schon wieder eine Ampel rot.

Für die elf Kilometer aus der City brauchte Diana fast eine Stunde, und als sie die erste Schnellstraße erreichte, blickte sie mehr aus Gewohnheit auf das A-1-Schild, als um sich zu orientieren, denn sie kannte jeden Meter des Weges von ihrem Büro bis zur Farm schon fast blind. Sie versuchte ein wenig schneller zu fahren, aber das war völlig unmöglich, da auch hier auf beiden Fahrstreifen dichtester Verkehr herrschte.

»Oh, verdammt!« Sie hatte vergessen, ein Mitbringsel zu besorgen. Sie hatte eigentlich einen guten Rotwein einkaufen wollen. »Verdammt!« wiederholte sie. Immer waren es Daniel und Rachel, die gaben. Sie überlegte, ob sie unterwegs noch etwas einkaufen könnte, aber außer Tankstellen gab es zwischen hier und der Farm nichts. Sie konnte doch nicht wieder mit einer Schachtel Pralinen ankommen, die sie nie essen würden. Als sie die Auffahrt auf die A1 erreichte, fuhr sie zum erstenmal an diesem Abend über siebzig. Sie entspannte sich ein wenig und ließ die Gedanken mit der Musik wandern.

Es geschah ohne Vorwarnung. Obwohl sie sofort voll auf die Bremse stieg, war es zu spät. Ein dumpfer Aufprall an der vorderen Stoßstange erschütterte den Wagen.

Ein kleines schwarzes Tier war direkt vor ihr über die Straße geflitzt, und trotz ihrer schnellen Reaktion war es unter die Räder gekommen. Diana lenkte an den Straßenrand und brachte den Wagen kreischend zum Halten, in der Hoffnung, daß das Tier vielleicht noch lebte. Vorsichtig fuhr sie rückwärts zu der Stelle, wo es passiert sein mußte, während der Verkehr an ihr vorbeidonnerte.

Und dann sah sie es am Rand des Grases — eine Katze, die die Straße einmal zu oft überquert hatte. Diana stieg aus, und die Scheinwerfer fielen auf das leblose Wesen. Diana wurde übel. Sie hatte selbst zwei Katzen, und sie wußte, daß sie den Kindern nie erzählen durfte, was sie getan hatte. Sie hob das arme tote Tier auf und legte es sanft neben den Straßengraben.

»Es tut mir so leid!« murmelte sie und kam sich ein wenig dumm dabei vor. Mit einem letzten bedauernden Blick ging sie zum Wagen zurück. Die Ironie war, daß sie den Audi wegen seiner Sicherheitseigenschaften gewählt hatte.

Sie stieg ein, steckte den Zündschlüssel wieder ins Schloß, was Gloria Gaynor ihre unterbrochene Meinung über die Männer weiterschmettern ließ. Diana schaltete die Kassette aus und bemühte sich, nicht mehr an die arme Katze zu denken, während sie auf eine Lücke im Verkehr wartete, um sich einzureihen. Sie atmete auf, als die Gelegenheit schließlich kam, aber es gelang ihr eine ganze Weile nicht, das Bild der toten Katze aus den Gedanken zu verdrängen.

Diana hatte wieder auf achtzig beschleunigt, als ihr die Scheinwerfer auffielen, die durch die Heckscheibe leuchteten. Sie hob einen Arm und verstellte ihren Rückspiegel, aber es half nicht viel. Sie fuhr langsamer, um das andere Fahrzeug vorbeizulassen, doch sein Fahrer wollte offenbar nicht überholen. Diana fragte sich, ob irgendwas mit ihrem Wagen nicht stimmte. Brannte vielleicht eines der Rücklichter nicht? Qualmte der Auspuff? War . . .

Sie beschloß, Gas zu geben, um ein wenig Abstand zu ihrem Verfolger zu gewinnen, aber er blieb hartnäckig wenige Meter hinter ihrer Stoßstange. Im Rückspiegel konnte sie nicht viel mehr als die blendenden Scheinwerfer sehen. Als sich ihre Augen an das grelle Licht gewöhnt hatten, erkannte sie die Umrisse eines großen schwarzen Kastenwagens und einen offenbar jungen Mann am Steuer. Er schien ihr zuzuwinken.

Diana ging vom Gas, als sie sich der nächsten Ausfahrt näherte, um ihn zum Überholen zu ermuntern. Doch auch diesmal wollte er nicht. Er blieb mit eingeschaltetem Fernlicht dicht hinter ihr. Sie wartete auf eine kleine Verkehrslücke auf der rechten Fahrbahn, und als ihre Chance kam, stieg sie aufs Gas und schoß in die Ausfahrt, die sie auf die A1 brachte.

Endlich hatte sie ihn abgehängt. Sie begann sich gerade zu entspannen und dachte an Sophie — die bei ihren Besuchen immer wach blieb, bis sie ihr etwas vorgelesen hatte —, als diese aufgeblendeten Scheinwerfer aufs neue hinter ihr auftauchten. Sie klebten noch dichter dran als zuvor.

Sie fuhr langsamer, er fuhr langsamer. Sie beschleunigte, er beschleunigte. Sie überlegte, was sie als nächstes tun könnte, und winkte vorbeibrausenden Fahrern verzweifelt zu, doch sie bemerkten ihre Notlage nicht. Sie zerbrach sich den Kopf über andere Möglichkeiten, auf sich aufmerksam zu machen, dabei erinnerte sie sich, daß man ihr bei der Aufnahme ins Direktorium vorgeschlagen hatte, ein Autotelefon einbauen zu lassen. Sie hatte beschlossen, es bis zur nächsten Wartung aufzuschieben, die vor vierzehn Tagen fällig gewesen wäre.

Mit dem Ärmel wischte sie sich den Schweiß von der Stirn, überlegte kurz und manövrierte den Audi auf die Überholspur. Der schwarze Lieferwagen folgte sofort ihrem Beispiel und hängte sich so dicht an sie, daß sie befürchtete, beim kleinsten Bremsversuch eine Massenkarambolage zu verursachen.

Sie beschleunigte auf hundertvierzig, doch der Kastenwagen ließ sich nicht abhängen. Selbst als sie hundertsechzig erreichte, blieb der Lieferwagen auf nicht mehr als einer knappen Wagenlänge Abstand.

Sie schaltete das Fernlicht und die Warnblinkanlage ein und forderte jeden hupend auf, ihr Platz zu machen. Ihre Hoffnung war, daß die Polizei auf sie aufmerksam wurde. Eine Geldstrafe war hundertmal besser als ein Unfall mit einem jungen Raser, fand sie, während sie den Audi zum erstenmal in seinem Leben auf hundertachtzig hochjagte. Doch der schwarze Kastenwagen war einfach nicht abzuschütteln.

Unvermittelt wechselte sie auf die Mittelspur zurück und nahm den Fuß vom Gas, wodurch der Lieferwagen auf gleiche Höhe mit ihr kam. Das verschaffte ihr den ersten guten Blick auf den Fahrer. Er trug eine schwarze Lederjacke und gestikulierte drohend. Sie konterte, indem sie die Faust schüttelte und wieder beschleunigte. Aber er schwang auf die Mittelspur und hing an ihr wie ein olympischer Läufer, der seinem Rivalen keine Chance läßt, ihn abzuschütteln.

Da erinnerte sie sich plötzlich, und zum zweiten Mal an diesem Abend wurde ihr übel. »O mein Gott!« rief sie entsetzt. Wie ein Horrorfilm zogen die Einzelheiten des Mordes an ihrem inneren Auge vorbei, der vor wenigen Monaten auf dieser Straße geschehen war. Eine Frau war vergewaltigt worden, ehe der Täter ihr die Kehle mit einem Sägemesser aufschnitt und sie in einen Graben warf. Wochenlang waren an der A1 Schilder aufgestellt gewesen, auf denen die Polizei um Hinweise bat, die zur Ergreifung des Täters führen könnten. Die Schilder waren inzwischen entfernt worden, doch die Polizei suchte den brutalen Mörder immer noch. Diana begann zu zittern, als sie sich an die Mahnung an alle Autofahrerinnen erinnerte: *Halten Sie nicht auf der Schnellstraße an!*

Wenige Sekunden später sah sie das erste Hinweisschild auf die Ausfahrt, die sie nehmen mußte. Sie hatte sie viel früher erreicht, als sie erwartet hatte. Nach fünf Kilometern mußte sie auf den Zubringer, von dem aus sie zur Farm kommen würde. Sie betete, daß der Mann in der schwarzen Lederjacke auf der A1 weiterfuhr, wenn sie abbog, und sie ihn endlich los würde.

Diana beschloß, dafür zu sorgen. Sie wechselte wieder auf die Überholspur und drückte das Gaspedal durch. Als sie am 3-Kilometer-Schild vorbeischoß, war sie zum zweitenmal an diesem Abend über hundertsechzig. Sie war jetzt in Schweiß gebadet, und die Tachonadel näherte sich hundertsiebzig. Sie blickte in den Rückspiegel. Er war immer noch dicht hinter ihr! Sie würde genau den rechten Augenblick abpassen müssen, wenn sie ihren Plan erfolgreich durchführen wollte. Als sie nur noch einen Kilometer hatte, blickte sie nach links, um sicherzugehen, daß ihr Timing auch perfekt sein würde. Sie brauchte nicht mehr in den Spiegel zu schauen, um zu wissen, daß er noch hinter ihr war.

Gleich danach kam das Schild mit den drei diagonalen weißen Streifen und machte sie darauf aufmerksam, daß es an der Zeit war, die Spur zu wechseln, wenn sie die Ausfahrt nehmen wollte. Sie hielt den Wagen jedoch mit hundertsechzig auf der Überholspur, bis sie eine Lücke entdeckte, die ihr groß genug erschien. Die zwei weißen Streifen erschienen. Diana war klar, daß sie nur eine einzige Chance haben würde, ihrem Verfolger zu entkommen. Als sie am Schild mit dem einen weißen Streifen vorbei war, schwang sie mit hundertdreißig auf die linke Spur, was die Wagen auf beiden Spuren zu heftigen Bremsmanövern und wütenden Hupkonzerten veranlaßte. Aber Diana war egal, was ihre Fahrer von ihr dachten, denn sie fuhr nun auf dem Zubringer in Sicherheit, während der schwarze Kastenwagen weiter die A1 entlangraste.

Vor Erleichterung lachte sie laut auf. Zu ihrer Rechten konnte sie den fließenden Verkehr auf der Schnellstraße sehen. Da wurde ihr Lachen zu einem Aufschrei, denn der schwarze Lieferwagen bog knapp vor einem Fernlaster scharf nach links, raste über den Grasstreifen und schlitterte auf den Zubringer und fast über den Rand hinweg in den Graben. Irgendwie gelang es dem Fahrer jedoch, den Wagen nur wenige Meter hinter ihr wieder in seine Gewalt zu bringen. Und aufs neue blendeten seine Scheinwerfer sie durch die Heckscheibe.

Als sie zum Ende des Zubringers kam, bog Diana nach links in Richtung Farm ab und überlegte verzweifelt, was sie jetzt tun sollte. Bis zur nächsten Ortschaft waren es etwa achtzehn Kilometer auf der Hauptstraße, die Farm war nur elf Kilometer entfernt, aber sieben davon auf einer schmalen, ungeteerten und unbeleuchteten Landstraße. Sie blickte auf die Tankanzeige. Viel Benzin hatte sie nicht mehr, aber genug für die eine wie die andere Möglichkeit. Es war nur noch ein guter Kilometer bis zur Abbiegung, ihr blieb demnach kaum noch eine Minute, sich zu entscheiden.

Auf den letzten hundert Metern entschied sie sich, zur Farm zu fahren. Vielleicht war es gerade von Vorteil, daß der Weg nicht beleuchtet war, denn sie kannte, im Gegensatz zu ihrem Verfolger, jede Kurve, ja, jedes Schlagloch. Auf der Farm würde sie aus dem Wagen springen und im Haus sein, ehe er sie erwischen konnte. Wahrscheinlich würde er ohnehin aufgeben und verschwinden, sobald er die Farm sah.

Der Augenblick war da. Diana bremste und schlitterte auf eine schmale Landstraße, die nur der Mond beleuchtete.

Sie schlug nervös die Hände auf das Lenkrad. Hatte sie die falsche Entscheidung getroffen? Sie starrte in den Rückspiegel. Hatte er etwa schon aufgegeben? Nein, natürlich nicht. Und da tauchte die Rückseite eines Landrovers vor ihr auf. Sie fuhr langsamer und wartete auf eine Kurve, die sie gut kannte, hinter der die Straße für einen kurze Strecke breit genug zum Überholen war, ehe sie wieder eine Kurve machte. Sie hielt den Atem an, rammte den Ganghebel in den dritten, und überholte. Wäre ein Frontalzusammenstoß so viel besser als eine durchschnittene Kehle? Aber glücklicherweise war die Straße nach der Kurve frei. Wieder stieg sie aufs Gas, und es gelang ihr, den Verfolger mehr als hundert Meter hinter sich zu lassen. Doch das gab ihr nur eine kurze Verschnaufpause. Bald waren die inzwischen nur allzugut bekannten Scheinwerfer wieder dicht hinter ihr.

Bei jeder Kurve konnte Diana einen kleinen Vorsprung gewinnen, während der große Lieferwagen auf der ihm fremden Straße hin und her schlitterte. Doch nie glückte es ihr, mehr als ein paar Sekunden lang den Abstand zu halten. Sie blickte auf den Kilometerzähler. Von der Abbiegung auf die ungeteerte Landstraße bis zur Farm waren es acht Kilometer. Drei davon mußte sie inzwischen zurückgelegt haben. Immer wieder wanderte ihr Blick zum Kilometerzähler. Sie hatte Todesangst, der Lieferwagen könne sie einholen und in den Straßengraben drängen. Entschlossen hielt sie sich in der Straßenmitte. Zwei Kilometer weiter, und er klebte immer noch an ihr. Plötzlich sah sie einen entgegenkommenden Wagen. Sie blendete auf und drückte auf die Hupe. Der andere Wagen rächte sich, indem er es ihr gleichtat. Sie mußte die Geschwindigkeit verringern und streifte die Hecke, während sie aneinander vorbeifuhren. Wieder blickte sie auf den Kilometerzähler. Nur noch drei Kilometer.

Bei jeder vertrauten Kurve verringerte sie die Geschwindigkeit und beschleunigte gleich danach wieder. Sie sorgte dafür, daß der Lieferwagen nie genug Platz hatte, neben sie zu kommen. Sie versuchte sich darauf zu konzentrieren, was sie tun würde, sobald das Farmhaus in Sicht kam. Die Zufahrt war etwa achthundert Meter lang, voller Schlaglöcher und Buckel. Für die notwendige Erneuerung hatte Daniel, wie er oft erklärte, nicht das nötige Geld. Aber sie war wenigstens nur breit genug für einen Wagen.

Das Tor wurde gewöhnlich für sie offengelassen, obwohl Daniel es auch schon ein- oder zweimal vergessen hatte, und sie aus dem Wagen steigen mußte, um es selbst aufzumachen. Dieses Risiko durfte sie heute nicht eingehen. Falls das Tor geschlossen war, würde sie zur nächsten Ortschaft weiterfahren und am Crimson Kipper halten müssen, der um diese Zeit an einem Freitag immer voll war. Oder vor dem Polizeirevier, falls sie es finden konnte. Wieder blickte sie auf die Benzinuhr. Der Tank war fast leer. »O mein Gott!« stöhnte sie, als ihr bewußt wurde, daß das Benzin wahrscheinlich gar nicht mehr bis zur nächsten Ortschaft reichen würde.

So konnte sie nur hoffen, daß Daniel nicht vergessen hatte, das Tor offenzulassen.

Sie kam aus der nächsten Kurve und stieg wieder aufs Gas, doch diesmal schaffte sie nur einen minimalen Vorsprung, und sie wußte, daß ihr Verfolger innerhalb von Sekunden wieder hinter ihr sein würde. Und das war er. Die nächsten paar hundert Meter klebte er so dicht an ihr, daß sie nicht mehr auch nur ein bißchen zu bremsen wagte. Wenn er sie hier rammte, hätte sie keine Chance mehr, ihm zu entkommen.

Noch ein guter Kilometer!

»Das Tor muß offen sein! Bitte laß es offen sein!« betete sie. Nach der nächsten Kurve sah sie die Umrisse des Farmhauses in der Ferne. Fast hätte sie vor Erleichterung aufgeschrien, als sie das Licht im Parterre brennen sah.

»Dem Himmel sei Dank!« rief sie. Doch dann erinnerte sie sich wieder an das Tor und betete auf neue: »Lieber Gott, bitte, laß es offen sein!« Sobald sie um die letzte Kurve kam, würde sie wissen, was sie tun mußte. »Laß es offen sein, nur dieses eine Mal, bitte! Dann werde ich dich nie wieder um etwas anflehen!« Kaum einen halben Meter vor dem schwarzen Lieferwagen schwang sie um die letzte Kurve. »Bitte, bitte, bitte!« Und da sah sie das Tor.

Es stand offen!

Ihre Kleider klebten an ihr. Sie ging vom Gas, schaltete in den zweiten Gang und lenkte den Wagen durch die Öffnung in die holprige Einfahrt, streifte den rechten Torpfosten, und raste auf das Haus zu. Der Fahrer des Lieferwagens zögerte keine Sekunde, ihr zu folgen, und war nur noch Zentimeter hinter ihr, als sie einen schnellen Blick zurück wagte. Sie nahm die Hand nun nicht mehr von der Hupe, während der Audi über Schlaglöcher und andere Unebenheiten holperte.

Scharen von Krähen flatterten aus überhängenden Ästen

und schossen krächzend in die Luft. Diana fing zu brüllen an. »Daniel! Daniel!« Zweihundert Meter vor ihr ging das Licht auf der vorderen Veranda an.

Ihre Scheinwerfer beleuchteten die Hausfront. Ihre Hand drückte ununterbrochen auf die Hupe. Noch hundert Meter, da rannte Daniel aus dem Haus, aber sie verringerte die Geschwindigkeit nicht, genausowenig wie ihr Verfolger. Noch fünfzig Meter, und Daniel war voll im Scheinwerferlicht. Ganz deutlich war seine verwirrte und besorgte Miene zu erkennen.

Noch dreißig, und sie rammte den Fuß auf die Bremse. Der schwere Audi schlitterte über den Kies vor dem Haus und kam erst in dem Blumenbeet unter dem Fenster zum Stehen. Das Kreischen von Bremsen hinter ihr schmerzte in ihren Ohren. Der mit dem Terrain nicht vertraute Mann in der Lederjacke hatte nicht schnell genug reagiert, und als die Räder auf den Kies kamen, rutschte der Wagen und krachte eine Sekunde später auf ihren und schob ihn gegen die Hauswand, daß die Erschütterung das Küchenfenster zersplittern ließ.

Diana sprang aus dem Wagen und schrie: »Daniel! Hol ein Gewehr! Schnell!« Sie deutete auf den Lieferwagen. »Dieser Kerl verfolgt mich schon fast seit der Stadt!«

Der Mann stieg aus und humpelte auf sie zu.

Diana floh ins Haus. Daniel folgte ihr und griff nach einer Schrotflinte, die eigentlich für Hasen gedacht war. Damit rannte er zurück aus dem Haus, um den unwillkommenen Besucher in Schach zu halten, der hinter Dianas Audi stehengeblieben war.

Daniel hob die Flinte an die Schulter und blickte den Fremden finster an. »Keine Bewegung, oder ich schieße!« warnte er ruhig und erinnerte sich plötzlich, daß die Flinte gar nicht geladen war. Diana wagte sich aus dem Haus, blieb jedoch mehrere Meter hinter Daniel.

»Mich doch nicht! Nicht mich!« brüllte der junge Mann in der Lederjacke, gerade als Rachel an der offenen Tür erschien.

»Was ist denn los?« erkundigte sie sich beunruhigt.

»Ruf die Polizei an«, bat Daniel sie, und seine Frau verschwand gleich wieder im Haus.

Daniel ging auf den zu Tode erschrockenen jungen Mann zu und zielte auf seine Brust.

»Das ist ein Irrtum! Nicht mich!« schrie er erneut und deutete auf den Audi. »Er ist im Wagen!« Rasch wandte er sich Diana zu. »Ich sah ihn einsteigen, als Ihr Wagen am Seitenstreifen stand. Was hätte ich denn sonst tun können? Sie wollten einfach nicht anhalten!«

Daniel näherte sich vorsichtig der hinteren Wagentür und befahl dem jungen Mann, sie vorsichtig zu öffnen, während er das Gewehr auf ihn gerichtet hielt.

Der junge Mann öffnete die Tür und machte schnell einen Schritt rückwärts. Alle drei starrten auf den Mann, der zwischen Vorder- und Rücksitz auf dem Boden kauerte. In seiner Rechten hielt er ein Messer mit langer Sägeklinge. Daniel richtete den Lauf der Waffe wortlos auf ihn.

Aus der Ferne war bereits die Sirene eines Polizeiwagens zu vernehmen.

UNVERKÄUFLICH

Mit vierzehn bekam Sally Sommer den Kunstpreis ihrer Schule. Während ihrer letzten vier Jahre in St. Bride's gab es keine ernsthaften Konkurrenten, die ihr den ersten Platz hätten streitig machen können. Es überraschte niemanden, als sie in ihrem letzten Schuljahr ein Stipendium der Kunstakademie Slade School for Arts erhielt. Während ihrer Ansprache bei der letzten Preisverleihung verkündete die Direktorin vor den versammelten Eltern, sie sei überzeugt, Sally werde Großes leisten, und man würde ihre Werke bald in einer namhaften Londoner Galerie bewundern können. Sally fühlte sich von diesem laienhaften Lob zwar geschmeichelt, aber sie selbst zweifelte noch immer an sich und ihrem Talent.

Am Ende ihres ersten Jahres in Slade waren die älteren Studenten bereits auf Sallys Arbeiten aufmerksam geworden. Ihre Zeichentechnik sah man als außergewöhnlich an; ihre Pinselführung wurde mit jedem Semester kühner; ihre eigenwilligen Ideen faszinierten nicht nur die Studenten, sondern auch die Lehrer.

In ihrem letzten Jahr wurden Sally von Sir Roger de Grey, dem Präsidenten der Royal Academy, zwei begehrte Auszeichnungen überreicht: der Mary-Rischgitz-Preis für Ölbilder und der Henry-Tonks-Preis für Zeichnungen. Und Sally gehörte zu der winzigen Gruppe, der man eine »große Zukunft« vorhersagte. Aber das konnte man sicher vom Klassenbesten jeden Jahres sagen, entgegnete Sally ihren stolzen Eltern, und trotzdem landeten die meisten dann in irgendeiner Werbeagentur oder unterrichteten irgendwo im Kingdom gelangweilte Schüler in Kunsterziehung.

Nach ihrem Abschluß mußte auch Sally sich für einen Job als Gebrauchsgrafikerin oder Lehrerin entscheiden, oder sie mußte alles riskieren und ihre Werke einer Londoner Galerie für eine Vernissage anbieten.

Ihre Eltern waren überzeugt, daß sie echtes Talent besaß. Aber können Eltern bei ihrem einzigen Kind überhaupt objektiv sein? fragte sich Sally. Außerdem war ihre Mutter Musiklehrerin und ihr Vater Buchhalter, und beide gaben offen zu, daß sie nicht viel von Kunst verstanden, wohl aber, sagten beide, wußten sie genau, was ihnen gefiel. Trotzdem wären sie durchaus bereit, sie zu unterstützen, falls sie noch ein Jahr an sich arbeiten wollte (um einen Ausdruck ihrer Generation zu benutzen), versicherten sie ihr.

Sally war sich jedoch schmerzlich bewußt, daß ein weiteres Jahr ohne eigenes Einkommen für ihre Eltern, auch wenn sie nicht schlecht gestellt waren, doch eine Belastung sein würde. Nach langem inneren Ringen entschied Sally sich schließlich doch für dieses eine Jahr: »Aber wirklich nur eines!« sagte sie zu ihren Eltern. »Wenn meine Bilder danach nicht gut genug sind, oder niemand ein Interesse zeigt, sie auszustellen, werde ich den Tatsachen ins Auge sehen und mir einen festen Job suchen.«

Die nächsten sechs Monate arbeitete Sally Stunden, von deren Existenz sie als Studentin kaum eine Ahnung gehabt hatte. Während dieser Zeit schuf sie zwölf Gemälde, gestattete jedoch niemandem einen Blick darauf, aus Angst, ihre Eltern und Freunde würden nicht offen zu ihr sein. Sie war fest entschlossen, ihre Mappe fertigzustellen und dann nur auf die strengsten Kritiken überhaupt zu hören und lediglich die unbestechliche Meinung von wirklich kunstverständigen Galeriebesitzern und möglichen Käufern zu akzeptieren.

Sally hatte schon immer gern gelesen, und jetzt verschlang sie geradezu, was sie an Büchern und Monographien über Künstler, von Bellini bis Hockney, bekommen konnte. Je mehr sie darüber las, desto klarer wurde ihr, daß, so talentiert ein Künstler auch sein mochte, letztendlich nur Fleiß und Hingabe die wenigen, die es schafften, von den vielen hervorhoben, die auf der Strecke blieben. Das spornte sie an, noch härter zu arbeiten, und sie begann Einladungen zu Partys und Tanzveranstaltungen abzulehnen, ja sogar Wochenendeinladungen guter langjähriger Bekannter. Statt dessen nutzte sie jede freie Minute, Kunstgalerien zu besuchen, und ließ sich keinen Vortrag über die großen Meister entgehen.

Im elften Monat hatte Sally siebenundzwanzig Gemälde und Zeichnungen fertiggestellt, aber ob ihre Werke etwas über ihr Talent aussagten, wußte sie immer noch nicht. Trotzdem hielt sie nun die Zeit dafür gekommen, andere darüber urteilen zu lassen.

Eingehend betrachtete sie jedes einzelne der siebenundzwanzig Bilder und packte am nächsten Morgen sechs davon in eine große Segeltuchmappe, die ihre Eltern ihr vergangene Weihnachten für einen solchen Zweck geschenkt hatten, und schloß sich den frühen Pendlern von Sevenoaks nach London an.

Sally begann ihre Suche in der Cork Street, wo sie Galerien fand, die Werke von Bacon, Freud, Hockney, Dunston und Chadwick ausstellten. Allein der Gedanke schüchterte sie schon ein, diese heiligen Hallen auch nur zu betreten, gar nicht daran zu denken, ihre bescheidene Arbeit den Inhabern zur Begutachtung vorzulegen. Sie schleppte ihre Segeltuchmappe zwei Blocks nordwärts zur Conduit Street, und dort erkannte sie in den Schaufenstern Werke von Jones, Campbell, Wczenski, Frink und Paolozzi. Das entmutigte sie immer mehr, und sie wagte es nicht, die Tür auch nur einer der vielen Galerien zu öffnen.

An diesem Abend kehrte Sally erschöpft und mit ungeöffneter Mappe nach Hause zurück. Zum ersten Mal verstand sie, wie ein Schriftsteller sich fühlen mußte, wenn sein Manuskript von einem Verlag nach dem anderen abgelehnt wird. Sie konnte diese Nacht einfach nicht schlafen. Doch während sie wach lag, kam sie zu dem Schluß, daß sie die Wahrheit unbedingt erfahren mußte, selbst wenn sie noch so demütigend sein würde.

Am folgenden Morgen schloß sie sich wieder dem Pendlerstrom an, und diesmal marschierte sie zur Duke Street, St. James's. Sie hielt sich nicht an den Galerien mit den alten Meistern auf, den niederländischen Stilleben oder englischen Landschaften, sondern schritt vorbei an Johnny van Haeften und Rafael Valls. Auf halber Höhe wandte sie sich nach rechts und hielt schließlich vor der Galerie Simon Bouchier an, die Skulpturen des kürzlich verstorbenen Sidney Harpley ausstellte und Bilder von Muriel Pemberton, deren Nachruf Sally erst vor wenigen Tagen im *Independent* gelesen hatte.

Der Gedanke an den Tod hatte Sally veranlaßt, sich an die Galerie Bouchier zu wenden. Vielleicht suchten sie jetzt nach Nachwuchs, hatte sie sich einzureden bemüht, nach jemandem, der gute Aussichten hatte, sich einen Namen zu machen.

Sie trat ein und stand in einem großen leeren Raum, umgeben von Muriel Pembertons Aquarellen. »Darf ich Ihnen behilflich sein?« erkundigte sich eine junge Dame, die hinter einem Tisch am Fenster saß.

»Nein, danke«, entgegnete Sally. »Ich möchte mich nur umsehen.«

Das Mädchen warf einen kurzen Blick auf Sallys Segel-tuchmappe, schwieg jedoch. Sally beschloß, einmal rund um die Galerie zu gehen und sie dann unauffällig zu verlassen. Sie studierte die Bilder eingehend. Sie waren gut, sehr gut — aber Sally glaubte, mit etwas Zeit könnte sie genauso gute malen. Sie hätte gern Arbeiten von Muriel Pemberton aus der Periode gesehen, als die Künstlerin so alt war wie sie jetzt.

Als Sally am hinteren Ende der oberen Galerie angelangt war, bemerkte sie eine offenstehende Tür. In dem Büro dahin-ter stand ein kleiner, kahl werdender Mann in abgetragener Tweedjacke und Kordsamthose, der eben in die Betrachtung eines Bildes vertieft war. Er schien etwa so alt zu sein wie ihr Vater. Noch ein weiterer Mann studierte eingehend das Bild. Als sie ihn sah, blieb Sally unwillkürlich stehen. Er war etwas über einsachtzig und sah aus wie einer dieser attraktiven Süd-länder, die man gewöhnlich nur in Hochglanzmagazinen fin-det. Und *er* hätte dem Alter nach ihr Bruder sein können.

Ist das Mr. Bouchier? fragte sie sich. Sie hoffte es, denn wenn er der Inhaber wäre, würde sie vielleicht den Mut auf-bringen, sich ihm vorzustellen, sobald der kleine Mann in der abgetragenen Jacke gegangen war. In diesem Moment blickte der junge Mann auf und lächelte sie freundlich an. Sally drehte sich schnell um und begann, die Bilder an der gegenüberliegenden Wand zu betrachten.

Sally fragte sich, ob es Sinn hatte, noch länger zu bleiben, als die beiden Männer plötzlich aus dem Büro traten und zur Tür gingen.

Wie erstarrt blieb sie stehen und tat, als gelte ihre ganze Aufmerksamkeit dem Porträt eines jungen Mädchens in blauen und gelben Pastelltönen, ein Bild, das einen Hauch von Matisse an sich hatte.

»Was ist da drin?« erkundigte sich eine forsche Stimme.

Sally drehte sich um und sah sich den beiden Männern gegenüber. Der kleinere deutete auf die Segeltuchmappe.

»Nur ein paar Bilder«, stammelte Sally. »Ich male.«

»Sehen wir sie uns doch an«, schlug der Mann vor, »vielleicht kann ich dann feststellen, ob Sie es auch können.«

Sally zögerte.

»Na, kommen Sie schon. Ich habe nicht viel Zeit. Wie Sie sehen, bin ich dabei, einen wichtigen Kunden zum Mittagessen auszuführen.« Er deutete mit dem Kopf auf den großen, gutgekleideten jungen Mann, der noch kein Wort gesagt hatte.

»Oh, sind *Sie* Mr. Bouchier?« Sie konnte ihre Enttäuschung nicht verbergen.

»Ja. Nun, darf ich Ihre Bilder sehen oder nicht?«

Sally öffnete rasch den Reißverschluß der Mappe und breitete die sechs Bilder auf dem Boden aus. Beide Männer beugten sich darüber und studierten sie eine Zeitlang, ehe auch nur einer etwas sagte.

Endlich richtete Bouchier sich wieder auf. »Nicht schlecht. Gar nicht schlecht. Überlassen Sie sie mir ein paar Tage, und kommen Sie nächste Woche wieder.« Er machte eine Pause. »Sagen wir am Montag um 11.30 Uhr. Und falls Sie noch irgendwelche Proben Ihrer Arbeit haben, dann bringen Sie sie mit.« Sally war sprachlos. »Vor Montag geht es nicht«, fügte er hinzu, »weil die Sommerausstellung der Royal Academy morgen beginnt. Ich werde deshalb keinen Augenblick Zeit für etwas anderes haben. Wenn Sie mich jetzt bitte entschuldigen würden . . .«

Der junge Mann studierte Sallys Bilder immer noch eingehend. Als er schließlich aufblickte, sagte er: »Ich möchte gern das Interieur mit der schwarzen Katze am Fensterbrett kaufen. Was kostet es?«

»Nun«, begann Sally, »ich weiß nicht . . .«

»Unverkäuflich«, sagte Bouchier mit Nachdruck und führte seinen Kunden zur Tür.

»Übrigens«, der hochgewachsene Mann drehte sich noch einmal um, »ich bin Antonio Flavelli. Meine Freunde nennen mich Tony.« Aber Mr. Bouchier schob ihn bereits auf die Straße.

Sally kehrte an diesem Nachmittag mit einer leeren Segeltuchmappe nach Hause zurück und war bereit, ihren Eltern gegenüber zuzugeben, daß ein Londoner Kunsthändler Interesse an ihrer Arbeit gezeigt hatte. Aber, betonte sie, lediglich Interesse.

Am nächsten Vormittag beschloß Sally, sich die Eröffnung der Sommerausstellung der Royal Academy nicht entgehen zu lassen, denn dort konnte sie sich über den künstlerischen Standard ihrer Konkurrenten ein Bild machen. Über eine Stunde stand sie in der langen Schlange, die vom Eingang über den Parkplatz bis auf den Bürgersteig reichte. Als sie schließlich oben auf der breiten Treppe ankam, wünschte sie sich, sie wäre zwei Meter groß, damit sie über die Köpfe dieser Besuchermenge hinwegsehen könnte, die jeden Raum ausfüllte. Nachdem sie sich gute zwei Stunden in den vielen Räumen umgesehen hatte, war Sally überzeugt, daß sie bereits zumindest so gut war, daß sie für die nächstjährige Ausstellung zwei ihrer Bilder einreichen könnte.

Sie blieb stehen, um ein Kreuzigungsbild von Craigie Aitchison zu bewundern, und blätterte dann in ihrem kleinen blauen Katalog nach dem Preis. Zehntausend Pfund! Mehr als sie hoffen konnte zu bekommen, wenn sie alle ihre Bilder verkaufte. Plötzlich wurde sie durch eine weiche italienische Stimme aus ihrer Konzentration gerissen. »Hallo, Sally.« Sie schwang herum und sah Tony Flavelli, der sie anlächelte.

»Mr. Flavelli«, grüßte sie.

»Tony, bitte. Gefällt Ihnen Craigie Aitchison?«

236

»Er ist großartig«, antwortete Sally. »Ich kenne seine Arbeit gut — ich hatte das Privileg, ihn in der Slade als Lehrer zu haben.«

»Ich kann mich gut erinnern, es ist noch gar nicht so lange her, da konnte man einen Aitchison für unter dreihundert Pfund bekommen. Vielleicht wird das bei Ihnen einmal ebenso sein. Haben Sie sonst noch etwas gesehen, was Sie glauben, daß ich mir anschauen sollte?«

Sally fühlte sich geschmeichelt, von einem ernsthaften Sammler um Rat gebeten zu werden. »Ja«, erwiderte sie. »Ich finde die Skulptur ›Bücher auf einem Stuhl‹ von Julie Major sehr eindrucksvoll. Sie ist begabt, und ich bin sicher, daß sie es weit bringen wird.«

»So wie Sie«, sagte Tony.

»Gauben Sie das wirklich?« fragte Sally.

»Es ist nicht wichtig, was ich glaube«, entgegnete Tony. »Simon Bouchier ist jedenfalls davon überzeugt.«

»Machen Sie sich einen Spaß mit mir?«

»Nein. Sie werden es selbst feststellen, wenn Sie ihn am Montag sehen. Er hat gestern während des ganzen Mittagessens über kaum etwas anderes gesprochen. Die ›kühne Pinselführung‹, die ›ungewöhnliche Farbkomposition‹, die ›Originalität der Idee‹. Ich dachte schon, er würde gar nicht mehr aufhören. Aber jedenfalls hat er mir versprochen, daß ich das Bild mit der schlafenden Katze haben darf, wenn Sie sich beide auf den Preis geeinigt haben.«

Sally war sprachlos.

»Viel Glück«, sagte Tony und wandte sich zum Gehen. »Nicht, daß ich glaube, daß Sie meinen Glückwunsch nötig haben.« Er zögerte kurz, ehe er sich ihr noch einmal zuwandte. »Übrigens, werden Sie auch die Hockney-Ausstellung besuchen?«

»Ich wußte nicht einmal, daß es eine gibt«, gestand Sally.

»Zwischen achtzehn und zwanzig Uhr ist eine Vernissage für geladene Gäste.« Er blickte ihr direkt in die Augen und fragte: »Möchten Sie mich begleiten?«

Auch sie zögerte nur kurz. »Sehr gern.«

»Gut. Wie wär's, wenn wir uns um 18.30 Uhr im Ritz Palm Court treffen?« Bevor Sally ihm gestehen konnte, daß sie nicht wußte, wo das Ritz war, geschweige denn sein Palmengarten, war der elegante große Mann bereits in der Menge verschwunden.

Sally fühlte sich plötzlich linkisch und schlampig, aber als sie sich heute morgen anzog, hatte sie ja auch nichts vom Ritz gewußt. Sie blickte auf die Uhr — 12.45 Uhr — und fragte sich, ob die Zeit reichen würde, heimzufahren, sich umzuziehen und um 18.30 Uhr im Ritz zu sein. Aber eine andere Wahl hatte sie kaum, denn sie bezweifelte, daß man sie, so wie sie gekleidet war — Jeans und ein T-Shirt mit dem Aufdruck von Munchs »Der Schrei« — in ein so vornehmes Hotel überhaupt einlassen würde. Sie eilte die Freitreppe hinunter, hinaus auf den Picadilly und den ganzen Weg bis zur nächsten U-Bahn-Station.

Zu Hause in Seven Oaks angekommen — viel früher als von ihrer Mutter erwartet —, stürzte sie in die Küche und erklärte ihrer Mutter, daß sie bald wieder weg müsse.

»War die Sommerausstellung sehenswert?« fragte ihre Mutter.

»Nicht schlecht«, antwortete Sally, während sie bereits die Treppe hinauflief. Doch kaum war sie außer Hörweite, murmelte sie: »Viel habe ich nicht gesehen, was ich nicht ebensogut schaffen würde.«

Ihre Mutter streckte den Kopf aus der Küche. »Wirst du zum Abendessen zurück sein?«

»Glaube ich nicht«, rief Sally und verschwand in ihrem

Zimmer. Sie schlüpfte hastig aus ihren Sachen und stieg unter die Dusche.

Eine Stunde später, nachdem sie sich mehrmals wieder umgezogen hatte, weil sie einfach nichts Passendes fand, schlich sie die Treppe hinunter. Sie musterte sich im Flurspiegel. Das Kleid, für das sie sich endlich entschieden hatte, war vielleicht etwas kurz, aber ihre Beine konnten sich sehen lassen. Sie erinnerte sich an die Studenten in der Zeichenstunde, die mehr auf ihre Beine gestarrt hatten als auf das Modell, das sie zeichnen sollten. Sie hoffte, Tony würde von ihnen ebenso gefesselt sein.

»Wiedersehen, Mama«, rief sie und schloß rasch die Haustür hinter sich, ehe ihre Mutter sehen konnte, wie sie angezogen war.

Sally nahm den nächsten Zug zurück nach Charing Cross. Auf dem Bahnsteig dachte sie daran, nach dem Weg zum Ritz zu fragen, aber sie scheute sich davor, zuzugeben, daß sie keine Ahnung hatte, wo es war. So entschloß sie sich, ein Taxi zu nehmen, und hoffte nur, daß die Fahrt nicht mehr als vier Pfund kosten würde, denn das war alles Geld, das sie bei sich hatte. Sie nahm den Blick nicht mehr vom Taxameter, nachdem er zwei Pfund überschritten hatte und unaufhaltsam dahinklickte, drei Pfund, drei Pfund zwanzig, vierzig, sechzig, achtzig . . . Sie wollte den Fahrer gerade bitten, sie aussteigen zu lassen, als er am Bordstein anhielt.

Die Wagentür wurde sofort zuvorkommend von einem stattlichen Mann in schwerem blauen Trenchcoat geöffnet, der den Zylinder vor ihr lüpfte. Sally reichte dem Taxifahrer ihre vier Pfundscheine und hatte ein schlechtes Gewissen, weil sie ihm nur die zwanzig Pence als Trinkgeld überlassen konnte. Sie rannte die Treppe hinauf und durch die Drehtür ins Foyer. Ein Blick auf die Uhr zeigte ihr, daß es erst 18.10 Uhr war. Da war es wohl besser, wenn sie das Hotel wieder verließ und einmal um den Block herumspazierte, bevor sie zurückkam. Doch gerade, als sie die Tür erreichte, kam ein eleganter Herr in langem schwarzem Abendjakkett auf sie zu und fragte: »Kann ich Ihnen behilflich sein, Madam?«

»Ich bin mit Mr. Tony Flavelli verabredet«, stammelte Sally und hoffte, der Name würde ihm etwas sagen.

»Mr. Flavelli. Selbstverständlich, Madam. Gestatten Sie, daß ich Sie zu seinem Tisch im Palm Court führe.«

Sie folgte dem Herrn im Frack einen breiten, mit dickem Teppich belegten Korridor entlang, dann drei Stufen hoch zu einem großen Außenraum voll runder Tischchen, von denen fast alle besetzt waren.

Dort führte er sie zu einem Tisch an der Seite, und kaum daß sie saß, stand bereits ein Kellner neben ihr und und erkundigte sich: »Darf ich Ihnen etwas zu trinken bringen, Madam? Vielleicht ein Glas Champagner?«

»O nein«, wehrte Sally ab. »Ein Glas Cola bitte.«

Der Kellner verbeugte sich und ging. Sally schaute sich nervös in dem luxuriös eingerichteten Raum um. Alle hier wirkten so entspannt und kultiviert. Augenblicke später kehrte der Kellner bereits zurück und stellte einen feinen hohen Kristallbecher mit Coca-Cola, Eiswürfeln und Zitronenscheibe vor sie hin. Sie dankte und nippte an ihrem Getränk. Alle paar Minuten blickte sie auf ihre Uhr. Sie zog ihr Kleid so weit zum Knie, wie es nur ging, und wünschte sich, sie hätte doch etwas mit einem längeren Rock angezogen. Allmählich machte sie sich Gedanken, was geschehen würde, falls Tony nicht kam, denn sie hatte kein Geld mehr, um ihre Cola zu bezahlen. Da plötzlich sah sie ihn. Er trug einen losen Zweireiher und ein cremefarbenes Sporthemd ohne Binder. Er war an der obersten Stufe stehengeblieben, um mit einer eleganten jungen Dame zu plaudern. Nach ein paar Minuten küßte er sie auf die Wange, dann ging er zu Sally hinüber.

»Tut mir so leid, daß Sie warten mußten«, entschuldigte er sich. »Ich hoffe, ich habe mich nicht sehr verspätet.«

»Nein, nein, gar nicht. Ich bin nur ein paar Minuten zu früh gekommen«, versicherte Sally ihm errötend, als er ihr die Hand küßte.

»Wie hat Ihnen die Sommerausstellung gefallen?« fragte er, gerade als der Kellner an den Tisch kam.

»Das übliche, Sir?«

»Ja, bitte, Michael«, antwortete Tony.

»Gut«, antwortete Sally. »Aber . . .«

»Aber Sie hatten das Gefühl, daß Sie es ebensogut hätten machen können?«

»Nein, so war das nicht gemeint.« Sie blickte ihn an, um zu sehen, ob er sie nur hatte necken wollen. Doch sein Gesicht blieb ernst. »Aber ich glaube, daß mir Hockney mehr geben wird«, beendete sie den Satz nun, während der Kellner ein Glas Champagner vor Tony hinstellte.

»Dann werde ich wohl mit der Wahrheit herausrücken müssen«, sagte Tony.

Sally stellte ihre Cola ab und starrte ihn an, denn sie verstand nicht, was er meinte.

»Es gibt momentan keine Hockney-Ausstellung«, gestand er. »Außer, Sie möchten nach Glasgow fliegen.«

Sally blickte ihn verwirrt an. »Aber Sie sagten doch . . .«

»Ich brauchte eine Ausrede, um Sie wiederzusehen.«

Sally fühlte sich geschmeichelt, aber sie war immer noch verwirrt und wußte nicht so recht, wie sie reagieren sollte.

»Ich überlasse die Entscheidung Ihnen. Wir könnten miteinander zu Abend essen, oder Sie könnten ganz einfach den Zug zurück nach Sevenoaks nehmen.«

»Woher wissen Sie, daß ich in Sevenoaks wohne?«

»Das stand groß genug an der Seite Ihrer Segeltuchmappe«, antwortete Tony lächelnd.

Sally mußte lachen. »Ich wähle das Abendessen.«

Tony bezahlte die Getränke, dann führte er Sally aus dem Hotel und ein paar Meter die Straße entlang zu einem Restaurant an der Ecke Arlington Street.

Diesesmal lehnte Sally ein Glas Sekt nicht ab und überließ es Tony, für sie aus der Speisekarte auszuwählen. Er hätte gar nicht aufmerksamer sein können, und er schien so viel über so vieles zu wissen, ohne zu verraten, was er beruflich tat.

Nachdem sie gegessen und Tony um die Rechnung gebeten hatte, fragte er Sally, ob sie vielleicht noch eine Tasse Kaffee »bei ihm« trinken würde.

»Ich fürchte, ich kann nicht«, antwortete sie mit einem Blick auf ihre Uhr. »Ich würde den letzten Zug nach Hause verpassen.«

»Dann fahre ich Sie zum Bahnhof. Wir wollen doch nicht, daß Sie den letzten Zug nach Hause verpassen, nicht wahr?« Er kritzelte seine Unterschrift unter die Rechnung.

Sie hörte den Anflug von Spott in seiner Stimme und errötete.

Als Tony sie am Charing Cross absetzte, fragte er: »Wann darf ich Sie wiedersehen?«

»Ich habe eine Verabredung mit Mr. Bouchier um 11.30 Uhr . . .«

»Am kommenden Montag, wenn ich mich recht entsinne. Wie wär's danach mit einer kleinen Feier und Mittagessen, nachdem er Sie unter Vertrag genommen hat? Ich werde um halb eins in der Galerie sein. Auf Wiedersehen.« Er beugte sich vor und küßte sie sanft auf die Lippen.

Während sie in einem kalten und übelriechenden Abteil des letzten Zuges nach Sevenoaks saß, fragte sich Sally gegen ihren Willen, wie das »Kaffeetrinken« bei Tony wohl ausgesehen hätte.

Am folgenden Montag betrat Sally wenige Minuten vor 11.30 Uhr die Galerie und sah Simon Bouchier auf dem Teppich knien, mit gesenktem Kopf einige Bilder studierend. Es waren nicht ihre, und sie hoffte, daß sie ihm ebensowenig gefielen wie ihr.

Simon blickte auf. »Guten Tag, Sally. Gräßlich, nicht wahr? Man muß sich durch eine Menge Kitsch arbeiten, bevor man auf jemanden stößt, der echtes Talent beweist.« Er erhob sich. »Natascha Krasnoseljodkina ist Ihnen gegenüber allerdings im Vorteil.«

»Weshalb?« fragte Sally.

»Eine Ausstellung von ihr würde die Massen anlocken.«

»Wieso?«

»Weil sie behauptet, eine russische Gräfin zu sein. Sie läßt durchblicken, daß sie in direkter Linie vom letzten Zaren abstammt. Um ehrlich zu sein, ich glaube, wenn sie einem Thron nahe war, dann höchstens dem einer Schönheitskönigin. Aber wie auch immer, sie ist momentan groß ›in‹ — eine Art ›Minah Bird‹ der neunziger Jahre. Was hat Andy Warhol gesagt: ›In der Zukunft wird jeder fünfzehn Minuten berühmt sein.‹ Nach diesem Maßstab dürfte es Natascha auf dreißig bringen. In der heutigen Klatschspalte wird sogar angedeutet, daß sie Prinz Andrews neue Liebe ist. Ich wette, sie sind sich nicht einmal begegnet. Wenn er jedoch zur Ausstellung käme, hätten wir einen ungeheuren Zulauf, das steht fest. Wir würden zwar kein Bild verkaufen, aber es wäre proppenvoll.«

»Wieso würden Sie nichts verkaufen?« fragte Sally.

»Weil die Besucher nicht so dumm sind, wenn es darum geht, ein Bild zu kaufen. Für die meisten Leute ist ein Gemälde eine große Anschaffung, und jeder möchte gern glauben, er habe einen guten Blick und hätte klug investiert. Nataschas Bilder können sie weder in der einen noch in der anderen Hinsicht befriedigen. Aber lassen Sie mich jetzt den Rest der Ihrigen sehen.«

Sally öffnete den Reißverschluß ihrer nun prallen Mappe und legte einundzwanzig Bilder auf den Teppich.

Simon ging auf die Knie und sagte lange nichts. Schließlich murmelte er mehrmals hintereinander nur das eine Wort: »Ausgezeichnet.«

»Aber ich werde mehr brauchen, und von derselben Qualität«, sagte er, nachdem er sich erhoben hatte. »Mindestens noch zwölf, und zwar bis Oktober. Ich möchte, daß Sie sich auf Interieurs konzentrieren — Sie sind gut mit Interieurs. Und Sie werden besser als nur gut sein müssen, wenn Sie möchten, daß ich meine Zeit, Erfahrung und eine ziemliche Menge Geld in Sie investiere, junge Dame. Glauben Sie, bis Oktober noch ein Dutzend Bilder schaffen zu können, Miss Sommer?«

»Ja, natürlich«, antwortete Sally und dachte kaum daran, daß bis Oktober nur noch fünf Monate waren.

»Das ist gut, denn *wenn* Sie liefern, und ich sage nur, wenn, werde ich die Kosten auf mich nehmen, um Sie bereits im Herbst einem ahnungslosen Publikum vorzuführen.« Er ging in sein Büro, blätterte in seinem Terminkalender und sagte: »Am 17. Oktober, um genau zu sein.«

Sally war sprachlos.

»Ich nehme an, daß es Ihnen wohl nicht gelingen wird, eine Affäre mit Prinz Charles anzufangen, die von Ende September bis Anfang November dauern wird? Das würde die russische Gräfin aus den Dauerschlagzeilen vertreiben und uns zur Eröffnung ein volles Haus garantieren.«

»Ich fürchte, nein«, erwiderte Sally, »vor allem nicht, wenn Sie erwarten, daß ich bis dahin zwölf neue Bilder schaffe.«

»Wie schade«, bedauerte Simon, »denn wenn wir die Spekulanten anziehen könnten, würden Sie bestimmt kaufen wollen, davon bin ich überzeugt. Das Problem ist immer, sie dazu zu bringen, sich einen unbekannten Künstler überhaupt anzuschauen.« Plötzlich blickte er über Sallys Schulter. »Hallo, Tony. Ich hatte nicht erwartet, Sie heute zu sehen.«

»Das liegt vielleicht daran, daß Sie mich nicht wirklich sehen. Ich bin nur gekommen, Sally abzuholen, um bei einem guten Lunch zu feiern. Wir haben doch einen Grund zum Feiern, nicht wahr?«

»Die ›Sommerausstellung‹«, Simon grinste bei seinem kleinen Wortspiel, »wird nicht im Juni in der Royal Academy eröffnet, sondern im Oktober in der Galerie Bouchier. Der 17. Oktober wird Sallys großer Tag sein!«

Tony wandte sich an Sally. »Herzlichen Glückwunsch. Ich werde alle meine Freunde mitbringen.«

»Ich bin nur an den reichen interessiert«, sagte Simon in dem Moment, als jemand die Galerie betrat.

»Natascha!« rief Simon und blickte einer schlanken dunkelhaarigen Dame entgegen. Sallys erster Gedanke war, daß diese Frau das Modell eines Künstlers sein und sich nicht selbst an der Kunst versuchen sollte.

»Danke, daß Sie so schnell zurückgekommen sind, Natascha. — Und Ihnen beiden wünsche ich einen guten Lunch«, fügte er hinzu und lächelte Tony an, der den Blick offenbar nicht von der Besucherin abwenden konnte.

Natascha bemerkte es nicht, da ihr einziges Interesse anscheinend Sallys Bildern galt. Sie konnte ihren Neid nicht verbergen.

Tony und Sally verließen die Galerie. »Ist sie nicht umwerfend?« sagte Sally.

»Oh, wirklich? Es ist mir nicht aufgefallen«, heuchelte Tony.

»Ich könnte es Prinz Edward nicht verdenken, wenn er tatsächlich eine Affäre mit ihr hätte.«

»Verdammt!« entfuhr es Tony, der eine Hand in seine Brusttasche schob. »Ich habe vergessen, Simon den Scheck zu geben, den ich ihm versprach. Rühren Sie sich nicht vom Fleck, ich bin in einer Minute zurück.«

Tony sprintete zur Galerie zurück, und Sally wartete an der Ecke eine entsetzlich lange Minute, wie ihr schien, ehe er wieder zurückkam.

»Tut mir leid. Simon war am Telefon«, entschuldigte sich Tony. Er nahm Sally beim Arm und führte sie über die Straße zu einem kleinen italienischen Restaurant, wo er offenbar ebenfalls seinen eigenen Tisch hatte.

Er bestellte eine Flasche Champagner. »Um Ihren großen Erfolg zu feiern.« Als Sally dankend das Glas hob, wurde ihr zum erstenmal bewußt, wieviel Arbeit sie bis Oktober bewältigen mußte, wenn sie ihr Simon gegebenes Versprechen halten wollte.

Als Tony ihr Glas nachschenkte, lächelte Sally. »Es ist ein denkwürdiger Tag für mich. Ich sollte meine Eltern anrufen und Ihnen Bescheid geben, aber ich fürchte, sie würden mir nicht glauben.«

Als Sally ihr drittes Glas nippte, aber noch immer nicht mit ihrem Salat fertig war, griff Tony nach ihrer Hand, beugte sich über den Tisch und küßte sie. »Ich bin noch nie einer so schönen Frau begegnet. Und ganz gewiß keiner so begabten.«

Sally nahm rasch einen tiefen Schluck Sekt, um ihre Verlegenheit zu verbergen. Sie war sich immer noch nicht sicher,

246

ob sie ihm glauben konnte, aber nach einem Glas Weißwein, gefolgt von zwei Glas Rotwein, machte sie sich darüber keine Gedanken mehr.

Nachdem Tony die Rechnung unterschrieben hatte, fragte er sie wieder, ob sie noch bei ihm eine Tasse Kaffee trinken wolle. Sally hatte bereits beschlossen, heute nicht mehr zu arbeiten, selbst wenn sie dazu noch imstande gewesen wäre. Sie fand, sie hatte sich einen freien Nachmittag redlich verdient.

Im Taxi nach Chelsea legte sie den Kopf an Tonys Schulter, und er begann sie ganz sanft zu küssen.

Vor seinem Stadthaus in Bywater Street half er ihr aus dem Taxi, die Eingangsstufen hinauf und durch die Haustür. Dann führte er sie einen dämmrigen Korridor entlang ins Wohnzimmer. Als Tony in einem anderen Zimmer verschwand, kuschelte Sally sich in eine Sofaecke. Sie sah die Bilder, die jeden Zoll der Wände bedeckten, nur verschwommen, ebenso wie den größten Teil der restlichen Einrichtung. Tony kehrte Augenblicke später mit einer Flasche Sekt und zwei Gläsern zurück. Sally fiel gar nicht auf, daß er Jacke, Binder und Schuhe ausgezogen hatte.

Er schenkte ihr ein Glas ein, an dem sie nippte, als er sich neben sie aufs Sofa setzte. Sein Arm glitt um ihre Schultern, und er zog sie an sich. Er küßte sie wieder, und sie kam sich ein wenig komisch vor mit einem dummen leeren Glas zwischen den Fingern. Er nahm es ihr ab und stellte es auf ein Beistelltischchen. Dann hielt er sie in den Armen und fing an, sie leidenschaftlicher zu küssen. Als sie zurücksank, rutschte seine Hand auf die Innenseite ihres Schenkels und begann langsam hochzuwandern.

Jedesmal, wenn Sally ihn gerade davon abhalten wollte, noch weiter zu gehen, wußte Tony offenbar genau, was er als nächstes tun mußte. Sie hatte die Situation immer voll im

Griff gehabt, wenn ein allzu leidenschaftlicher Kommilitone sich in der hinteren Reihe eines Kinos etwas zu weit vorgewagt hatte. Aber sie war auch noch nie zuvor jemandem mit Tonys erotischer Raffinesse begegnet. Als ihr Kleid von den Schultern fiel, hatte sie nicht einmal bemerkt gehabt, daß er die zwölf Knöpfe am Rücken geöffnet hatte.

Sie rissen sich kurz voneinander los. Ihr Gefühl sagte Sally, daß sie jetzt gehen sollte, bevor es zu spät war. Tony lächelte und knöpfte sein Hemd auf, ehe er sie wieder in die Arme nahm. Sie spürte die Wärme seiner Brust, und er war so sanft, daß es ihr gar nicht mehr in den Sinn kam, ihn zurückzuweisen, als er ihren Büstenhalter öffnete. Sie sank zurück, genoß jede Sekunde, und ihr war klar, daß sie bis zu diesem Moment nie erlebt hatte, wie es war, wenn man richtig verführt wurde.

Tony lehnte sich schließlich zurück und sagte: »Ja, es war wirklich ein denkwürdiger Tag. Aber ich glaube nicht, daß ich meine Eltern anrufen würde, um ihnen Bescheid zu geben.« Er lachte, und Sally schämte sich ein wenig. Tony war erst der vierte Mann, der mit ihr Sex gemacht hatte, und die anderen drei hatte sie vorher seit Monaten gekannt — in einem Fall sogar seit Jahren.

Während der nächsten Stunde unterhielten sie sich über vielerlei, doch eigentlich wollte Sally nur wissen, was Tony für sie empfand. Aber dazu äußerte er sich mit keinem Wort.

Dann nahm er sie wieder in die Arme, doch diesmal zog er sie auf den Boden und liebte sie mit einer solchen Leidenschaft, daß Sally sich fragte, ob sie je zuvor überhaupt schon einmal Liebe gemacht hatte.

Sie erreichte den letzten Zug nach Hause gerade noch, aber unwillkürlich wünschte sie sich, ihn verpaßt zu haben.

Im Laufe der nächsten Monate widmete Sally sich ganz ihrer

Arbeit, ihre jeweils neuesten Einfälle auf Leinwand zu bannen. Jedesmal wenn sie ein neues Bild fertig hatte, brachte sie es nach London, damit Simon seine Meinung dazu äußern konnte. Und mit jedem neuen Gemälde wurde sein Lächeln breiter, und das Wort, das er jetzt immer wiederholte, war: »Originell!« Sally erzählte ihm dann von ihren Ideen für das nächste Bild, und er sprach von seinen Plänen für ihre Ausstellung im Oktober.

Oft traf sie sich mit Tony zum Mittagessen, und danach fuhren sie zu seinem Haus, wo sie sich liebten, bis es wieder Zeit für ihren letzten Zug war.

Sally wünschte sich sehr, mehr Zeit mit Tony verbringen zu können, aber sie war sich immer des Termins bewußt, den Simon ihr gesetzt hatte, und er erinnerte sie wiederholt daran, daß die Druckerei die Fahnen für den Katalog bereits fertig hatte und die Einladungen für die Vernissage nur darauf warteten, abgesandt zu werden. Tony war offenbar fast ebenso beschäftigt wie sie, und in der letzten Zeit war es ihm nicht immer geglückt, an dem Tag freizumachen, an dem sie ein Bild nach London brachte. Sally hatte angefangen, über Nacht bei ihm zu bleiben und am folgenden Vormittag heimzufahren. Hin und wieder ließ er durchblicken, daß sie es sich doch überlegen sollte, zu ihm zu ziehen. Wenn sie es sich durch den Kopf gehen ließ — und das tat sie häufig —, dachte sie, wie leicht aus seinem Dachboden ein Atelier zu machen wäre. Aber bevor sie sich ernsthaft für einen solchen Umzug entscheiden wollte, mußte erst die Ausstellung ein Erfolg sein. Wenn dann aus seinen vorsichtigen Fragen ein Angebot werden sollte, würde sie ihre Antwort bereit haben.

Zwei Tage vor der Eröffnung ihrer Ausstellung vollendete Sally ihr letztes Bild und brachte es zu Simon. Als sie es aus der Segeltuchmappe gezogen hatte, warf er die Arme hoch und rief: »Halleluja! Das ist Ihr bisher Bestes! Solange wir die Preise in vernünftigem Rahmen halten, glaube ich, daß wir mit ein bißchen Glück bis zum Ende der Ausstellung wenigstens die Hälfte Ihrer Bilder verkauft haben werden.«

»Nur die Hälfte?« Sally vermochte ihre Enttäuschung nicht zu verbergen.

»Das wäre wahrhaftig nicht schlecht für Ihren ersten Versuch, junge Dame«, sagte Simon. »Bei Leslie Anne Ivorys erster Ausstellung habe ich nur ein einziges Bild an den Mann gebracht, und jetzt sind bereits in der ersten Woche alle verkauft.«

Sally wirkte immer noch niedergeschlagen, und Simon wurde bewußt, daß er vielleicht etwas feinfühliger hätte vorgehen sollen.

»Machen Sie sich keine Sorgen. Jedes nichtverkaufte Bild kommt in den Laden, und sobald die ersten guten Kritiken in den Zeitungen erschienen sind, werden sich auch dafür Käufer finden.«

Sally schmollte weiter.

»Wie gefallen Ihnen die Rahmen und Passepartouts?« fragte Simon, um das Thema zu wechseln.

Sally betrachtete die goldenen Rahmen und hellgrauen Passepartouts. Ihr Lächeln kehrte zurück.

»Sie sind gut, nicht wahr? So kommen die Farben wunderbar zur Geltung.«

Sally nickte bestätigend, aber sie fragte sich bereits, was sie wohl gekostet hatten und ob sie je die Chance für eine zweite Vernissage bekommen würde, falls diese kein Erfolg wurde.

»Übrigens«, sagte Simon, »ich habe einen Freund, Mike Sallis, bei der PA, der . . .«

»PA?« fragte Sally.

»Press Association. Mike ist Fotograf und immer auf Ausschau nach einer guten Story. Er hat versprochen, vorbeizu-

kommen und ein Bild von Ihnen neben einem Ihrer Gemälde zu schießen. Dann wird er mit dem Foto in der ganzen
Fleet Street hausieren gehen. Und wir müssen eben die Dau-
men halten und beten, daß sich Natascha den Tag freige-
nommen hat. Ich möchte Ihnen ja keine falschen Hoffnungen machen, aber vielleicht beißt wirklich eine Zeitung an.
Das einzige, was wir bisher für die Öffentlichkeit über Sie
haben, ist die Mitteilung, daß es Ihre erste Ausstellung seit
Ihrem Slade-Abschluß ist. Leider etwas mager für eine
Schlagzeile.« Simon machte eine Pause, als Sally erneut niedergeschlagen wirkte. »Es ist noch nicht zu spät, eine Affäre
mit Prinz Charles anzufangen. Das würde unsere Probleme
mit einem Schlag lösen.«

Sally lächelte. »Ich glaube nicht, daß Tony das gefallen
würde.«

Simon entschied sich gegen eine weitere taktlose Bemerkung.

Diesen Abend verbrachte Sally wieder bei Tony in Chelsea. Er wirkte ein wenig abwesend, aber daran gab sie sich
selbst die Schuld — sie konnte ihre Enttäuschung über Simons Einschätzung nicht verbergen, wie wenige ihrer Bilder
möglicherweise verkauft würden. Nachdem sie sich geliebt
hatten, versuchte Sally die Sprache darauf zu bringen, wie es
mit ihnen weitergehen würde, wenn die Ausstellung erst vorbei war, aber Tony wechselte geschickt das Thema und bemerkte, daß er die Vernissage kaum erwarten konnte.

In der Nacht fuhr Sally mit dem letzten Zug von Charing
Cross nach Hause.

Am nächsten Morgen erwachte sie zutiefst niedergeschlagen. Ihr Zimmer war leer, alle Bilder waren weg. Und sie
konnte nun nichts anderes mehr tun als warten. Es besserte
ihre Stimmung nicht, daß Tony geschäftlich verreist war, wie

er ihr gesagt hatte, und erst am Abend ihrer Vernissage zurückkommen würde. Sie lag in der Badewanne und dachte
an ihn.

»Aber ich werde dein erster Kunde an diesem Abend
sein«, hatte er versprochen. »Denk daran, ich will immer
noch das Bild mit der schlafenden Katze kaufen.«

Das Telefon läutete, aber jemand hob ab, bevor Sally aus
der Wanne steigen konnte.

»Für dich!« rief ihre Mutter vom Fuß der Treppe herauf.

Sally wickelte sich ein Badetuch um und beeilte sich,
zum Telefon zu kommen, in der Hoffnung, es sei Tony.

»Hallo, Sally. Ich bin's, Simon. Ich habe gute Neuigkeiten. Mike Sallis hat eben von der PA angerufen. Er kommt
morgen gegen Mittag zur Galerie. Bis dahin sind alle Bilder
gerahmt, und er wird der erste sein, der sie zu sehen bekommt. Alle wollen die ersten sein. Ich versuche, mir irgendeine exklusive Story für ihn auszudenken. Mir wird
schon etwas einfallen. Ah, ja, die Kataloge sind gekommen
und sehen phantastisch aus.«

Sally dankte ihm und wollte gerade Tony anrufen, um
ihm vorzuschlagen, daß sie über Nacht bei ihm blieb, damit sie dann am nächsten Tag miteinander zur Galerie
gehen konnten, als ihr einfiel, daß er ja auf Geschäftsreise war. So verbrachte sie den Tag damit, nervös im Haus
herumzuirren und hin und wieder mit ihrem liebsten Modell zu reden, der auf Tonys Lieblingsbild verewigten
schlafenden Katze.

Am nächsten Morgen nahm Sally einen der frühesten
Pendlerzüge von Sevenoaks, damit sie noch Zeit haben
würde, die Bilder mit den Katalogeinträgen zu checken.
Als sie die Galerie betrat, leuchteten ihre Augen auf:
sechs Gemälde waren bereits aufgehängt, und sie hatte
zum ersten Mal das feste Gefühl, daß sie wirklich nicht

252

schlecht waren. Sie blickte zum Büro. Simon war am Telefon und bedeutete ihr lächelnd, daß er gleich zu ihr kommen würde.

Sie betrachtete die Bilder noch einmal, da sah sie den Katalog auf dem Tisch. Auf dem Einband stand DIE SOMMER-AUSSTELLUNG über einem Bild, das einen Blick aus dem Wohnzimmer ihrer Eltern durch ein offenes Fenster auf einen unkrautüberwucherten Garten bot. Eine schwarze Katze lag ungeachtet des Regens zusammengerollt auf dem Fensterbrett.

Sally öffnete den Katalog und las die Einleitung auf der ersten Seite.

> Manchmal sehen Preisrichter sich gezwungen, zu sagen: Es war schwierig, den diesjährigen Sieger auszuwählen. Doch bereits in dem Moment, da das Auge auf Sally Sommers Arbeiten fiel, stand fest, daß es keine Qual der Wahl geben würde. Ein echtes Talent ist für alle offensichtlich, und Sally hat, was fast beispiellos ist, in ein und demselben Jahr Slades erste Preise sowohl für Ölbilder wie für Zeichnungen erhalten. Ich freue mich schon darauf, ihren zukünftigen Werdegang verfolgen zu dürfen.

Das war ein Auszug aus Sir Roger de Greys Ansprache bei der Schulpreisverleihung vor zwei Jahren, als er Sally den Mary-Rischgitz- und den Henry-Tonks-Preis überreicht hatte.

Sally blätterte in den Seiten. Zum ersten Mal sah sie ihre Arbeiten in Farbe reproduziert. Simons Sorgfalt bei Detail und Layout war auf jeder Seite unverkennbar.

Sie blickte über die Schulter und sah, daß Simon immer noch am Telefon war. Sie beschloß, nach unten zu gehen und nach ihren übrigen Bildern zu sehen, nun da sie alle gerahmt waren. Die untere Galerie war eine Farbenpracht, und beim Arrangement der neugerahmten Bilder hatte Simon eine so glückliche Hand bewiesen, daß sogar Sally sie in einem neuen Licht sah.

Nachdem sie noch einmal rundum gegangen war, unterdrückte sie ihr zufriedenes Lächeln und wollte nach oben zurückkehren. Beim Vorbeigehen sah sie auf dem Tisch in der Mitte der Galerie eine Mappe mit den Initialen N. K. Ohne große Neugier blätterte sie darin und entdeckte einige sehr durchschnittliche Aquarelle.

Diese Bilder haben wohl keine Chance, jemals ausgestellt zu werden, dachte Sally, als sie die Arbeiten ihrer Rivalin betrachtete. Sie mußte aber zugeben, daß einige sehr freizügige Selbstbildnisse Nataschas Schönheit nicht gerecht wurden. Sally wollte eben die Mappe schließen, um sich zu Simon zu begeben, als sie abrupt innehielt.

Obwohl das Bild eher unbeholfen ausgeführt war, gab es keinen Zweifel daran, wer der Mann war, an den sich die halbnackte Natascha schmiegte.

Sally gab es einen Stich. Sie schlug die Mappe zu, durchquerte rasch den Raum und stieg die Treppe zum Erdgeschoß hinauf. In der Ecke der großen Galerie unterhielt sich Simon mit einem Mann, der mehrere Kameras um die Schulter hängen hatte.

»Sally«, rief er und kam auf sie zu. »Das ist Mike . . .«

Aber Sally ignorierte sie beide und rannte mit tränenüberströmten Wangen aus der offenen Tür. Sie bog nach rechts auf St. James's ein, entschlossen, sich so weit wie nur möglich von der Galerie zu entfernen. Doch da hielt sie abrupt an. Tony und Natascha spazierten Arm in Arm auf sie zu.

Sally verließ rasch den Bürgersteig, um auf die andere Straßenseite zu gelangen, ehe die zwei sie bemerkten.

Nur einen Augenblick zu spät bremste der Lieferwagen mit quietschenden Reifen. Sally wurde kopfüber mitten auf die Straße geschleudert.

Als Sally zu sich kam, fühlte sie sich grauenvoll. Sie blinzelte und glaubte, Stimmen zu vernehmen. Sie blinzelte wieder, doch es dauerte mehrere Sekunden, bevor sie etwas sehen konnte.

Sie lag in einem Bett, aber es war nicht ihr eigenes. Ihr rechtes Bein hatte einen Gipsverband und hing an einer Art Flaschenzug in der Luft. Ihr anderes Bein war zugedeckt, doch es schien in Ordnung zu sein. Sie bewegte die Zehen des linken Fußes; ja, sie gehorchten. Dann versuchte sie, die Arme zu bewegen. Eine Krankenschwester trat an ihr Bett.

»Wie schön, daß Sie wieder bei Bewußtsein sind, Sally.«

»Wie lange liege ich denn schon so hier?« erkundigte sie sich.

»Zwei Tage.« Die Schwester maß Sallys Puls. »Aber Sie erholen sich erstaunlich schnell. Bevor Sie fragen: Sie haben nur ein Bein gebrochen, und das blaue Auge wird längst in Ordnung sein, ehe wir Sie gehen lassen. Übrigens«, fügte sie hinzu, »Ihr Bild in den Morgenzeitungen hat mir gefallen. Und was ist mit diesen schmeichelhaften Bemerkungen Ihrer Freundin? Wie fühlt man sich als Berühmtheit?«

Sally wollte fragen, wovon sie eigentlich redete, doch die Schwester widmete sich bereits der Patientin im nächsten Bett.

»Bitte, kommen Sie doch noch mal«, wollte Sally rufen, aber da erschien eine andere Schwester mit einem großen Glas Orangensaft, das sie ihr in die Hand drückte.

»Fangen Sie mal damit an«, sagte sie. Sally gehorchte und versuchte, den Saft durch den leicht geknickten Plastikhalm zu saugen.

»Sie haben Besuch«, sagte die Schwester, nachdem Sally das Glas geleert hatte. »Er wartet schon eine ganze Weile. Fühlen sie sich kräftig genug, ihn zu empfangen«

»Sicher«, erwiderte Sally. Sie wollte sich zwar nicht unbedingt mit Tony auseinandersetzen, wohl aber erfahren, was eigentlich passiert war.

Sie blickte zu der Flügeltür am Ende des langen Krankenzimmers, mußte allerdings eine geraume Weile warten, bevor Simon hereinkam. Er umklammerte etwas, das man mit etwas gutem Willen als Blumenstrauß bezeichnen konnte, und schritt direkt zu ihrem Bett. Er drückte einen Kuß auf ihren Gipsverband.

»Es tut mir ja so leid, Simon«, sagte Sally, noch ehe er dazu kam, sie zu begrüßen. »Ich weiß, wieviel Mühe und welche Ausgaben Sie meinetwegen hatten. Und jetzt habe ich Sie so enttäuscht.«

»Das haben Sie allerdings. Es ist immer eine ziemliche Enttäuschung, wenn man gleich am Eröffnungsabend alles von der Wand verkauft. Dann hat man nichts mehr für seine guten Stammkunden, und sie fangen zu brummeln an.«

Unwillkürlich riß Sally den Mund weit auf.

»Na ja, es war sehr gutes Foto von Natascha, auch wenn das von Ihnen schrecklich aussah.«

»Wovon reden sie eigentlich, Simon?«

»Mike Sallis hat sein Exklusivrecht bekommen, und Sie Ihre große Chance.« Simon tätschelte ihr aufgehängtes Bein. »Als sich Natascha auf der Straße über Sie beugte, knipste Mike auf Teufel komm raus. Und ich hätte ihre Bemerkungen nicht besser zitieren können: ›Die herausragendste junge Künstlerin unserer Generation. Wenn die Welt ein solches Talent verlöre . . .‹«

Sally lachte über Simons boshafte Nachahmung von Nataschas russischem Akzent.

»Sie waren am nächsten Morgen auf fast allen Titelseiten«, fuhr er fort. »›Dem Tod von der Palette gesprungen‹ in der *Mail*, im *Express* ›Beinahe den Pinsel abgegeben‹. Und sogar die *Sun* haben Sie geschafft, als Überschrift hatte sie lakonisch ›Farbklecks auf der Straße‹. Die Spekulanten sind an diesem Abend nur so in die Galerie geströmt! Natascha trug ein hauchdünnes schwarzes Kleid und fütterte die Presse mit kleinen Informationshäppchen über Ihre Genialität. Nicht, daß es noch einen Unterschied gemacht hätte. Jedes Ihrer Bilder war bereits verkauft, noch ehe die zweite Ausgabe der Zeitungen aus der Rotationsmaschine kam. Doch was noch wichtiger war, die professionellen Kritiker der Kunstzeitschriften gestehen bereits ein, daß Sie möglicherweise tatsächlich ein bißchen Talent haben.«

Sally lächelte. »Auch wenn ich Prinz Charles nicht den Kopf verdrehen konnte, habe ich offenbar doch wenigstens etwas richtig gemacht.«

»Nun, nicht ganz«, wandte Simon ein.

»Wie meinen Sie das?« fragte Sally plötzlich besorgt. »Sie sagten doch, daß alle Bilder einen Käufer fanden.«

»Das schon. Doch wenn Sie Ihren Unfall ein paar Tage vorverlegt hätten, hätte ich den Preis für die Bilder gleich um fünfzig Prozent höher ansetzen können. Aber es gibt ja immer ein nächstes Mal.«

»Hat Tony ›Die schlafende Katze‹ gekauft?« fragte Sally leise.

»Nein, er kam wie üblich zu spät. Ein namhafter Sammler hat sie sich gleich in der ersten halben Stunde unter den Nagel gerissen. Das erinnert mich daran«, fügte Simon in dem Moment hinzu, als Sallys Eltern durch die Flügeltür in den Krankensaal traten, ». . . daß ich weitere vierzig Bilder brauche, wenn wir Ihre zweite Ausstellung im Frühjahr halten wollen. Also, sehen Sie zu, daß Sie sich umgehend an die Arbeit machen.«

Sally lachte. »Aber sehen Sie mich doch an, Sie unmöglicher Mensch! Wie erwarten Sie, daß ich . . .«

»Stellen Sie sich nicht so an!« Simon klopfte auf ihren

Gipsverband. »Ihr Bein müssen Sie schonen, aber doch nicht Ihren Arm!«

Sally grinste, und als sie aufblickte, sah sie ihre Eltern am Fußende des Bettes stehen.

»Ist das Tony?« fragte ihre Mutter.

»Um Himmels willen, nein, Mama.« Sally lachte. »Das ist Simon. Er bedeutet mir wesentlich mehr! Aber mach dir nichts draus, ich habe den gleichen Fehler gemacht, als ich ihn zum ersten Mal sah.«

»TIMEO DANAOS...«

Arnold Bacon hätte ein Vermögen gemacht, wenn er nicht den Rat seines Vaters befolgt hätte.

Arnolds Beruf, laut Reisepaß, war »Bankier«. Für jene von Ihnen, die in diesen Dingen pedantisch sind: nun, er war der Filialleiter der Barclays Bank in St. Albans, Hertfordshire, was in Bankkreisen das Äquivalent eines Hauptmanns im Finanzkorps der Royal Army ist.

Sein Reisepaß besagte auch, daß er 1937 geboren, einsdreiundsiebzig groß war, sandfarbenes Haar und keine besonderen Kennzeichen hatte — trotz mehrerer Falten auf der Stirn, was natürlich nur bewies, daß er sie oft runzelte.

Er war Mitglied des lokalen Rotary Clubs (Schatzmeister ehrenhalber), der Conservative Party (zweiter Vorsitzender der Ortsgruppe) und ehemaliger Schriftführer des St.-Albans-Festival-Kulturvereins. Er hatte in den sechziger Jahren auch Rugby für die Old Albanians 2nd XV und in den siebzigern Kricket für den St. Albans Cricket Club gespielt. Seine einzige sportliche Betätigung in den letzten zwei Jahrzehnten war allerdings lediglich hin und wieder einmal eine Partie Golf mit seinem Kollegen von National Westminster. Arnolds Stolz war, daß er bei diesem Spiel kein Handikap hatte.

Während des Spiels und meist auch danach redete er seinem Gegner häufig die Ohren damit voll, daß er seiner Meinung nach nie hätte Banker werden sollen. Im Laufe der vielen Jahre, während denen er Kunden Kredite bewilligt hatte, damit sie ein eigenes Geschäft aufbauen konnten, war er sich schmerzlich bewußt geworden, daß er selbst der geborene Unternehmer wäre. Wenn er nur nicht auf den Rat seines Vaters gehört und wie er die Laufbahn eines Bankiers eingeschlagen hätte, wer weiß, welche Höhen er inzwischen bereits erklommen hätte!

Sein Kollege nickte müde, dann lochte er mit einem Siebnereisen einen Ball ein und sorgte so dafür, daß nicht er die Drinks würde bezahlen müssen.

»Wie geht's Deirdre?« fragte er, während er mit Arnold zum Clubhaus schlenderte.

»Will ein neues Tafelservice kaufen«, antwortete Arnold, was seinen Begleiter etwas verwirrte. »Dabei wüßte ich wirklich nicht, was an unserem alten Coronation-Service auszusetzen wäre.«

Als sie die Bar erreichten, warf Arnold einen Blick auf seine Uhr, ehe er eine Halbe Bier für sich und einen Gin Tonic für den Sieger bestellte, da Deirdre ihn erst frühestens in einer Stunde zu Haus erwarten würde. Er hörte mit seiner Selbstbeweihräucherung erst auf, als irgendwer anfing, den neuesten Klatsch über die Frau des Clubleiters zu verbreiten.

Deirdre Bacon, die geduldig ihr Los tragende Gattin Arnolds, hatte sich damit abgefunden, daß ihr Mann schon viel zu sehr zum Gewohnheitsmenschen geworden war, als daß er sich jetzt noch ändern würde. Ihre Ansicht darüber, wie Arnolds berufliche Laufbahn ausgesehen hätte, wenn er den Rat seines Vaters nicht befolgt hätte, behielt sie lieber für sich. Zur Zeit ihrer Verlobung hatte sie geglaubt, mit Arnold »einen guten Fang« gemacht zu haben. Doch im Laufe der Jahre hatte sie ihre Erwartungen realistischer gesehen, und nach zwei Kindern — ein Sohn und eine Tochter — gab sie sich damit zufrieden, Hausfrau und Mutter zu sein; nicht daß sie je ernsthaft etwas anderes in Betracht gezogen hatte.

Jetzt waren die Kinder erwachsen, Justin war Anwaltsgehilfe in Chelmsford, und Virgina war mit einem hiesigen Jungen verlobt, den Arnold Bekannten gegenüber als Beamten der britischen Eisenbahn beschrieb. Deirdre war da genauer und erzählte ihren Freundinnen beim Friseur, daß Keith Lokomotivführer war.

Während der ersten zehn Jahre ihrer Ehe hatten die Bacons ihre Urlaube in Bournemouth verbracht, weil das Arnolds Eltern immer so gehalten hatten. Sie hatten sich erst zur Costa del Sol aufgeschwungen, als Arnold im »Sun Supplement« des *Daily Telegraph* gelesen hatte, daß im August dort die meisten Bankmanager zu finden seien.

Seit vielen Jahren versprach Arnold seiner Frau, zu ihrer Silberhochzeit »etwas ganz Besonderes« zu unternehmen. Er hatte sich jedoch bisher nicht näher über dieses »Besondere« ausgelassen, da er sich selbst noch nicht wirklich damit befaßt hatte.

Als er im vierteljährlich erscheinenden Magazin der Bank las, daß Andrew Buxton, der Präsident von Barklays, beabsichtige, im Sommer mit seiner Jacht Segeltouren zwischen den griechischen Inseln zu machen, wurde er aktiv. Er schrieb diverse Reedereinen und Reisebüros an, die Kreuzfahrten im Mittelmeer und der Ägäis organisierten, um sich Prospekte von ihnen schicken zu lassen. Nachdem er Hunderte von Glanzpapierseiten studiert hatte, entschied er sich für eine siebentägige Kreuzfahrt auf der *Prinzessin Corina*, die vom Piräus mitten durch die griechische Inselwelt nach Mykonos fuhr. Deirdres einziger Beitrag zur Diskussion war, daß sie den Urlaub lieber wieder an der Costa del Sol verbringen und das dadurch gesparte Geld für ein neues Tafelservice anlegen würde. Als sie dann jedoch in einer der Broschüren las, daß die Griechen berühmt für ihre Töpfereien waren, gab sie sich weniger abgeneigt.

Bis es endlich soweit war, daß sie in den Wagen nach Heathrow stiegen, waren es Arnolds Untergebene, die Mitglieder des Rotary Clubs und sogar einige seiner besonderen Kunden leid, von ihm immer wieder zu hören, wie er seinen Urlaub verbringen und auf einem Luxusdampfer die Welt der griechischen Inseln erleben würde. »So ähnlich wie der Präsident unserer Bank, Andrew Buxton, wissen Sie.« Fragte jemand Deirdre, was sie und Arnold im Urlaub vorhatten, erzählte sie von einer siebentägigen Pauschalreise und daß sie hoffte, mit einem neuen Tafelservice heimzukommen.

Das alte »Coronation«-Service, ein Hochzeitsgeschenk von Deirdres Eltern, war in den fünfundzwanzig Jahren nicht nur geschrumpft, mehrere Stücke waren auch angeschlagen oder ihre Ränder abgesplittert, und von den noch verwendbaren war das Kronen-und-Zepter-Muster fast völlig verblaßt.

Sie saßen gerade in der Passagier-Lounge in Heathrow, um auf ihren Abflug zu warten, als seine Frau dieses Thema wieder einmal zur Sprache brachte. »Ich weiß nicht, was daran auszusetzen ist«, sagte Arnold, aber Deirdre machte sich nicht die Mühe, noch einmal die Einzelheiten aufzuzählen.

Den größten Teil des Fluges verbrachte Arnold damit, sich verärgert darüber auszulassen, daß das Flugzeug voller Griechen war. Deirdre hatte keine Lust, ihn darauf hinzuweisen, daß das zu erwarten sei, wenn man mit der Olympic Airways flog, schon deshalb, weil sie seine Erwiderung kannte: »Aber sie war um vierundzwanzig Pfund billiger.«

Auf dem Hellenikon International Airport angekommen, stiegen die beiden Urlauber in einen Bus, von dem Arnold bezweifelte, daß er in St. Albans durch den TÜV gekommen wäre. Das Vehikel schaffte es aber trotzdem, sie ins Zentrum von Athen zu befördern, wo Arnold ein Zimmer in einem 2-Sterne-Hotel (zwei *griechische* Sterne!) reserviert hatte. Arnold hatte keine Mühe, die Athener Barclay-Zweigstelle zu finden. Er löste einen Reisescheck ein und erklärte seiner Gattin, daß es unnötig sei, mehr als einen einzulösen, weil ja von dem Augenblick an, da sie an Bord des Schiffes gingen, alles bezahlt war. Er war davon überzeugt, daß er sich verhielt wie ein vorausblickender Unternehmer.

Die Bacons standen am nächsten Morgen schon früh auf, hauptsächlich, weil sie kaum geschlafen hatten. Ständig waren sie in die Mitte der konkaven klumpigen Matratze gerollt, und ihre Ohren schmerzten nach einer Nacht auf den steinharten konvexen Kopfkissen. Noch vor Sonnenaufgang war Arnold aus dem Bett gesprungen und hatte das kleine Fenster aufgerissen, das auf einen Hinterhof schaute. Er streckte sich und erklärte, sich nie besser gefühlt zu haben. Deirdre ging nicht darauf ein, da sie bereits damit beschäftigt war, die Kleidung zu packen.

Beim Frühstück — bestehend aus einem Croissant, das Arnold für zu fettig fand und das obendrein in seiner Hand zerbröckelte, Fetakäse, dessen Geruch ihm zuwider war, und einer hartnäckig leerbleibenden Tasse, da die Hotelleitung sich weigerte, zum Frühstück Tee zu servieren — kam es zu einer längeren Debatte zwischen ihnen, ob sie ein Taxi oder einen Linienbus zum Hafen nehmen sollten. Sie entschieden sich schließlich für ein Taxi; Deirdre, weil sie nicht mit einer Menge schwitzender Athener in einen heißen Bus gepfercht werden wollte, und Arnold, weil er wollte, daß man sah, wie sie an der Gangway in einem Wagen ankamen.

Sobald Arnold die Rechnung bezahlt hatte — nach dreimaliger eingehender Kontrolle der kleinen Zahlenreihe, ehe er bereit war, sich von einem weiteren Reisescheck zu trennen —, winkte er einem Taxi und wies den Fahrer an, sie zum

Hafen und bis vors Schiff zu bringen. Die Fahrt in dem klapprigen alten Auto ohne Klimaanlage erwies sich länger als erwartet und trug nicht eben dazu bei, seine Laune zu bessern.

Als Arnold dann die *Prinzessin Corina* sah, konnte er seine Enttäuschung nicht verbergen. Das Schiff war weder so groß noch so modern, wie es auf den Glanzpapierseiten des Prospekts ausgesehen hatte. Er war ziemlich sicher, daß dem Präsidenten der Bank so etwas nicht passieren würde.

Mr. und Mrs. Bacon stiegen die Gangway hinauf und wurden zu ihrer Kabine geführt, die zu Arnolds Bestürzung nur mit zwei Kojen, einem Waschbecken und einem Bullauge ausgestattet war. Zwischen den Kojen war nicht einmal genug Platz, daß sie sich gleichzeitig hätten umziehen können. Arnold versicherte seiner Gattin, daß eine solche Kabine nicht im Prospekt abgebildet gewesen sei, obwohl die, welche er gebucht hatte, unter der Kategorie und Preisklasse »De Luxe« aufgeführt war. Er schloß, daß ein arbeitsloser Immobilienmakler sie zusammengestellt hatte.

Anschließend entschied Arnold sich für einen Rundgang auf Deck — ein nicht sehr aufwendiger Ausflug. Unterwegs stieß er auf einen Rechtsanwalt aus Chester, der arglos mit seiner Frau in die entgegengesetzte Richtung spaziert war. Als Arnold erfahren hatte, daß Malcolm Jackson der Besitzer einer Firma war und seine Frau Joan Stadträtin, schlug er vor, sich zum Lunch zusammenzusetzen.

Nachdem alle vier ihr Essen am Büfett ausgewählt hatten, vergeudete Arnold keine Zeit, seinen neuen Freunden zu versichern, daß er der geborene Unternehmer sei. Er erklärte beispielsweise, welche Sofortmaßnahmen er ergreifen würde, um die Effizienz an Bord der *Prinzessin*

Corina zu erhöhen, wäre er der Vorsitzende dieser Schiff-fahrtslinie. (Ich fürchte, die Auflistung seiner Änderungs-vorschläge erwies sich als viel zu umfangreich für diese Kurz-geschichte).

Der Anwalt, der noch nie zuvor Arnolds Ansichten über sich hatte ergehen lassen müssen, hörte ihm offenbar recht zufrieden zu, während Deirdre mit Joan plauderte und ihr gestand, wie sehr sie hoffte, auf einer der Inseln ein schönes Tafelservice kaufen zu können.

Das Gespräch unterschied sich nicht sehr, als die beiden Paare beim Abendessen wieder beisammensaßen.

Obwohl die Bacons nach ihrem ersten Tag an Bord müde waren, schlief in dieser Nacht keiner mehr als ein paar Minu-ten. Doch Arnold wollte nicht zugeben, während sie in ihrer winzigen Kabine über die Ägäis schaukelten, daß er, hätte er die Wahl gehabt, sogar das 2-Sterne-Hotel (zwei *griechische* Sterne!) mit seiner konkaven klumpigen Matratze und den steinharten konvexen Kopfkissen den Kojen vorgezogen hät-te, auf denen sie jetzt hin und her rollten.

Nach zwei Tagen auf See legte das Schiff in Rhodos an, und inzwischen hatte sogar Arnold aufgehört, es »Luxus-dampfer« zu nennen. Die meisten Passagiere drängten sofort die Gangway hinunter. Sie waren froh, wenigstens ein paar Stunden an Land verbringen zu können.

Arnold und Malcolm suchten sofort die nächste Barclays-Bank auf, jeder, um einen Reisescheck einzulösen, während sich Deirdre und Joan, nach Tafelgeschirr Ausschau haltend, in die entgegengesetzte Richtung auf den Weg machten. In der Bank informierte Arnold den Filialleiter sofort, wer er war, und sorgte so dafür, daß ihm und Malcolm ein um eine winzige Spur besserer Wechselkurs berechnet wurde.

Arnold lächelte, als sie aus der Bank heraus auf die heiße, staubige Kopfsteinstraße traten. »Ich hätte in den Terminhandel einsteigen sollen«, erklärte er Malcolm, während sie die Hangstraße hinunterschlenderten. »Ich hätte ein Vermögen damit gemacht!«

Deirdres Suche nach einem Tafelservice erwies sich als gar nicht so einfach. Es gab unzählig viele Geschäfte von unterschiedlicher Qualität, und sie stellte rasch fest, daß es auf Rhodos sehr viele Töpfereien gab. Infolgedessen wollte sie erst einmal herausfinden, welche unter den Einheimischen den besten Ruf hatte, und dann, in welchen Geschäften ihre Erzeugnisse verkauft wurden. Die Information bekam sie, indem sie sich mit den alten, schwarzgekleideten Frauen unterhielt, die still an Straßenecken herumsaßen und von denen — wie sie entdeckte — wenigstens eine von zehn gebrochen Englisch sprach. Während ihr Mann in der Bank war und ein paar Drachmen mehr herausschlug, gelang es Deirdre, an die für sie wichtigen Insiderinformationen zu kommen.

Die vier trafen sich zum Mittagessen in einer kleinen Taverne in der Stadtmitte. Über einer Platte Souvlakia versuchte Arnold, seine Frau zu überzeugen, daß es sicher klüger wäre, mit dem Kauf des Tafelservice bis zum letzten Moment zu warten, da sie ja noch fünf Inseln anlaufen würden.

»Zweifellos werden die Preise niedriger, je näher wir Athen kommen«, erklärte Arnold mit der Überzeugung des wahren Unternehmers.

Obwohl Deirdre bereits ein zweiunddreißigteiliges Tafelservice entdeckt hatte, das ihr gefiel und dessen Preis sich durchaus innerhalb ihres Budgets bewegte, ging sie, wenngleich widerstrebend, auf Arnolds Vorschlag ein. Ihre Nachgiebigkeit beruhte hauptsächlich darauf, daß ihr Ehemann sich im Besitz aller Reiseschecks befand.

Bis das Schiff Heraklion auf Kreta anlief, hatte Arnold alle Briten an Bord auf Herz und Nieren überprüft und einen

Major (a. D.) und seine Gemahlin für würdig befunden, sich zum Lunch an »seinem« Tisch anschließen zu dürfen — aber erst, nachdem er herausgefunden hatte, daß der Mann ein Konto bei Barclays hatte. Als er dann durch Zufall auch noch erfuhr, daß der Major hin und wieder mit Arnolds Bezirksleiter Bridge spielte, lud er ihn sogar zum Dinner ein.

Von diesem Moment an verbrachte Arnold viele glückliche Stunden an der Bar damit, daß er dem Major und Malcolm — die beide gar nicht mehr wirklich zuhörten —, erklärte, weshalb er dem Rat seines Vaters nicht hätte folgen sollen, um wie er Bankier zu werden, denn schließlich war er der geborene Unternehmer.

Bis das Schiff die Anker gelichtet und von Santorini abgelegt hatte, wußte Deirdre ganz genau, welche Art von Tafelservice sie wollte und wie sie am schnellsten herausfinden konnte, mit welchem Töpfer sie feilschen sollte, sobald sie in einem neuen Hafen anlegten. Doch Arnold beharrte weiterhin darauf, während sie sich Athen näherten, daß sie auf den größten Markt warteten. »Größere Konkurrenz, niedrigere Preise«, erklärte er zum x-tenmal. Deirdre wußte, daß es sinnlos wäre, ihn darauf aufmerksam zu machen, daß die Preise offenbar mit jedem Knoten stiegen, den sie sich der griechischen Hauptstadt wieder näherten.

Páros verstärkte Deirdres Verdacht nur noch — es war inzwischen auch schon längst mehr als nur ein Verdacht! —, da die Preise hier merklich höher waren als auf Santorini. Während die *Prinzessin Corina* auf Mykonos zudampfte, befürchtete Deirdre immer mehr, daß sie sich in ihrem letzten Hafen ein ihrer Vorstellung entsprechendes Tafelservice nicht mehr würden leisten können.

Arnold versicherte ihr jedoch mit der Überzeugung des erfahrenen Fachmanns, daß alles gutgehen würde. Er tippte sogar zur Bekräftigung mit dem Zeigefinger auf den Nasenflügel. Der Major und Malcolm hatten inzwischen das Stadium erreicht, daß sie nur noch nickten, um ihm zu zeigen, daß sie noch wach waren.

Als sie an diesem Freitagmorgen in Mykonos anlegten, eilte Deirdre als erste die Gangway hinunter. Sie hatte ihrem Mann erklärt, daß sie sich nach den Töpfereien umhören wolle, während er nach der Bank mit dem besten Wechselkurs suchte. Joan und die Frau des Majors begleiteten Deirdre mit Vergnügen, denn inzwischen hatten auch sie sich zu Experten entwickelt, was griechische Töpfereien betraf.

Die drei Damen begannen ihre Suche im Norden der Stadt, und Deirdre stellte erleichtert fest, daß es auf Mykonos eine noch viel größere Auswahl an Geschäften gab als auf irgendwelchen der bisherigen Inseln. Von einigen der schwarzgekleideten Frauen erfuhr sie, daß die Stadt einen wahrhaft berühmten Töpfer hervorgebracht hatte, dessen Kreationen nur in einem bestimmten Geschäft erhältlich waren, nämlich im »Haus der Keramik«.

Nachdem die Damen dieses Geschäft gefunden hatten, verbrachte Deirdre den Rest des Vormittags damit, sämtliche Tafelservices genau zu begutachten. Nach zwei Stunden entschied sie, daß das Service »Delphi«, das unübersehbar in Ladenmitte ausgestellt war, das Prunkstück jeder Hausfrau von St. Albans sein würde. Aber es kostete doppelt soviel wie irgendwelche Tafelservices, die sie auf den anderen Inseln gesehen hatte, und sie wußte, daß Arnold es des Preises wegen gar nicht erst in Betracht ziehen würde.

Als die drei Damen das Geschäft endlich verließen, um sich mit ihren Ehemännern zum Mittagessen zu treffen, stellte sich ihnen plötzlich ein gutaussehender junger Mann in schmutzigem T-Shirt, zerrissenen Jeans und zweitägigen Bartstoppeln in den Weg und fragte: »Sie englisch?«

Deirdre blieb stehen und blickte kurz in seine tiefblauen

Augen, schwieg jedoch. Ihre Begleiterinnen machten einen Bogen um ihn auf die mit Kopfsteinen gepflasterte Straße und beschleunigten die Schritte. Sie taten, als hätte der Fremde gar nicht sie gemeint. Deirdre lächelte ihn an, als er ihr Platz machte, damit sie weitergehen konnte. Arnold hatte sie gewarnt, sich nie auf ein Gespräch mit den Einheimischen einzulassen. Als sie *König Minos* erreichten, das Restaurant, in dem sie sich zum Mittagessen verabredet hatten, fanden die drei Damen ihre Männer an der Bar sitzend, wo sie importiertes Bier tranken. Arnold erklärte dem Major und Malcolm gerade, weshalb er sich geweigert hatte, den Konservativen seinen Parteibeitrag zu bezahlen. »Nicht einen Penny bekommen sie von mir, ehe sie nicht Ordnung in den eigenen Reihen geschaffen haben!« Deirdre nahm an, der wahre Grund war, daß er bei den Lokalwahlen nicht genügend Stimmen bekommen hatte.

Während der nächsten Stunde äußerte Arnold seine Meinung über alles, von den Kürzungen im Verteidigungsetat über die New-Age-Bewegung bis zu alleinerziehenden Elternteilen — er war strikt gegen alles und alle. Als der Kellner schließlich mit der Rechnung kam, verbrachte er geraume Zeit damit, auf den Penny genau zu ergründen, was jeder einzelne gegessen hatte und deshalb beisteuern mußte.

Arnold hatte sich bereits damit abgefunden, daß er einen Teil des Nachmittags damit verbringen müsse, für Deirdre zu feilschen, nun da sie endlich das Tafelservice gefunden hatte, das ihr so zusagte. Alle hatten sich einverstanden erklärt, mitzukommen, um das kaufmännische Talent des geborenen Unternehmers gebührend zu bewundern.

Schon beim Betreten des Ladens mußte Arnold zugeben, daß Deirdre offenbar »das richtige Geschäft gefunden hatte«. Er wiederholte diese Feststellung mehrmals, als wolle er beweisen, daß er die ganze Zeit mit seiner Beharrlichkeit recht gehabt habe, mit dem Kauf bis zur letzten Insel zu warten. Er schien glücklicherweise völlig ahnungslos, wie sehr die Preise von Insel zu Insel gestiegen waren, und Deirdre machte keine Anstalten, ihn aufzuklären. Sie führte ihn lediglich zum Delphi-Service auf dem großen Mitteltisch und betete insgeheim. Alle pflichteten ihr bei, wie prächtig es war, doch als Arnold den Preis erfuhr, schüttelte er bedauernd den Kopf. Deirdre hätte gern widersprochen, doch wie so viele Bankkunden im Lauf der Jahre sah sie diesen Gesichtsausdruck ihres Mannes nicht zum ersten Mal. Sie fand sich deshalb damit ab, sich mit dem »Pharos«-Service zu begnügen — ebenfalls sehr schön, für sie aber nur zweite Wahl —, und weit teurer als vergleichbare Services auf den vier anderen Inseln.

Die drei Damen suchten die Stücke aus, die sie gerne hätten, während ihre Ehemänner sie ernst ermahnten, den dafür vorgesehenen Betrag nicht aus den Augen zu verlieren. Nachdem die Auswahl getroffen war, verbrachte Arnold viel Zeit mit Feilschen. Der Geschäftsinhaber ließ sich schließlich zu einem zwanzigprozentigen Rabatt herab. Nachdem die Gesamtsumme feststand, wurde Arnold losgeschickt, eine englische Bank zu finden, wo er die erforderlichen Reiseschecks umtauschen konnte. Mit Reisepässen und unterschriebenen Schecks in der Hand verließ er den Laden, um seine Mission durchzuführen.

Als er auf den Bürgersteig trat, stellte sich ihm der junge Mann in den Weg, der schon Deirdre angesprochen hatte, und fragte auch ihn: »Sie englisch?«

»Natürlich!« erwiderte Arnold. Er ging um ihn herum und marschierte rasch davon, um einem Gespräch mit einem so ungepflegten Individuum aus dem Weg zu gehen. Wie er zu dem Major beim Mittagessen gesagt hatte: › Ti-

meo Danaos et dona ferentes. ‹ Das war der eine Brocken Latein, an den er sich aus seiner Schulzeit erinnern konnte.

Nachdem er eine Bank erwählt hatte, schritt Arnold geradewegs in das Büro des Filialleiters und wechselte alle drei Schecks zu einem minimal besseren Kurs als auf der Tafel im Fenster. Erfreut über die Ersparnis von fünfzig Drachmen, kehrte er ins »Haus der Keramik« zurück.

Es mißfiel ihm, daß der junge Mann immer noch auf dem Bürgersteig vor dem Laden herumlungerte. Arnold würdigte den bartstoppeligen Burschen keines Blickes, er hörte jedoch sehr wohl seine Worte: »Möchten Geld sparen, Englischmann?«

Arnold hielt im Schritt inne, wie es jeder geborene Unternehmer täte, und drehte sich um, damit er den verlotterten Kerl, der ihn angesprochen hatte, besser mustern könne. Er wollte bereits weitergehen, als der junge Mann sagte: »Ich wissen, wo Geschirr nur halb Preis.«

Wieder zögerte Arnold. Er blickte durch das Schaufenster und sah seine Mitreisenden, auf seine Rückkehr wartend, herumstehen, und die sechs großen Pakete, die auf dem Ladentisch nur noch der Bezahlung harrten.

Arnold wandte sich wieder dem Ausländer mit dem gebrochenen Englisch zu, um ihn sich noch genauer anzusehen.

»Töpfer von Ort Kalafatis«, sagte dieser. »Bus nur halb Stund, dann alles halb Preis.«

Während Arnold diese Information verdaute, schoß die Hand des jungen Griechen hoffnungsvoll vor. Arnold zog einen Fünfzigdrachmenschein aus dem Geldbündel, das er von der Bank geholt hatte. Er war jetzt durchaus bereit, mit dem Profit zu spekulieren, den er bei dem Wechselkurs gemacht hatte — wie ein wahrer Unternehmer es eben tut, dachte er, als er triumphierend in das Geschäft marschierte.

»Ich habe eine wichtige Entdeckung gemacht«, erklärte er und winkte sie alle in eine Ecke, um sie in seine Insiderinformation einzuweihen.

Deirdre war gar nicht überzeugt, bis Arnold meinte: »Vielleicht können wir uns dann sogar das Delphi-Service leisten, auf das du so versessen warst, meine Liebe. Wie auch immer, weshalb sollen wir doppelt soviel bezahlen, wenn das einzige Opfer, das du bringen mußt, eine halbstündige Busfahrt ist?«

Malcolm nickte zustimmend, als habe er weisen Rat von einem hohen Vorgesetzten gehört, und selbst der Major pflichtete ihnen schließlich nach einigem Brummeln bei.

»Da wir bereits am frühen Abend nach Athen weiterfahren«, erinnerte sie der Major, »sollten wir gleich den nächsten Bus nach Kalafatis nehmen.« Arnold nickte, und ohne ein weiteres Wort verließ die kleine Gruppe das Geschäft, ja warf nicht einmal einen Blick auf die verpackten ausgewählten Stücke auf dem Ladentisch.

Als sie auf die Straße hinaustraten, stellte Arnold erleichtert fest, daß der junge Mann nicht mehr zu sehen war, dem er den Tip verdankte.

An der Bushaltestelle bemerkte Arnold ein wenig erbittert, daß mehrere Mitpassagiere des Schiffes bereits warteten, aber er redete sich ein, daß sie sicher nicht dasselbe Ziel hatten. Gute vierzig Minuten warteten sie in der glühenden Sonne, bevor endlich ein Bus kam. Beim ersten Blick auf das vorsintflutliche Vehikel verlor Arnold fast den Mut. »Bedenken Sie doch nur, wieviel wir sparen werden«, sagte er, denn ihm entgingen die verzweifelten Mienen seiner Begleiter natürlich nicht.

Die Fahrt über die Insel zur Ostküste hätte mit einem Range Rover, den nichts aufhielt, vielleicht wirklich nur dreißig Minuten gedauert, doch der Busfahrer nahm unterwegs jeden mit, der mitfahren wollte, ob nun eine Haltestelle war oder nicht. So kamen sie schließlich erst eine Stunde und zwanzig Minuten nach Abfahrt in Kalafatis an. Schon lange bevor sie aus der alten klapprigen Kiste stiegen, war Deirdre erschöpft, Joan verärgert, und die Frau des Majors litt unter starker Migräne.

»Bus nicht weiterfahren«, erklärte der Fahrer Arnold und seinen Begleitern. »Kehren in ein Stunde nach Khóra zurück. Letzter Bus von Tag.«

Die kleine Gruppe blickte den schmalen Serpentinenpfad hoch, der zur Töpferei führte.

»Allein die Aussicht ist die Fahrt wert«, behauptete Arnold keuchend, als er etwa auf halbem Weg stehenblieb und über die Ägäis blickte. Seine Begleiter machten sich nicht einmal die Mühe, stehenzubleiben und sie sich anzusehen, geschweige denn etwas darauf zu erwidern. Erst nach zehn weiteren Minuten anstrengenden Aufstiegs hatten sie ihr Ziel erreicht, und bis dahin schwieg sogar Arnold.

Als die sechs müden Touristen endlich die Töpferei betraten, raubte ihnen der Anblick dessen, was sie erwartete, auch noch den letzten Atem. Wie verzaubert blickten sie auf Regal um Regal wunderschöner Stücke. Ein warmes Glühen des Triumphes erfüllte Arnold.

Deirdre machte sich auf die Suche und entdeckte rasch das Delphi-Tafelservice. Es sah nun sogar noch prächtiger aus als in ihrer Erinnerung, doch als sie das winzige Preisschild las, das vom Henkel der Suppenterrine hing, stellte sie entsetzt fest, daß es hier nur um ein kleines bißchen weniger kostete als im »Haus der Keramik«.

Deirdre traf eine rasche Entscheidung. Sie drehte sich zu ihrem Mann um, der einen Pfeifenständer bewunderte, und sagte mit lauter Stimme, die alle hören mußten: »Da es alles zum halben Preis gibt, Arnold, ist es dir doch vermutlich recht, wenn ich das ›Delphi‹ jetzt kaufe?«

Die anderen vier schwangen herum, um zu sehen, wie der große Unternehmer reagieren würde. Arnold schien einen Moment zu zögern, ehe er den Pfeifenständer aufs Regal zurückstellte, und erwiderte: »Aber natürlich, meine Liebe. Schließlich haben wir ja deshalb den weiten Weg auf uns genommen, nicht wahr?«

Die drei Frauen machten sich sogleich daran, Stücke aus den Regalen auszuwählen und stellten so miteinander ein Tafel-, zwei Tee- und ein Kaffeeservice zusammen und suchten obendrein drei Vasen, fünf Aschenbecher, zwei Krüge und einen Toastständer aus. Arnold gab seinen Pfeifenständer auf.

Als Arnold die Rechnung für Deirdres Einkäufe vorgelegt wurde, zögerte er aufs neue, aber es war ihm nur allzu bewußt, daß alle fünf seiner Begleiter ihn fast drohend anstarrten. Widerwillig löste er seine sämtlichen ihm noch verbliebenen Reiseschecks ein und vermied es, auch nur einen Blick auf den ungünstigen Wechselkurs zu werfen, der im Schaufenster ausgehängt war. Deirdre unterließ jede Bemerkung. Malcolm und der Major unterschrieben ihre Reiseschecks ohne sonderliche Begeisterung.

Nachdem die Einkäufe bezahlt waren, traten die sechs Touristen schwerbeladen aus der Töpferei. Die Tür wurde hinter ihnen geschlossen, und sie machten sich auf den beschwerlichen Rückweg den Serpentinenpfad hinunter.

»Wir müssen uns beeilen, wenn wir den letzten Bus noch erreichen wollen!« rief Arnold und machte einen Bogen um eine großen cremefarbenen Mercedes, der vor der Töpferei geparkt war. »Aber welch lohnender Ausflug!« fügte er hinzu, während sie den Pfad hinunterstapften. »Sie müssen zugeben, ich habe Ihnen allen ein Vermögen gespart!«

Als Deirdre aus dem Laden trat, hielt sie an, um ihre zahlreichen Plastikbeutel umzuordnen. Verwundert sah sie, wie einige Einheimische eine Schlange an einem Tisch neben der Töpferei bildeten, während ein gutaussehender junger Mann in schmutzigem T-Shirt und zerrissenen Jeans jedem einen braunen Umschlag aushändigte.

Deirdre konnte den Blick nicht von dem jungen Mann nehmen. Wo hatte sie ihn schon einmal gesehen? Da blickte er in ihre Richtung, und einen Moment lang starrte sie in diese tiefblauen Augen. Da erinnerte sie sich. Der junge Mann zuckte die Schultern und lächelte. Deirdre erwiderte sein Lächeln, hob ihre Beutel auf und folgte ihren Reisegefährten den Pfad hinunter.

Als sie in den Bus kletterten, hörte Deirdre gerade noch, wie Arnold erklärte: »Wissen Sie, Major, ich hätte nie dem Rat meines Vaters folgen und Bankier werden sollen. Wie Sie selbst gesehen haben, bin ich der geborene Unter . . .«

Deirdre lächelte aufs neue, als sie aus dem Fenster schaute und zusah, wie der bartstoppelige junge Mann in seinem großen cremefarbenen Mercedes an ihnen vorbeibrauste.

Er winkte ihr zu, während der letzte Bus seine langwierige Fahrt zurück nach Mykonos begann.

AUGE UM AUGE

Der Strafverteidiger Sir Matthew Roberts QC klappte den Ordner zu und legte ihn auf den Schreibtisch vor sich. Er war nicht gerade glücklich. Zwar hatte er nichts dagegen, Mary Banks zu verteidigen, doch er zweifelte, daß es ihm gelingen würde, ein »Nicht schuldig« für sie herauszuholen.

Er lehnte sich in seinem weichen Ledersessel zurück, um über den Fall nachzudenken, während er auf den beratenden Anwalt wartete, der ihn mit dem Fall vertraut gemacht hatte, und auf den Assessor, den er für diesen Fall ausgewählt hatte. Er blickte über den Hof des Middle Temple und hoffte, daß er auch wirklich die richtige Entscheidung getroffen hatte.

Rein oberflächlich gesehen, war die Rechtssache Krone gegen Banks ein simpler Mordfall. Doch nach allem, was Bruce Banks seiner Frau während der elf Jahre ihrer Ehe angetan hatte, war Sir Matthew nicht nur überzeugt, daß er die Anklage von Mord auf Totschlag herabsetzen konnte, sondern, falls sich einige Frauen unter den Geschworenen befanden, möglicherweise sogar ein Freispruch herauszuholen war. Allerdings gab es da eine Komplikation.

Er zündete sich eine Zigarette an und inhalierte tief, etwas, weswegen seine Frau ihn immer gerügt hatte. Er blickte auf Victorias Foto auf dem Schreibtisch vor ihm. Es erinnerte ihn an seine Jugend. Aber Victoria würde immer jung bleiben — dafür hatte der Tod gesorgt.

Widerwillig ging er daran, sich wieder mit seiner Klientin zu beschäftigen und ihrem Einwand, daß sie ihren Mann gar nicht mit der Axt zerstückeln und unter dem Schweinestall hatte begraben können, weil sie zum Zeitpunkt seines Todes als Patientin im Krankenhaus und dazu auch noch blind gewesen sei. Während Sir Matthew wieder tief inhalierte, klopfte jemand an die Tür.

»Herein!« Er brüllte es — nicht, weil er den Klang seiner Stimme so sehr mochte, sondern weil die Wände seines Büros so dick waren, daß niemand ihn hören würde, wenn er nicht schrie.

Sir Matthews Bürogehilfe öffnete die Tür und meldete Mr. Bernard Casson und Mr. Hugh Witherington. Zwei völlig unterschiedliche Männer, dachte Sir Matthews, als die beiden eintraten, aber jeder würde den Zweck erfüllen, für den er sie in diesem Fall vorgesehen hatte.

Bernard Casson war ein Anwalt der alten Schule — förmlich, peinlich genau und immer absolut korrekt. Sein konservativ geschneiderter Fischgrätenanzug schien von Jahr zu Jahr gleich zu bleiben. Matthew fragte sich oft, ob er etwa ein halbes Dutzend dieser Anzüge im Ausverkauf erstanden hatte und jeden Tag der Woche einen anderen trug. Er blickte über seine Halbmondbrille zu Casson hinauf. Der dünne Schnurrbart des Anwalts und das fein säuberlich gescheitelte Haar ließen ihn altmodisch erscheinen, was schon so manchen Gegner fälschlicherweise veranlaßt hatte, seinen Verstand als zweitklassig einzustufen. Sir Matthew war immer wieder dankbar dafür, daß sein Freund kein großer Redner war, denn wenn er Staatsanwalt geworden wäre, hätte Matthew ihn wahrhaftig nicht gern als Gegner vor Gericht gehabt.

Einen Schritt hinter Casson stand sein Assessor, Hugh Witherington. Der liebe Gott mußte an dem Tag, als Witherington auf die Welt kam, alles andere denn großzügig gewesen sein. Er hatte ihn weder mit gutem Aussehen noch mit sonderlichem Verstand bedacht. Falls er ihm zum Ausgleich etwa besondere Talente zugestanden hatte, mußten sich diese erst noch herausstellen. Daß er überhaupt seine ersten zwei Staatsprüfungen bestanden hatte, war ein Wunder, ebenso wie seine Zulassung vor Gericht. Sir Matthews Bürogehilfe hatte die Brauen hochgezogen, als Witherington als Anwaltsassessor in diesem Fall zur Sprache gekommen war, aber Sir Matthew hatte nur gelächelt und keine Erklärung abgegeben.

Sir Matthew erhob sich, drückte seine Zigarette aus und wies auf zwei Stühle, die vor seinem Schreibtisch standen. Er wartete, bis beide Männer Platz genommen hatten, ehe er den Mund wieder öffnete.

»Wie gütig von Ihnen, an der Kammersitzung teilzunehmen, Mr. Casson«, sagte er, obwohl sie beide wußten, daß der Anwalt lediglich die Traditionen ihres Berufsstandes wahrte.

»Es ist mir ein Vergnügen, Sir Matthew«, entgegnete der ältliche Anwalt und verneigte sich leicht, um zu zeigen, daß er die alten Höflichkeiten durchaus würdigte.

»Ich glaube, Sie kennen Hugh Witherington noch nicht, meinen Assessor in diesem Fall.« Sir Matthew deutete auf den unauffälligen jungen Mann.

Witherington tupfte nervös auf das Seidentuch in seiner Brusttasche.

»Nein, ehe wir uns vor einer Minute auf dem Korridor begegneten, hatte ich noch nicht das Vergnügen, seine Bekanntschaft zu machen«, erwiderte Casson. »Darf ich Ihnen versichern, wie froh ich bin, daß Sie sich bereit erklärten, diesen Fall zu übernehmen, Sir Matthew?«

Matthew lächelte über die Förmlichkeit seines Freundes.

Er wußte, daß Bernard gar nicht auf den Gedanken käme, ihn in Anwesenheit eines Untergebenen nur beim Vornamen anzureden. »Es ist mir eine Freude, wieder mit Ihnen zusammenzuarbeiten, Mr. Casson. Obgleich dieser Fall eine Herausforderung darstellt.«

Nachdem die üblichen Höflichkeiten ausgetauscht waren, nahm der ältliche Anwalt einen beigen Ordner aus seinem Aktenköfferchen. »Seit ich Sie das letztemal sah, habe ich mich mit meiner Klientin noch einmal beraten.« Casson schlug die Akte auf. »Ich nutzte die Gelegenheit, Mrs. Banks Ihren Vorschlag zu übermitteln. Aber ich fürchte, sie ist fest entschlossen, auf ihrem ›Nicht schuldig‹ zu beharren.«

»Sie behauptet also nach wie vor, unschuldig zu sein?«

»Ja, Sir Matthew. Mrs. Banks beteuert nachdrücklich, daß sie den Mord gar nicht begangen haben kann, weil ihr Mann daran schuld war, daß sie mehrere Tage vor seinem Tod ihre Sehkraft einbüßte. Ganz abgesehen davon war sie zum Zeitpunkt seines Todes Patientin im örtlichen Krankenhaus.«

»Der Bericht des Pathologen ist sehr vage, was die Todeszeit betrifft«, erinnerte Sir Matthew seinen alten Freund. »Immerhin war der Mann, als seine Leiche gefunden wurde, seit mindestens zwei Wochen tot. So, wie ich es sehe, ist die Polizei der Ansicht, daß der Mord bereits vierundzwanzig oder gar achtundvierzig Stunden vor Mrs. Banks Einlieferung ins Hospital geschehen sein könnte.«

»Auch ich habe den Polizeibericht gelesen, Sir Matthew«, entgegnete Casson, »und Mrs. Banks davon in Kenntnis gesetzt. Aber sie beharrt unerschütterlich darauf, daß sie unschuldig ist und die Geschworenen ihr glauben werden. ›Schon gar mit Sir Matthew Roberts als meinem Verteidiger‹, sagte sie wörtlich, wenn ich mich recht entsinne.«

»Ich bin für Schmeicheleien nicht empfänglich, Mr. Casson«, entgegnete Sir Matthew und zündete sich erneut eine Zigarette an.

Der Anwalt vergaß einen Augenblick seine Förmlichkeit. »Du hast Victoria versprochen . . .«, wandte er ein.

Sir Matthew ignorierte den Einwurf seines Freundes. »Ich habe also eine letzte Chance, Mrs. Banks zu überzeugen.«

»Und sie hat eine letzte Chance, Sie zu überzeugen«, entgegnete Mr. Casson.

»Touché!«, würdigte Sir Matthew den geschickten Gegenstoß des Anwalts und drückte die fast unberührte Zigarette aus. Er hatte das Gefühl, bei diesem Wortgefecht mit seinem alten Freund den kürzeren zu ziehen, und hielt den Zeitpunkt für gekommen, zum Angriff überzugehen.

Er wandte sich wieder dem offenen Ordner auf seinem Schreibtisch zu. »Erstens«, er blickte Casson fest an, als befände sein Kollege sich im Zeugenstand, »wurden, nachdem man die Leiche ausgegraben hatte, Spuren von Blut Ihrer Klientin am Kragen des Toten gefunden.«

»Das weiß meine Klientin.« Casson blickte ruhig auf seine eigenen Notizen. »Aber . . .«

»Zweitens«, fuhr Sir Matthew fort, bevor Casson dazu kam, mehr zu sagen, »als am nächsten Tag das Werkzeug gefunden wurde — die Axt, mit der die Leiche zerstückelt worden war —, entdeckte man ein Haar von Mrs. Banks Kopf im Griff eingeklemmt.«

»Das werden wir nicht bestreiten«, erklärte Casson.

»Es wird uns auch nicht viel anderes übrigbleiben.« Sir Matthew stand auf und begann, im Zimmer hin und her zu stapfen. »Und drittens, als der Spaten gefunden wurde, mit dem das Grab des Opfers ausgehoben worden war, entdeckte man darauf die Fingerabdrücke Ihrer Klientin.«

»Auch das können wir erklären«, versicherte Casson.

»Aber werden die Geschworenen unsere Erklärung auch

glauben«, Sir Matthew hob die Stimme, »wenn sie erfahren, daß der Ermordete wegen seiner Gewalttätigkeiten seit Jahren verrufen war und Ihre Klientin immer wieder arg zugerichtet an ihrem Wohnort gesehen wurde, entweder grün und blau geschlagen oder mit zugeschwollenem Auge oder aus irgendwelchen Kopfwunden blutend – einmal sogar mit gebrochenem Arm?«

»Sie hat stets behauptet, sich diese Verletzungen bei der Arbeit auf der Farm zugezogen zu haben, auf der ihr Mann Verwalter gewesen war.«

»Selbst beim bestem Willen fällt es mir schwer, das zu glauben!« Sir Matthew kehrte zu seinem Schreibtischsessel zurück. »Und die Tatsache, daß lediglich der Postbote regelmäßig zur Farm kam, ist uns nicht gerade eine Hilfe. Offenbar wagte sich niemand sonst aus dem Ort näher als bis zum Tor heran.« Er blätterte eine Seite in seinem Ordner weiter.

»Gerade das kann es jemandem erleichtert haben, unbemerkt einzudringen und Banks zu töten«, warf Witherington ein.

Es gelang Sir Matthew nicht, sein Erstaunen zu verbergen, als er zu seinem Assessor hinüberblickte, dessen Anwesenheit er fast vergessen hatte. »Interessanter Punkt.« Er wollte Witherington nicht fertigmachen, solange es noch in seiner Macht stand, den einzigen Trumpf in diesem Fall auszuspielen.

»Als nächstes haben wir noch das Problem, daß Ihre Klientin behauptet, blind geworden zu sein, nachdem ihr Mann sie mit der heißen Bratpfanne geschlagen hatte. Ein günstiger Zufall, Mr. Casson, meinen Sie nicht auch?«

»Die Narbe an der linken Gesichtsseite meiner Klientin ist noch deutlich zu sehen«, erwiderte Casson. »Und der Arzt ist nach wie vor überzeugt, daß sie tatsächlich blind ist.«

»Ärzte sind leichter zu überzeugen als Staatsanwälte und

übelgelaunte Richter, Mr. Casson«, entgegnete Sir Matthew und blätterte wieder in seinen Notizen. »Weiterhin fand man, als zerstückelte Leichenteile untersucht wurden — weiß der Himmel, wer sich dazu bereit erklärt hatte —, so viel Strychnin im Blut, daß selbst ein Elefant davon tot umgefallen wäre.«

»Das war lediglich die Meinung des Pathologen der Krone«, gab Casson zu bedenken.

»Und bedauerlicherweise eine vor Gericht schwer anfechtbare, denn der Staatsanwalt wird Mrs. Banks zweifellos auffordern, zu erklären, weshalb sie kurz vor dem Tod ihres Mannes in einem Laden für Landwirtschaftsbedarf vier Gramm Strychnin gekauft hat. Ich an seiner Stelle würde diese Tatsache weidlich ausschlachten!«

»Möglich.« Casson blickte auf seine Notizen. »Aber sie hat erklärt, daß es ziemliche Probleme mit Ratten gab, die ihre Hühner töteten, und daß sie Angst um die anderen Tiere auf der Farm hatte, ganz zu schweigen um ihren neunjährigen Sohn.«

»Ah, ja, Rupert. Aber er war zu der Zeit in einem Internat, nicht wahr?« Sir Matthew hielt inne. »Wissen Sie, Mr. Casson, mein Problem ist leicht zu erklären.« Er schloß den Ordner. »Ich glaube ihr nicht.«

Casson zog eine Braue hoch.

»Im Gegensatz zu ihrem Mann, der es wahrhaftig nicht war, ist Mrs. Banks sehr schlau. Denken Sie nur an die Tatsache, daß es ihr bereits gelungen ist, mehrere Personen so zu täuschen, daß sie ihr diese unglaubwürdige Geschichte abnahmen. Doch bei mir wird ihr das nicht glücken!«

»Aber was können wir tun, Sir Matthew, wenn Mrs. Banks darauf beharrt, daß wir sie so verteidigen, wie sie es verlangt?« fragte Casson.

Wieder erhob sich Sir Matthew und stiefelte stumm im

282

Zimmer umher, bis er schließlich vor dem Anwalt anhielt. »Nicht viel, leider«, sagte er nun in einem versöhnlicheren Ton. »Aber ich wünschte, ich könnte die gute Frau dazu überreden, sich des Totschlags schuldig zu bekennen. Das Mitgefühl jedes Geschworenen wäre ihr sicher, nach allem, was sie durchgemacht hat. Und wir können uns darauf verlassen, daß die eine oder andere Fraueninitiative den Fall aufmerksam verfolgt. Jeder Richter, der ein strenges Urteil über Mary Banks verhängte, würde in den Zeitungen als chauvinistisch und ungerecht angeprangert werden. Ich hätte sie in kürzester Zeit aus dem Gefängnis geholt. Nein, Mr. Casson, wir *müssen* sie dazu bringen, daß sie das einsieht!«

»Aber wie sollte uns das gelingen, wenn sie so hartnäckig ihre Unschuld beteuert?« fragte Casson.

Ein Lächeln huschte über Sir Matthews Züge. »Mr. Witherington und ich haben einen Plan.« Er wandte sich ein zweites Mal an seinen Assessor. »Nicht wahr, Hugh?«

»Ja, Sir Matthew«, antwortete der junge Mann, sichtlich erfreut, daß er um seine Meinung gefragt wurde, wenn auch nur auf diese rudimentäre Weise. Da Sir Matthew nicht von selbst etwas Näheres über diesen Plan verlauten ließ, bedrängte ihn Casson auch nicht.

Sir Matthew wandte sich wieder Casson zu. »Wann werde ich unsere Klientin persönlich kennenlernen?«

»Würde Ihnen Montag 11 Uhr passen?«

»Wo ist sie momentan?« fragte Sir Matthew, während er durch seinen Terminkalender blätterte.

»Im Holloway-Gefängnis.«

»Dann werden wir am Montag um 11 Uhr in Holloway sein«, versprach Sir Matthew. »Um ehrlich zu sein, ich kann es kaum erwarten, Mrs. Mary Banks zu sehen. Diese Frau muß eiserne Nerven haben, von ihrem Einfallsreichtum ganz zu schweigen. Ich kann mir vorstellen, Mr. Casson, daß sie sich als würdige Gegnerin für jeden Anwalt erweisen wird.«

Als Sir Matthew das Sprechzimmer des Frauengefängnisses Holloway betrat und Mary Banks zum erstenmal sah, war er doch ein wenig erstaunt. Aus ihrer Akte wußte er, daß sie siebenunddreißig war, aber die zerbrechliche grauhaarige Frau, die die Hände auf dem Schoß gefaltet hatte, sah eher wie fünfzig aus. Erst als er ihre feingeschnittenen Züge und ihre schlanke Figur musterte, erkannte er, daß sie einst eine schöne Frau gewesen sein mußte.

Sir Matthew gestattete Casson, sich ihr unmittelbar gegenüber an den einfachen Kunststofftisch zu setzen, der in der Mitte des ansonsten leeren, cremefarben gestrichenen Zimmers stand. Durch das kleine, vergitterte Fenster in halber Wandhöhe fiel ein Sonnenstrahl auf ihre Klientin. Sir Matthew und sein Assessor nahmen links und rechts vom beratenden Anwalt Platz. Der Verteidiger schenkte sich betont geräuschvoll eine Tasse Kaffee ein.

»Guten Morgen, Mrs. Banks«, grüßte Casson.

»Guten Morgen, Mr. Casson«, erwiderte sie und drehte das Gesicht in die Richtung, aus der die Stimme gekommen war. »Sie haben jemanden mitgebracht.«

»Ja, Mrs. Banks. Ich bin in Begleitung von Sir Matthew Roberts QC, der Ihr Verteidiger sein wird.«

Sie nickte leicht, als Sir Matthew sich erhob und einen Schritt vortrat. »Guten Morgen, Mrs. Banks«, sagte auch er. Plötzlich streckte er die rechte Hand vor.

»Guten Morgen, Sir Matthew«, dankte sie, ohne einen Muskel zu bewegen. Sie blickte immer noch in Cassons Richtung. »Ich bin sehr froh, daß Sie mich verteidigen werden.«

»Sir Matthew möchte Ihnen ein paar Fragen stellen, Mrs. Banks«, sagte Casson, »damit er sich ein Bild machen kann, wie Ihre Verteidigung am besten durchzuführen ist. Er wird jetzt die Rolle des Staatsanwalts spielen und Ihnen einige nicht sehr angenehme Fragen stellen, denn er möchte, daß Sie sich damit vertraut machen, was Sie im Zeugenstand erwarten wird.«

»Ja, ich verstehe.« Mrs. Banks nickte. »Ich werde Sir Matthews sämtliche Fragen gern beantworten. Ich bin sicher, es wird jemandem mit seiner Erfahrung nicht schwerfallen, zu beweisen, daß eine gebrechliche Blinde nicht imstande ist, einen brutalen, über hundert Kilo schweren Mann mit einer Axt zu zerstückeln.«

»Vielleicht doch, wenn dieser brutale, hundert Kilo schwere Mann zuvor vergiftet wurde«, sagte Sir Matthew ruhig.

»Was eine beachtliche Leistung für jemanden wäre, der acht Kilometer vom Tatort entfernt in einem Krankenhausbett liegt«, entgegnete Mrs. Banks.

»Wenn das tatsächlich zur Tatzeit war«, erwiderte Sir Matthew. »Sie sagen, die Ursache für Ihre Blindheit wäre ein Schlag gegen die Kopfseite.«

»Ja, Sir Matthew. Mein Mann riß die Bratpfanne vom Herd, als ich das Frühstück richtete, und schlug damit nach mir. Ich duckte mich rasch, aber die Pfanne traf mich trotzdem auf die linke Gesichtsseite.« Sie berührte eine Narbe über dem linken Auge, die aussah, als würde sie ihr für den Rest ihres Lebens bleiben.

»Und was war dann?«

»Ich verlor das Bewußtsein und fiel auf den Küchenboden. Als ich wieder zu mir kam, spürte ich, daß sich noch jemand in der Küche befand, hatte jedoch keine Ahnung wer, bis er sprach und ich die Stimme von Jack Pembridger, unserem Postboten, erkannte. Er trug mich zum Postwagen und brachte mich ins Krankenhaus.«

»Und während Sie im Krankenhaus waren, entdeckte die Polizei die Leiche Ihres Mannes?«

»Ja, Sir Matthew. Nachdem ich bereits fast zwei Wochen im Parkmead-Hospital war, bat ich den Vikar, der mich jeden Tag besuchte, nachzusehen, wie Bruce ohne mich zurechtkam.«

»Wunderte es Sie nicht, daß Ihr Mann Sie kein einziges Mal im Krankenhaus besucht hatte?« fragte Sir Matthew, der langsam, fast unmerklich, seine Kaffeetasse immer näher zum Tischrand schob.

»Nein. Ich hatte ihm bei mehreren Anlässen gedroht, ihn zu verlassen, und ich glaube nicht . . .« Die Tasse fiel vom Tisch und zerbrach krachend auf dem harten Steinboden. Sir Matthew ließ den Blick nicht von Mrs. Bank.

Sie zuckte heftig zusammen, aber blickte nicht in Richtung der zerbrochenen Tasse.

»Es ist Ihnen doch nichts passiert, Mr. Casson?« fragte sie.

»Meine Schuld«, gestand Sir Matthew. »Wie ungeschickt von mir.«

Casson unterdrückte ein Lächeln. Witherington verzog keine Miene.

»Bitte, erzählen Sie weiter«, bat Sir Matthew. Er bückte sich und machte sich daran, die über den ganzen Boden verstreuten Scherben aufzuklauben. Sie sagten »›Ich glaube nicht . . .‹«

»Ach ja«, fuhr Mrs. Banks fort. »Ich glaube nicht, daß Bruce sich darum geschert hat, ob ich zur Farm zurückkäme oder nicht.«

»Ich verstehe.« Sir Matthew legte die Scherben auf den Tisch. »Aber können Sie mir erklären, wieso die Polizei ein

Haar von Ihnen am Griff der Axt fand, mit der die Leiche Ihres Mannes zerstückelt worden war?«

»Selbstverständlich, Sir Matthew. Ich hatte Holz für den Küchenherd gehackt, ehe ich das Frühstück zubereitete.«

»Dann muß ich fragen, weshalb sich keine Fingerabdrükke auf dem Axtgriff befanden, Mrs. Banks.«

»Weil ich Handschuhe trug, Sir Matthew. Wenn Sie im Spätoktober je auf einer Farm gearbeitet hätten, wüßten Sie, wie kalt es um fünf Uhr früh sein kann.«

Diesmal gestattete Casson sich ein Lächeln.

»Aber was ist mit dem Blut, das auf dem Kragen Ihres Mannes gefunden wurde? Blut, das laut Untersuchung der Gerichtsmediziner identisch mit Ihrem ist.«

»Sie würden mein Blut an vielen Dingen im Farmhaus finden, wenn Sie sich dort genauer umschauten, Sir Matthew.«

»Und der Spaten, der überall Ihre Fingerabdrücke aufwies? Hatten Sie etwa vor dem Frühstück an jenem Morgen auch noch damit gegraben?«

»Nein, aber ich hatte ihn in der Woche zuvor jeden Tag benutzt.«

»Ich verstehe«, murmelte Sir Matthew. »Aber befassen wir uns nun mit etwas, das Sie sicherlich nicht jeden Tag taten, nämlich dem Kauf des Strychnins. Erstens, Mrs. Banks, wozu erstanden Sie eine so große Menge? Zweitens, warum fuhren Sie deshalb gute vierzig Kilometer weit bis nach Reading?«

»Ich mache jeden zweiten Donnerstag meine Einkäufe in Reading«, erklärte Mrs. Banks. »Einen näheren Händler für Landwirtschaftsbedarf gibt es nicht.«

Sir Matthew runzelte die Stirn und erhob sich. Er begann langsam um Mrs. Banks herumzugehen, und Mr. Casson beobachtete ihre Augen. Sie blieben starr und ausdruckslos.

Als Sir Matthew sich direkt hinter seiner Klientin befand,

blickte er auf seine Uhr. Es war 11.17 Uhr. Er wußte, daß sein Timing exakt sein mußte, denn er war sich nur allzu bewußt, daß er es mit einer nicht nur klugen, sondern auch außerordentlich schlauen Frau zu tun hatte. Verständlich, dachte er, jede, die elf Jahre mit einem Mann wie Bruce Banks durchhielt, mußte schlau sein, wenn sie überleben wollte.

»Sie haben mir noch nicht erklärt, weshalb Sie eine so große Menge Strychnin brauchten«, sagte er und blieb hinter seiner Klientin stehen.

»Wir hatten in letzter Zeit viele Hühner verloren«, antwortete Mrs. Banks, ohne den Kopf zu bewegen. »Mein Mann glaubte, daß Ratten sie zerrissen, deshalb wies er mich an, so viel Strychnin zu kaufen, daß auch alle umgebracht werden konnten. ›Ein für allemal‹, sagte er.«

»Doch wie sich herausstellte, war er es, der umgebracht wurde, ein für allemal − und zweifellos mit diesem Gift«, warf Sir Matthew ruhig ein.

»Ich hatte auch Angst um Rupert.« Mrs. Banks ignorierte den Sarkasmus ihres Verteidigers.

»Aber Ihr Sohn befand sich zu dieser Zeit doch im Internat, nicht wahr?«

»Das stimmt, Sir Matthew, aber die Kurzferien begannen am darauffolgenden Wochenende.«

»Hatten Sie je zuvor bei diesem Händler eingekauft?«

»Ich kaufte dort regelmäßig ein«, antwortete Mrs. Banks, als Sir Matthew seine Runde um sie beendete und vor ihr stand. »Mindestens einmal im Monat, wie der Verkäufer bestimmt bestätigen wird.« Sie drehte den Kopf und blickte in die Richtung etwa einen Viertelmeter rechts von ihm.

Sir Matthew schwieg und widerstand der Versuchung, auf seine Uhr zu schauen. Er wußte, daß es sich nur um Sekunden handeln konnte. Augenblicke später schwang die Tür des Sprechzimmers auf und ein etwa neunjähriger Junge trat ein. Die drei Anwälte beobachteten ihre Klientin aufmerksam, während das Kind stumm auf sie zuging. Rupert Banks blieb vor seiner Mutter stehen und lächelte sie an, doch sie reagierte nicht. Er wartete etwa zehn Sekunden, dann drehte er sich um und verließ das Zimmer, genau wie man ihn angewiesen hatte. Mrs. Banks Augen blieben auf etwas zwischen Sir Matthew und Mr. Casson gerichtet.

Das Lächeln auf Cassons Gesicht wirkte nun fast triumphierend.

»Ist jetzt noch jemand hier?« erkundigte sich Mrs. Banks. »Ich glaube, ich hörte die Tür aufgehen.«

»Nein«, erwiderte Sir Matthew. »Nur Mr. Casson und ich.« Witherington hatte immer noch keinen Muskel bewegt.

Sir Matthew ging noch einmal um Mrs. Banks herum. Es würde das letzte Mal sein, das war ihm klar. Er hatte sich bereits fast damit abgefunden, daß er sie möglicherweise doch falsch verdächtigt hatte. Als er sich wieder direkt hinter ihr befand, nickte er seinem Assessor zu, der ihr nach wie vor gegenübersaß.

Witherington zog das Seidentuch aus seiner Brusttasche, öffnete es bedächtig und legte es auf den Tisch vor sich. Mrs. Banks reagierte nicht darauf. Witherington streckte die Finger seiner Rechten aus, senkte den Kopf ganz leicht und hielt kurz inne, ehe er die rechte Hand über das linke Auge hob. Ohne Vorwarnung löste er das Auge aus seiner Höhle und legte es auf das Seidentuch. Gut dreißig Sekunden ließ er es dort liegen, dann begann er es zu polieren. Sir Matthew vollendete seine Runde und bemerkte, während er sich wieder setzte, daß sich Schweißperlen auf Mrs. Banks Stirn sammelten. Als Witherington mit dem Säubern des mandelförmigen Objekts fertig war, hob er langsam den Kopf, bis er Mrs. Banks direkt anstarrte. Dann setzte er das Auge wieder ein.

Mrs. Banks wandte flüchtig das Gesicht ab. Zwar bemühte sie sich sofort wieder um Fassung, aber es war zu spät.

Sir Matthew erhob sich und lächelte seine Klientin an. Sie erwiderte sein Lächeln.

»Ich muß gestehen, Mrs. Banks«, sagte er, »ich sehe viel größere Erfolgsaussichten, wenn wir auf Totschlag plädieren.«

WAS IHR WOLLT

Konnte jemand so schön sein?

Ich sah sie zum erstenmal, als ich auf dem Weg zur Arbeit am Aldwych-Theater vorbeifuhr. Sie stieg gerade die Freitreppe hinauf, und hätte ich noch eine Sekunde länger auf sie gestarrt, wäre ich auf den Wagen vor mir aufgefahren. Doch ehe ich meinen flüchtigen Eindruck verstärken konnte, war sie in der Menge der Theaterbesucher verschwunden.

Ich entdeckte links einen freien Platz und schwang im letztmöglichen Augenblick hinein, ohne zu blinken oder sonst Zeichen zu geben, was die Fahrer der Wagen hinter mir zu einem entrüsteten Hupkonzert bewegte. Ich sprang aus dem Auto und rannte zurück zum Theater, obwohl mir durchaus bewußt war, wie unwahrscheinlich es sein würde, sie in einem solchen Gedränge wiederzufinden, und selbst wenn es mir gelänge, traf sie im Theater vermutlich einen Freund oder Ehemann von mindestens einsachtzig, der einen Vergleich mit Harrison Ford nicht zu scheuen brauchte.

Sobald ich das Foyer erreichte, ließ ich den Blick suchend über die murmelnde Menge wandern, erspähte sie jedoch nirgends. Ob ich eine Eintrittskarte kaufen sollte? Aber die Schöne könnte weiß Gott wo sitzen — im Parkett, im ersten, ja sogar im zweiten Rang. Vielleicht könnte ich durch die Reihen gehen, bis ich sie entdeckte. Aber natürlich würde man mich ohne Karte überhaupt nicht ins Theater lassen.

Da sah ich sie! Sie stand vor der Abendkasse, unmittelbar hinter einem Herrn, der soeben bedient wurde. Nach ihr standen lediglich noch zwei Kunden an, eine junge Frau und ein Herr mittleren Alters. Ich stellte mich rasch ebenfalls an, und nun kam bereits sie an die Reihe. Ich beugte mich vor, so gut es ging, um zu hören, was sie sagte, konnte jedoch nur die Antwort des Kassierers verstehen. »Die Chance ist nicht sehr groß, Madam, da die Aufführung bereits in wenigen Minuten beginnt. Aber wenn Sie sie hierlassen wollen, werde ich sehen, was ich tun kann.«

Sie dankte ihm und schritt Richtung Parkett. Mein erster Eindruck bestätigte sich nun. Es war egal, ob man sie von den Füßen nach oben betrachtete, oder vom Kopf nach unten — sie war in jeder Beziehung vollkommen! Ich konnte den Blick nicht von ihr wenden, und mir entging nicht, daß sie auf mehrere andere Männer im Foyer dieselbe Wirkung ausübte. Am liebsten hätte ich ihnen allen gesagt, daß sie keine Chance hatten. Erkannten sie denn nicht, daß sie meine Begleiterin war? Oder vielmehr, es noch vor dem Ende des heutigen Abends sein würde.

Nachdem sie aus meiner Sicht verschwunden war, verrenkte ich mir schier den Hals, um durch das Kassenfenster sehen zu können. Der Kassierer hatte ihre Karte zur Seite geschoben. Ich seufzte erleichtert, als die junge Frau, die zwei Plätze vor mir stand, ihre Master Card über die Kasse schob und sich vier Karten für den ersten Rang geben ließ.

Ich betete insgeheim, daß der Herr vor mir keine einzelne Karte haben wollte.

»Haben Sie noch eine Karte für die heutige Vorstellung?« erkundigte er sich hoffnungsvoll, als die Glocke läutete, die ankündigte, daß die Eingänge in drei Minuten geschlossen würden. Der Kassierer lächelte.

Mein Gesicht verfinsterte sich. Sollte ich ihm ein Messer

in den Rücken stoßen? Ihn in den Hintern treten? Oder ihn lautstark in die Hölle wünschen?

»Wo möchten Sie lieber sitzen, Sir? Im ersten Rang oder im Parkett?«

Sag nicht Parkett! betete ich. Sag erster Rang . . . erster Rang . . . erster Rang . . .«

»Parkett«, antwortete er. »Ich habe noch eine Karte am Mittelgang in Reihe H«, sagte der Kassierer mit einem Blick auf den Computermonitor vor sich. Ich stieß einen lautlosen Jubelschrei aus, als mir bewußt wurde, daß das Theater erst seine eigenen Restkarten verkaufen wollte, ehe es die zurückgegebenen anbieten würde. Aber, fragte ich mich, wie konnte ich dieses Problem umgehen?

Bis der Herr vor mir die Karte am Ende der Reihe H bezahlt hatte, war mir etwas eingefallen, das ich mir rasch einprägte.

»Gott sei Dank! Ich dachte schon, ich würde es nicht mehr rechtzeitig schaffen.« Ich bemühte mich sehr, atemlos zu klingen. Der Kassierer blickte mich an, meine Worte schienen ihn jedoch nicht sonderlich zu beeindrucken. »Ich kam in einen Stau. Und dann fand ich keinen Parkplatz. Meine Freundin hat inzwischen vermutlich schon nicht mehr mit mir gerechnet. Hat Sie vielleicht meine Karte zurückgegeben?«

Mein Dialog erregte offenbar kein Mitgefühl in ihm. »Können Sie sie beschreiben?« fragte er mißtrauisch.

»Sehr kurzes dunkles Haar, haselnußbraune Augen, sie trägt wahrscheinlich ein rotes Seidenkleid, das . . .«

»Ah, ja. Ich erinnere mich an sie.« Er seufzte, griff nach der Karte, die er zur Seite gelegt hatte, und reichte sie mir.

»Danke.« Ich bemühte mich, mir meine Erleichterung nicht anmerken zu lassen, daß er das Stichwort auf die letzte Zeile meiner ersten Szene wie erhofft aufgegriffen hatte. Bevor ich Richtung Parkett eilte, nahm ich einen Umschlag von dem Stoß neben der Kasse.

Ich schaute rasch nach dem Preis der Karte: zwanzig Pfund. Ich nahm zwei Zehnpfundscheine aus meiner Brieftasche und steckte sie in dem Umschlag.

Die Platzanweiserin blickte auf meine Karte. »F-11. Sechste Reihe von vorn, rechts.«

Ich schritt langsam den Mittelgang hinunter, bis ich *sie* entdeckte. Sie saß neben einem leeren Platz in der Mitte der Reihe. Als ich über die Füße der bereits Sitzenden stieg und auf sie zukam, blickte sie mir entgegen und lächelte. Sie freute sich offenbar, daß jemand ihre zurückgegebene Karte gekauft hatte.

Ich erwiderte ihr Lächeln, händigte ihr den Umschlag mit meinen zwanzig Pfund aus und setzte mich neben sie. »Der Kassierer bat mich, Ihnen das zu geben.«

»Danke.« Sie steckte den Umschlag in ihr Abendtäschchen. Ich wollte gerade die erste Zeile meiner zweiten Szene an ihr versuchen, als die Lichter erloschen und der Vorhang sich zum ersten Akt der wirklichen Aufführung hob. Plötzlich wurde mir bewußt, daß ich nicht die geringste Ahnung hatte, was überhaupt gespielt wurde. Ich warf einen verstohlenen Blick in das Programm auf ihrem Schoß und las: *Ein Inspektor kommt* von J. B. Priestley.

Ich erinnerte mich an die einige Monate zurückliegende Inszenierung des Stücks im National Theatre, und daß die Kritiker voll des Lobes gewesen waren. Sie hatten damals besonders die Leistung von Kenneth Cranham hervorgehoben. Ich versuchte, mich auf die Geschehnisse auf der Bühne zu konzentrieren.

Polizeiinspektor Goole, der metaphysische Titelheld, betrat ein Haus, in dem sich eine Familie aus der High-Society für ein Festmahl zur Verlobung ihrer Tochter zu Tisch begab.

»Ich überlege, ob ich mir nicht ein neues Auto kaufen soll«, sagte der Vater zu seinem zukünftigen Schwiegersohn, während er seine Zigarre paffte.

Bei dem Wort »Auto« erinnerte ich mich plötzlich, daß ich meines einfach irgendwo vor dem Theater hatte stehenlassen, womöglich im Halteverbot, oder irgendwo, wo es noch schlimmer war? Zum Teufel damit! Sie konnten es in Zahlung für das Modell nehmen, das neben mir saß. Die Zuschauer lachten, also stimmte ich mit ein, um zumindest den Eindruck zu erwecken, daß ich der Handlung folgte. Aber was war mit meinen ursprünglichen Plänen für den Abend? Inzwischen würden sich alle wundern, wieso ich nicht erschienen war. Es wurde mir klar, daß ich das Theater während der Pause nicht verlassen konnte, weder um nach meinem Wagen zu sehen noch um meine Abwesenheit telefonisch zu erklären, denn die Pause war meine einzige Chance, meinen eigenen Plot zu entwickeln.

Das Stück hatte sichtlich alle anderen Zuschauer in Bann geschlagen, während ich dagegen bereits begann, die Zeilen meines eigenen Manuskripts einzustudieren. Mein Stück würde ich in der Pause zwischen dem ersten und zweiten Akt aufführen müssen. Nur allzu schmerzlich war mir bewußt, daß ich dafür nur fünfzehn Minuten und keine zweite Aufführung haben würde.

Als der Vorhang nach dem ersten Akt fiel, beherrschte ich meinen improvisierten Text. Ich wartete, bis der Applaus nachließ, ehe ich mich ihr zuwandte.

»Welch eine originelle Inszenierung«, begann ich. »So modernistisch.« Ich erinnerte mich vage, daß einer der Kritiker es so ähnlich beschrieben hatte. »Welch ein Glück, daß ich im letzten Augenblick noch eine Karte bekommen konnte.«

»Ich hatte auch Glück«, erwiderte sie. Das gab mir Auftrieb. »Ich meine, daß ich meine übrige Karte im letzten Moment noch an den Mann bringen konnte.«

Ich nickte. »Darf ich mich vorstellen? Ich bin Michael Whitaker.«

»Anna Townsend.« Sie lächelte mich freundlich an.

»Darf ich Sie zu einem Drink einladen?« fragte ich.

»Danke, gern.« Ich stand auf und führte sie durch die dichte Masse, die sich zur Parkettbar drängte. Immer wieder schaute ich über die Schulter, um mich zu vergewissern, daß sie noch hinter mir war. Die Angst quälte mich, daß sie verschwunden sein könnte, aber jedesmal beantwortete sie meinen Blick mit einem warmen Lächeln.

»Was hätten Sie gern?« erkundigte ich mich, sobald ich die Bar durch das Gedränge sehen konnte.

»Einen trockenen Martini, bitte.«

»Bitte warten Sie hier, ich werde gleich damit zurück sein«, versprach ich und fragte mich, wie viele kostbare Minuten vergeudet sein würden, während ich an der Bar warten mußte. Ich zog einen Fünfpfundschein hervor und hielt ihn unübersehbar hoch, in der Hoffnung, der Barkeeper würde mich in Erwartung eines guten Trinkgeldes schneller bedienen. Er erspähte das Geld, aber ich mußte trotzdem warten, bis er vier weitere Gäste vor mir abgefertigt hatte, ehe ich den trockenen Martini und einen Scotch auf Eis in Empfang nehmen konnte. Der Barkeeper verdiente zwar das hohe Trinkgeld nicht, das ich ihm ließ, aber ich hatte keine Zeit, auf das Wechselgeld zu warten.

Ich trug die Drinks zur hinteren Ecke des Foyers, wo Anna stand und das Programm studierte. Ihre Silhouette hob sich vor einem Fenster ab, und das Licht betonte ihre Figur in dem eleganten roten Seidenkleid.

Ich reichte ihr den trockenen Martini, und mir war bewußt, daß meine beschränkte Zeit fast abgelaufen war.

»Danke.« Sie schenkte mir ein weiteres entwaffnendes Lächeln.

»Wie bin ich zu dem Glück gekommen, daß Sie eine Karte übrig hatten?« fragte ich, während sie einen Schluck ihres Martinis nahm.

»Mein Partner wurde in der letzten Minute durch einen Notfall aufgehalten«, erklärte sie. »Aber damit muß man als Arzt rechnen.«

»Wie schade! Dadurch entging ihm eine bemerkenswerte Aufführung.«

»Ja.« Anna nickte. »Ich hatte schon versucht, Karten zu bekommen, als das Stück noch im National Theatre gespielt wurde, aber sie waren für alle Abende ausverkauft, an denen ich Zeit gehabt hätte. Als ein Bekannter mir dann die zwei Karten anbot, riß ich sie ihm fast aus der Hand. Schließlich wird das Stück bereits in wenigen Wochen abgesetzt.« Sie nippte wieder an ihrem Martini. »Und Sie?« fragte sie, während bereits die Glocke ankündigte, daß der zweite Akt in drei Minuten beginnen würde.

Eine passende Zeile als Antwort stand nicht in meinem Manuskript.

»Ich?«

»Ja, Michael.« Ihre Stimme klang jetzt leicht belustigt. »Wie kam es, daß Sie im letzten Moment nach einer Karte fragten?«

»Sharon Stone war heute abend nicht abkömmlich, und im letzten Augenblick teilte Prinzessin Diana mir mit, daß sie wirklich gern gekommen wäre, es jedoch für angebracht hielte, sich momentan nicht in männlicher Gesellschaft in der Öffentlichkeit zu zeigen.« Anna lachte. »Tatsächlich las ich einige Kritiken und habe nur auf gut Glück nach einem verfügbaren Platz gefragt.«

»Und Sie haben nicht nur einen verfügbaren Platz, sondern auch gleich eine zur Verfügung stehende Frau gefunden«, sagte Anna, während die Zweiminutenglocke läutete. Ich hätte es nicht gewagt, ihr in meinem Manuskript eine so kühne Zeile in den Mund zu legen — oder sprach da ein Hauch von Spott aus diesen haselnußbraunen Augen?

»Zu meinem Glück, ja«, erwiderte ich. »Sie sind also auch Arzt?«

»Auch?« fragte Anna.

»Wie Ihr Partner.«

»Ja. Ich bin Ärztin für Allgemeinmedizin in Fulham in einer Gemeinschaftspraxis. Wir sind zu dritt, doch ich war die einzige, die heute abend weg konnte. Und was tun Sie, wenn Sie sich nicht gerade an Sharon Stone ranmachen oder Prinzessin Diana ins Theater begleiten?«

»Ich bin im Gaststättengewerbe tätig«, erklärte ich ihr.

»Da dürften Sie einen der wenigen Jobs mit noch längerer Arbeitszeit und noch anstrengenderen Arbeitsbedingungen haben als ich«, sagte Anna, als die Einminutenglocke läutete.

Ich blickte in diese haselnußbraunen Augen und hätte so gern gesagt: ›Anna, vergessen wir den zweiten Akt. Ich weiß, daß es ein großartiges Stück und eine großartige Aufführung ist, aber ich möchte so gern den restlichen Abend mit Ihnen allein verbringen, nicht in einem bis auf den letzten Platz gefüllten Theater mit weiteren achthundert Personen.‹

»Finden Sie nicht?«

Ich versuchte, mich zu erinnern, was sie gerade gesagt hatte. »Nun, ich vermute, daß wir mehr Beschwerden von unseren Gästen über uns ergehen lassen müssen als Sie«, war das Beste, was mir gerade einfiel.

»Das bezweifle ich«, entgegnete Anna überraschend scharf. »Wenn Sie als Frau unseren hehren Beruf ausüben und ihre Patienten nicht in wenigen Tagen kurieren, fragen sie sofort, ob man für den Job auch wirklich qualifiziert sei.«

Ich lachte und trank den Rest meines Scotch', als eine Stimme aus den Lautsprechern hallte: »Bitte nehmen Sie Ihre Plätze zum zweiten Akt ein!«

»Wir müssen zurück.« Anna stellte ihr leeres Glas auf das nächste Fensterbrett.

»Ja, das müssen wir wohl«, murmelte ich widerstrebend und führte sie in die entgegengesetzte Richtung, von der, in die ich sie gern gebracht hätte.

»Danke für den Drink«, sagte sie, als wir zu unseren Plätzen zurückkehrten.

»Nur eine kleine Entschädigung«, entgegnete ich. Sie blickte mich fragend an. »Für eine so gute Karte«, erklärte ich.

Sie lächelte, während wir uns durch die Reihe zwängten und unbeholfen über viele Füße stiegen. Ich wollte gerade eine weitere Bemerkung wagen, als die Lichter ausgingen.

Während des zweiten Akts wandte ich mich bei jeder allgemeinen Erheiterung lächelnd Anna zu und wurde des öfteren mit einer warmen Erwiderung belohnt. Doch mein großer Augenblick kam gegen Ende des Akts, als der Inspektor der Tochter eine Fotografie der Toten zeigte. Sie stieß einen gellenden Schrei aus, und plötzlich wurde es auch auf der Bühne dunkel.

Anna faßte nach meiner Hand, ließ sie jedoch schnell verlegen wieder los und entschuldigte sich.

»Sie brauchen sich wirklich nicht zu entschuldigen«, flüsterte ich. »Ich konnte mich gerade noch zurückhalten, das gleiche zu tun.« In der Dunkelheit konnte ich leider nicht sehen, wie sie reagierte.

Einen Moment später schrillte das Telefon auf der Bühne. Alle Zuschauer wußten, daß der Inspektor der Anrufer sein mußte, auch wenn sie nicht sicher sein konnten, was er sagen würde. Diese Schlußszene ließ alle den Atem anhalten.

Nachdem die Lichter zum letzten Mal gedämpft wurden, kamen die Schauspieler alle noch einmal auf die Bühne, gingen gemeinsam nach vorn zur Rampe, nahmen den wohlverdienten und anhaltenden Applaus entgegen und bekamen mehrere Vorhänge.

Als der Vorhang schließlich endgültig fiel, wandte sich Anna mir zu und sagte: »Eine sehr beachtliche Inszenierung! Ich bin so froh, daß ich es doch noch geschafft habe. Und es freut mich, daß ich dieses Erlebnis mit jemandem teilen durfte.«

»Nicht mehr als ich«, versicherte ich ihr und dachte gar nicht an die Tatsache, daß ich ursprünglich an diesem Abend überhaupt keinen Theaterbesuch geplant hatte.

Wir gingen nebeneinander den Mittelgang hinauf, während das Publikum wie ein träger Strom aus dem Theater floß. Ich vergeudete diese paar kostbaren Minuten mit einer Diskussion über das hervorragende Ensemble und die fesselnde Interpretation des Regisseurs, die originelle, düstere Bühnenausstattung und ließ mich über die Kostüme aus, ehe wir die Flügeltür erreichten, die in die wirkliche Welt führte.

»Goodbye, Michael«, sagte Anna. »Danke, daß Sie durch Ihre Gesellschaft meine Freude an diesem Stück noch erhöht haben.« Sie gab mir die Hand.

»Goodbye«, erwiderte ich und blickte noch einmal in diese haselnußbraunen Augen.

Sie wandte sich zum Gehen, und ich fragte mich, ob ich sie je wiedersehen würde.

»Anna!« rief ich.

Sie blickte zurück.

»Wenn Sie nichts Wichtigeres zu tun haben, würde ich Sie gern zum Dinner einladen . . .«

ANMERKUNG DES AUTORS

An diesem Punkt der Geschichte haben Sie, lieber Leser, die Wahl zwischen vier verschiedenen Enden.

Sie können alle vier lesen oder sich lediglich eines aussuchen und es als das Ende betrachten, für das Sie sich als Verfasser entschieden hätten. Interessieren Sie sich für alle vier, sollten Sie sie in der Reihenfolge lesen, in der sie geschrieben wurden:

1. Hoffnungsvoll
2. Pech
3. Hoffnungslos
4. Glück

Hoffnungsvoll

»O danke, Michael. Ich nehme Ihre Einladung gerne an.«

Ich lächelte und konnte meine Freude nicht verbergen.

»Großartig. Ich kenne hier in der Nähe ein kleines Lokal, das Ihnen vielleicht gefallen wird.

»Sehr vielversprechend.« Anna hängte sich bei mir ein. Ich führte sie durch die sich verstreuende Menge.

Während wir die Aldwych entlangschlenderten, plauderte Anna weiter über die Vorführung und verglich sie mit einer weniger gelungenen Inszenierung, die sie vor einigen Jahren im Haymarket Theatre gesehen hatte.

Als wir The Strand erreichten, deutete ich auf eine große graue Flügeltür auf der anderen Straßenseite. »Das ist es«, sagte ich. Ich nutzte die rote Ampel, um mich mit Anna durch den momentan stehenden Verkehr zu schlängeln, und nachdem wir auf der anderen Seite angelangt waren, drückte ich auf einen der grauen Türflügel und hielt ihn auf, damit sie eintreten konnte. Kaum waren wir drinnen, begann es zu regnen. Ich führte sie eine Treppe hinunter zu dem Kellerlokal, aus dem uns das Stimmengewirr von Gästen entgegenschlug, die wie wir eben von einer Vorstellung gekommen waren, und Kellner eilten mit Tabletts in beiden Händen von Tisch zu Tisch.

»Es würde einen großen Eindruck auf mich machen, wenn Sie hier einen Tisch bekämen«, flüsterte Anna mir zu. Sie blickte auf eine Gruppe von Gästen, die einstweilen an der Bar Platz genommen hatten und ungeduldig auf einen freiwerdenden Tisch warteten.

Ich begab mich zu den reservierten Plätzen. Da eilte der Oberkellner, der bis zu diesem Moment die Bestellung eines Gastes entgegengenommen hatte, herbei. »Guten Abend, Mr. Whitaker«, grüßte er. »Für wie viele Personen benötigen Sie einen Tisch?«

»Wir sind nur zu zweit.«

»Bitte folgen Sie mir, Sir.« Mario führte uns zu meinem üblichen Tisch in der hinteren Ecke des Lokals.

»Noch einen trockenen Martini?« fragte ich Anna, als wir uns setzten.

»Nein, danke«, antwortete sie. »Ich glaube, ich werde nur noch ein Glas Wein zum Essen trinken.«

Ich nickte, gerade als Mario uns die Speisekarten brachte. Anna studierte ihre, und ich fragte sie nach einer kurzen Weile, ob sie etwas gefunden habe, das ihr zusagte.

»Ja.« Sie blickte mich direkt an. »Aber mehr als Fettucini und ein Glas Rotwein möchte ich heute nicht mehr.«

»Gute Idee. Ich nehme das gleiche. Aber sind Sie sicher, daß Sie nicht ein Hors d'oevre möchten?«

»Danke, Michael, ich habe leider das Alter erreicht, in dem ich nicht mehr alles essen kann, worauf ich Lust habe.«

»Ich auch. Ich muß dreimal die Woche Squash spielen, um nicht aus den Nähten zu platzen«, gestand ich, gerade als Mario zurückkehrte.

»Zweimal Fettucini«, bestellte ich, »und eine Flasche . . .«

»Bitte nur eine halbe Flasche«, warf Anna ein. »Ich werde nicht mehr als ein Glas trinken. Ich muß morgen früh raus und sollte deshalb nicht übertreiben.«

Ich nickte, und Mario eilte davon.

Ich blickte über den Tisch in Annas Augen. »Ich habe mich schon öfter gefragt, wie Ärztinnen damit zurechtkommen . . .« Aber kaum hatte ich es ausgesprochen, wurde mir bewußt, daß das kein besonders guter Gesprächsbeginn war.

»Sie meinen, Sie haben sich gefragt, ob wir überhaupt noch normal empfinden können?«

»Nun ja, so ähnlich.«

»Nun, wir sind durchaus normal, auch wenn wir jeden Tag nackte Männer sehen. Ich versichere Ihnen, Michael, die meisten sind übergewichtig und ziemlich unattraktiv.«

Ich wünschte mir plötzlich, ich würde einige Kilo weniger wiegen. »Aber gibt es denn viele Männer, die so viel Schneid aufbringen, überhaupt zu einer Ärztin zu gehen?«

»Erstaunlich viele«, antwortete Anna, »obwohl mich doch hauptsächlich Frauen konsultieren. Aber es gibt auch genügend intelligente, vernünftige, nicht verklemmte Männer, die einsehen, daß eine Ärztin sie ebensogut heilen kann wie ein Arzt.«

Ich lächelte, als zwei Schüsseln Fettucini aufgetragen wurden. Mario zeigte mir das Etikett der halben Flasche, die er ausgesucht hatte. Ich nickte lobend. Er hatte einen guten Jahrgang ausgewählt, der zu Annas Klasse paßte.

»Und was ist mit Ihnen?« fragte Anna. »Was genau bedeutet, daß Sie im Gaststättengewerbe sind?«

»Nun, ich gehöre zum Management«, antwortete ich, ehe ich den Wein kostete. Ich nickte erneut, und Mario goß ein Glas für Anna ein, ehe er meines füllte.

»Zumindest seit geraumer Zeit. Ich habe als Kellner angefangen«, sagte ich, während Anna an ihrem Wein nippte.

»Welch exquisiter Tropfen!« lobte sie. »Es könnte durchaus sein, daß ich doch ein zweites Glas trinke.«

»Ich freue mich, daß er Ihnen schmeckt. Es ist ein Barolo.«

»Was sagten Sie, Michael? Sie fingen als Kellner an . . .«

»Ja, dann arbeitete ich mich fünf Jahre vom Kellner über die Küche hoch und endete schließlich in der Geschäftsführung. Wie sind die Fettucini?«

»Einfach köstlich! Sie schmelzen geradezu im Mund.« Sie nahm einen weiteren Schluck Wein. »Wenn Sie nicht kochen und nicht mehr servieren, was tun Sie dann jetzt?«

»Nun, im Augenblick führe ich drei Restaurants im Westend, was bedeutet, daß ich laufend von einem zum anderen haste, je nachdem, in welchem es gerade irgendwelche Probleme gibt.«

»Erinnert mich ein wenig an Stationsdienst«, sagte Anna. »Und mit welchem hatten Sie heute Probleme?«

»Heute war Gott sei Dank nicht typisch.« Ich seufzte tief. »So schlimm?«

»Ich fürchte ja. Ein Koch hackte sich heute morgen eine

Fingerkuppe ab und wird mindestens vierzehn Tage arbeitsunfähig sein. Mein Oberkellner in unserem zweiten Restaurant hat sich wegen Grippe krankgemeldet, und im dritten mußte ich den Barkeeper feuern, weil er die Bücher frisiert hat. Das tun zwar fast alle Barkeeper, doch in diesem Fall waren sogar die Gäste darauf aufmerksam geworden.« Ich machte eine Pause. »Aber ich möchte meinen Beruf trotzdem gegen keinen anderen eintauschen.«

»Unter diesen Umständen wundert es mich, daß Sie sich den Abend freimachen konnten.«

»Ich hätte es eigentlich nicht tun sollen und es auch nicht getan, wenn . . .« Ich beendete den Satz nicht, sondern beugte mich über den Tisch und schenkte Anna Wein nach.

»Wenn was?« fragte sie.

»Möchten Sie die Wahrheit hören?« Ich goß den restlichen Wein in mein Glas.

»Erzählen Sie.«

Ich stellte die leere Flasche auf die Tischseite und zögerte, aber nur kurz. »Ich fuhr am frühen Abend zu einem meiner Restaurants, als ich Sie ins Theater gehen sah. Ich starrte so lange auf Sie, daß ich fast auf den Wagen vor mir gefahren wäre. Dann riß ich mein Auto herum, fuhr über die Straße, um es dort abzustellen, und der Wagen hinter mir hätte mich fast gerammt. Ich sprang aus dem Auto, rannte zum Theater und suchte überall nach Ihnen, bis ich Sie endlich vor der Abendkasse entdeckte. Ich stellte mich ebenfalls an und sah, wie Sie Ihre nicht benötigte Karte abgaben. Sobald Sie außer Sicht waren, redete ich dem Kassierer ein, Sie hätten vermutlich nicht mehr damit gerechnet, daß ich es doch noch schaffen würde, und deshalb meine Karte möglicherweise zurückgegeben. Nachdem ich Sie ihm beschrieben hatte, was ich ziemlich genau vermochte, übergab er mir die Karte ohne ein weiteres Wort.«

Anna stellte ihr Glas ab und starrte mich über den Tisch ungläubig an. »Ich bin froh, daß der Kassierer Ihnen geglaubt hat«, sagte sie. »Aber sollte ich Ihnen glauben?«

»Ja, das sollen Sie. Denn dann steckte ich zwei Zehnpfundscheine in einen Theaterumschlag und setzte mich auf den Platz neben Ihnen. Das übrige ist Ihnen bekannt.« Ich war neugierig auf ihre Reaktion.

Eine Zeitlang sagte sie gar nichts. Schließlich murmelte sie: »Ich fühle mich geschmeichelt«, und legte die Hand auf meine. »Ich hatte keine Ahnung, daß Sie einer der letzten altmodischen Romantiker sind.« Sie drückte meine Finger und blickte mir in die Augen. »Darf ich fragen, was Sie für den Rest des Abends geplant haben?«

»Bisher noch nichts«, gestand ich. »Deshalb ist ja auch alles so anregend.«

»Das hört sich ja beinahe so an, als hielten Sie mich für italienischen Espresso.« Anna lachte.

»Darauf fallen mir wenigstens drei Antworten ein.« Mario kam zurück und blickte fast ein wenig bestürzt auf die halbvollen Teller.

»War alles in Ordnung, Sir?« erkundigte er sich besorgt.

»Es hätte nicht köstlicher sein können«, beruhigte ihn Anna, ohne den Blick von mir zu nehmen.

»Hätten Sie gern Kaffee?« fragte ich.

»Ja. Aber vielleicht könnten wir ihn irgendwoanders trinken, wo nicht so viele Leute sind.«

Das überraschte mich so sehr, daß ich mehrere Sekunden brauchte, mich zu fassen. Ich konnte das Gefühl nicht loswerden, daß mir die Führung entglitt. Anna erhob sich und sagte: »Wollen wir gehen?« Ich nickte Mario zu, der nur lächelte.

Sobald wir auf der Straße waren, hängte sie sich bei mir

ein, und wir schritten zur Aldwych zurück und am Theater vorbei.

»Es war ein wundervoller Abend«, sagte sie, als wir an der Stelle ankamen, wo ich meinen Wagen abgestellt hatte. »Bis Sie auf der Bildfläche erschienen, war es ein ziemlich stumpfsinniger Tag, doch das haben Sie verändert.«

»Auch für mich war es kein schöner Tag«, gestand ich. »Aber ich habe selten einen Abend mehr genossen. Wo würden Sie gern Kaffee trinken? Im Annabel? Oder wie wär's im neuen Dorchester Club?«

»Wenn Sie keine Frau haben, dann am liebsten bei Ihnen. Falls doch . . .«

»Ich bin nicht verheiratet«, versicherte ich ihr.

»Dann ist das geklärt«, sagte sie, während ich die Tür meines BMW für sie aufhielt. Sobald sie Platz genommen hatte, schritt ich um den Wagen herum und ließ mich hinter dem Lenkrad nieder. Da bemerkte ich, daß ich das Licht angelassen und den Schlüssel steckengelassen hatte.

Ich drehte ihn, und der Motor sprang sofort schnurrend an. »Heut' muß mein Glückstag sein«, murmelte ich zu mir.

»Was sagten Sie?« fragte Anna.

»Wir hatten Glück, daß wir den Regen verfehlt haben«, antwortete ich, als ein paar Tropfen auf die Windschutzscheibe fielen. Ich schaltete die Scheibenwischer ein.

Unterwegs nach Pimlico erzählte mir Anna von Ihrer Kindheit in Südfrankreich, wo ihr Vater in einer Knabenschule Englisch unterrichtet hatte. Ihre Geschichte, daß sie das einzige Mädchen unter gut zweihundert französischen Jungen gewesen war, brachte mich immer wieder zum Lachen. Ihre Gesellschaft verzauberte mich mehr und mehr.

»Was hat Sie veranlaßt, nach England zurückzukehren?« fragte ich.

»Meine englische Mutter, die sich von meinem französi-

schen Vater scheiden ließ, und die Chance, am St. Thomas'
Medizin zu studieren.«

»Aber haben Sie nicht Heimweh nach Südfrankreich, vor
allem an Abenden wie diesem?« fragte ich, als ein Donnerknall einem Blitz fast unmittelbar folgte.

»Oh, ich weiß nicht«, antwortete sie. Ich wollte gerade
etwas sagen, als sie hinzufügte: »Seit man auch in England
kochen gelernt hat, ist es hier fast zivilisiert.« Ich lächelte
und fragte mich, ob sie mich wieder aufzog.

Ich fand es sofort heraus. »Übrigens«, sagte sie, »ich
nehme an, das war eines Ihrer Restaurants, in dem wir
aßen?«

»Ja«, gestand ich etwas verlegen.

»Das erklärt, weshalb Sie so mühelos einen Tisch bekamen, obwohl das Lokal überfüllt war, und weshalb der
Ober, ohne zu fragen, wußte, daß Sie Bardolo wollten, und
daß Sie weggehen konnten, ohne zu bezahlen.«

Ich fragte mich allmählich, ob ich wohl immer einen Meter hinter ihr herhinken würde.

»War es das Lokal mit dem kranken Kellner, das mit
dem verstümmelten Koch, oder das mit dem unehrlichen
Barkeeper?«

»Das letztere«, antwortete ich lachend. »Aber ich habe
ihn heute nachmittag entlassen, und ich fürchte, sein Stellvertreter kam nicht so gut zurecht.« Ich bog nach rechts ab
und hielt Ausschau nach einem Parkplatz.

»Und ich hatte mir eingebildet, Sie hätten nur Augen für
mich«, sagte Anna seufzend, »dabei haben Sie in Wirklichkeit bloß über meine Schulter geblickt, um zu sehen, was
der stellvertretende Barkeeper machte.«

»Doch nicht die *ganze* Zeit«, versicherte ich ihr lachend
und manövrierte den Wagen auf den einzigen übriggeblie-
benen Parkplatz der Straße, an der ich wohnte. Ich stieg

aus, ging zu Annas Seite herum, öffnete ihr die Tür und führte sie zum Haus.

Als ich die Tür hinter uns geschlossen hatte, schlang Anna die Arme um meinen Hals und blickte mir in die Augen. Ich beugte mich zu ihr hinab und küßte sie zum ersten Mal. Als sie sich befreite, sagte sie lediglich: »Vergessen wir den Kaffee, Michael.« Ich schlüpfte aus dem Jackett und führte sie die Treppe hinauf und ins Schlafzimmer. Ich konnte nur hoffen, daß heute nicht der freie Tag meiner Haushälterin gewesen war. Als ich die Tür öffnete, stellte ich erleichtert fest, daß das Bett gemacht und das Zimmer aufgeräumt und sauber war.

»Ich brauche nur einen Augenblick«, versicherte ich Anna und verschwand im Bad. Während ich meine Zähne putzte, fragte ich mich, ob ich das Ganze nicht bloß träumte und nach meiner Rückkehr ins Schlafzimmer feststellen würde, daß es Anna gar nicht wirklich gab. Ich steckte hastig die Zahnbürste ins Glas zurück und ging ins Schlafzimmer. Wo war sie? Meine Augen folgten einer Fährte abgelegter Kleider, die bis zum Bett führte. Annas Kopf ruhte auf dem Kissen. Sie hatte nur die dünne Decke über sich gezogen.

Ich zog mich ebenfalls rasch aus, ließ meine Sachen liegen, wo sie fielen, und schaltete das Deckenlicht aus, so daß nur das Nachttischlämpchen brannte. Ich glitt unter die Decke zu ihr und blickte sie ein paar Sekunden bloß an, ehe ich sie in die Arme nahm. Bedächtig erforschte ich jede Stelle ihres Körpers. Als sie mich wieder küßte, vermochte ich kaum zu glauben, daß jemand so aufregend und gleichzeitig so sanft und zärtlich sein konnte. Als wir uns schließlich liebten, wußte ich, daß ich diese Frau nie mehr gehen lassen wollte.

Sie lag lange in meinen Armen, ehe auch nur einer von uns wieder etwas sagte. Und dann redete ich über alles, was mir gerade in den Sinn kam. Ich vertraute ihr meine Hoffnungen an, meine Träume, ja sogar meine schlimmsten Befürchtungen, und das mit einer Offenheit, wie ich sie gar nicht an mir kannte. Ich wollte alles mit ihr teilen.

Und dann lehnte sie sich herüber und küßte mich aufs neue, erst auf die Lippen, dann den Hals und die Brust, und während ihre Lippen langsam meinen Körper hinunterwanderten, glaubte ich, vor Lust zu vergehen. Als letztes erinnere ich mich daran, daß ich das Nachttischlämpchen ausschaltete, gerade als die Uhr auf dem Dielentisch eins schlug.

Als ich am Morgen erwachte, schienen die ersten Sonnenstrahlen bereits durch die Spitzenvorhänge, und die wundervolle Erinnerung an die vergangene Nacht überwältigte mich. Ich drehte mich schläfrig zu Anna um, um sie in die Arme zu nehmen — aber sie war nicht mehr da!

»Anna!« rief ich erschrocken und setzte mich abrupt auf. Keine Antwort. Ich knipste das Nachttischlicht an und blickte auf den Wecker. 7.29 Uhr. Ich wollte aus dem Bett springen, um sie zu suchen, als ich den Zettel bemerkte, der unter dem Wecker hervorragte.

Ich hob ihn hoch, las ihn bedächtig und lächelte.

»Ich auch«, sagte ich und legte mich wieder hin, um zu überlegen, was ich als nächstes tun sollte. Ich beschloß, ihr noch am Vormittag ein Dutzend Rosen zu schicken, elf weiße und eine rote, und dann würde ich ihr jede Stunde, zur vollen Stunde, eine rote zustellen lassen, bis ich sie wiedersah.

Nachdem ich geduscht und mich angezogen hatte, wanderte ich ruhelos im Haus umher. Ich fragte mich, wie bald ich Anna überreden konnte, zu mir zu ziehen, und welche Änderungen sie wohl machen wollte. Weiß der Himmel, dachte ich, während ich durch die Küche ging, dem Haus konnte eine Frauenhand nur guttun.

Beim Frühstück suchte ich, statt wie sonst die Zeitung zu

lesen, im Telefonbuch nach ihrer Nummer. Ah, da war sie, genau wie sie gesagt hatte. Dr. Townsend, Sprechstunde von 9-18 Uhr, und eine Nummer in Parsons Green Lane. Darunter stand eine zweite Nummer, aber in fetter Schrift wurde darum gebeten, dort nur in Notfällen anzurufen.

Obgleich ich meinen gegenwärtigen Zustand als Notfall erachtete, wählte ich die erste Nummer und wartete geduldig. Ich wollte nur sagen: »Guten Morgen, Liebling, ich habe deinen Zettel gefunden. Können wir aus der vergangenen Nacht die erste von vielen noch kommenden machen?«

Eine mütterlich klingende Stimme meldete sich am Telefon. »Praxis Dr. Townsend.«

»Dr. Townsend, bitte.«

»Mit wem möchten Sie sprechen? Wir haben drei Dr. Townsend in der Praxis — Dr. Jonathan, Dr. Anna und Dr. Elizabeth.«

»Dr. Anna«, antwortete ich.

»Oh, Mrs. Townsend! Tut mir leid, aber sie ist im Augenblick nicht in der Praxis. Sie bringt gerade die Kinder in die Schule und fährt von dort direkt zum Flughafen, um ihren Mann, Dr. Jonathan, abzuholen, der heute von einer Ärztekonferenz in Minneapolis zurückkehrt. Sie dürfte frühestens in zwei Stunden zurück sein. Darf ich ihr etwas ausrichten?«

Nach einem langen Schweigen fragte die mütterliche Stimme: »Sind Sie noch da?« Ich legte den Hörer auf, ohne zu antworten, und blickte traurig auf die paar Zeilen, die Anna mir hinterlassen hatte.

Pech

»O danke, Michael. Ich nehme Ihre Einladung gerne an.«
Ich lächelte und konnte meine Freude nicht verbergen.

»Hallo, Anna. Ich hatte schon Angst, ich könnte dich verfehlt haben.«

Ich drehte mich um und starrte auf einen hochgewachsenen Mann mit einer dichten Mähne blonden Haares, den die stete Flut von Passanten, die sich bemühten, links und rechts an ihm vorbeizukommen, offenbar unberührt ließ.

Annas Lächeln war nun strahlend.

»Hallo, Liebling! Ich möchte dich mit Michael Whitaker bekannt machen. Du hast Glück — er hat deine Theaterkarte gekauft, und wenn du jetzt nicht erschienen wärst, hätte ich seine liebenswürdige Einladung zum Dinner angenommen. Michael, das ist Jonathan, mein Mann, der im Krankenhaus aufgehalten wurde. Wie Sie sehen, ist ihm die Flucht jetzt gelungen.«

Mir fiel keine passende Antwort ein.

Jonathan schüttelte mir herzlich die Hand. »Danke, daß Sie meiner Frau Gesellschaft geleistet haben. Kommen Sie doch mit uns zum Dinner.«

»Sehr freundlich von Ihnen«, antwortete ich, »aber mir ist eben wieder eingefallen, daß ich bei Freunden erwartet werde. Ich muß mich beeilen.«

»Das ist wirklich schade«, sagte Anna. »Ich hätte eigentlich gern alles über das Gaststättengewerbe von Ihnen gehört. Vielleicht treffen wir uns wieder, wenn mein Mann mich das nächste Mal hängenläßt. Auf Wiedersehen, Michael.«

»Auf Wiedersehen, Anna.«

Ich schaute ihnen nach, bis die beiden in ein Taxi stiegen, und ich wünschte, Jonathan würde vor meinen Augen tot umfallen. Das tat er jedoch nicht, also machte ich mich auf den Weg zu der Stelle, wo ich mein Auto hatte einfach stehenlassen. »Das Glück hat dich begünstigt, Jonathan Townsend«, murmelte ich. Aber niemand hörte es.

Das nächste Wort, das mir über die Lippen kam, war »Verdammt!«. Ich wiederholte es mehrmals, denn mein Wagen befand sich nicht mehr dort, wo ich glaubte, ihn abgestellt zu haben.

Ich schritt die Straße auf und ab — umsonst. Ich konnte mein Auto nirgendwo entdecken. Ein weiteres »Verdammt!«. Dann machte ich mich auf die Suche nach einem Telefon und fragte mich, ob mein Wagen gestohlen oder abgeschleppt worden war. Gleich hinter der Ecke in Kingsway stand ein Telefonhäuschen. Ich griff nach dem Hörer und wählte dreimal die Neun.

»Mit wem möchten Sie verbunden werden? Feuerwehr, Polizei oder Rettungswagen?« fragte eine Stimme.

»Polizei«, bat ich und wurde sofort zu einer anderen Stimme durchgestellt.

»Polizeirevier Charing Cross. Worum geht es?«

»Ich glaube, mein Wagen wurde gestohlen.«

»Nennen Sie bitte Marke, Farbe und amtliches Kennzeichen, Sir.«

»Es ist ein roter Ford Fiesta, Kennzeichen H107 SHV.«

Eine längere Pause folgte, während der ich andere Stimmen im Hintergrund hören konnte.

»Nein, er wurde nicht gestohlen, Sir«, erklärte der Beamte, als er ans Telefon zurückgekehrt war. »Der Wagen stand im Halteverbot. Er wurde abgeschleppt und zum Abstellplatz an der Vauxhall Bridge gebracht.«

»Kann ich ihn jetzt abholen?« erkundigte ich mich mürrisch.

»Selbstverständlich, Sir. Wie werden Sie dorthinkommen?«

»Ich nehme ein Taxi.«

»Dann brauchen Sie den Fahrer nur anzuweisen, Sie zum Vauxhall Bridge Pound zu bringen. Um Ihren Wagen zurückzubekommen, benötigen Sie einen Ausweis und einen Scheck über £ 105 mit Scheckkarte — das heißt, falls Sie nicht so viel Bargeld bei sich haben.«

»Einhundertundfünf Pfund?« wiederholte ich ungläubig.

»Ja, Sir.«

Ich hängte wütend den Hörer an den Haken, und genau in dem Moment fing es zu gießen an. Ich hastete zur Ecke der Aldwych zurück, um ein Taxi zu ergattern, mußte jedoch feststellen, daß die Horde von Theaterbesuchern, die noch vor dem Eingang herumstanden, bereits alle beschlagnahmt hatten.

Ich klappte den Kragen hoch und schlängelte mich durch den schleppenden Verkehr auf die andere Straßenseite. Dort rannte ich weiter, bis ich eine Hauseinfahrt gefunden hatte, unter der ich ein wenig vor dem Unwetter geschützt war.

Ich fröstelte und nieste mehrmals, ehe mir endlich ein leeres Taxi zur Rettung kam.

»Vauxhall Bridge Pound«, wies ich den Fahrer an, während ich hastig die Wagentür hinter mir schloß.

»Sie sind schon der zweite innerhalb einer Stunde, den ich dorthin bringe«, sagte der Fahrer.

Ich runzelte die Stirn.

Während das Taxi aufgrund des strömenden Regens und des starken Verkehrs nur langsam vorwärtskam und zwanzig Minuten für die kurze Strecke zur Waterloo Bridge benötigte, redete der Fahrer wie ein Wasserfall. Ich brachte auf seine Meinungen über das Wetter, John Major, Englands Kricketmannschaft und ausländische Touristen nur einsilbige Antworten hervor. Bei jedem neuen Thema wurden seine Prognosen düsterer.

Als wir den polizeilichen Abstellplatz erreichten, gab ich ihm eine Zehnpfundnote und wartete im Regen auf mein Wechselgeld. Dann raste ich in Richtung des kleinen Wächterhäuschens, wo ich mich der zweiten Schlange an diesem Abend gegenübersah. Diese war jedoch viel länger als jene an der Abendkasse, und ich wußte, daß mich keine so denkwürdige Unterhaltung erwartete, wenn ich endlich an der Reihe sein würde und meinen Strafzettel bezahlt hatte. Als ich am Schalter anlangte, deutete ein beleibter Polizist auf ein Formular in einer Klarsichthülle, die mit einem durchsichtigen Klebestreifen neben dem Schalter befestigt war.

Ich folgte den darauf aufgeführten Anweisungen und holte zuerst meinen Führerschein heraus, dann stellte ich einen Scheck über £ 105 an die Stadtpolizei aus. Beides reichte ich dem Polizisten, der mindestens einen Kopf größer war als ich, zusammen mit meiner Scheckkarte. Die beeindruckende Statur des Mannes war das einzige, was mich davon abhielt, ihn zu fragen, ob er nichts Wichtigeres zu tun habe, wie beispielsweise Rauschgifthändler zu fangen oder Autodiebe.

»Ihr Wagen steht dort hinten in der Ecke.« Der Polizist deutete in die Ferne, über Reihe um Reihe von Autos hinweg.

»Wie könnte es auch anders sein«, brummte ich. Ich trat aus dem Wächterhäuschen zurück in den strömenden Regen und bemühte mich, den Pfützen auszuweichen, während ich zwischen den Wagenreihen hindurchrannte. Ich hielt erst an, als ich die hinterste Ecke des Abstellplatzes erreicht hatte. Dann brauchte ich noch mehrere Minuten, bis ich meinen roten Ford Fiesta entdeckte — ein Nachteil, dachte ich, wenn man die weitverbreitetste Marke in Britannien fährt.

Ich schloß die Tür auf, setzte mich patschnaß auf den Fahrersitz und nieste mehrmals. Ich drehte den Zündschlüssel, aber der Motor gab nur ein müdes Husten von sich, ehe er ganz erstarb. Da erinnerte ich mich, daß ich vor meinem unerwarteten Sprint zum Theater vergessen hatte, das Licht abzuschalten. Ich stieß eine Reihe von Verwünschungen aus, die meinen Gefühlen nicht völlig gerecht werden konnten.

Ich sah, daß jemand auf einen Range Rover zulief, der in der Reihe vor mir geparkt war. Rasch rollte ich das Fenster hinunter, aber er war bereits davongefahren, bevor ich das magische Wort »Starthilfekabel« brüllen konnte. Ich stieg aus, holte mein Starthilfekabel aus dem Kofferraum, ging damit zur Motorhaube, öffnete sie und schloß das Kabel an der Batterie an. Ich fröstelte heftig, während ich mich auf ein längeres Warten einstellte.

Ich mußte ständig an Anna denken, aber mich schließlich damit abfinden, daß der heutige Abend zwar vielversprechend begonnen, aber leider mit einer Erkältung geendet hatte.

Während der nächsten vierzig regnerischen Minuten kamen drei Personen vorbei, ehe schließlich ein junger Schwarzer stehenblieb und fragte: »Wo fehlt's, Mann?« Als ich ihm mein Problem erklärt hatte, manövrierte er seinen klapprigen Lieferwagen neben meinen Ford, hob die Motorhaube seines Wagens und schloß das Starthilfekabel an seiner Batterie an. Nachdem er seinen Wagen wieder gestartet hatte, sprang auch mein Motor an.

»Danke!« schrie ich.

»Gern gescheh'n, Mann«, schrie er zurück und verschwand in die Nacht.

Während ich aus dem Abstellplatz fuhr, schaltete ich mein Radio ein und hörte Big Ben zwölfmal schlagen. Das erinnerte mich daran, daß ich heute abend nicht zur Arbeit erschienen war. Das erste, was ich tun mußte, wenn ich meinen Job behalten wollte, war, mir eine gute Ausrede einfallen zu lassen. Ich nieste erneut und entschied, mich wegen Grippe arbeitsunfähig zu melden. Gerald würde zwar bereits die letzten Bestellungen entgegengenommen, die Küche jedoch noch nicht geschlossen haben.

Ich spähte durch den Regen und hielt Ausschau nach einem Telefonhäuschen. Endlich entdeckte ich eines oder vielmehr gleich drei nebeneinander vor einem Postamt. Ich hielt an, sprang aus dem Wagen, mußte jedoch feststellen, daß alle drei offenbar durch Rowdys zerstört und daher funktionsunfähig waren. Ich stieg wieder in den Wagen und hielt weiterhin Ausschau. Nachdem ich mehrmals vergebens durch den Regen hin und her gesprintet war, fand ich endlich in einer Kabine an der Ecke Warwick Way ein Telefon, das funktionierte.

Ich wählte die Nummer des Restaurants und mußte lange warten, bis jemand den Hörer abhob.

»Laguna 50«, meldete sich eine Mädchenstimme mit italienischem Akzent.

»Janice, bist du es?«

»Ja, Mike«, flüsterte sie und wechselte wieder zu ihrem Londoner Vorstadtakzent über. »Hör zu, jedesmal, wenn heute abend dein Name erwähnt wurde, hat Gerald zum nächsten Fleischbeil gegriffen.«

»Warum?« fragte ich. »Ihr habt doch immer noch Nick in der Küche, der aushelfen kann.«

»Nick hat sich eine Fingerkuppe abgehackt, und Gerald mußte ihn ins Krankenhaus bringen. Ich mußte alles allein schaffen. Er hat grauenvolle Laune.«

»Oh, verdammt«, fluchte ich. »Aber ich hab' doch . . .«

»Keinen Job mehr!« erklang eine andere, wütende Stimme, die alles andere als flüsterte.

»Gerald, ich kann es erklären . . .«

»Wieso bist du heute abend nicht zur Arbeit erschienen?«
Ich nieste, dann hielt ich mir die Nase zu. »Ich hab' Grippe. Wenn ich heut' abend gekommen wär', hätt' ich die Gäste angesteckt.«

»Tatsächlich?« höhnte Gerald. »Nun, das wäre natürlich schlimmer, als wenn du das Mädchen angesteckt hättest, das neben dir im Theater gesessen hat.«

»Was willst du damit sagen?« Ich ließ meine Nase los.

»Genau das, was ich gesagt habe, Mike! Zu deinem Pech saßen zwei Stammgäste nur ein paar Reihen hinter dir im Aldwych. Ihnen gefiel das Stück so gut wie dir offenbar, und einer fügte sogar noch hinzu, daß er deine Begleiterin ›einfach umwerfend‹ fand.«

»Er muß sich getäuscht und mich mit jemand verwechselt haben!« Ich bemühte mich, mir meine Verzweiflung nicht anmerken zu lassen und überzeugend zu klingen.

»Möglich, Mike, aber ich habe mich nicht in dir getäuscht. Du bist fristlos entlassen. Und du brauchst dir gar nicht einzubilden, daß du noch Lohn zu kriegen hast. Einem Ober, der, statt zu arbeiten, mit einem Flittchen ins Theater geht, steht keiner zu.« Er schmetterte den Hörer auf die Gabel.

Ich hängte ebenfalls auf und murmelte heftige Verwünschungen, während ich zu meinem Wagen zurückschlurfte. Ich war höchstens noch vier Meter entfernt, als ein junger Kerl hineinsprang, startete und stockend zur Straßenmitte fuhr, so schmerzhaft, wie es sich anhörte, offenbar im dritten Gang. Ich rannte hinter dem verschwindenden Wagen her, aber sobald das Bürschchen Gas gab, war mir natürlich klar, daß ich ihn nicht mehr einholen konnte.

Ich raste zum Telefon zurück und wählte zum zweitenmal in dieser Nacht 999.

»Feuerwehr, Polizei oder Rettungswagen?«

»Polizei.« Und einen Moment später meldete sich eine andere Stimme.

»Polizeirevier Belgravia. Worum geht es?«

»Mir wurde gerade der Wagen gestohlen!« schrie ich ins Telefon.

»Marke, Modell und amtliches Kennzeichen?«

»Es ist ein roter Fiesta, Kennzeichen H107 SHV.«

Ich wartete ungeduldig.

»Er wurde nicht gestohlen, Sir. Der Wagen stand im Halteverbot . . .«

»Nein!« brüllte ich noch lauter. »Ich hab' vor einer knappen halben Stunde hundertfünf Pfund bezahlt, um ihn aus dem Abstellplatz an der Vauxhall-Brücke zu holen, und ich mußte eben zusehen, wie so ein Bürschchen damit davongefahren ist, während ich einen Anruf tätigte.«

»Wo sind Sie, Sir?«

»In einem Telefonhäuschen an der Ecke Vauxhall Bridge Road und Warwick Way.«

»Und in welche Richtung wurde Ihr Wagen gefahren, als Sie ihn das letzte Mal sahen?«

»In nördliche, auf der Vauxhall Bridge Road.«

»Ihre private Telefonnummer, Sir?«

»081 290 4820.«

»Und wo können wir Sie während Ihrer Arbeitszeit erreichen?«

»Ich habe nicht nur keinen Wagen, sondern auch keinen Job mehr!«

»Aha. Ich kümmere mich sofort darum, Sir. Sobald wir Näheres wissen, setzen wir uns mit Ihnen in Verbindung.«

Ich hängte ein und überlegte, was ich jetzt tun konnte. Eine große Wahl war mir nicht mehr geblieben. Ich hielt ein Taxi an, damit es mich zum Victoria-Bahnhof bringe, und war erleichtert, daß dieser Fahrer nicht dazu neigte, während der kurzen Fahrt zum Bahnhof seine Meinungen über Gott und die Welt zu verkünden. Als er mich absetzte, gab ich ihm meinen letzten Geldschein und wartete geduldig, bis er mir auch jeden Penny Wechselgeld ausgehändigt hatte. Danach hörte ich ihn ebenfalls ein paar Verwünschungen ausstoßen. Mit meinen restlichen Münzen erstand ich eine Fahrkarte nach Bromley und suchte nach dem richtigen Bahnsteig.

»Sie haben es gerade noch geschafft, Mister«, sagte der Schaffner. »Der letzte Zug fährt jeden Moment ein.« Trotzdem mußte ich gut zwanzig Minuten auf dem kalten, leeren Bahnsteig warten, bis er tatsächlich kam. Inzwischen hatte ich jede Reklametafel in Sicht studiert, von Guinness bis Mates, und dabei in regelmäßigen Abständen geniest.

Als der Zug hielt und die Türen aufgingen, wählte ich ziemlich weit vorne einen Platz aus. Es dauerte weitere zehn Minuten, bevor die Lokomotive sich in Bewegung setzte, und noch mal vierzig, ehe sie endlich an der Station Bromley anhielt.

Wenige Minuten vor ein Uhr trat ich in die Kenter Nacht hinaus und marschierte zu meinem kleinen Reihenhaus.

Nach fünfundzwanzig Minuten schleppte ich mich den kurzen Gartenweg zur Haustür hinauf. Ich kramte in der Hosentasche nach meinen Schlüsseln, bis ich mich erinnerte, daß der ganze Bund am Zündschloß meines Wagens hing. Ich hatte nicht einmal mehr die Kraft zu fluchen, sondern tastete im Dunkeln nach dem Ersatzhaustürschlüssel, der immer unter einem bestimmten Stein versteckt lag. Aber unter welchem? Endlich fand ich ihn, steckte ihn ins Schloß, drehte ihn und schob die Tür auf. Kaum hatte ich sie hinter mir geschlossen, läutete das Telefon auf dem Dielentisch.

Ich langte nach dem Hörer.

»Mr. Whitaker?«

»Am Apparat.«

»Hier ist das Polizeirevier Belgravia. Wir haben Ihren Wagen gefunden, Sir, und . . .«

»Gott sei Dank!« rief ich aus, ehe der Polizist dazu kam, zu Ende zu reden. »Wo ist er?«

»In diesem Augenblick hängt er an einem Abschleppwagen irgendwo in Chelsea. Der Junge, der ihn klaute, ist offenbar nicht sehr weit gekommen, bevor er mit hundert Stundenkilometern gegen einen Randstein krachte und direkt gegen eine Mauer prallte. Es tut mir leid, Sir, Ihnen mitteilen zu müssen, daß Ihr Wagen Totalschaden hat.«

»Totalschaden?« wiederholte ich ungläubig.

»Jawohl, Sir. Die Werkstatt, die ihn abschleppt, hat Ihre Telefonnummer und wird sich morgen früh mit Ihnen in Verbindung setzen.«

Ich wußte nicht, was ich darauf sagen sollte.

»Die gute Nachricht ist, daß wir den Dieb festnehmen konnten«, fuhr der Polizist fort. »Aber die schlechte Nachricht ist, daß er erst fünfzehn ist, keinen Führerschein hat und natürlich nicht versichert ist.«

»Das ist nicht so schlimm«, erwiderte ich. »Ich bin vollkaskoversichert.«

»Nur interessehalber, Sir, hatten Sie den Wagenschlüssel steckenlassen?«

»Ja, ich tätigte ja nur einen kurzen Anruf und wußte, daß ich gleich zum Wagen zurückkehren würde.«

»Ich fürchte, dann ist es äußerst unwahrscheinlich, daß Ihre Versicherung für den Schaden aufkommen wird.«

»Sie glauben, daß sie nicht für den Schaden aufkommen wird? Was reden Sie da?«

»Es ist jetzt eine allgemeine Verfügung, daß Versicherungen nicht mehr zu zahlen brauchen, wenn der Schlüssel steckte. Vergewissern Sie sich lieber, Sir«, riet mir der Polizist, ehe er auflegte.

Auch ich legte auf und fragte mich, was jetzt noch schiefgehen könnte. Ich zog das Jackett aus und machte mich daran, die Treppe hinaufzugehen, als ich meine Frau oben auf mich warten sah.

»Maureen . . .«, begann ich.

»Du kannst mir später erzählen, weshalb der Wagen Totalschaden hat,« fuhr sie mich an, »aber zuerst sagst du mir, weshalb du heute abend nicht zur Arbeit gegangen bist, und wer diese ›flotte Biene‹ ist, mit der du im Theater gesehen wurdest, wie mir Gerald erzählt hat.«

Hoffnungslos

»Nein, ich habe nichts Besonderes vor«, sagte Anna.

Ich lächelte und konnte meine Freude nicht verbergen.

»Fein. Ich kenne hier in der Nähe ein kleines Lokal, das Ihnen vielleicht gefallen wird.«

»Sehr vielversprechend,« stellte Anna fest und bahnte sich energisch einen Weg durch die noch dichte Menge der aus dem Theater strömenden Besucher. Ich folgte ihr, mußte mich jedoch beeilen, um sie nicht aus den Augen zu verlieren.

»Welche Richtung?« fragte sie. Ich deutete zu The Strand. Anna legte einen flotten Schritt ein, und wir unterhielten uns weiter über das Stück.

Als wir The Strand erreichten, deutete ich auf eine große graue Flügeltür auf der anderen Straßenseite. »Das ist es«, sagte ich. Ich hätte gern Annas Hand genommen, als sie sogleich in diese Richtung bog, aber sie trat vor mir vom Bürgersteig, schlängelte sich durch den momentan stehenden Verkehr und wartete auf der anderen Seite auf mich.

Sie schob die graue Tür auf, und wieder stiefelte ich hinter ihr her. Wir stiegen die Treppe hinunter in das Kellerlokal, aus dem uns das Stimmengewirr der Gäste entgegenschlug, die wie wir eben von einer Vorstellung gekommen waren, und Kellner eilten mit Tabletts in beiden Händen von Tisch zu Tisch.

»Ich glaube nicht, daß Sie hier einen Tisch bekommen werden, wenn Sie nicht vorbestellt haben«, sagte Anna. Sie blickte auf eine Gruppe von Gästen, die einstweilen an der Bar Platz genommen hatten und ungeduldig auf einen frei-werdenden Tisch warteten.

»Machen Sie sich deshalb keine Gedanken«, sagte ich kühn und begab mich in Richtung der reservierten Plätze, winkte gebieterisch dcm Ober, der gerade eine Bestellung entgegennahm, und hoffte, daß er mich auch erkennen wür-de.

Ich drehte mich um und lächelte Anna zu, aber sie schien nicht sehr beeindruckt zu sein.

Nachdem der Ober die Bestellung notiert hatte, kam er langsam zu mir herüber. »Was kann ich für Sie tun, Sir?«

»Könnten Sir mir einen Tisch für zwei besorgen, Victor?«

»Victor hat heute abend frei, Sir. Haben Sie reserviert?«

»Nein, aber . . .«

Der Ober studierte die Reservierungsliste, dann blickte er auf seine Uhr. »Vielleicht wäre es möglich, Sie zwischen viertel nach elf und halb zwölf einzuschieben, aber ich kann es nicht versprechen.«

»Nicht eher?« fragte ich fast flehend. »Ich glaube, so lan-ge können wir nicht warten.« Anna nickte beipflichtend.

»Ich fürchte, nein, Sir«, entgegnete der Ober. »Bis dahin sind alle Tische reserviert.«

»Genau, wie ich es mir gedacht habe«, sagte Anna und wandte sich zum Gehen.

Wieder mußte ich mich beeilen, um mit ihr Schritt zu halten. Als wir den Bürgersteig erreichten, sagte ich: »Gar nicht weit von hier ist ein italienisches Restaurant, wo ich immer einen Tisch bekomme. Wollen wir es versuchen?«

»Es wird uns wohl nicht viel anderes übrigbleiben«, erwiderte sie. »Welche Richtung diesmal?«

»Nur ein Stück rechts die Straße hoch«, antwortete ich, als ein lauter Donnerknall einen Wolkenguß ankündigte.

»Verdammt«, murmelte Anna und hob schützend ihre Handtasche über den Kopf.

»Tut mir leid«, sagte ich und blickte auf die schwarzen Wolken. »Es ist meine Schuld. Ich hätte . . .«

»Hören Sie auf, sich ständig zu entschuldigen, Michael. Es ist doch nicht Ihre Schuld, daß es zu regnen angefangen hat.«

Ich holte tief Atem und versuchte es erneut. »Vielleicht sollten wir einen Spurt einlegen«, sagte ich verzweifelt. »Ich kann mir nicht vorstellen, daß wir bei diesem Wetter ein Taxi bekommen.«

Dagegen hatte sie zumindest keine Einwände. Ich rannte los, die Straße hinauf, und Anna folgte mir auf den Fersen. Der Regen wurde immer dichter, und obwohl es bis zu dem italienischen Restaurant lediglich etwa siebzig Meter waren, kamen wir dort völlig durchnäßt an. Ich seufzte erleichtert, als ich die Tür geöffnet und festgestellt hatte, daß das Lokal halb leer war, obwohl ich mich darüber vielleicht hätte ärgern sollen. Ich drehte mich um und lächelte Anna hoffnungsvoll an, doch sie machte immer noch ein finsteres Gesicht.

»Alles in Ordnung?« fragte ich.

»Ja. Ich dachte nur an das, was mein Vater von Restaurants hält, die um diese Zeit halb leer sind.«

Ich blickte meine Begleiterin an, entschied mich aber, keine Bemerkung über ihre Augen-Make-up zu machen, das zu rinnen begann, oder über das Haar, das aussah, als wäre es auf ihren Kopf geklatscht.

»Ich werde ein paar Schönheitsreparaturen an mir vornehmen«, erklärte sie und schritt zu der Tür mit der Aufschrift *Signorinas*.

Ich winkte Mario zu, der gerade nichts zu tun hatte. Er eilte zu mir herüber.

»Gerald hat hier nach Ihnen gefragt, Mr. Whitaker«, sagte Mario, während er mich durch das Restaurant zu meinem üblichen Tisch führte. »Er bat mich, Ihnen auszurichten, wenn Sie hierherkämen, ihn bitte sofort zurückzurufen. Er klang ziemlich verzweifelt.«

»Ich bin sicher, es kann warten. Aber falls er noch einmal anruft, geben Sie mir bitte glcich Bescheid.« In diesem Moment kam Anna zu uns herüber. Ihr Make-up war wieder in Ordnung, aber mit ihrer Frisur hätte sie sich ein wenig mehr Mühe geben können.

Ich stand auf und rückte ihr einen Stuhl zurecht.

»Das brauchen Sie wirklich nicht zu tun«, sagte sie und setzte sich.

»Möchten Sie einen Aperitif?« fragte ich, sobald auch ich wieder saß.

»Nein, lieber nicht. Ich muß morgen früh raus, und sollte deshalb nicht übertreiben. Ich werde nur ein Glas Wein zum Essen trinken.«

Ein anderer Kellner eilte herbei. »Irgendwelche besonderen Wünsche, Madam?« erkundigte er sich höflich.

»Ich bin noch nicht dazu gekommen, die Speisekarte anzuschauen«, antwortete Anna, ohne auch nur zu ihm hochzusehen.

»Ich könnte die Fettucini empfehlen, Madam«, sagte der

Kellner und deutete auf ein Gericht etwa in der Mitte der Speisekarte. »Das ist unsere Spezialität des Tages.«

»Dann nehme ich wohl das.« Anna gab ihm die Speisekarte.

Ich nickte. »Ich ebenfalls. Und dazu eine halbe Flasche Ihres roten Hausweins.« Der Kellner nahm auch meine Karte und ging.

»Bestellen Sie . . .«

»Darf ich . . .«, sagte ich gleichzeitig.

»Sie zuerst«, forderte ich Anna auf und bemühte mich um ein Lächeln.

»Bestellen Sie jedesmal bei der ersten Verabredung und Einladung zum Essen gleich eine halbe Flasche vom Hauswein?« fragte sie.

»Ich glaube, er wird Ihnen schmecken«, entgegnete ich ein wenig verletzt.

»Ich wollte Sie nur aufziehen, Michael. Sie dürfen mich nicht so ernst nehmen.«

Heimlich betrachtete ich meine Begleiterin eingehender und begann mich zu fragen, ob ich nicht einen schrecklichen Fehler begangen hatte. Trotz Annas Bemühungen in der Damentoilette war sie nicht mehr so ganz dasselbe Mädchen, das mir aufgefallen war — zugegebenermaßen aus einiger Entfernung —, als ich am frühen Abend ihretwegen fast einen Unfall gebaut hatte.

Großer Gott, der Wagen! Mir fiel plötzlich ein, wo ich ihn abgestellt hatte, und warf einen Blick auf meine Uhr.

»Langweile ich Sie schon, Michael?« fragte Anna. »Oder ist dieser Tisch bereits anderweitig reserviert?«

»Ja. Ich meine, nein. Tut mir leid, mir ist nur plötzlich etwas siedendheiß eingefallen, um das ich mich hätte kümmern müssen, ehe wir hierherkamen. Tut mir leid«, wiederholte ich.

Anna runzelte die Stirn, was mich davon abhielt, noch einmal »Tut mir leid« zu sagen.

»Ist es bereits zu spät?« fragte sie.

»Wofür?« fragte ich.

»Zu tun, was immer Sie hätten tun sollen, bevor wir hierherkamen.«

Ich blickte aus dem Fenster und war nicht erfreut, daß es inzwischen zu regnen aufgehört hatte. Nun bestand meine einzige Hoffnung darin, daß die nächtlichen Ordnungshüter nicht zu wachsam waren.

»Nein, ich glaub', ich krieg' es schon noch hin.« Ich bemühte mich, entspannt zu klingen.

»Da bin ich aber froh«, sagte Anna in einem Ton, der dem Sarkasmus sehr nahe kam.

Ich versuchte, das Thema zu wechseln. »Wie ist es, Ärztin zu sein?«

»Michael, es ist mein freier Abend. Ich möchte nicht über meine Arbeit reden, wenn Sie nichts dagegenhaben.«

Die nächsten Sekunden schwiegen wir beide. Dann versuchte ich es noch einmal, gerade als der Kellner mit unseren Fettucini ankam. »Haben Sie viele Männer als Patienten?«

»Ich glaube, ich höre nicht recht!« Anna konnte ihre Verdrossenheit nicht mehr verbergen. »Wann sehen die Leute endlich ein, daß wenigstens ein paar von uns Frauen zu mehr imstande sind, als bloß die Männer von vorn bis hinten zu bedienen?«

Der Kellner schenkte etwas Wein in mein Glas.

»Ja. Natürlich. Völlig. Nein, so habe ich es wirklich nicht gemeint . . .« Ich nippte, dann nickte ich dem Kellner zu, der daraufhin Anna einschenkte.

»Wie haben Sie es dann gemeint?« fragte Anna, während sie die Gabel fest in die Fettucini stach.

»Nun, ist es nicht ungewöhnlich, daß ein Mann zu einer

Ärztin geht?« Kaum waren die Worte über meine Lippen, war mir klar, daß ich nur noch tiefer ins Fettnäpfchen getreten war.

»Himmel, nein, Michael, wir leben schließlich in einem aufgeklärten Zeitalter. Ich habe wahrscheinlich mehr nackte Männer gesehen als Sie — und es ist gewöhnlich nicht gerade ein ästhetischer Anblick, das dürfen Sie mir glauben.« Ich lachte, in der Hoffnung, es würde die Stimmung ein wenig verbessern. »Wie auch immer«, fügte sie hinzu, »es gibt genügend Männer, die Vertrauen zu Ärztinnen haben, wissen Sie.«

»Das glaube ich gern. Ich dachte nur . . .«

»Sie haben nicht gedacht, Michael. Das ist ja das Problem mit so vielen Männern wie Ihnen. Ich wette, Sie haben noch nie eine Ärztin konsultiert.«

»Nein, aber . . . Ja, aber . . .«

»›Nein, aber, ja aber‹. Wechseln wir das Thema, bevor ich wütend werde.« Anna legte ihre Gabel ab. »Was machen Sie eigentlich beruflich, Michael? Ich habe das Gefühl, Sie sind nicht in einer Branche, in der Frauen als gleichberechtigt anerkannt werden.«

»Ich bin im Gaststättengewerbe«, erklärte ich und wünschte, die Fettucini wären ein wenig leichter.

»Ah ja, das sagten Sie mir ja bereits während der Pause. Aber was genau bedeutet das?«

»Nun, ich gehöre zum Management, zumindest seit geraumer Zeit. Ich habe als Kellner angefangen, dann arbeitete ich fünf Jahre in der Küche und schließlich . . .«

»Schließlich sahen Sie ein, daß Sie weder das eine noch das andere sonderlich gut konnten, daraufhin haben Sie angefangen, alle anderen herumzukommandieren.«

»So ähnlich.« Ich gab mich besonders witzig, aber Annas Worte erinnerten mich daran, daß eines meiner anderen Restaurants heute abend ohne Koch war und ich eigentlich dorthin unterwegs gewesen war, als ich durch Annas Anblick den Kopf verloren hatte.

»Sie sind mit Ihren Gedanken schon wieder woanders!« beschwerte sich Anna verärgert. »Sie wollten mir alles über die Führung von Restaurants erzählen.«

»Stimmt, das wollte ich, nicht wahr? Übrigens, wie schmecken Ihnen die Fettucini?«

»Es geht, schließlich . . .«

»Schließlich?«

»Schließlich war dieses Lokal Ihre zweite Wahl.«

Das verschlug mir für kurze Zeit die Sprache.

»Na ja, so schlecht schmecken sie auch wieder nicht,« sagte sie nach einer guten halben Minute.

Sie nahm zögernd eine weitere Gabel voll.

»Vielleicht möchten Sie lieber etwas anderes? Ich kann jederzeit . . .«

»Lieber nicht, Michael. Das war immerhin das Gericht, das der Kellner glaubte, uns guten Gewissens empfehlen zu können.«

Mir fiel keine passende Antwort ein, also schwieg ich wieder.

Anna ließ nicht locker. »Kommen Sie, Michael, Sie haben immer noch nicht erklärt, welche besonderen Kenntnisse nötig sind, um ein Restaurant zu führen.«

»Nun, im Augenblick führe ich drei Restaurants im Westend, was bedeutet, daß ich laufend von einem zum anderen haste, je nachdem, in welchem es gerade irgendwelche Probleme gibt.«

»Erinnert mich ein wenig an Stationsdienst«, sagte Anna. »Und mit welchem hatten Sie heute Probleme?«

»Heute war Gott sei Dank nicht typisch.« Ich seufzte tief.

»So schlimm?«

»Ich fürchte, ja. Ein Koch hackte sich heute morgen eine Fingerkuppe ab und wird mindestens vierzehn Tage arbeitsunfähig sein. Mein Oberkellner in unserem zweiten Restaurant hat sich wegen Grippe krankgemeldet, und im dritten mußte ich den Barkeeper feuern, weil er die Bücher frisiert hat. Das tun zwar fast alle Barkeeper, doch in diesem Fall waren sogar die Gäste darauf aufmerksam geworden.« Ich machte eine Pause und fragte mich, ob ich noch eine Gabel voll Fettucini riskieren sollte. »Aber ich möchte meinen Beruf trotzdem gegen keinen anderen eintauschen.«

»Unter diesen Umständen wundert es mich, daß Sie sich den Abend freimachen konnten.«

»Ich hätte es eigentlich nicht tun sollen und es auch nicht getan, wenn . . .« Ich beendete den Satz nicht, sondern beugte mich über den Tisch und schenkte Anna Wein nach.

»Wenn was?« fragte sie.

»Möchten Sie die Wahrheit hören?« Ich goß den restlichen Wein in mein Glas.

»Erzählen Sie.«

Ich stellte die leere Flasche auf die Tischseite und zögerte, aber nur kurz. »Ich fuhr am frühen Abend zu einem meiner Restaurants, als ich Sie ins Theater gehen sah. Ich starrte so lange auf Sie, daß ich fast auf den Wagen vor mir aufgefahren wäre. Dann riß ich mein Auto herum, fuhr über die Straße, um es dort abzustellen, und der Wagen hinter mir hätte mich fast gerammt. Ich sprang aus dem Auto, rannte zum Theater und suchte überall nach Ihnen, bis ich Sie endlich vor der Abendkasse entdeckte. Ich stellte mich ebenfalls an und sah, wie Sie Ihre nicht benötigte Karte abgaben. Sobald Sie außer Sicht waren, redete ich dem Kassierer ein, Sie hätten vermutlich nicht mehr damit gerechnet, daß ich es doch noch schaffen würde, und deshalb meine Karte möglicherweise zurückgegeben. Nachdem ich Sie ihm beschrieben hatte, was ich ziemlich genau vermochte, übergab er mir die Karte ohne ein weiteres Wort.«

»So ein Idiot!« Anna setzte ihr Glas ab und starrte mich an, als wäre ich gerade einer Irrenanstalt entsprungen.

»Dann steckte ich zwei Zehnpfundscheine in einen Theaterumschlag und setzte mich auf den Platz neben Ihnen. Das übrige ist Ihnen bekannt.« Ich war neugierig auf ihre Reaktion.

»Ich nehme an, ich sollte mich geschmeichelt fühlen«, sagte Anna nach kurzer Überlegung. »Aber ich weiß nicht, ob ich weinen oder lachen soll. Eines ist jedenfalls sicher, die Frau, mit der ich seit zehn Jahren zusammenlebe, wird sich sehr amüsieren, schon deswegen, weil Sie ihre Theaterkarte bezahlt haben.«

Der Kellner kam zurück, um die halbvollen Teller abzuräumen. »War alles in Ordnung, Sir?« erkundigte er sich besorgt.

»Ja, es hat geschmeckt«, antwortete ich wenig überzeugend. Anna verzog das Gesicht, sagte jedoch nichts.

»Möchten Sie Kaffee, Madam?«

»Nein, ich glaube nicht, daß ich dieses Risiko auch noch eingehen sollte.« Anna blickte auf ihre Uhr. »Außerdem muß ich zusehen, daß ich heimkomme. Elizabeth wird sich fragen, wo ich so lange bleibe.«

Sie stand auf und ging zur Tür. Ich folgte ihr in einem Meter Abstand. Sie wollte gerade auf den Bürgersteig treten, als sie sich abrupt umdrehte und fragte: »Wollen Sie denn nicht die Rechnung bezahlen?«

»Das ist nicht nötig.«

»Wieso?« Sie lachte. »Gehört das Lokal etwa Ihnen.«

»Nein, das nicht, aber es ist eines der drei, die ich leite.«

Anna wurde puterrot. »Tut mir wirklich leid, Michael. Das war taktlos von mir.« Sie machte eine Pause, ehe sie hinzufügte: »Aber Sie müssen doch selbst zugeben, daß das Essen nicht gerade hervorragend war.«

»Darf ich Sie heimfahren?« fragte ich höflichkeitshalber, bemühte mich aber, nicht allzu begeistert zu klingen.

Anna blickte zu den schwarzen Wolken. »Das wäre vielleicht angebracht«, antwortete sie, »falls Sie keinen allzu großen Umweg machen müssen. Wo haben Sie denn Ihren Wagen?« erkundigte sie sich, ehe ich sie fragen konnte, wo sie wohnte.

»Nur ein Stück die Straße hoch.«

»O ja, ich erinnere mich. Als Sie aus dem Wagen sprangen, weil Sie den Blick nicht von mir nehmen konnten. Ich fürchte, Sie haben sich diesmal das falsche Mädchen ausgesucht.«

Wenigstens etwas, worüber wir gleicher Meinung waren! Aber ich ging nicht darauf ein, und wir spazierten zu der Stelle, wo ich meinen Wagen stehenlassen hatte. Anna beschränkte ihre Unterhaltung darauf, zu überlegen, ob es wieder regnen würde, und zu versichern, wie gut zumindest der Wein gewesen war. Ich stellte erleichtert fest, daß mein Volvo stand, wo ich ihn stehenlassen hatte.

Ich suchte nach den Schlüsseln, als ich den großen Aufkleber auf der Windschutzscheibe bemerkte. Sofort blickte ich zum linken Vorderreifen und sah die gelbe Sperre.

»Es ist wohl heute nicht Ihr Abend, nicht wahr?« sagte Anna. »Aber machen Sie sich meinetwegen keine Gedanken, ich nehme mir einfach ein Taxi.«

Sie hob die Hand, und umgehend hielt ein Taxi mit quietschenden Reifen neben ihr an. Sie drehte sich noch einmal zu mir um. »Danke für das Dinner«, sagte sie nicht sehr überzeugend und fügte hinzu: »Vielleicht sehen wir uns mal wieder«, was sich noch weniger überzeugend anhörte. Ehe ich antworten konnte, hatte sie bereits die Taxitür hinter sich zugeschlagen.

Ich schaute ihr nach. Im diesem Moment fing es zu regnen an.

Nach einem neuerlichen Blick auf meinen Wagen, beschloß ich, mich erst am Morgen mit diesem Problem zu befassen.

Ich wollte mich gerade in die nächste Hauseinfahrt retten, um vor dem Unwetter Schutz zu suchen, als wieder ein Taxi um die Ecke bog. Sein gelbes Licht verkündete, daß es frei war. Ich winkte heftig, und es fuhr an meinen gesperrten Wagen heran.

»So ein Pech, Mister«, sagte der Taxifahrer, der auf mein linkes Vorderrad blickte. »Bereits mein drittes heute abend.«

Ich zwang mich zu einem Lächeln.

»Also, wohin, Mister?«

Ich gab ihm meine Adresse in Lambeth und setzte mich auf den Rücksitz.

Während das Taxi dank des strömenden Regens und des starken Verkehrs nur langsam vorwärtskam und zwanzig Minuten für die kurze Strecke zur Waterloo Bridge benötigte, redete der Fahrer wie ein Wasserfall. Ich brachte auf seine Meinungen über das Wetter, John Major, Englands Kricketmannschaft und ausländische Touristen nur einsilbige Antworten hervor. Bei jedem neuen Thema wurden seine Prognosen düsterer.

Er hörte erst zu quasseln auf, als er vor meinem Haus in der Fentiman Road angekommen war. Ich bezahlte ihn und lächelte bei dem Gedanken, daß dies seit Wochen das erstemal war, daß ich es geschafft hatte, vor Mitternacht heimzukommen. Langsam schritt ich den kurzen Gartenweg zur Haustür hinauf.

Ich schloß auf und öffnete die Tür leise, um meine Frau

nicht aufzuwecken. Sobald ich im Haus war, begann ich mit meinem nächtlichen Ritual, mein Jackett und die Schuhe auszuziehen, bevor ich auf Zehenspitzen vorsichtig die Treppe hinaufschlich.

Ehe ich das Schlafzimmer erreicht hatte, zog ich mich bereits weiter aus. Nach Jahren, in denen ich kaum einen Abend vor ein oder zwei Uhr morgens heimgekommen war, hatte ich Erfahrung darin gewonnen, wie ich meine Sachen ausziehen, zusammenlegen, ordentlich aufräumen und neben Judy unter die Decke schlüpfen konnte, ohne sie aufzuwecken. Doch kaum zog ich die Decke zurück, sagte sie schläfrig: »Ich hatte nicht damit gerechnet, daß du schon so früh heimkommst, bei all den Problemen, die du heute hattest.« Ich fragte mich, ob sie vielleicht im Schlaf redete. »Welchen Schaden hat das Feuer denn angerichtet?«

»Das Feuer?« fragte ich und blieb nackt neben dem Bett stehen.

»In der Davies Street. Gleich nachdem du hier weggefahren warst, hat Gerald angerufen und gesagt, daß in der Küche ein Feuer ausgebrochen ist und auf das Restaurant übergegriffen hat. Er wollte nur sichergehen, daß du bereits unterwegs warst. Er hat alle Reservierungen für die nächsten zwei Wochen storniert, aber er vermutet, daß es mindestens einen Monat dauern wird, bis das Restaurant wieder geöffnet werden kann. Ich hab' ihm gesagt, daß du kurz nach sechs weggefahren bist und jeden Moment bei ihm eintreffen müßtest. Also, erzähl schon. Wie schlimm ist der Schaden tatsächlich?«

Ich war bereits wieder angekleidet, bevor Judy wach genug war, um zu fragen, weshalb ich nicht zu dem Restaurant gefahren war. Ich schoß die Treppe hinunter und hinaus auf die Straße, um noch einmal nach einem Taxi Ausschau zu halten. Es hatte inzwischen wieder zu regnen angefangen.

Ein Taxi drehte um und hielt vor mir an.
»Wohin diesmal, Mister?«

Glück

»O danke, Michael. Ich nehme Ihre Einladung gerne an.«
Ich lächelte und konnte meine Freude nicht verbergen.

»Hallo, Kleines. Ich hatte schon Angst, ich könnte dich verfehlt haben.«

Ich drehte mich um und starrte auf einen hochgewachsenen Mann mit einer dichten Mähne blonden Haares, den die stete Flut von Passanten, die sich bemühten, links und rechts an ihm vorbeizukommen, offenbar unberührt ließ.

Annas Lächeln war nun strahlend.

»Hallo, Jonathan! Ich möchte dich mit Michael Whitaker bekannt machen. Du hast Glück — er hat deine Theaterkarte gekauft, und wenn du jetzt nicht erschienen wärst, hätte ich seine liebenswürdige Einladung zum Dinner angenommen. Michael, das ist Jonathan, mein Bruder, der im Krankenhaus aufgehalten wurde. Wie Sie sehen, ist ihm die Flucht jetzt gelungen.«

Mir fiel keine passende Antwort ein.

Jonathan schüttelte mir herzlich die Hand. »Danke, daß Sie meiner Schwester Gesellschaft geleistet haben. Kommen Sie doch mit uns zum Dinner.«

»Sehr freundlich von Ihnen«, antwortete ich, »aber mir ist eben wieder eingefallen, daß ich bei Freunden erwartet werde. Ich muß mich beeilen.«

»Aber nein, Sie sollten jetzt nirgendwoanders sein«, unterbrach mich Anna und schenkte mir das gleiche strahlende Lächeln. »Keine so lahmen Ausreden.« Sie hakte sich bei mir unter. »Wir möchten *beide*, daß Sie uns Gesellschaft leisten.«

»Danke«, murmelte ich.

»Nur ein Stück von hier soll es ein recht gutes Restaurant geben«, erklärte Jonathan, während wir zu dritt Richtung The Strand spazierten.

»Großartig«, freute sich Anna. »Ich bin am Verhungern.«

»Erzähl mir von der Aufführung«, bat Jonathan, als Anna den anderen Arm unter seinen schob.

»In jeder Beziehung so gut, wie die Kritiker sie lobten.«

»Wie schade, daß Sie sie versäumt haben«, sagte ich.

»Aber eigentlich bin ich froh darüber«, gestand Anna, als wir die Ecke zu The Strand erreichten.

»Ich glaube, das dort ist das vielgepriesene Lokal!« Jonathan deutete auf eine graue Flügeltür auf der anderen Straßenseite. Wir schlängelten uns gemeinsam durch den momentan stehenden Verkehr.

Auf der anderen Seite angelangt, schob Jonathan einen der grauen Türflügel auf und ließ uns hindurch. In dem Moment, als wir eintraten, begann es zu regnen. Jonathan führte uns die Treppe hinunter in ein Kellerlokal, aus dem uns das Stimmengewirr von Gästen entgegenschlug, die wie wir eben von einer Vorstellung gekommen waren, und Kellner eilten mit Tabletts in beiden Händen von Tisch zu Tisch.

»Es würde einen großen Eindruck auf mich machen, wenn du hier einen Tisch bekämst«, flüsterte Anna ihrem Bruder zu. Sie blickte auf eine Gruppe von Gästen, die einstweilen an der Bar Platz genommen hatten und ungeduldig auf einen freiwerdenden Tisch warteten. »Du hättest reservieren sollen«, fügte sie hinzu, als er dem Oberkellner winkte, der eben die Bestellung eines Gastes entgegennahm.

Ich blieb etwa einen Meter hinter den Geschwistern, und als Mario herüberkam, legte ich einen Finger auf die Lippen und nickte ihm zu.

»Sie haben nicht zufällig noch einen Tisch für drei Personen?« fragte Jonathan.

»Selbstverständlich, Sir. Bitte folgen Sie mir.« Mario führte uns zu einem ruhigen Tisch in einer Ecke.

»So ein Glück!« staunte Jonathan.

»Das kann man wohl sagen«, bestätigte Anna. Jonathan schlug vor, daß ich den gegenüberliegenden Stuhl nehmen solle, damit Anna zwischen uns sitzen könne.

Sobald wir Platz genommen hatten, fragte Jonathan, was ich trinken möchte.

»Was trinken Sie?« Ich blickte Anna an. »Noch einen trockenen Martini?«

Jonathan blickte sie überrascht an. »Du hast keinen trockenen Martini mehr getrunken, seit . . .«

Anna warf ihm einen strafenden Blick zu und sagte: »Ich glaube, ich werde nur noch ein Glas Wein zum Essen trinken.«

Seit wann? fragte ich mich, sagte jedoch lediglich: »Ich ebenfalls.«

Mario kehrte mit den Speisekarten zurück. Jonathan und Anna studierten ihre eine Zeitlang stumm, bis Jonathan schließlich fragte: »Was meinst du?«

»Es ist alles so verführerisch«, erwiderte Anna, »aber ich glaube, mehr als Fettucini und ein Glas Rotwein möchte ich heute nicht mehr.«

»Wie wär's mit einer kleinen Vorspeise?« fragte Jonathan.

»Nein, ich habe morgen Frühdienst, wenn du dich erinnerst — es sei denn, du übernimmst ihn für mich.«

»Nicht nach allem, was ich heute abend durchgemacht habe, Kleines. Ich verzichte ebenfalls auf eine Vorspeise.

Was ist mit Ihnen, Michael? Lassen Sie sich nicht von unseren kleinen persönlichen Problemen abhalten.«

»Fettucini und ein Glas Rotwein sind auch für mich genau richtig.«

»Drei Fettucini und eine Flasche Ihres besten Chianti«, bestellte Jonathan, als Mario wiederkam.

Anna lehnte sich zu mir herüber und flüsterte verschwörerisch: »Das ist der einzige italienische Wein, den er richtig aussprechen kann.«

»Was wäre passiert, wenn wir uns für Fisch entschieden hätten?« fragte ich.

»Oh, er hat auch von Frascati gehört, aber er weiß nie so recht, was er tun soll, wenn jemand Ente bestellt.«

»Welche Geheimnisse tauscht ihr da aus?« fragte Jonathan, nachdem er Mario die Speisekarte zurückgegeben hatte.

»Ich fragte Ihre Schwester nach dem dritten Partner in Ihrer Gemeinschaftspraxis.«

»Nicht schlecht, Michael«, lobte Anna. »Sie hätten Politiker werden sollen.«

»Meine Frau Elizabeth ist die dritte«, erklärte Jonathan, ahnungslos darüber, was Anna mit ihrer Bemerkung gemeint hatte. »Die Arme hat heute nacht Bereitschaftsdienst.«

»Sehen Sie, zwei Frauen und ein Mann.« Anna blickte auf, als der Weinkellner neben Jonathan erschien.

»Ja. Aber wir waren vier«, sagte Jonathan ohne weitere Erklärung. Er studierte das Flaschenetikett, ehe er weise nickte.

»Du täuschst niemanden, Jonathan. Michael hat bereits erkannt, daß du kein Weinkenner bist.« Das klang, als versuchte Anna, das Thema zu wechseln. Der Kellner zog den Korken heraus und schenkte ein wenig Wein zum Kosten in Jonathans Glas.

338

»Und was machen Sie beruflich, Michael?« fragte Jonathan, nachdem er dem Weinkellner zugenickt hatte. »Sagen Sie nicht, daß Sie ebenfalls Arzt sind, denn ich möchte keinen weiteren Mann mehr in unserer Praxis haben.«

»Nein, er ist im Gaststättengewerbe«, sagte Anna, als drei Schüsseln Fettucini aufgetragen wurden.

»Aha. Ihr zwei habt wohl während der Theaterpause Eure Lebensgeschichten ausgetauscht.« Jonathan lächelte. »Aber was genau bedeutet, daß Sie im Gaststättengewerbe sind?«

»Nun, ich gehöre zum Management«, erklärte ich. »Zumindest seit geraumer Zeit. Ich habe als Kellner angefangen, arbeitete mich über die Küche hoch und endete schließlich in der Geschäftsführung.«

»Aber was genau macht der Manager eines Restaurants?« fragte Anna.

»Offenbar war die Theaterpause nicht lange genug für nähere Einzelheiten«, meine Jonathan und stach seine Gabel in einige Fettucini.

»Nun, im Augenblick führe ich drei Restaurants im Westend, was bedeutet, daß ich laufend von einem zum anderen haste, je nachdem, in welchem es gerade irgendwelche Probleme gibt.«

»Erinnert mich ein wenig an Stationsdienst«, sagte Anna. »Und mit welchem hatten Sie heute Probleme?«

»Heute war Gott sei Dank nicht typisch.« Ich seufzte tief.

»So schlimm?« fragte Jonathan.

»Ich fürchte, ja. Ein Koch hackte sich heute morgen eine Fingerkuppe ab und wird mindestens vierzehn Tage arbeitsunfähig sein. Mein Oberkellner in unserem zweiten Restaurant hat sich wegen Grippe krankgemeldet, und im dritten mußte ich den Barkeeper feuern, weil er die Bücher frisiert hat. Das tun zwar fast alle Barkeeper, doch in diesem Fall waren sogar die Gäste darauf aufmerksam geworden.« Ich machte eine Pause. »Aber ich möchte meinen Beruf trotzdem gegen keinen anderen eintau . . .«

Ein schrilles Klingeln ließ mich innehalten. Ich wußte nicht, woher es kam, bis Jonathan ein Handy aus seiner Jackentasche zog.

»Tut mir leid«, entschuldigte er sich. »Damit muß man in meinem Beruf rechnen.« Er drückte auf einen Knopf und hielt das Telefon ans Ohr. Er hörte ein paar Sekunden zu und runzelte die Stirn. »Da wird mir wohl gar nichts anderes übrigbleiben. Ich werde so schnell wie möglich da sein.« Er schaltete das Telefon ab und steckte es in seine Jackentasche zurück.

»Tut mir leid«, entschuldige er sich erneut. »Einer meiner Patienten hat sich ausgerechnet diesen Augenblick für einen Rückfall ausgesucht. Ich fürchte, ich muß euch zwei verlassen.« Er stand auf und wandte sich an seine Schwester. »Wie wirst du heimkommen, Kleines?«

»Ich bin schon ein großes Mädchen«, erwiderte Anna, »also werde ich Ausschau nach so schwarzen Dingern auf Rädern halten, auf denen T-A-X-I steht, und dann winke ich einem zu.«

»Machen Sie sich keine Gedanken, Jonathan«, warf ich ein. »Ich werde sie nach Hause fahren.«

»Das ist sehr nett von Ihnen«, sagte Jonathan, »denn wenn es immer noch schüttet, wenn Sie gehen, findet sie vielleicht kein schwarzes Ding, dem sie zuwinken kann.«

»Das ist ja auch wahrhaftig das wenigste, was ich tun kann, nachdem ich den heutigen Abend schließlich mit Ihrer Theaterkarte, Ihrem Dinner und in Gesellschaft Ihrer Schwester so angenehm beende.«

»Fairer Tausch«, sagte Jonathan, während Mario herbeigeeilt kam.

»Ist alles in Ordnung, Sir?« erkundigte er sich.

»Nein, leider nicht. Ich habe Bereitschaft und muß unerwartet aufbrechen.« Er reichte Mario eine American-Express-Karte. »Seien Sie bitte so nett, und stecken Sie sie in Ihre Maschine. Ich unterschreibe, und Sie können die Summe später einfügen. Und bitte, fügen Sie fünfzehn Prozent Trinkgeld hinzu.«

»Vielen Dank, Sir.« Mario eilte mit der Karte weg.

»Würde mich freuen, Sie wiederzusehen«, sagte Jonathan. Ich stand auf und schüttelte ihm die Hand.

»Mich ebenfalls«, versicherte ich ihm.

Jonathan verließ uns, ging zum Empfang und unterzeichnete ein Stück Papier und erhielt seine American-Express-Karte zurück.

Während Anna ihrem Bruder noch einmal zuwinkte, blickte ich zum Empfang und schüttelte leicht den Kopf. Mario zerriß das Stück Papier und ließ die Schnippsel in den Papierkorb fallen.

»Es war auch für Jonathan kein schöner Tag«, sagte Anna und wandte sich wieder mir zu. »Und bei Ihren Problemen heute wundert es mich, daß Sie sich den Abend freimachen konnten.«

»Ich hätte es eigentlich nicht tun sollen und es auch nicht getan, wenn . . .« Ich beendete den Satz nicht, sondern beugte mich über den Tisch und schenkte Anna Wein nach.

»Wenn was?« fragte sie.

»Möchten Sie die Wahrheit hören?« Ich goß den restlichen Wein in mein Glas.

»Erzählen Sie.«

Ich stellte die leere Flasche auf die Tischseite und zögerte, aber nur kurz. »Ich fuhr am frühen Abend zu einem meiner Restaurants, als ich Sie ins Theater gehen sah. Ich starrte so lange auf Sie, daß ich fast auf den Wagen vor mir aufgefahren wäre. Dann riß ich mein Auto herum, fuhr über die Straße, um es dort abzustellen, und der Wagen hinter mir hätte mich fast gerammt. Ich sprang aus dem Auto, rannte zum Theater und suchte überall nach Ihnen, bis ich Sie endlich vor der Abendkasse entdeckte. Ich stellte mich ebenfalls an und sah, wie Sie Ihre nicht benötigte Karte abgaben. Sobald Sie außer Sicht waren, redete ich dem Kassierer ein, Sie hätten vermutlich nicht mehr damit gerechnet, daß ich es doch noch schaffen würde, und deshalb meine Karte möglicherweise zurückgegeben. Nachdem ich Sie ihm beschrieben hatte, was ich ziemlich genau vermochte, übergab er mir die Karte ohne ein weiteres Wort.«

Anna stellte ihr Glas ab und starrte mich über den Tisch ungläubig an. »Ich bin froh, daß der Kassierer Ihnen geglaubt hat«, sagte sie. »Aber sollte ich Ihnen glauben?«

»Ja, das sollen Sie. Denn dann steckte ich zwei Zehnpfundscheine in einen Theaterumschlag und setzte mich auf den Platz neben Ihnen. Das übrige ist Ihnen bekannt.« Ich war neugierig auf ihre Reaktion.

Eine Zeitlang sagte sie gar nichts. Schließlich murmelte sie: »Ich fühle mich geschmeichelt«, und legte die Hand auf meine. »Ich hatte keine Ahnung, daß Sie einer der letzten altmodischen Romantiker sind.« Sie drückte meine Finger und blickte mir in die Augen. »Darf ich fragen, was Sie für den Rest des Abends geplant haben?«

»Bisher noch nichts«, gestand ich. »Deshalb ist ja auch alles so anregend.«

»Das hört sich ja beinahe so an, als hielten Sie mich für italienischen Espresso.« Anna lachte.

»Darauf fallen mir wenigstens drei Antworten ein.« Mario kam zurück und blickte fast ein wenig bestürzt auf die halbvollen Teller.

»War alles in Ordnung, Sir?« erkundigte er sich besorgt.

»Es hätte nicht köstlicher sein können«, beruhigte ihn Anna, ohne den Blick von mir zu nehmen.

»Hätten Sie gern Kaffee, Madam?« fragte Mario.

»Nein, danke«, antwortete Anna fest. »Wir müssen einen verlassenen Wagen suchen.«

»Weiß der Himmel, ob er überhaupt noch dort steht«, sagte ich, als Anna aufstand.

Ich nahm ihre Hand, führte sie zum Ausgang, die Treppe hinauf und hinaus auf die Straße. Dann machten wir uns daran, zu der Stelle zurückzugehen, wo ich meinen Wagen stehenlassen hatte. Während wir die Aldwych entlangschlenderten und angeregt plauderten, hatte ich das Gefühl, als wären wir alte Freunde.

»Sie brauchen mich nicht heimzufahren, Michael«, sagte Anna. »Es wäre wahrscheinlich ein kilometerweiter Umweg, und außerdem hat es zu regnen aufgehört, also nehme ich mir ein Taxi.«

»Ich möchte Sie aber heimbringen«, protestierte ich. »Dadurch kann ich Ihre Gesellschaft noch ein bißchen länger genießen.« Sie lächelte, und in diesem Augenblick kamen wir zu einer bestürzend leeren Stelle, wo eigentlich mein Wagen hätte stehen müssen.

»Verdammt!« entfuhr es mir. Ich schaute rasch die Straße auf und ab, und als ich zurückkam, lachte Anna.

»Ist das etwa einer Ihre Einfälle, meine Gesellschaft länger zu genießen?« zog sie mich auf. Sie öffnete ihre Handtasche, zog ein Handy heraus, wählte 999 und reichte es mir.

»Mit wem möchten Sie verbunden werden? Feuerwehr, Polizei oder Rettungswagen?« fragte eine Stimme.

»Polizei«, bat ich und wurde sofort zu einer anderen Stimme durchgestellt.

»Polizeirevier Charing Cross. Worum geht es?«

»Ich glaube, mein Wagen wurde gestohlen.«

»Nennen Sie bitte Marke, Farbe und amtliches Kennzeichen, Sir.«

»Es ist ein blauer Rover 600, Kennzeichen K857 SHV.«

Eine längere Pause folgte, während der ich andere Stimmen im Hintergrund hören konnte.

»Nein, er wurde nicht gestohlen, Sir«, erklärte der Beamte, als er ans Telefon zurückgekehrt war. »Der Wagen stand im Halteverbot, wurde abgeschleppt und zum Abstellplatz an der Vauxhall Bridge gebracht.«

»Kann ich ihn jetzt abholen?« erkundigte ich mich.

»Selbstverständlich, Sir. Wie werden Sie dorthinkommen?«

»Ich nehme ein Taxi.«

»Dann brauchen Sie den Fahrer nur anzuweisen, Sie zum Vauxhall Bridge Pound zu bringen. Um Ihren Wagen zurückzubekommen, benötigen Sie einen Ausweis und einen Scheck über £ 105 mit Scheckkarte — das heißt, falls Sie nicht so viel Bargeld bei sich haben.«

»Einhundertfünf Pfund?« vergewisserte ich mich ruhig.

»Ja, Sir.«

Anna runzelte zum ersten Mal an diesem Abend die Stirn.

»Es ist jeden Penny wert.«

»Wie bitte, Sir?«

»Nichts. Gute Nacht.«

Ich gab Anna das Handy zurück. »Als nächstes werde ich Ihnen ein Taxi besorgen.«

»Nein, kommt nicht in Frage, Michael, denn ich lasse Sie jetzt nicht allein. Außerdem haben Sie meinem Bruder versprochen, mich heimzufahren.«

Ich nahm sie bei der Hand und winkte einem Taxi, das daraufhin die Straße überquerte und neben uns anhielt.

»Vauxhall Bridge Pound, bitte.«

»So ein Pech, Mister«, bedauerte mich der Fahrer. »Sie sind heute abend schon mein vierter.«

Ich grinste ihn vergnügt an.

»Ich nehme an, die anderen drei haben Sie ebenfalls ins Theater verfolgt, aber glücklicherweise standen sie in der Schlange an der Abendkasse hinter mir«, sagte ich zu Anna, als ich mich neben ihr auf dem Rücksitz niederließ.

Während das Taxi dank des strömenden Regens und des starken Verkehrs nur langsam vorwärtskam und zwanzig Minuten für die kurze Strecke zur Waterloo Bridge benötigte, sagte Anna: »Finden Sie nicht, daß man mir die Chance hätte geben sollen, zwischen Ihnen vier zu wählen? Schließlich hätte ja einer mit einem Rolls-Royce dabeisein können.«

»Unmöglich.«

»Und warum nicht, wenn ich fragen darf?«

»Weil man an der Stelle keinen Rolls-Royce hätte abstellen können.«

»Aber wenn er einen Chauffeur gehabt hätte, hätten sich alle diese Probleme in nichts aufgelöst.«

»In diesem Fall hätte ich ihn einfach überfahren.«

Das Taxi hatte bereits ein gutes Stück zurückgelegt, ehe wir wieder etwas sagten.

Anna blickte mich nachdenklich an. »Darf ich Ihnen eine persönliche Frage stellen?«

»Wenn es die ist, die ich vermute, muß ich gestehen, daß ich Sie gerade dasselbe fragen wollte.«

»Dann reden Sie zuerst.«

»Nein — ich bin nicht verheiratet«, erklärte ich. »Ich war einmal nahe daran, aber sie hat sich diesem Schicksal durch Flucht entzogen.« Anna lachte. »Und Sie?« fragte ich.

»Ich war verheiratet«, antwortete sie leise. »Er war der vierte Arzt in unserer Gemeinschaftspraxis. Er starb vor drei

Jahren. Ich pflegte ihn neun Monate lang, aber schließlich konnte auch ich ihm nicht mehr helfen.«

»Das tut mir wirklich leid.« Ich schämte mich ein wenig. »Das war taktlos von mir, ich hätte dieses Thema nicht zur Sprache bringen sollen.«

»Ich habe es zur Sprache gebracht, Michael, nicht Sie. Ich müßte mich entschuldigen.«

Wieder sprachen wir mehrere Minuten nicht, bis Anna sagte: »Während der letzten drei Jahre, seit Andrews Tod, habe ich mich völlig in meine Arbeit vergraben. Und ich glaube, den größten Teil meiner Freizeit bin ich Jonathan und Elizabeth auf die Nerven gefallen. Sie hätten nicht verständnisvoller sein können, aber sie dürften es inzwischen mehr als leid sein. Es würde mich nicht wundern, wenn Jonathan heute abend einen Notfall vorgetäuscht hätte, damit mich zur Abwechslung einmal jemand anderes ins Theater begleiten konnte. Vielleicht dachte er, es könnte mir das Selbstvertrauen zurückgeben und mich dazu bringen, wieder auszugehen. Der Himmel weiß«, fügte sie hinzu, während das Taxi vor dem polizeilichen Abstellplatz hielt, »es waren wirklich viele so nett, mich einzuladen.«

Ich gab dem Fahrer einen Zehnpfundschein, und wir rannten durch den Regen zum Wächterhäuschen.

Am Schalter las ich das Formular, das in einer Klarsichthülle daneben befestigt war. Ich zog meine Brieftasche aus der Jacke, nahm den Führerschein heraus und begann zu zählen.

Ich hatte lediglich achtzig Pfund in Scheinen dabei, und ich trage nie ein Scheckbuch bei mir.

Anna grinste und holte den Umschlag aus ihrer Handtasche, den ich ihr am frühen Abend gegeben hatte. Sie riß ihn auf, nahm die zwei Zehnpfundnoten heraus, fügte einen eigenen Fünfpfundschein dazu und gab sie mir.

»Danke«, murmelte ich und schämte mich wieder ein wenig.

»Es ist jeden Penny wert«, sagte sie lächelnd.

Der Polizist hinter dem Schalter zählte die Scheine bedächtig, steckte sie in eine Metallkassette und gab mir eine Quittung.

»Ihr Wagen steht gleich dort in der vordersten Reihe.« Er deutete aus dem Fenster. »Und gestatten Sie, wenn ich sage, Sir, daß Sie den Schlüssel nicht hätten steckenlassen sollen. Wenn Ihr Wagen gestohlen worden wäre, hätte Ihre Versicherung nichts zu zahlen brauchen.« Er reichte mir den Schlüsselbund.

»Es war meine Schuld«, warf Anna ein. »Ich hätte ihn gleich zurückschicken sollen, damit er die Schlüssel holt, aber ich wußte nicht, was er vorhatte. Ich werde dafür sorgen, daß er es nicht mehr tut.«

Der Polizist blickte mich an. Ich zuckte die Schultern, führte Anna aus dem Häuschen und zu meinem Wagen. Ich öffnete die Tür für sie, dann rannte ich zur Fahrerseite, während sie sich hinüberbeugte, um ihrerseits die Tür für mich zu öffnen. Ich setzte mich hinters Lenkrad und drehte mich zu Anna um.

»Es tut mir leid, daß der Regen Ihr schönes Kleid ruiniert hat«, sagte ich. Ein Wassertropfen fiel von ihrer Nasenspitze. »Aber wissen Sie, Sie sind naß genauso schön wie trocken.«

Sie lächelte. »Danke, Michael, aber wenn Sie nichts dagegen haben, ziehe ich es vor, trocken zu sein.«

Ich lachte. »Also, wohin darf ich Sie bringen?« Mir war plötzlich eingefallen, daß ich keine Ahnung hatte, wo sie wohnte.

»Nach Fulham, bitte. Parsons Green Lane Nummer 49. Es ist nicht sehr weit.«

Meinetwegen hätte es viel weiter sein dürfen. Ich steckte den Schlüssel ins Zündschloß, drehte ihn und holte tief Atem. Der Motor gab nur ein müdes Husten von sich und weigerte sich, anzuspringen. Da wurde mir bewußt, daß ich das Licht angelassen hatte.

»Tu mir das nicht an!« hauchte ich, und Anna lachte wieder. Ich drehte den Zündschlüssel ein zweites Mal, und jetzt sprang der Motor doch an. Ich stieß einen Seufzer der Erleichterung aus.

»Das war knapp!« stellte Anna fest. »Wenn er nicht angesprungen wäre, hätten wir vielleicht keine andere Wahl gehabt, als den Rest der Nacht miteinander zu verbringen. Oder hat das etwa zu Ihrem hinterhältigen Plan gehört?«

»Bisher ist nichts nach Plan verlaufen«, gestand ich, während ich aus dem Abstellplatz fuhr. Ich machte eine Pause, ehe ich hinzufügte: »Aber es hätte auch ganz anders ausgehen können.«

»Sie meinen, wenn ich nicht die Art Mädchen gewesen wäre, die Sie sich vorgestellt hatten?«

»Ja, so was Ähnliches.«

»Ich frage mich, was diese drei anderen Männer von mir gehalten hätten?« sagte Anna seufzend.

»Wen interessiert das? Sie werden keine Chance haben, es herauszufinden.«

»Sie scheinen sich Ihrer sehr sicher zu sein, Mr. Whitaker.«

»Wenn Sie wüßten!« murmelte ich. »Aber ich möchte Sie wiedersehen, Anna. Sofern Sie bereit sind, es zu riskieren.«

Es erschien mir wie eine Ewigkeit, bis sie antwortete. »Gern. Aber nur unter einer Bedingung: Sie holen mich zu Hause ab, damit ich sichergehen kann, daß Sie Ihren Wagen abstellen, wo es erlaubt ist, und Sie auch das Licht ausschalten.«

»Ich nehme Ihre Bedingungen an«, entgegnete ich, »und werde nicht einmal eigene stellen, wenn wir mit dieser Abmachung gleich morgen abend beginnen.«

Wieder antwortete Anna nicht sofort. »Ich bin mir nicht sicher, ob ich für morgen abend nicht bereits etwas vorhabe.«

»Mir geht es genauso«, antwortete ich. »Aber falls, dann werde ich es absagen.«

»Dann werde ich es auch«, versprach Anna. In diesem Moment bog ich in die Parsons Green Lane ein und begann nach der Hausnummer neunundvierzig Ausschau zu halten.

»Es ist etwa hundert Meter weiter, links.«

Ich hielt an und parkte den Wagen vor ihrer Tür.

»Kein Theater und keine Inszenierung morgen abend«, sagte Anna. »Ich koche uns ein Abendessen, seien Sie um acht Uhr hier.« Sie beugte sich herüber und küßte mich auf die Wange, bevor sie sich wieder umdrehte, um die Wagentür zu öffnen. Ich sprang schnell hinaus, rannte zu ihrer Seite hinüber, doch da trat sie bereits auf den Bürgersteig.

»Also, dann bis morgen abend um acht«, sagte sie.

»Ich kann es kaum erwarten.« Ich zögerte, dann nahm ich sie in die Arme. »Gute Nacht, Anna.«

»Gute Nacht, Michael«, sagte sie, als ich sie losließ. »Und danke, daß Sie meine Theaterkarte gekauft und mein Dinner bezahlt haben. Ich bin froh, daß meine drei anderen Möchtegernverehrer nicht weiter als bis zum Abstellplatz gekommen sind.«

Ich lächelte, als sie den Schlüssel in die Haustür steckte.

Sie drehte sich um. »Übrigens, Michael, war das heute das

Restaurant mit dem grippekranken Oberkellner? Oder das mit dem Koch, dem eine Fingerkuppe fehlt? Oder das mit dem unehrlichen Barkeeper?«

»Letzteres«, antwortete ich lächelnd.

Sie schloß die Tür hinter sich, als eine nahe Kirchturmuhr eins schlug.

Band 12392

Michael Allegretto
Der Fluch der guten Tat

Spannender Psychothriller um einen Mann mit einem Doppelleben

Richard gilt als grundsolider Geschäfts- und Ehemann. Für die auf ihn maßgeschneiderte Identität zeichnet das FBI verantwortlich.

Eines Tages bekommt Richard neue Nachbarn – und wird von der Vergangenheit eingeholt. Sie fordern 900 000 Dollar von ihm. Doch Richard behauptet, das Geld nicht zu besitzen. Und als Lauren das Abgründige in ihrem bisher so liebenswürdigen Ehemann entdeckt, ist es fast schon zu spät...

BASTEI
LÜBBE

Band 12343

Jeffrey Archer
Kain und Abel

Die Geschichte einer tödlichen Männerfeindschaft

Nach deutscher und russischer Kriegsgefangenschaft gelangt Abel, unehelicher Sohn eines polnischen Adligen, mit einem Auswandererschiff nach Amerika. Dort arbeitet er sich mit Ehrgeiz, Intelligenz und Glück zum Hotelmanager und Teilhaber hoch. Kane-Kain, Erbe eines gigantischen Vermögens, soll, wie sein verstorbener Vater, Bankpräsident werden. Abel hatte ihn einst bewundert, als er ihm – noch als Kellner – das Essen servierte. Doch dann, zur Zeit der großen Wirtschaftskrise, glaubt er in Kain den Mörder seines Freundes und Gönners zu erkennen. Ein lebenslänglicher Haß nimmt seinen Anfang. Doch zwischen den Kindern der Todfeinde keimt eine wundersame Liebe...